LAURA TAIT & JIMMY RICE

DAS BESTE, DAS MIR NIE PASSIERT IST

Roman

Aus dem Englischen
von Marion Herbert

DUMONT

Deutsche Erstausgabe
Dezember 2014
DuMont Buchverlag, Köln

Die englische Originalausgabe erschien 2014 unter dem Titel
›The Best Thing That Never Happened To Me‹
bei Corgi Books / Transworld Publishers, London.

Umschlag: Lübbeke Naumann Thoben, Köln
Covermotiv: © Lisa Horton / Transworld
Gesetzt aus der Conduit von Fagott, Ffm
Druck und Verarbeitung: CPI books GmbH, Leck
Gedruckt auf säurefreiem und chlorfrei gebleichtem Papier
Printed in Germany
ISBN 978-3-8321-6280-1

www.dumont-buchverlag.de

Das Beste, das mir nie passiert ist

PROLOG ALEX
Mai 2010

»Es heißt ja immer, es bringt nichts, Sachen wieder aufzuwärmen, aber das machen doch alle. Es gibt für alles noch mal eine zweite Chance. Schlaghosen. Und Yes-Törtchen. Und sogar Take That.«

Ich liege ausgestreckt auf dem Rücken im Gras und schere mich nicht darum, ob mich irgendwelche Mücken stechen, während die letzten Sonnenstrahlen des Tages mein Gesicht und meine Arme wärmen. Neben mir sitzt Holly im Schneidersitz und bastelt eine Gänseblümchenkette.

»Wovon redest du, Al?«

»Von dir und mir. Es ist, als würden wir unser Comeback feiern.«

Holly konzentriert sich weiter auf ihr Projekt, aber ich erkenne aus den Augenwinkeln, dass sie ein Lächeln unterdrückt. »Schlaghosen sind vielleicht in Mothston wieder in, Alex, aber nirgendwo sonst.«

»Ich meine das ernst«, beharre ich. Meine Theorie hat ihren Ursprung in der Dose Cider, die neben meinem rechten Knie im Gras steht, aber sie fühlt sich trotzdem irgendwie tiefgründig an.

»Willst du damit sagen, du und ich, wir sind wie Take That?«

»Ja, wie Take That, nur ohne das ganze Geld und die kreischenden Fans.«

Holly sieht mich lächelnd an. »Dann wärst du Gary Barlow. Ganz seriös und vernünftig. Und immer attraktiver mit dem Alter.«

»Und du wärst Robbie.«

»Der, der früher dick war?«

»Nein«, ich lache. »Der Rebell, der sich beim ersten Mal aus dem Staub gemacht hat.«

Holly wendet sich wieder ihrer Kette zu, aber ihr Gesichtsausdruck ist nachdenklicher als vorher, als wäre sie nicht mehr mit ganzem Herzen bei der Sache.

»Es stimmt aber«, sage ich. »Das hier ist unsere Comeback-Tour.«

»Al?«

»Jep?«

»Kannst du mir noch einen Cider geben?«

Ich schüttle den Kopf, greife gleichzeitig in die Plastiktüte mit dem Cider und werfe ihr eine Dose zu. Ich lächle vor mich hin, bin froh, hier zu sein, mit Holly, und ich versuche die Tatsache auszublenden, dass die Sonne langsam verschwindet. Ich habe so lange auf diesen Moment gewartet, und ich will nicht, dass der heutige Tag zu Ende geht.

ERSTES KAPITEL HOLLY

September 1999

Als ich am Morgen danach aufwache, fühle ich mich anders.

Allerdings nicht die Art von anders, die ich erwartet hatte. Nicht die glücklich-mit-federnden-Schritten-die-Welt-mit-anderen-Augen-sehende Art von anders.

Aber ich weiß, was ich zu tun habe.

Wenn ich an letzte Nacht denke, zieht sich der schmerzhafte Knoten in meinem Bauch fester zusammen – selbst beim Gedanken an die Sachen am Anfang, als ich noch Spaß hatte. Als ich Turbo Shandys (50 Prozent Bier, 50 Prozent Smirnoff Ice, 100 Prozent NIE WIEDER) trank und mit Ellie zu »A Little Bit of Luck« durch den Garten tanzte. Für September war es ziemlich warm – erst nach Mitternacht verlagerte sich die Party in Ellies Haus. Und noch viel später habe ich Alex angerufen. Ich kann nicht fassen, dass ich ernsthaft dachte, ein betrunkener Anruf mitten in der Nacht wäre die perfekte Gelegenheit, um ihm zu sagen, was ich für ihn empfinde. Dass ich mehr als Freundschaft will. Dass das schon seit Ewigkeiten so ist.

Gott sei Dank ist er nicht rangegangen. Nicht, weil ich meine Meinung geändert hätte und es ihm nun nicht mehr sagen wollte. Ich finde nur, dass es irgendwie wichtig ist, dass ich nicht völlig hacke bin, wenn ich das tue.

Ich ziehe mein T-Shirt aus und vermeide es, in den Spiegel zu schauen, bevor ich nach meinem Bademantel greife und ins Bad sprinte. Ich habe knallheiß geduscht, als ich letzte Nacht nach Hause kam, und das mache ich jetzt noch mal und genieße dabei das

Brennen und die rötliche Farbe, die meine Haut annimmt, dann zwinge ich mich aufzuhören und ziehe mir eine Bootcut-Jeans und ein marineblaues Trägertop an – Alex sagt immer, marineblau sei meine Farbe –, bevor ich die Treppe hinunter ins Wohnzimmer stürme.

»Mum, kannst du mich zu Alex fahren?«

»Klar, Hols. *Diagnose: Mord* ist gleich zu Ende.« Ihre Augen huschen vom Fernseher zu mir und wieder zurück. »Ich habe eine Theorie. Siehst du diesen Mann? Alle glauben, dass er seine Frau umgebracht hat, aber ich glaube, sie täuscht ihren eigenen ...«

Damit komme ich jetzt nicht klar. Ob irgendein Typ in einer Serie seine Frau umgebracht hat, ist mit Abstand meine geringste Sorge. Zum Glück war Mum im Bett, als ich letzte Nacht nach Hause kam. Heute kann ich mich zusammenreißen, aber letzte Nacht hätte ich die beste Schauspielerin der Welt sein müssen, um ihr etwas vorzumachen.

»Schon okay, ich geh zu Fuß.« Wenigstens kann ich dann darüber nachdenken, was ich sagen soll.

Soll ich einfach damit herausplatzen? Oder soll ich eine Erklärung vorausschicken? Ihm von der schlimmsten Nacht meines Lebens erzählen – schon allein beim Gedanken an das, was passiert ist, muss ich die Augen zusammenkneifen, und es schüttelt mich. Soll ich ihm sagen, dass der einzige Mensch, den ich danach sehen wollte, er war? Dass er mein bester Freund ist und ich zwar immer wusste, wie wichtig er mir ist, dass er mir in den letzten paar Jahren aber mehr als nur wichtig geworden ist?

Das habe ich bisher nicht mal vor mir selbst zugegeben. Ich bin bis über beide Ohren in Alex Tyler verliebt. VERLIEBT. In meinen besten Kumpel, der immer alle anderen – seinen Dad, seine Freunde, mich – wichtiger nimmt als sich selbst, obwohl er es in den letzten paar Jahren am allerschwersten hatte. Ich liebe es, dass ich mit ihm über alles reden kann und er mir sagt, was er wirklich denkt, und nicht, was ich seiner Meinung nach hören will. Ich liebe es, dass er mir immer noch jedes Mal anbietet, mir meine Tasche abzunehmen, egal wie oft ich ihm sage, dass ich sie sehr gut allein tragen kann. Ich liebe es, dass er Wollpullis anzieht – und das ist nicht mal ironisch gemeint. Ob ich irgendwann auch seine nerdigen Haare lieben kann? Klar. Und wenn nicht, kann ich ihn immer noch zu einem ordentlichen Friseur schicken. Ich liebe es, wie er mir mit einem Desinfektionstuch hinterherwischt, wenn ich uns Sandwiches mache. Ich liebe es, dass er sich so gut mit Sternbildern und Musik und Büchern auskennt – mit Dingen, auf die andere Jungs keinen Gedanken verschwenden. Ich liebe es, dass er seine CDs alphabetisch sortiert. Ich liebe es, dass er *meine* CDs alphabetisch sortiert hat – obwohl ich damals darüber gelacht habe. Habe ich mich überhaupt dafür bedankt? Ich werde es heute erwähnen, nachdem ich ihm gesagt habe, dass ich ihn buchstäblich über alles liebe. (Ich liebe es sogar, wenn er mich darauf hinweist, dass ich das Wort »buchstäblich« falsch benutze.)

Wie wird er reagieren, wenn ich es ihm sage? Wird er antworten, dass er mich auch liebt? So wie ich ihn kenne, wird er erst mal darüber reden wollen. Es nach Alex-Manier überanalysieren, um sicherzugehen, dass ich auch alles gründlich durchdacht habe.

Oder vielleicht wird er entsetzt gucken und mir betreten mitteilen, dass er mich immer nur als beste Freundin – sogar als Schwester – sehen könne und sich zwar geschmeichelt fühle, aber NEIN danke, daraus werde nichts. Ich erinnere mich an den ersten Tag in der Oberstufe, kurz nachdem seine Mum gestorben war. Wir unterhielten uns auf dem Schulweg und kamen irgendwie auf seine Mum und seinen Dad zu sprechen, und weil er so traurig aussah, wollte ich ihn umarmen, aber sein Gesichtsausdruck … Man hätte meinen können, ein tollwütiger Hund hätte mit ihm kuscheln wollen.

Die Erinnerung schmerzt immer noch, aber doch nicht so sehr, dass ich deshalb umkehren, wieder hochgehen und mich ins Bett verkriechen würde. Ich muss es so oder so wissen, und es könnte jetzt meine letzte Chance sein.

Okay, das Timing ist nicht gerade optimal, so kurz bevor ich zum Studieren nach London gehe, während er hier oben in Yorkshire bleibt. Nicht, dass ich die Wahl meiner Uni von ihm abhängig gemacht hätte – so was würde ICH nicht machen. Aber es ist schon ein bisschen frustrierend daran zu denken, dass wir in den letzten sieben Jahren nur ein paar Straßen voneinander entfernt gewohnt haben und trotzdem nichts lief. Wieso hatte ich nicht den Mut, es ihm zu sagen? Ich hätte auf meine Mum hören sollen, die ständig Witze darüber macht, dass wir mal heiraten werden. Das haben alle anderen auch getan, aber ich sagte immer, sie sollten die Klappe halten – und dass wir nur Freunde wären. Ich schätze, eine Ewigkeit lang sagte ich das, weil ich es wirklich für die Wahrheit hielt. Und später dann, weil ich Angst hatte, wenn ich nicht genug protestiere, würden alle wissen, was ich tatsächlich fühle, und sich über mich lustig machen.

Jetzt ist mir egal, was die anderen denken. Und wenn wir es beide ernsthaft wollen, kriegen wir das mit der Fernbeziehung schon hin. Ich werde in allen Ferien nach Hause kommen, und wir können telefonieren – wir telefonieren ja auch jetzt schon immer ewig. Und wir können uns jede Menge Liebesbriefe schicken – das wird total romantisch. Und wenn ich auf Reisen gehe, kann Alex mitkommen. Ich hab was über Briten gelesen, die im Ausland Englisch unterrichten – er will sowieso Lehrer werden.

Es ist verdammt kalt heute – ich schätze, damit ist der Sommer wohl offiziell vorbei –, ich gehe lieber schnell los und lenke mich mit Tagträumen von unseren zukünftigen gemeinsamen Wochenenden ab. Wie ich aus dem Zug steige und direkt in seine Arme laufe, wie er mich hochhebt und ich die Beine um seine Hüften schlinge ... Und auch wenn ich in meiner Fantasie aus einer altmodischen Dampfeisenbahn steige, wird es nicht weniger romantisch sein, wenn ich mit der Midland Mainline ankomme, meinen Rollkoffer bis zu ihm ziehe und dann in seine Arme springe.

»Oh, hallo Holly.« Alex' Dad tritt zur Seite, um mich hineinzulassen. »Hast du keine Jacke an? Es ist schon ganz schön kühl geworden. Möchtest du eine Tasse Tee?«

Normalerweise bin ich immer bereit zu einem Plausch mit Alex' Dad – er ist wahrscheinlich ziemlich einsam –, aber ich lehne ab und versuche, seine Enttäuschung zu ignorieren.

»Sohnemann! Holly ist da«, ruft er die Treppe hinauf. »Geh einfach rauf, Mädchen.«

Alex hat das offensichtlich nicht gehört – er ist in der Dusche und singt irgendetwas darüber, ein »Creep« zu sein, ich glaube, ich kenne die Melodie aus seinem Auto. Ich setze mich auf sein Bett und warte.

Alex' Zimmer ist mir so vertraut wie mein eigenes. Das große Che-Guevara-Poster über dem Bett. Seine Schulbücher in ordentlichen Stapeln auf dem Schreibtisch. Ein knitterfreier Schlafanzug an seinem üblichen Platz – sauber zusammengefaltet auf dem Kopfkissen.

Ich kann nicht fassen, dass es eine Zeit gab, in der ich das spießig fand. Sogar ein bisschen langweilig, wenn ich ehrlich bin. Aber nachdem Alex' Mum starb, bin ich oft hergekommen, um ihn aufzumuntern. Dann haben wir bis spät in die Nacht geredet, bis ich angezogen auf der Bettdecke einschlief, und ich begann, sein Zimmer mit anderen Augen zu sehen. Es ist ein Zufluchtsort. Hier ist man sicher. »Oh, hi«, sagt Alex. Er steht mit einem Handtuch um die Hüften in der Tür, und ich spüre, wie ich rot anlaufe. Wassertröpfchen glänzen auf seiner erst kürzlich kräftiger gewordenen Brust und fließen hinunter zu seiner schlanken Taille. Als ich versuche, hallo zu sagen, ist meine Kehle trocken, und meine Stimme klingt krächzend. Reiß dich zusammen, Holly. Das ist nicht das erste Mal, dass du Alex oben ohne siehst. Mit nassen Haaren und nassen Wimpern, nach Seife duftend.

Ich habe mir noch nie in meinem Leben so sehr gewünscht, jemanden zu umarmen.

»Was kann ich für dich tun, Süße?«

SÜSSE?!

Ich ignoriere seine seltsame Begrüßung und greife nach seiner Hand. »Ich muss dir was sagen.«

»Wegen letzter Nacht, hab ich recht? Wie war's?«

Bilde ich mir das ein, oder ist da etwas leicht Sarkastisches in seinem Tonfall? Ich versuche, ihm in die Augen zu sehen, aber er lässt meine Hand los und schaut sich in seinem Zimmer um, als würde er etwas suchen, was merkwürdig ist, weil sein Zimmer blitzsauber und wie immer perfekt aufgeräumt ist. Ich stecke die Hände in die Taschen meiner Jeans, um meine Verlegenheit zu überspielen.

»Ja, genau darüber will ich mit dir reden. Ich hab versucht, dich letzte Nacht anzurufen. Ich ...«

»Ach ja – sorry, dass ich nicht rangegangen bin.« Er grinst, während er sich Deo unter die Arme schmiert. »Ich hatte ein Date, und sagen wir mal, ich war anderweitig beschäftigt. Wenn du verstehst, was ich meine.«

Für den Fall, dass noch irgendwelche Zweifel daran bestehen könnten, was er meint, zwinkert er mir auffällig zu.

Was um alles in der Welt geht hier vor? Dies ist ein völlig Alexuntypisches Verhalten. Der Alex, den ich kenne, ist freundlich, aufmerksam, lieb ... und vor allem, mit wem zum Teufel hatte er ein DATE?

»Mit wem hattest du ein Date?«

»Du kennst sie nicht. Sie heißt Jane. Sie ist ziemlich heiß. Große Brüste. Gute Küsserin.«

Ich glaube, ich bin im falschen Film. Solche Sprüche kommen sonst eigentlich nur von Kev. Und wenn er die ablässt, versteckt Alex normalerweise sein Gesicht in den Händen und schüttelt den Kopf.

Ich habe mir schon tausendmal vorgestellt, wie es wäre, Alex meine Gefühle zu gestehen, aber ich hätte nie gedacht, dass ich dabei so nervös sein würde. Ich kann einen Typen fragen, ob er mit mir zusammen sein will. Ich muss nicht das arme, verschüchterte Mauerblümchen spielen, das wartet, bis es gefragt wird. Und ganz ehrlich, er kann keine sehr tiefen Gefühle für diese Jane haben – sie haben sich bestimmt gerade erst kennengelernt. Es kann unmöglich mit dem vergleichbar sein, was wir haben. Oder?

»Und hast du vor, sie wiederzusehen?« Sag nein, sag nein, sag nein.

»Aber hallo, ich hoffe sogar, dass ich sie heute Abend wiedersehe. Deswegen habe ich geduscht.«

Er zwinkert noch einmal, und mir bleibt das Herz stehen, ob vor Eifersucht oder Scham, weiß ich nicht. Ist das alles ein GEWALTIGER Fehler? Dachte ich die ganze Zeit nur, ich wäre in Alex verliebt, obwohl ich eigentlich in irgendeine fiktive Version von Alex verliebt bin, die nur in meinem Kopf existiert, und in Wirklichkeit kenne ich ihn gar nicht? Wie damals, als ich jahrelang für unseren Französischlehrer Mr Abel schwärmte und einen ganzen Sommerurlaub mit Tagträumen verbrachte, in denen ich fünfundzwanzig war und ihn in einem Café in Paris kennenlernte, wo wir uns bei einem Croissant verliebten und unter dem Eiffelturm küssten. Und dann ging ich im

September ganz beseelt in seine erste Stunde, aber als er dann mit seinem über die Ferien neu gezüchteten Schnurrbart hereinkam und anfing, von der Konjugation französischer Verben zu reden, dachte ich nur: Voulez-vous mich verarschen?

Vielleicht ist dieser Schmerz nicht mein Herz, das gerade zerbricht. Vielleicht ist es nur die Enttäuschung darüber, dass Alex doch so ist wie die anderen Jungs – die so tun, als würden sie einen wirklich mögen, nur damit sie kriegen, was sie, beziehungsweise ihre Schwänze, wollen.

Aber er wäre mir nicht so wichtig, wenn meine Gefühle nicht echt wären. Und ich kann ihn doch unmöglich die ganze Zeit falsch eingeschätzt haben, oder? Ich versuche noch einmal, Blickkontakt herzustellen.

»Wieso starrst du mich so an?«, fragt er lachend, und ich spüre, wie meine Wangen glühen. Ich habe nicht mal Zeit, es abzustreiten, bevor er fortfährt: »Was wolltest du mir denn sagen, Süße?«

Okay, woher kommt jetzt bitte schön dieser »Süße«-Scheiß? Ich habe ihn noch nie in seinem Leben irgendjemanden Süße nennen hören – er klingt komisch, wenn er das sagt. *Ich bin's, Holly!*, will ich rufen. Aber ich kann nicht. Ich kann nichts von den Dingen sagen, die ich eigentlich sagen will, denn das hier hätte komplett anders laufen sollen.

Stattdessen schlucke ich den Kloß in meinem Hals hinunter und lächle resigniert. »Ich wollte mich nur verabschieden. Die nächsten paar Tage bin ich mit Packen beschäftigt, und dann fährt Dad mich runter nach London. Und wer weiß, wann wir uns dann wiedersehen?«

Ich mustere ihn und warte auf eine Reaktion, aber sein Gesicht ist ausdruckslos. Als er den Mund aufmacht, um etwas zu sagen, gestatte ich mir dennoch einen Augenblick lang die Hoffnung, dass er fragen wird, was ich da rede – dass wir uns natürlich in den nächsten Tagen sehen werden, selbst wenn das bedeutet, dass er mir beim Packen helfen muss. Und selbstverständlich werden wir uns ganz oft besuchen. Und dann wird er mich an sich ziehen, um mich zu umarmen, und ...

»Wer weiß?« Er zuckt mit den Schultern. »Vielleicht gibt es in zehn Jahren ein Nachtreffen in der Schule. Bis dann bist du zurück von deinen Reisen, hast einen sexy Australier geheiratet und einen Haufen Kinder bekommen.«

»Ja, vielleicht.« Ich lache leise. »Aber dann bist du schon irgendwo anders Rektor geworden und zu beschäftigt mit deiner eigenen Schule, um zur Mothston Grammar zurückzukommen.«

»Vielleicht.«

Ich greife nach seiner Hand, und wir sehen einander etwa sieben Sekunden lang in die Augen, bevor er sich losreißt und sich das nasse Haar aus dem Gesicht streicht. Dann zupft er an einem losen Faden an seinem Handtuch und sieht dabei so beklommen aus, wie ich mich fühle, also murmele ich einen letzten Abschiedsgruß, stehe auf und schließe hinter mir die Tür.

Erst als ich die Treppe hinunter- und zur Haustür hinausgehe, fange ich an zu weinen. Ich weiß nicht, wann und ob ich Alex Tyler je wiedersehen werde, aber eins weiß ich: Ich kann es gar nicht erwarten, so schnell wie möglich aus dem Kaff hier herauszukommen.

ZWEITES KAPITEL ALEX

Januar 2010

ONOMATOPOESIE.

Ich drehe mich um und frage meine Siebtklässler, was das Wort an der Tafel bedeutet. Acht Hände schießen nach oben. Die üblichen Verdächtigen.

»Ja, Isabella?«

»Onomatopoesie ist ein Wort, das so klingt wie die Sache, die es beschreibt«, verkündet sie, als würde sie aus einem Lehrbuch vorlesen. »Wie zum Beispiel knallen oder klatschen.«

»Gut«, sage ich pflichtgemäß. »Okay, fallen jemandem noch andere Beispiele für lautmalerische Wörter ein?«

Diesmal ignoriere ich diejenigen, die schnipsen, und versuche stattdessen, Blickkontakt zu den weniger mitteilsamen Schülern herzustellen.

»Jack?«, sage ich hoffnungsvoll.

Jack Couchman ist derjenige, der in der Mothston Grammar die Rolle des Rebellen am ehesten erfüllt, obwohl seine schlimmsten Vergehen darin bestehen, dass er sich weigert, sein Hemd in die Hose zu stecken, und dass er hin und wieder ein paar freche Antworten gibt. In den letzten paar Jahren habe ich mich oft dabei ertappt, wie ich mir wünschte, die Jugendlichen hier hätten etwas mehr Widerstandsgeist: Ich sehne mich danach, einen meiner Neuntklässler in der Sackgasse hinter dem Technikgebäude beim Kiffen zu erwischen oder wenigstens eine Spur von Vandalismus in einem der Computerräume zu entdecken. Nicht, dass ich so etwas gemacht hätte, als ich hier selbst Schüler war und an dem Platz saß, den nun Isabella Streber eingenommen hat.

»Was ist mit Fotze, Sir?«, antwortet Jack, wobei er einen Kugelschreiber zwischen zwei Fingern wippen lässt. Die anderen prusten anerkennend los, und ich lasse Jack in seinem Erfolg baden. Er ist unproblematisch, wenn man ihm ab und zu etwas durchgehen lässt. Außerdem bin ich an diesem Nachmittag nicht mit ganzem Herzen bei den Grundbegriffen der Linguistik. Ich bin aufgeregt wegen heute Abend.

»Warum machen wir das, Sir?«, fragt Jack, nachdem das Gelächter verklungen ist. »Wieso müssen wir wissen, was Onomatodingsbums ist?«

Ich schaue zum Fenster hinaus in der Hoffnung, dort Inspiration zu finden. Ich habe aufgehört zu zählen, wie oft ich in den letzten sechs Jahren gefragt wurde, warum wir etwas machen, und trotzdem fällt mir immer noch keine befriedigendere Antwort ein als: »Damit ihr eure Prüfung besteht.« Was garantiert das Einzige ist, worüber die meisten Schüler der Mothston Grammar sich je Sorgen machen müssen, aber trotzdem.

Als ich davon träumte, Lehrer zu werden, sah ich mich als einen dieser mitreißenden Typen, die man aus Filmen kennt – eine Mischung aus Coach Carter und John Keating in *Der Club der toten Dichter*. Aber irgendwie kann ich mir nicht vorstellen, wie Samuel L. Jackson oder Robin Williams eine Diskussion über Onomatopoesie führen. Oder über Geschlechtsorgane, wenn wir schon mal dabei sind.

Fünf Stunden nach dem letzten Klingeln der Woche betrete ich den Bahnhof von Mothston, wo die Fensterläden des kleinen Lokals bereits geschlossen sind, das einst Sue, einer Freundin meiner Mum, gehörte. Sue hatte schwache Nerven, was das Tragen einer Tasse inklusive Untertasse zu einer lärmintensiven Angelegenheit werden ließ, und nachdem sie einen Zusammenbruch erlitt, verkaufte sie schließlich das Café. Sie versuchte sich als Friseurin, und Mum lud sie oft in unsere Küche ein, um an meiner Wenigkeit zu üben, als hätte ich noch irgendwelche Hilfe dabei gebraucht, Frauen abzuschrecken.

Ich gehe an dem Café vorbei, schaue auf die elektronische Anzeigetafel, um zu sehen, wann der nächste Zug aus York ankommt, und setze mich neben den Fahrkartenautomaten. Dort wollen wir uns treffen. Ich ertappe mich dabei, wie ich mit den Fingern nervös auf meine Oberschenkel klopfe, also stecke ich die Hände in die Taschen, während ich zum Glasdach hinaufblicke und feststelle, dass es mit Taubendreck übersät ist. Vor meinen Augen bilden sich verschiedene Kot-Konstellationen, und ich frage mich, wieso ich dieses Fäkaluniversum bisher nie bemerkt habe. Ich denke gerade, dass es irgendwie so ähnlich ist, wie die Sterne zu betrachten, als ein Schatten mir die Aussicht verdunkelt.

Sie ist es. Fiona. Mein erstes Onlinedate. Sie trägt eine enge Jeans, einen Mantel mit Gürtel und einen wie mit der Wasserwaage geschnittenen Pony, der sie wie eine Frau aussehen lässt, die etwas Interessantes zu sagen hat.

Ich weiß, wie das klingt: Online-Dating. Der einzige Grund, weshalb ich mich letzten Monat dafür angemeldet habe, war, dass ich mich langsam fragte, wie ich je eine Freundin finden sollte in einer Stadt, wo jede infrage kommende Frau meine Lebensgeschichte kennt, einschließlich der Anekdote, dass ich als Teenager einmal im Religionsunterricht eine Erektion bekam. Ich hatte keine Erektion im Religionsunterricht – meine neue Cordhose hatte sich im Schritt aufgebauscht. Aber sobald Dean Jones »Alex Tyler hat einen Steifen!« schrie, hatte ich meinen Ruf weg.

Und hier bin ich nun und halte Fiona die Tür auf, als wir das White Horse betreten.

»Du siehst toll aus«, sage ich, aber sie reagiert nicht auf das Kompliment.

Ich habe das White Horse ausgesucht, weil es einer dieser urigen kleinen Pubs ist, in denen Dekorationen an den Balken hängen, und vor allem, weil es dort viele ruhige Ecken gibt, wo man jemanden in Ruhe kennenlernen kann, ohne von den Einheimischen begafft zu werden.

»Alex!«, ruft eine Stimme, als wir uns der Bar nähern, eine Stimme, die ich augenblicklich Rod, einem Kumpel meines Dads, zuordne. Er stellt seinen Humpen auf die Bar, mustert Fiona und schenkt mir ein anerkennendes Zwinkern, das in etwa so subtil ist wie die Badebekleidung von Sacha Baron Cohen in *Borat*.

Beschämt hole ich eine Flasche Rotwein und entschuldige mich bei Fiona, als wir uns im leeren Hinterzimmer an einen Tisch setzen.

In diesem Teil des Nordens gibt es zwei Arten von Städten: Städte, die für irgendwas berühmt sind (Kuchen, eine Fernsehshow, eine große rechte Wählerschaft), und Städte, die das nicht sind. Mothston gehört zu Letzteren, und der einzige Grund, weshalb Leute hier wohnen, ist, dass sie schon immer hier gewohnt haben. Wie Rod und ich.

Ich gehörte nicht zu jenen, die es in ihrer Jugend gar nicht erwarten konnten, von hier zu verschwinden, aber ich hatte auch nie vor, so lange zu bleiben. Mum starb kurz vor der Oberstufe, und als ich mich dann für eine Uni entscheiden musste, brachte ich es nicht übers Herz, Dad allein zu lassen.

»Du wirst hier drin bald was über mich lesen«, sagte er, nachdem ich erwähnte, dass ich den Südwesten, vielleicht Exeter, in Erwägung zöge. In dem Moment überflog er gerade die Todesanzeigen in der Lokalzeitung. Als ich Zweifel äußerte, ob man den *Herald* wohl in Exeter bekommen würde, zog er sich mit einer Flasche Diazepam in sein Zimmer zurück, und ich entschied mich, lieber doch nach York zu pendeln.

Vier Jahre später machte ich meinen Abschluss, und obwohl Dad keine Tabletten mehr nahm, wusste ich, dass er allein nicht klarkommen würde. Mein Dad, der das Internet noch immer eine Datenautobahn nennt, mein Dad, der einfach nicht weiß, was der Unterschied zwischen »als« und »wie« ist. Also bewarb ich mich um eine Stelle an der Mothston Grammar.

Anfangs nahm ich es ihm übel, gab ihm die Schuld daran, dass ich so vieles nicht gemacht hatte, aber je älter ich wurde, umso leichter konnte ich mir vorstellen, wie es für ihn gewesen sein muss, den Menschen zu verlieren, den er am meisten auf der Welt geliebt hatte. Kein Wunder, dass ihn das aus der Bahn geworfen hat.

Ich entscheide mich dagegen, an diesem Punkt meine Lebensgeschichte mit Fiona zu teilen, und stattdessen sitzen wir da und lassen uns von den ersten paar Schluck Wein die Kehle wärmen, als vier Typen in Fußballtrikots zur Tür hereinstürmen. Ich erkenne die Farben von Leeds United; Dad hatte früher eine Dauerkarte.

»Du bist aber kein Fußballfan, oder?«, zischt Fiona, wobei sie das Wort »Fußball« mit so viel Verachtung ausspricht, als würde sie über Hitler oder Pädophilie oder so reden.

»Eher nicht«, antworte ich mit einem beschwichtigenden Lächeln. Meine Samstagnachmittage verbrachte ich schon früher in der Regel auf dem Sofa, las Klassiker und trank mit Mum heiße Schokolade.

»Ist es zu viel verlangt, dass du keiner bist?«

»Nope.«

»Wieso sind alle Männer so verrückt danach?«

»Bin ich nicht.«

»Bei meinem Ex hieß es andauernd Arsenal dies und Arsenal jenes. Am Ende habe ich ihn vor die Wahl gestellt: entweder ich oder Arsène Wenger und sein verfluchter Idiotenverein.«

»Und für wen hat er sich entschieden?«

»Für Arsène Wenger.«

Fiona lehnt sich zurück, reibt sich über die Arme, als wäre ihr kalt, und ehe wir uns versehen, sind wir mitten in unserem ersten peinlichen Schweigen. Es ist wie ein schwarzes Loch – je weiter wir vordringen, desto schwerer wird es, wieder herauszukommen.

»Und, macht dir das Unterrichten Spaß?«, fragt sie schließlich, und ich trinke einen Schluck Wein, bevor ich antworte.

Manche Lehrer landen in einem Klassenzimmer, weil ihnen nach der Uni nichts Besseres eingefallen ist. Und das ist okay. Bei einigen der besten Lehrer, die ich kenne, ist es so gelaufen. Aber ich gehöre zu den anderen, zu den naiven Trotteln, die glaubten, sie könnten etwas bewirken.

Fiona steckt sich zwei Finger in den Hals, als ich das erkläre, und mir wird bewusst, wie klischeehaft das klingen muss, aber so denkt man nun mal mit zweiundzwanzig.

»Okay«, sage ich, um ein weiteres kosmologisches Vakuum zu vermeiden. »In deinem Profil steht, dass du gern liest. Welches Buch würdest du mit auf eine einsame Insel nehmen?«

»*Wie man Freunde gewinnt*«, platzt sie heraus, ohne eine Sekunde nachzudenken, und ich versuche, nicht zu irritiert zu gucken.

»Wofür würdest du das brauchen auf einer …«

»Du solltest das auch lesen, vielleicht hilft es dir bei den Schülern.« Fiona schluckt den Rest ihres Weins hinunter. »Oder mach es wie ich: Gründe eine Druckerei. Übrigens, hundertzwanzigtausend – das war mein Umsatz letztes Jahr.«

Ich hatte mir für heute Abend Hoffnungen gemacht. Die Website sagte, wir seien kompatibel, und wir hatten uns zahlreiche, lange E-Mails geschrieben. Aber wenn ich ein Bild für unser Date finden müsste, wäre es bisher nichts als ein Vogelküken, das verzweifelt mit den Flügeln schlägt, während es versucht, zum ersten Mal zu fliegen.

Wir lächeln einander über den Tisch hinweg schweigend an, und ich schlage vor, etwas essen zu gehen, damit wir uns leichter entspannen können. Sie will erst noch eine rauchen. Sie sieht unglücklich aus, wie sie den Rauch seitlich durch ihre immer schmaler werdenden Lippen bläst und mit trotzigem Blick vor sich hin starrt. Ich fülle die Stille, indem ich sie frage, ob sie auf einen bestimmten Typ steht, und erfahre, dass ihr Traummann exakt eins achtundachtzig groß ist (ich bin eins fünfundachtzig), kurze dunkle Haare hat (meine Haare sind dunkel, gehen mir aber bis über die Ohren), athletisch (Fehlanzeige) sowie erfolgreich ist (ich wohne immer noch bei meinem Dad) und sich mit ihren Freunden gut versteht (ich bezweifle, dass ich sie jemals kennenlernen werde).

Ich höre geduldig zu, während sie ihre Auswahlkriterien auflistet. Ich für meinen Teil wünsche mir einfach eine Frau, die ich attraktiv finde, die etwas mit ihrem Leben anfangen will und die meinen Humor versteht. Ist das zu viel verlangt?

Ich lasse eine bösartige Vorstellung in meinem Kopf Gestalt annehmen, die Vorstellung, ich würde immer schneller gehen, bis sich meine Schritte zu einem Sprint beschleunigen. Ich renne, ohne mich noch einmal umzusehen, die kühle Luft des späten Januars kann mir nichts anhaben dank der Wärme meiner Erleichterung darüber, entkommen zu sein.

Ich bin in Gedanken schon fast zu Hause angelangt, als ein Kellner mir eine laminierte Speisekarte reicht. Und genau in diesem

Moment geraten Fiona und ich in unser finales schwarzes Loch. Das ist der Punkt, ab dem es kein Zurück mehr gibt.

»Wann kapierst du endlich, dass heutzutage niemand mehr Dates hat?«, spottet Kev, als ich mich dem Ende meiner Geschichte nähere.

»Es kommt noch mehr«, sage ich mit einem matten Lächeln. Ich erzähle, dass Fiona, sobald wir beim Restaurant ankamen, erklärte, sie sei Vegetarierin.

Kev stellt sein Glas auf die schmuddelige Ahornplatte und hustet in seine rechte Hand. »Na und?«

»Und als ich ein Steak bestellt habe, hat sie verlangt, dass ich was anderes nehme.«

»Ähm, sie hat es *verlangt?*«

»Jep, sie hat mir die Spinatlasagne vorgeschlagen.«

»Und was hast du gemacht?«

»Ich hab meine Bestellung geändert.« Ich warte, bis er empört den Mund aufreißt. »Ich habe stattdessen die gemischte Grillplatte genommen.«

Ich weigere mich, mit ihm abzuklatschen, und zwar nicht, weil ich etwas gegen Abklatschen hätte (obwohl ich schwöre, dass er mir in der Schule einmal übel auf den Arm gehauen hat, als ich es versuchte). Es liegt an den Viren, die er gerade in seiner Handfläche abgeladen hat. Und an der Tatsache, dass ich nicht besonders in Feierlaune bin.

»Wer hat das Essen bezahlt?«, fragt er.

»Ich.«

»Und wie viel hat es gekostet? Fünfzig Tacken?«

»Ein bisschen mehr.«

»Das ist so typisch von dir, Alex. Ein echter Vollidiot, was Frauen anbelangt.«

»Typisch *für*...« Ich geb's auf. Eine Exfreundin sagte mir einmal, man müsse mindestens fünfzig sein, um die Ausdrucksweise anderer Leute außerhalb des Klassenzimmers ungestraft korrigieren zu dürfen. Das reicht mir schon fast, um mich auf mein mittleres Alter zu freuen.

»Vergiss es. Was meinst du damit, dass die Leute heutzutage keine Dates mehr haben? Wie soll man denn sonst eine Freundin finden?«

»Ähm, man vögelt, Alex. Man vögelt, und dann vögelt man noch mal. Und wenn es nach dem fünften Mal immer noch Spaß macht, ist sie deine Freundin.«

»Für mich klingt das eher nach einer Bettbeziehung.«

»Hattest du schon mal eine Bettbeziehung, Alex?«

»Nope, ebenso wenig wie ...«

»Also, dann halt's Maul, wenn es um Bettbeziehungen geht.«

Wieso gebe ich mich immer noch mit Kev ab? Wieso komme ich immer noch jeden Samstagnachmittag in den Lion? Vermutlich, weil es in Mothston sonst nichts zu tun gibt. Früher waren wir hier immer zu dritt, aber Rothers ist nach seiner Verlobung in den gesellschaftlichen Ruhestand getreten.

Vor ein paar Jahren sah es für Kev etwas rosiger aus, als er sich noch freiwillig den Kopf rasierte und sein Bauch nicht so groß war, dass man ein Bierglas darauf abstellen konnte. Und was mich angeht? Ich schlafe immer noch in dem Zimmer, in dem ich vor Jahren dieses Poster mit dem Periodensystem aufgehängt habe. Ich schätze, ich habe darauf gewartet, mit jemandem zusammen einen Bausparvertrag abzuschließen, und jetzt, mit Ende zwanzig, drehe ich mich im Kreis: keine Freundin, keine Chance, mir ein Haus leisten zu können; kein Haus, geringere Chancen, eine Freundin zu finden.

Kev hebt sein leeres Glas hoch und wedelt mir damit vor dem

Gesicht herum, und als ich mit der nächsten Runde zurückkomme, ist von irgendwo mein Dad aufgetaucht und hat sich neben Kev gesetzt, wo er unruhig hin und her rutscht. Er fragt, wie mein Date gelaufen sei, obwohl ich es ihm gegenüber nie erwähnt habe. Kev zuckt mit den Schultern, wie um zu sagen: *Was schaust du mich an?*

»Was führt dich denn hierher?«, frage ich, aber anstatt zu antworten, kratzt er sich in der Handfläche und schaut dabei abwechselnd auf mich und auf seine Hand. Nach einer Ewigkeit holt er tief Luft und verkündet, dass er das Haus verkaufen werde.

»Was meinst du damit, du verkaufst das Haus?«, stammle ich.

»Ich habe ein Boot gekauft.«

»Du hast ein Boot gekauft?« Jetzt muss ich lachen. Das ist offensichtlich irgendein Streich, den die beiden gemeinsam ausgeheckt haben. Wahrscheinlich gibt sich in den nächsten Sekunden ein Fernsehteam zu erkennen.

»Ein Hausboot.«

»Ich kann nicht in einem Hausboot wohnen.«

Kev lehnt sich zurück, verschränkt die Arme und genießt das sich entfaltende Drama.

»Es wird ein paar Monate dauern, bis ich das Haus verkauft habe, du wirst also nicht von jetzt auf gleich auf der Straße sitzen.«

Ich starre ihn ungläubig an.

»Wovon in aller Welt redest du? Seit wann willst du denn in einem Hausboot wohnen?«

»Deine Mutter und ich haben oft darüber gesprochen. Ich habe darauf gewartet, dass du ausziehst, aber, na ja …«

»Du hast darauf *gewartet,* dass ich ausziehe?«

Dad schenkt mir ein Lächeln, das ich als versöhnliche Geste interpretiere, so als würde er es mir nicht nachtragen, dass ich ihn all die Jahre daran gehindert habe, seinen Traum zu verwirklichen.

In meiner Kehle stauen sich tausend empörte Erwiderungen. Eine oder zwei Minuten lang sagt niemand ein Wort, bis Kev mit beiden Händen flach auf den Tisch schlägt.

»Ich hab's«, verkündet er und dreht sich begeistert zu mir. »Die Lösung all deiner Probleme. Du kannst bei mir einziehen. Es sieht nicht so aus, als würden meine Eltern aus dem sonnigen Spanien je wieder zurückkommen. Wir können uns die Miete teilen und aus dem Haus eine richtige Junggesellenbude machen. Was sagst du dazu, Sackgesicht?«

DRITTES KAPITEL HOLLY

»Hallo, du fette, erbärmliche, alte Katzenmutti.«

Was Geburtstagsglückwünsche angeht, ist das nicht gerade der netteste, den ich je gehört habe. Aber er kommt von Jemma, und wenn ich jedes Mal beleidigt wäre, sobald sie etwas Beleidigendes sagt, würde ich andauernd so aussehen wie der Typ auf der Brücke von dem Bild *Der Schrei.*

»Nur noch ein Jahr bis zur großen Drei-Null, was? Du tust mir echt leid«, fährt sie in ihrem breiten Glasgower Akzent fort, während sie sich ihre Jeansjacke auszieht. »Was machst du überhaupt hier? Wir fangen doch erst in fünfundvierzig Minuten an zu arbeiten.«

»Ich bin immer um diese Uhrzeit hier. Nur du bist nie hier, um es zu bemerken. Die Frage ist eher, was du hier machst. So FRÜH.«

»Ich bin gekommen, um deinen Tisch mit Luftballons und diesen kleinen Happy-Birthday-Dingern zu dekorieren, die man noch nach Wochen in sämtlichen Körperöffnungen findet.«

»Herzlichen Dank«, sage ich, obwohl es mich innerlich schüttelt.

»Du musst dich nicht bedanken – ich hab die Deko aus Versehen in der U-Bahn liegen lassen.«

»Das macht nichts – der gute Wille zählt.«

Ich habe Jemma wirklich gern, aber Gott sei Dank ist sie nicht jeden Tag um diese Uhrzeit hier. Ich genieße die erste Stunde, bevor alle anderen kommen – dann kann ich ganz ungestört meine Arbeit erledigen. Melissa ist normalerweise auch früh da, aber sie gibt sich nicht mit Small Talk ab.

»Unfassbar! Jetzt bin ich einmal früh dran, und genau an dem Morgen hat mein Chef ein Frühstücksmeeting.« Jemma schmollt in Richtung von Martin Coopers Tür. »Ich hätte die Schleimpunkte gut brauchen können – er hält mich garantiert für eine grottenschlechte Assistentin.«

Sie ist eine grottenschlechte Assistentin, aber den Kommentar spare ich mir.

»Dann schreibe ich ihm eben einfach eine Mail, damit er weiß, dass ich da war.« Sie beginnt, auf ihrer Tastatur herumzuhacken. »Was ist mit deinem – ist er schon da?«

Wie auf Kommando kommt Richard Croft aus seinem Büro.

»Morgen, die Damen. Du siehst gut aus, Jemma – hast du irgendwas mit deinen Haaren gemacht?«

»Ich probiere gerade eine neue Pflegeserie aus«, sprudelt sie los, während sie sich ihre gesträhnten Locken über die Schulter wirft. »Wie schön, dass du das bemerkt hast.«

»Kein Problem. Holly, hast du kurz Zeit für ein Update?«

Richard ist schon fast wieder an seiner Tür angelangt, als Jemma ruft: »Übrigens, Holly hat heute Geburtstag. Falls du ihr einen Geburtstagskuss geben willst oder so.«

»Oh, ja. Ähm, alles Gute, Holly.« Richard zögert für den Bruchteil einer Sekunde, kommt dann an meinen Tisch zurück und drückt mir einen weltrekordverdächtig kurzen Kuss auf die Wange, bevor er sich wieder umdreht.

»Äh, danke«, stammle ich in Richtung seines Rückens.

»Du wirst rot, Hols«, kichert Jemma, sobald er verschwunden ist. »Mann, morgen sage ich auch, dass ich Geburtstag habe, wenn ich dafür einen Kuss von Richard Croft bekomme.«

»Hoffentlich erstickst du an deinem Croissant«, antworte ich liebenswürdig und folge Richard in sein Büro.

»Das war vielleicht seltsam«, sagt er, als ich die Tür schließe.

»Gott, ich weiß – tut mir leid wegen Jemma. Außerdem war das der schlechteste Geburtstagskuss der Welt. Kann ich jetzt bitte einen richtigen haben?«

Richard steht auf und lacht, während er mit einer Hand meine Taille umfängt und die andere an meinen Hinterkopf legt. Er beginnt damit, ganz leicht und sanft über meine Mundwinkel zu streichen. Seine Lippen werden voller und fester, als sie meine erreichen, und das ist so ziemlich der Punkt, an dem es kein Zurück mehr gibt – wir schießen die Richterskala der leidenschaftlichen Hingabe hinauf.

Plötzlich merke ich, dass der Kuss vorbei ist und ich immer noch mit geschlossenen Augen dastehe. Ich fühle mich wie auf Wolken. Ich sollte wohl besser etwas sagen, damit er nicht denkt, ich wäre tot.

»Danke noch mal für das Geschenk – es ist wunderschön«, beginne ich, während ich die Handflächen auf seine feste Brust lege. Er ist gestern Abend mit mir essen gegangen und hat mir eine schwarze Mulberry-Tasche aus weichem Leder geschenkt. Es ist die teuerste Tasche, die ich je hatte. Mit kilometerweitem Abstand. Selbst wenn alle meine anderen Taschen zusammen gegen sie antreten würden, hätten sie trotzdem keine Chance zu gewinnen. Ein Teil von mir möchte, dass ich sie für immer in meinem Schrank aufbewahre, damit ihr ja nichts passiert, so schön ist sie, aber ich will auch nicht, dass Richard denkt, sie würde mir nicht gefallen.

»Sehr gern, Liebling. Ich muss heute Mittag noch mit Martin zu einem Pitch-Meeting bei einem Kunden, deshalb wollte ich die Chance nutzen, um dir zu gratulieren.«

»Danke. Aber du hättest mich heute Morgen ruhig wecken können – ich wäre mit dir hergekommen.«

»Du hast so schön ausgesehen, wie du dalagst und geschlafen hast – ich wollte dich nicht wecken.« Er streicht mir das Haar hinters Ohr. »Außerdem habe ich deinen Boss gefragt, und er fand auch, dass du es verdient hast, an deinem Geburtstag auszuschlafen. Du hast so hart gearbeitet – wenn du nicht gewesen wärst, hätten wir keine Chance bei diesem Pitch. Ohne dich würde hier gar nichts laufen. Das habe ich gestern auch zu Martin gesagt.«

Ich winke ab und lächle beschämt.

»Ich meine das ernst«, sagt er. »Ich will, dass er dich auf dem Schirm hat. Er soll dich nicht als Sekretärin abstempeln.«

Er rückt seine blaue Hugo-Boss-Seidenkrawatte zurecht und setzt sich wieder an seinen Schreibtisch.

»Kannst du heute Abend sicher nicht kommen?«, frage ich beiläufig, während ich mein marineblaues Wickelkleid glattstreiche.

»Süße, ich würde unheimlich gern kommen. Aber ich konnte gestern nicht nein sagen, als Martin mich gebeten hat, mit ihm heute länger zu bleiben – ich kann ihm ja schlecht sagen, wo ich hinmuss. Es tut mir wirklich leid.«

»Schon okay«, sage ich schnell. »Es ist nur so, dass Leah, Rob und Susie dich unbedingt kennenlernen wollen – und Susie bringt auch ihren neuen Freund mit, um ihn uns vorzustellen.« Ich füge nicht hinzu, dass ich nicht besonders scharf darauf bin, mich an meinem Geburtstag wie das fünfte Rad am Wagen zu fühlen.

»Ich weiß. Ich finde es auch echt schade, dass ich nicht dabei sein kann.«

»Es ist wirklich nicht so schlimm. Es wird noch andere Gelegenheiten geben.«

Jetzt sind wir schon neun Monate zusammen, und er hat meine zwei besten Freundinnen immer noch nicht kennengelernt. Aber wenigstens wissen sie, dass wir zusammen sind. Sonst weiß es niemand. So ist das eben, wenn man seine Beziehung geheim hält. Trotzdem ist das vermutlich immer noch besser, als es allen zu sagen und in ihren Augen dann als die Klischee-Sekretärin dazustehen, die mit ihrem Chef vögelt.

So ist es nämlich überhaupt nicht. Denn er ist nicht verheiratet, und wir haben auch keine AFFÄRE – wir waren beide Single, als wir zusammenkamen.

Er ist nicht ALT oder SCHMIERIG. Er ist fünfunddreißig, gut in Form, und er berührt mich nur dann unangemessen, wenn es angemessen ist.

Ich versuche nicht, mich HOCHZUSCHLAFEN. Obwohl Richard mich immer ermutigt, mich in der Firma mehr in den Vordergrund zu stellen, bin ich gern seine Assistentin – wir sind ein gutes Team. Der einzige Grund, weshalb wir beschlossen haben, unsere Beziehung geheim zu halten, war, weil wir nicht wollten, dass die Leute die Situation in irgendeiner Weise falsch interpretieren. Außerdem war das ganze Versteckspiel ziemlich heiß.

Wenn man mal darüber nachdenkt, sieht es eigentlich gar nicht mehr aus wie ein einziges, riesiges Klischee. Eher wie eine klassische Liebesgeschichte.

Junge und Mädchen lernen sich kennen. Das Mädchen verliebt sich in den Jungen. Der Junge verliebt sich in das Mädchen, obwohl er das nicht tun sollte, und zusammen überwinden sie sämtliche Hindernisse des Lebens, um allen Widrigkeiten zum Trotz ein Paar zu werden.

Wollen wir doch mal sehen, ob wir nicht glücklich und zufrieden leben bis ans Ende unserer Tage.

Inzwischen sind alle an ihren Plätzen eingetrudelt, und ich werde empfangen von einem Chor aus »Alles Gute, Holly«, »Glückwunsch, Hols«, »Schlag ein, alte Schachtel!« (Danny) und »Geht das auch ein bisschen leiser?« (Melissa). Ich schnappe mir meinen Block und beginne mit meiner To-do-Liste.

Ich liebe To-do-Listen. Andere Leute stehen auf Schuhekaufen, Schokodonuts oder Facebook. Ich stehe darauf, die Dinge aufzuschreiben, die ich erledigen muss, und sie dann durchzustreichen, sobald sie erledigt sind. Das war schon in der Uni so. Leah und Susie haben mich immer damit aufgezogen. Wenn ich nicht hinschaute, fügten sie meiner Liste abwechselnd Dinge hinzu wie »Toilette putzen«, »Meinen Mitbewohnerinnen Tee kochen« und »Mich mit wichtigeren Dingen als dieser Liste beschäftigen«.

Ich rufe beim Restaurant an, um die Reservierung für das Essen heute Abend von sechs auf fünf Leute zu korrigieren, und streiche mit meinem Stift gerade zufrieden RESTAURANT ANRUFEN durch, da wirft Martin Coopers Eins-fünfundneunzig-Silhouette einen Schatten über meinen und Jemmas Schreibtisch.

»Schiff ahoi«, donnert er. »Jemma, kannst du kurz in mein Büro kommen, damit wir die Leinen losmachen?«

Er verschwindet hinter der Holztür mit seinem Namensschild, während Jemma einen Notizblock aus einem ihrer Müllhaufen fischt.

»Okay, ich geh rein«, sagt sie. »Aber wenn er auch nur versucht, mit mir irgendwas loszumachen, rufe ich die Frauenbeauftragte.«

Ich habe drei weitere Dinge von meiner Liste gestrichen, bis Jemma wieder rauskommt und Danny auf seinem Drehstuhl heranrollt.

»Alles klar, Essex?«, spottet Jemma.

»Hello, Scotland«, antwortet er in einem misslungenen Versuch, Jemmas Akzent nachzuahmen. »Ladys, ich habe eine Frage an euch. Hättet ihr lieber einen Finger zu wenig oder einen Zeh zu viel?«

»Das ist einfach«, antwortet Jemma. »Einen Zeh zu viel. Die Füße sind ja die meiste Zeit versteckt, die Hände sieht man fast immer.«

»Außerdem, wo würde man Handschuhe mit vier Fingern auftreiben?«, füge ich hinzu, ohne vom Bildschirm aufzuschauen. »Bei Socken hingegen werden die Zehen nicht unterteilt, also macht es keinen Unterschied.«

Danny nickt zufrieden. »Einverstanden. Das sind gute, logische Argumente.«

Wir mögen Danny, obwohl er jeden dritten Satz mit »wenn du verstehst, was ich meine?« beendet, auch wenn er nie irgendwas sagt, was auch nur ansatzweise missverständlich wäre.

»Okay«, sagt Jemma, »würdet ihr lieber nie wieder einen Orgasmus haben oder nie wieder jemanden zum Orgasmus bringen?«

»Haben«, sage ich.

»Bringen«, sagt Danny gleichzeitig.

»Egoist«, sage ich.

»Lügnerin«, sagt er gleichzeitig.

Das ist keine Lüge. Nicht, dass ich mir bei Richard deswegen Sorgen machen müsste. Er versucht es immer weiter, bis ich so weit bin, selbst wenn es die ganze Nacht dauert. Zumindest fühlt es sich manchmal so an. Früher habe ich über Frauen gelacht, die zugaben, einen Orgasmus vorzutäuschen, aber ich habe vor Kurzem gelernt, dass es manchmal schlicht und einfach notwendig ist. Ich komme nun mal nicht immer. Das heißt nicht, dass es mir keinen Spaß macht. Und Richard ist der Erste, mit dem ich zusammen bin, der das nicht akzeptiert, was sehr lieb von ihm ist. Nur manchmal eben auch ein bisschen unbequem.

Das ist natürlich alles bei Weitem zu persönlich, um es Danny zu erzählen. Aber er rollt sowieso schon zurück an seinen Platz, als gleichzeitig Martins und Richards Türen aufgehen.

»Zeit, in den sauren Apfel zu beißen«, verabschiedet sich Martin.

»Noch einen schönen Geburtstag, Holly«, fügt Richard mit einem heimlichen Zwinkern hinzu, von dem ich Gänsehaut kriege. »Wenn du magst, kannst du ein bisschen früher gehen.«

»Danke, Richard«, antworte ich in einem Ton, der, wie ich hoffe, höflich und freundlich genug ist, um einen angemessenen Respekt vor meinem Chef zum Ausdruck zu bringen, jedoch in keiner Weise impliziert, dass ich ihm je erlaubt hätte, mich mit dieser Hugo-Boss-Krawatte an seinen Bettpfosten zu fesseln.

Eine Gratwanderung.

»Grund Nummer vierundneunzig, weshalb dein Boss besser ist als meiner«, stöhnt Jemma, während sie den beiden hinterhersieht.

»Ja – es ist nett, dass er mich früher gehen lässt.«

»Klar, das auch. Aber ich meinte seinen Hintern.«

Ich mache bis etwa 16 Uhr weiter mit meiner Liste, als ich merke, wie sich ein paar Leute gespielt unauffällig um meinen Tisch versammeln. Offensichtlich warten sie, dass ein Kuchen zum Vorschein kommt, damit sie »Happy Birthday« singen können. Ich hasse das. Es ist so peinlich. Soll ich sie anlächeln und so schauen, als würde ich einen Kuchen erwarten, oder soll ich so tun, als hätte ich nichts gemerkt? Dann fangen sie endlich an zu singen, und ich kann die Kerzen ausblasen.

»Sorry, dass er nicht ganz unseren üblichen Standards entspricht«, sagt Jemma, während sie eine Schoko-Biskuit-Torte neben meine Tastatur schiebt. »Aber wir konnten dich ja schlecht bitten, deinen Kuchen selbst zu backen, also mussten wir auf die Supermarktversion ausweichen.«

Normalerweise backe ich die Geburtstagskuchen der Mitarbeiter. Kurz nachdem ich bei Hexagon Marketing anfing, feierte Danny seinen dreiundzwanzigsten Geburtstag, und ich erfuhr von der abartigen Sitte, dass die Leute an ihrem Geburtstag SELBST einen Kuchen mitbringen, also bot ich an, ihm einen zu backen. Und so wurde ich ein für alle Mal zur Kuchenfee. Jetzt mailen mir die Leute sogar schon im Voraus, was für einen Kuchen sie wollen, und tun dann immer noch ganz überrascht, wenn Jemma ihn überreicht.

»Mmm – das war un-glaub-lich«, erklärt Melissa, während sie ihre Serviette in den Mülleimer wirft und die Krümel vom Schreibtisch wischt. Dabei sieht sie in etwa so begeistert aus, wie man aussehen würde, wenn man den Wettermann sagen hört, dass es diesen Winter nur regnen wird. Jemma zuckt. Bis Jemma mich darauf hinwies, ist mir nie aufgefallen, dass Melissa Emotionen immer nur verbal ausdrückt, ohne dass sie sich auch in ihrem Gesicht widerspiegeln.

»Nachschlag?«, fragt Jemma, sobald ich mein Stück weggeputzt habe.

»Nein danke.«

Sie schneidet sich selbst noch ein zweites dickes Stück ab. »Deshalb trägst du im Gegensatz zu mir Größe sechsunddreißig.«

Das stimmt nicht. Es liegt eher an den dreiwöchentlichen Workouts im Fitnessstudio. Bevor ich zur Uni ging, habe ich eigentlich nie Sport gemacht, und es kann kein Zufall sein, dass genau dann alles an mir kleiner wurde. Sogar mein Hintern – die Zeiten, als man eine Teetasse darauf abstellen konnte, sind lang vorbei. Doch wenn man Jemma so reden hört, könnte man meinen, sie hätte Größe achtundvierzig, nicht vierzig. An meinem ersten Arbeitstag hier erzählte sie mir beim Mittagessen, sie werde morgen mit einer Diät anfangen, und seither fängt sie immer morgen an.

»Heute kann ich mir noch was gönnen«, sagt sie, während sie sich die Finger ableckt. »Morgen fange ich mit einer Diät an.«

Nachdem sich auch die letzten Kuchenesser wieder verzogen haben, arbeite ich weiter und schaffe es, mit allen wichtigen Dingen bis Punkt 17 Uhr fertig zu werden. Da springt Jemma auf.

»Okay. Hol deinen Mantel – gehen wir zu dir oder zu mir? Also nicht wirklich. So toll bist du nun auch wieder nicht. Aber hol trotzdem deinen Mantel – wir gehen in den Pub.«

»Ich kann nicht.«

»Klar kannst du – dein Boss hat es erlaubt, und meiner muss es nie erfahren.«

»Ich muss Harold füttern.« Weil Richard mitkommen sollte, habe ich Jemma nichts von meinem Geburtstagsessen gesagt, obwohl ich sie gern eingeladen hätte. Wir sind Freundinnen seit meiner zweiten Woche hier, als ich ihr mit dem Mini-Glätteisen und dem Make-up aus meiner Schreibtischschublade ein Notfall-Styling für ein Last-minute-Date verpasste. Ihre Beziehung zu dem Typen hat die Woche nicht überdauert, aber der Grundstein für unsere war gelegt, und nun bedient sie sich regelmäßig an meinen Verschönerungsressourcen.

»Du rennst nach Hause, um deine gestörte Katze zu füttern?«

»Harold ist sehbehindert, Jem, nicht gestört.«

»Und depressiv.«

»Vielleicht auch bulimisch.«

»Wieso fütterst du ihn dann?«

»SIE.« Als Harold zum ersten Mal an meiner Hintertür auftauchte, hielt ich sie für einen Kater, und den Namen, den ich ihr damals gab, hat sie behalten. »Gutes Argument. Aber ich sollte sie trotzdem füttern – sorry, Jem.«

»Na gut«, murmelt sie leicht eingeschnappt. Dann stöhnt sie, und ich denke schon, dass sie langsam übertreibt, bis ich merke, wer sich meinem Schreibtisch nähert.

»Hast du schon Feierabend, Holly?«, fragt Melissa liebenswürdig. »Gott, ich beneide euch, dass ihr so früh gehen könnt. Nicht, dass ich es euch übelnehmen würde. Ich wünschte, ich hätte nicht so viel Verantwortung und könnte auch jetzt schon verschwinden. Viel Spaß!«

Zu verblüfft, um sie daran zu erinnern, dass ich sonst jeden Abend länger bleibe, starre ich auf ihren sich entfernenden Rücken.

Jemma hält nur den Mittelfinger in ihre Richtung.

Ich fahre kurz nach Hause und füttere Harold – die sichtlich beleidigt ist, weil ich wieder weggehe –, bevor ich mich mit meinen Freunden um die Ecke in Blackheath Village treffe.

Ich sehe sie sofort, sie jubeln und klatschen, sobald ich die winzige italienische Trattoria betrete. In der Ecke steht ein Tisch für sechs Personen – die Mädchen auf der einen Seite, die Jungs auf der anderen. Ich lasse meine neue Handtasche auf den Stuhl gegenüber fallen und begrüße alle mit Küsschen.

VIERTES KAPITEL ALEX

Mr Henderson greift quer über seinen Schreibtisch nach dem Umschlag in meiner Hand. Er reißt ihn mit dem Zeigefinger auf und liest den Brief, ohne eine Miene zu verziehen.

»London, hm?«, sagt er gelassen.

Ich erinnere mich an meinen ersten Morgen als Lehrer an der Mothston Grammar – ein ehemaliger Schüler wie Mr Henderson. »Schau an, wie weit du es gebracht hast«, sagte er ohne Ironie. Jetzt informiere ich ihn darüber, dass ich nach den Frühjahrsferien nicht zurückkehren werde, und er wirkt gleichgültig. Es versetzt meinem Selbstwertgefühl einen Stich.

Wenn ich jetzt auf die letzten paar Wochen und Monate zurückschaue, war nicht Dad mit seiner Ankündigung, das Haus zu verkaufen, für mich der Auslöser, Mothston zu verlassen. Es war mein Date mit Fiona und ihre Frage: Macht dir das Unterrichten Spaß? Ohne dass es ihre Absicht gewesen wäre, erinnerte sie mich daran, weshalb ich überhaupt Lehrer geworden war, und in den darauffolgenden Tagen wurde mir allmählich klar, dass ich dringend etwas ändern muss, dass das Vogelküken, das vergeblich zu fliegen versuchte, nicht nur ein Bild für unseren gemeinsamen Abend war – es war ein Bild für mein Leben.

In der Schule konnte ich es nicht erwarten, in die Oberstufe zu kommen, und in der Oberstufe drehte sich dann alles um die Universität. Vier Jahre später hatte ich mein Lehramtsstudium abgeschlossen und dachte, nun begänne das wahre Leben. Ich würde meine Traumfrau kennenlernen und Generationen von Kindern meine Liebe zu Shakespeare vermitteln. Erst während meines trübseligen Dates mit Fiona wurde mir bewusst, dass ich etliche Jahre meines Lebens damit verschwendet hatte, auf etwas zu warten, das ich hier gar nicht finden konnte.

Plötzlich wusste ich, dass ich Mothston verlassen musste, diesen Brutkasten meiner unerfüllten Träume. Also bewarb ich mich für Stellen in Oxford und Leeds und London.

»Die Schule dort reizt mich«, erkläre ich Mr Henderson. »Sie liegt in einem sozialen Brennpunkt und …«

»Deine Chance, die Welt zu verändern?« Mr Henderson nimmt seine Brille ab und putzt sie mit dem Futter seines Blazers, bevor er sie wieder aufsetzt. »Du erinnerst mich so sehr an deine Mutter.«

Keiner von uns füllt die darauffolgende Stille, es ist, als hätte jemand bei unserem Gespräch auf Pause gedrückt, während wir an sie denken; ein Schweigen, das die Kraft hat, Tage oder Wochen oder sogar Jahre zu ein paar Sekunden zu verdichten. Mum war Mr Hendersons Stellvertreterin, bis ihr selbst die Leitung einer Förderschule in der Nähe von York angeboten wurde. Er spricht oft davon, wie sie eine Spendenaktion startete und ihre neue Schule vor der Schließung bewahrte, obwohl alle ihr sagten, es wäre hoffnungslos. Als müsste man mich daran erinnern. Ich schwöre, ich habe heute noch Blasen an den Händen vom Plakatebasteln auf dem Küchenlinoleum.

Ich frage mich unwillkürlich, was Mum wohl zu alldem sagen würde. In meiner ersten Erinnerung an sie erklärt sie mir, dass jedes Mal, wenn unsere Alarmanlage im Wohnzimmer aufleuchtete, der Weihnachtsmann nachschaue, ob ich auch brav sei. So hatte ich als Kind immer das Gefühl, dass jemand über mich wachte, und es hielt noch lange an, nachdem ich aufgehört hatte, an den Weihnachtsmann zu glauben.

Als Mum starb, wurde sie diejenige, die über mich wachte, so blöd das auch klingt, und ich weiß, sie würde mir raten, jetzt nicht zu zögern. Ich würde alles darum geben, mit ihr reden zu können. Wenn ich an sie denke, macht mich am meisten traurig, dass ich sie nur so kannte, wie ein Kind seine Mama kennt, und nicht als Erwachsene; nicht, wie Mr Henderson sie kannte. Wie war sie als Kollegin? Wie war sie nach ein paar Drinks? Ich werde es nie erfahren.

»Ich freue mich sehr für dich«, sagt Mr Henderson. »Ich wünschte oft, ich wäre selbst mal rausgekommen.«

Ich versuche, meine Überraschung nicht zu zeigen. Ich schätze, alle Generationen nehmen an, die Generationen vor ihnen hätten nie große Ziele gehabt, als wären Träume in der Zeit erfunden worden, als *sie* geboren wurden.

Bevor ich Mr Henderson fragen kann, was ihn in Mothston gehalten hat, klopft die Sekretärin an, um einen Vorfall in der Schulbücherei zu melden.

»Nutze deine Chance, Alex«, beendet Mr Henderson das Gespräch, während er aufsteht. »Manche Dinge passieren nur ein Mal.«

Ich freue mich nicht nur auf die Whitford High, meine neue Schule. Ich freue mich auch auf London: das Natural History Museum, die Kew Gardens, das West End, Shakespeare im Globe. Ich bezweifle, dass mir viel Zeit für Onlinedating bleiben wird.

Kev meint, ich würde keine zwei Minuten außerhalb von Mothston überleben. Vermutlich ist das seine Art, mir zu sagen, dass er mich vermissen wird. Ich überlege noch, ob dieses Gefühl auf Gegenseitigkeit beruht. Ich glaube, man hat im Leben zwei Arten von Freunden: erstens die, mit denen man sich trifft, weil man die gleichen Dinge mag und eine ähnliche Einstellung hat. Ich hoffe, in London solche Leute kennenzulernen. Und dann gibt es da noch die

Freundschaften, deren Fundament auf gemeinsamer Vergangenheit und eben den Umständen beruht. Kev gehört zu Letzteren, und obwohl ich ihn unheimlich gern habe, bin ich nicht sicher, ob ich ihn besonders mag.

Trotzdem war es nett von ihm, mir bei der WG-Suche zu helfen, auch wenn er sich schon bald aufregte, als ich bei den Onlineanzeigen Leute ausschloss, weil sie mir zu machohaft, zu chaotisch oder zu hippiemäßig erschienen.

»Ähm, dir ist schon klar, dass dein zukünftiger Mitbewohner dich auch zwangsgestört, nerdig und hyperintellektuell finden wird?«, mutmaßte er, nachdem wir schließlich einen dritten und letzten Termin in Deptford vereinbart hatten, ganz in der Nähe meiner neuen Schule.

Und hier steigen wir nun in King's Cross in die U-Bahn, weil wir uns dagegen entschieden haben, mit dem Auto durch die Hauptstadt zu fahren.

»Hey«, sagt er, wobei ihm die Sorge ins Gesicht geschrieben steht. »Du wirst jetzt aber nicht anfangen, ›Was geht ab‹ und ›Alles klar, Bro‹ zu sagen, oder?«

Ich ziehe die Augenbrauen hoch. »Nicht, solange du nicht anfängst, ›Heiliger Strohsack‹ und ›Hey, Sportsfreund‹ zu sagen.«

Ich mustere die übrigen Fahrgäste: eine chinesische Reisegruppe, ein Typ, der wie eine Schaufensterpuppe von Topman gekleidet ist, und ein Skinhead mit einem Ring durch die Nasenscheidewand. Niemand sucht Blickkontakt, und ich genieße die Anonymität.

»Hey, Sportsfreund«, sagt Kev und nickt in Richtung des Skinheads. »Der Typ da sieht ein bisschen aus wie Bobby Shepherd.«

Bobby Shepherd war ein Vollidiot mit einer vorzeitigen Glatze, der es nicht ertragen konnte, dass ich zu meinem vierzehnten Geburtstag ein neues Fahrrad bekam, das mehr Gänge hatte als seins.

Eines Nachmittags lungerte er mit Dean Jones hinter dem Schultor herum, und ich wäre windelweich geprügelt worden, wenn nicht Kev eingegriffen und Bobby gefragt hätte, ob er mit ihm unter vier Augen reden könne. Mir ist noch sehr lebhaft in Erinnerung, wie Bobbys Kehle zuckte, während er zuhörte, was Kev ihm sagte, aber der will mir bis heute nicht verraten, worüber sie damals geredet haben.

»Ich hab Bobby versprochen, es nicht weiterzuerzählen«, sagt er, als ich ihn jetzt wieder danach frage.

»Das war vor vierzehn Jahren. Er ist zur Army gegangen und hat in Kriegsgebieten gekämpft. Jetzt sind die Taliban seine Feinde, nicht du und ich.«

Kev überlegt.

»Betrachte es als ein Abschiedsgeschenk«, füge ich hinzu, und seine Pupillen weiten sich.

»Ich muss dir doch nichts kaufen, oder?«

»Nope.«

Kev schaut sich nach links und rechts um, aus irgendwelchen Gründen besorgt, jemand könnte zuhören.

»Okay, also, du weißt doch, dass Bobbys Dad im Knast war?«

Ich nicke. »Jep, für bewaffneten Raubüberfall.«

»Und woher wissen wir das?«

»Weil Bobby es allen erzählt hat.«

»Genau.« Kev wartet, dass es bei mir Klick macht, doch ich zucke mit den Schultern, weil ich immer noch keinen Schimmer habe, worauf er hinauswill. »Komm schon, Bobby hat allen erzählt, sein Vater wäre irgendein bewaffneter Gangster – aber das hättest du auch gesagt, wenn er eigentlich saß, weil er Omas seinen Schwanz zeigte, oder?«

Ich starre ihn skeptisch an.

»Es stimmt. Mein Onkel Mick ist doch Gefängnisaufseher. Als

Bobby also auf dich losging, drohte ich ihm, ich würde die Wahrheit an alle Tafeln der gesamten Schule schreiben.«

Die Skepsis in meinem Blick macht Erstaunen Platz.

»Kein Ding«, beendet Kev das Thema. »Ich meine, wir haben doch alle ein paar Leichen im Keller, oder nicht?«

»Du vielleicht.«

Kev steckt sich den kleinen Finger ins Ohr, inspiziert die Absonderung und wischt sie sich an die Jeans. »Sorry, aber ich erinnere mich daran, dass meine Ma dich damals auf unserem Gästeklo dabei erwischt hat, wie du dir einen runtergeholt hast.«

Auf in die nächste Runde.

»Wie oft muss ich dir das noch sagen – ich dachte, ich hätte einen Tumor.«

»Sah aber eher nach heimlichem Risiko-Wichsen aus, habe ich gehört.«

Ich schüttle den Kopf. »Kev?«

»Ja?«

»Lass uns eine Schweigeminute einlegen, okay?«

Die erste Wohnung, die wir besichtigen, liegt im zweiten Stock eines Hauses im Zentrum von Greenwich. Ich würde sie mit einem freiberuflichen Illustrator namens Carl teilen, der einen 52-Zoll-Plasmafernseher besitzt und aussieht, als wäre er Bassist in einer Indie-Band.

Kev klopft mit den Fingerknöcheln gegen die Schlafzimmerwand. »Guter Verputz.«

Ein arbeitsloser Bauarbeiter hat nie Feierabend.

»Was interessiert mich das denn?«, sage ich und rolle auffällig die Augen, um Carl zu signalisieren, dass er mich nicht aufgrund von irgendwas beurteilen soll, was Kev von sich gibt.

»Falls du eine Dartscheibe aufhängen willst.«

»Ich spiele kein Dart.«

»Na ja, ich meine ja nur, falls du damit anfangen willst, wäre der Verputz gut. Du kennst hier niemanden – du brauchst irgendwas, um dir die Zeit zu vertreiben.«

Genau wegen dieser Art von Schwachsinn hatte ich gezögert, ihn mitzubringen. Obwohl da schon was dran ist – ich werde mich hier unten mit irgendwas beschäftigen müssen. Ich dachte, ich könnte vielleicht an meiner neuen Schule einen Lesekreis gründen. Und ich werde mir definitiv ein Fahrrad kaufen.

»Es gibt ein paar ganz gute Pubs in der Nähe«, wirft Carl ein, wobei er sich den langen, schrägen Pony aus den Augen schüttelt.

Kev klopft mir auf die Schulter. »Siehst du, dann brauchst du ja gar keine Dartscheibe.«

Nachdem wir uns alles angeschaut haben, verabschieden wir uns und machen uns auf den kurzen Fußweg zu unserem nächsten Termin.

»Was Besseres wirst du kaum finden, alter Sitzpinkler.«

»Ich kann da nicht wohnen.«

Kev bleibt abrupt stehen. »Wieso nicht?«

»Hast du etwa nicht gesehen, wie er geniest hat?«, frage ich, während ich weitergehe.

»Alter Schwede.«

Kev holt mich ein.

»Ich kann nicht mit jemandem zusammenwohnen, der sich nicht den Mund zuhält. Da schießen mit hundertsechzig Stundenkilometern flüssige Bakterien raus.«

Kev schielt zu mir, als hätte ich gerade nicht ein vollkommen einleuchtendes Argument vorgebracht, sondern zugegeben, dass ich mit Vorliebe in Damenunterwäsche rumlaufe.

In Wohnung Nummer zwei werden wir von Russell empfangen. Das Erste, was er tut, ist, auf Kevs Pink-Floyd-T-Shirt zu deuten.

»Bist du ein echter Fan?«, fragt er, und das ist der Startschuss für die beiden.

Zehn Minuten später stehen wir immer noch im Flur, und sie versuchen immer noch, sich gegenseitig mit Bezeugungen ihrer Hingabe zu den »Floyds« zu übertreffen. Russell gewinnt. Seine Frau drohte, sich von ihm scheiden zu lassen, wenn er sich am ersten Hochzeitstag die The-Wall-Tour ansehen würde. Deshalb sucht er einen neuen Mitbewohner.

Erst als ich darauf hinweise, dass wir zu spät zu unserer nächsten Besichtigung kommen, zeigt er uns die Wohnung.

»Ich weiß nicht, ob es sich lohnt, die nächste überhaupt noch anzuschauen«, meint Kev, als wir gehen.

Ich warte, bis er aufhört zu winken und Russell die Tür schließt. »Er hatte an der Wohnzimmerwand ein Poster mit vier Männern in Lebensgröße, Kev.«

»Das sind nicht *einfach nur* vier Männer, mein Freund.«

Schon möglich, doch das tut nichts zur Sache. Wenn ich ehrlich bin, ist nicht seine Pink-Floyd-Besessenheit der wahre Grund, weshalb ich nicht mit Russell zusammenwohnen möchte. Es ist die Angst, dass ich Kev dann niemals los wäre.

Unser letzter Termin ist in Deptford, und meine potenzielle Mitbewohnerin heißt Suzanne und ist Stewardess. Als sie die Tür aufmacht, fährt Kev sich mit der Zunge über die Unterlippe. Das krümelige Make-up in den Fältchen um ihre Nase scheint ihn nicht abzuschrecken.

»Würde es dir was ausmachen, wenn ein- oder zweimal im Monat ein Freund bei Alex übernachten würde?«, erkundigt er sich, und noch bevor ich protestieren kann, verzieht Suzanne schelmisch die Lippen.

»Ihr zwei seid aber nicht …?« Sie zögert. »Seid ihr ein Paar?«

Kev geht an die Decke schon bei der Andeutung, er könnte schwul sein. Ich hingegen bin eher beleidigt von der Annahme, dass ich auf ihn stehen könnte.

»Pass auf, Susan …«, antwortet Kev.

»Suzanne.«

»Sorry. Das hörst du bestimmt andauernd, oder?«

»Eigentlich nicht.«

»Na ja, auch egal.« Kev beugt sich zu ihr, um ihr etwas anzuvertrauen; Suzanne verschränkt die Arme fest vor der Brust wie eine Schildkröte, die sich in ihren Panzer zurückzieht. »Alex hier tummelt sich gern mal am anderen Ufer.« Ich lasse den Kopf in meine Hände fallen. »Aber ich hoffe, wir beide können uns besser kennenlernen, wenn er einzieht?«

»Okaaaaay …« Suzanne macht einen Schritt von ihm weg und führt uns ins Wohnzimmer mit Hochflorteppich und einer modernen Chaiselongue. Ihre Wohnung ist gemütlich, und bei unserem kurzen Gespräch, das wir führen, während Kev sich im Bad erleichtert, wirkt sie nett. Ich kann mir gut vorstellen, wie wir zusammen Dinnerpartys veranstalten, mit Vorspeisen und Zimtdesserts.

Sobald wir im Zug nach Hause sitzen, erstellt Kev auf der Rückseite eines Kassenzettels eine Pro-Contra-Liste.

Bei Suzanne einziehen

Pro (laut Kev)

1.) Sie ist heiß

2.) Freunde können über Nacht bleiben

3.) Nette Wohnung

4.) Hat vermutlich heiße Freundinnen
5.) Fünf Minuten zu Fuß zur Arbeit
6.) Sie ist heiß
Contra (laut Kev)
1.) Weibergelaber möglich
2.) Toilettensitz nicht richtig befestigt – muss man beim Pinkeln festhalten
3.) Du kriegst keinen Schlaf

»Okay, ein paar Fragen«, sage ich, während ich mir die Liste ansehe.

»Schieß los ...«

»Erstens, sollte Nummer zwei auf der Pro-Seite nicht eigentlich bei Contra stehen?«

»Ich lach mich tot. Weiter ...«

»Was heißt ›Weibergelaber möglich‹?«

»Du weißt schon, wenn Frauen von der Arbeit nach Hause kommen und dir haarklein erzählen, wie ihr Tag war, also was sie zu Mittag gegessen haben und wie oft sie zum Klo gerannt sind.«

»Du meinst Gespräche?«

»Okay, Casanova. Sonst noch Fragen?«

»Jep, noch eine: Wieso krieg ich keinen Schlaf?«

»Ähm, weil du, wenn du mit einem so heißen Geschoss zusammenwohnst, jede Nacht mit einem üblen Ständer daliegst.«

Natürlich, ein übler Ständer – wieso bin ich da nicht von selbst draufgekommen? Na ja, auch ohne Schlaf überwiegt eindeutig Pro, also scrolle ich hoffnungsvoll runter zu Suzannes Nummer.

»Oh, hi.« Sie klingt überrascht, von mir zu hören.

»Ich hab's mir überlegt, und wenn du einverstanden bist, würde ich das Zimmer nehmen.«

»Oh, ach so.«

»Es ist doch noch zu haben?«

»Ja, aber ...«

»Aber was?«

Eine Sekunde wird es still in der Leitung, und ich frage mich, was das Problem ist.

»Versteh mich nicht falsch – du wirkst ganz nett. Es ist wegen deinem Kumpel.«

Bitterkeit macht sich in mir breit, aber ich versuche, meine Stimme ruhig klingen zu lassen. »Was ist mit ihm?«

»Er ist widerlich.«

»Was hat denn das damit zu tun?«

»Ich will dir nicht das Zimmer geben, wenn ich weiß, dass er einmal im Monat vorbeikommt. Oder überhaupt vorbeikommt.«

Ich will ihr erklären, dass das für mich in Ordnung geht und ich auch nicht will, dass Kev zu Besuch kommt, aber aller Wahrscheinlichkeit nach würde er mich nicht fragen, bevor er ein Zugticket bucht.

Ich starre ausdruckslos durchs Fenster, während wir das Gespräch beenden. Ich kann nicht fassen, dass es ihm gelungen ist, mir das kaputt zu machen.

»Los, komm schon«, fragt er, »was hat sie gesagt?«

Ich drücke der Wasserflasche in meiner Hand den Hals zu, während ich nach Worten suche.

»Wenn du's unbedingt wissen willst ...« Ich seufze und sehe ihn immer noch nicht an. Aber es ist zwecklos. Ich schaffe es nicht. Er ist ebenso wenig bereit wie ich zu hören, was das andere Geschlecht wirklich über ihn denkt. Und es ist ja nicht so, als müsste ich mich noch lange mit ihm rumschlagen. »Nach uns war noch ein anderer Typ da, und er kriegt das Zimmer.«

»Oh. Sorry, Mann. Ich hätte mir genauso gut wie du vorstellen können, sie auf diesem komischen kleinen Sofa-Ding zu vögeln. Wer gewinnt dann: die Bakterien oder Pink Floyd? Denn du hast wohl ein bisschen zu lange rumgetrödelt, um noch was anderes zu finden, meinst du nicht?«

Am nächsten Tag überlege ich immer noch, was ich machen soll, als ich an der Pommesbude auf Sally Barrowclough treffe. Sally und ich saßen im letzten Schuljahr im Englischkurs nebeneinander. Sie gehörte zu den Mädchen, die einen Freund Mitte dreißig hatten, was ich damals cool fand. Dann wurde ich ein bisschen älter und kapierte, dass das in etwa so cool war wie David Hasselhoff.

Ich erzähle Sally, dass ich nach London ziehe.

»Du weißt schon, dass Holly Gordon auch da wohnt, oder?«, unterbricht sie mich. Ihr Ton ist anzüglich, aber ich weiß nicht, worauf genau sie anspielt, also quittiere ich die Information mit einem einfachen, unverbindlichen Nicken.

»Ihre Mum kommt in meinen Friseursalon. Du und Holly, ihr wart doch zusammen, oder?«

Die Hitze der Brathähnchen steigt mir ins Gesicht. »Nope.«

»Ganz sicher?«, fragt Sally, während sie dem Mädchen hinter der Theke einen Zehn-Pfund-Schein reicht.

»Ich glaube, daran würde ich mich erinnern.«

Sally grinst vor sich hin, greift nach ihrem Essen und grinst weiter, als sie sich verabschiedet.

Ich fühle mich wie ein Drittklässler.

Natürlich wusste ich, dass Holly in London wohnt, aber die Stadt ist groß. Es ist nicht gerade wahrscheinlich, dass ich ihr in der U-Bahn begegne. Und selbst wenn, was glaubt Sally denn, was dann passieren würde?

Ich denke kaum noch an unser Gespräch, bis ein paar Tage später das Festnetztelefon klingelt und Dad rangeht. Er nickt und sieht ein wenig überrascht aus, und nach etwa einer Minute tut er so, als würde er sich etwas auf die Hand schreiben, um mir zu signalisieren, dass er einen Stift und Papier braucht.

»Wer war das?«, frage ich, als er den Hörer wieder aufgelegt hat.

»Joan Gordon.« In dem Lächeln, das seine Antwort begleitet, ist etwas versteckt, etwas, das ich nicht ganz einordnen kann.

»Ich wusste gar nicht, dass du noch Kontakt zu ihr hast.«

»Habe ich eigentlich auch nicht. Wir schreiben uns nur Weihnachtskarten und so was.«

Ich bin immer noch verwirrt.

»Und was wollte sie?«

»Sie hat gehört, dass du nach London ziehst.«

Endlich schalte ich. Joan muss beim Haareschneiden gewesen sein. Sally Barrowclough war schon immer eine Klatschtante. Früher erzählte sie mit Vorliebe allen von den schmutzigen Dingen, die sie mit ihrem alten Kerl anstellte.

»Sie hat angerufen, um Hollys E-Mail-Dingsbums weiterzugeben.«

Mir wird klar, dass sich gar nichts Geheimnisvolles in Dads Lächeln versteckt – es ist einfach ein Schmunzeln. Wie Sally in der Pommesbude. Etwas anderes hätte ich auch nicht erwarten sollen. Das hier ist schließlich Mothston. Hier hat niemand etwas Besseres zu tun, als sich in die Angelegenheiten anderer Leute einzumischen.

Ich gebe mich betont gleichgültig, als ich mir den Zettel mit Hollys E-Mail-Adresse reichen lasse, aber die ganze Zeit über geht mir eine Reihe immer wiederkehrender Fragen durch den Kopf. Wieso ist sie nicht mit mir in Kontakt geblieben? Wieso hat sie mir nie Bescheid gesagt, wenn sie zu Besuch kam?

Ich habe sie bei Facebook gesucht und mich bemüht, eine der 263 Holly Gordons mit dem Mädchen in meiner Erinnerung zusammenzubringen. Ich mochte Hollys Lippen, die ständig lächelten, so als könnte sie jeden Moment in Lachen ausbrechen. Die anderen Mädchen in der Schule bemalten sich mit Make-up, als würden sie an einem Kunstprojekt teilnehmen, oder hungerten sich mit der Kohlsuppen-Diät aus (in jenen Monaten war der Aufenthaltsraum kein Ort, an dem man gern Zeit verbrachte). Aber Holly war anders, sie sah immer umwerfend aus und hatte Kurven, die der Traum eines jeden Karikaturisten gewesen wären.

Ich spüre, wie Bedauern in mir aufsteigt, als mir einfällt, dass ich sie vielleicht deswegen nicht bei Facebook finden kann, weil sie nicht mehr Holly *Gordon* ist. Vielleicht hat sie diesen Max geheiratet, mit dem sie angeblich zusammen war. Ich kann mich nicht mal mehr erinnern, wer mir von ihm erzählt hat.

In den nächsten Tagen entwerfe ich eine E-Mail und ändere sie immer wieder in dem Versuch, den richtigen Ton zu treffen. Da ich ab und zu Mrs Gordon begegne – wahrscheinlich war sie es auch, die mir von Max erzählte –, weiß ich, dass Holly in London wohnt und in der City arbeitet, aber da sind so viele Lücken. Wie lange war sie auf Reisen? Hat sie wohl diese Konditorei in Paris eröffnet? Oder war es ein englischer Pub? Ich kann mich nicht mehr erinnern, was sie vorhatte. Wir haben im Abschlussjahr kein »Mädchen, das am ehesten seine Träume verwirklicht« gewählt, aber wenn wir das gemacht hätten, wäre die Wahl einstimmig auf Holly gefallen.

Ja, damals wäre ich nackt durch die Innenstadt von Mothston gerannt, um mit ihr zusammen zu sein, und das war wohl jedem klar. Aber Holly sah uns nie so, als Paar, also tat ich, was man eben tut, ich versuchte, damit abzuschließen, und mir wurde seither oft das Herz gebrochen, auch wenn es nie so wehtat wie einzusehen, dass aus Holly und mir nichts wird. Das nennt man doch »Die Eine, die du nie vergisst«, oder? Die Person, die einem nicht aus dem Kopf gehen will. Deshalb hat mich das an der Pommesbude mit Sally auch so durcheinandergebracht. Manche Menschen sind immer da, wie Zeitkapseln, die man als Schuljunge im Garten vergräbt. Und jetzt, all diese Jahre später, fühlt es sich an, als würde ich meine persönliche Kapsel bald wieder ausgraben.

FÜNFTES KAPITEL HOLLY

»Was glaubst du, wen Richard vögelt?« Jemma stellt geräuschvoll eine Tasse Tee auf meinen Schreibtisch.

Ohgottohgottohgott. Woher weiß sie es? Wissen es alle? Hab ich mein Höschen in seinem Posteingangskorb liegen lassen? Seinen Telefonhörer runtergeschoben, während wir es taten, und aus Versehen mit einer Kurzwahltaste Martin Coopers Mailbox angerufen?

»Wie kommst du denn jetzt darauf?«, murmele ich, die Augen auf den Bildschirm gerichtet und die Stirn gerunzelt, als würde ich gerade sehr konzentriert eine E-Mail lesen.

»Schau ihn dir doch an. Selbstzufriedenes Grinsen, der federnde Gang ... Als ich neulich in sein Büro kam, hat er EIN LIED GEPFIFFEN, Holly. Der wär niemals so gut drauf, wenn er nicht was am Laufen hätte.«

Ich atme auf, aber meine Erleichterung hält sich in Grenzen – gut möglich, dass das Geheimnis sowieso bald auffliegt. Aber dann auf spektakuläre Weise.

Dies sollte der dritte Tag meiner Periode sein, doch seit drei Tagen: nichts. Nicht mal ein winziger, verheißungsvoller Krampf. Bloody Mary ist nicht da und hat noch nicht mal angerufen, um zu sagen, dass sie unterwegs ist.

Zu meiner Schande muss ich gestehen: Richard und ich waren nicht immer zu 100 Prozent vorsichtig bei unseren kleinen Treffen im Büro. Ach was, ein paar Mal waren wir geradezu fahrlässig.

Deshalb bin ich natürlich komplett mit den Nerven am Ende. Na ja, nicht komplett. Was ein bisschen seltsam ist. Okay, wenn man sagt, dass ich möglicherweise nach einem illegitimen Gefummel auf dem Schreibtisch meines Chefs schwanger bin, klingt es SCHLIMM. Andererseits könnte man mich auch einfach als eine neunundzwanzigjährige Frau betrachten, die von ihrem fünfunddreißigjährigen, vollkommen respektablen Freund ein Kind erwartet.

Als mein letzter Freund Max und ich zwei Jahre zusammen waren, hatte ich echte Panik, schwanger zu werden, denn ich konnte es mir einfach nicht vorstellen. Mit einem dicken Bauch rumzulaufen, ein Babybett kaufen zu gehen, Windeln zu wechseln – nichts davon.

Aber wenn ich jetzt darüber nachdenke, fällt es mir leicht, mich so zu sehen.

Es ist ja nicht so, als würde ich es hinnehmen, nur weil ich in dem Alter bin, wo es alle von einem erwarten, und Richard eben zufällig da war. Mit uns ist es anders. Er kam gerade aus dem Urlaub zurück, als ich anfing, hier auszuhelfen. Davor war ich Chefsekretärin eines Bankdirektors, bis die Wirtschaftskrise einsetzte und mein Boss und ich wegrationalisiert wurden. Ich hätte damit rechnen müssen. Ich meine, mir war klar, dass mein Boss für süßes Nichtstun ein kleines Vermögen kassierte. Aller guten Dinge sind ja bekanntlich drei, und so erfuhr ich es nicht nur an dem Abend, nachdem Max ausgezogen war, nein: An jenem Morgen war mir auch schon mitten beim Haarestylen das Glätteisen kaputtgegangen, sodass ich mit dem halben Kopf voller Naturkrause zur Arbeit gehen musste.

Ich verkroch mich eine Woche lang in meiner Wohnung und blies Trübsal. Nicht wegen der Sache mit meinen Haaren – obwohl es mich immer noch aufregt, wenn ich daran denke –, sondern weil ich plötzlich kein Ziel mehr hatte. Harold war meine einzige Gesprächspartnerin. Es war ein K.-o.-Spiel gegen die Depression. Ich gewann, aber langweilte mich so sehr, dass ich in meinem karierten Pyjama herumsaß und meine alten Teenie-Tagebücher las. Mein vierzehn-, fünfzehn- und sechzehnjähriges Ich konnte es anscheinend gar nicht erwarten, aus Mothston rauszukommen und die Welt zu sehen. Und dann traf es mich wie ein Blitz. Das war das Einzige, das ich nie von meiner To-do-Liste gestrichen hatte. Wieso blies ich Trübsal? Ich hatte meinen Traum, die Welt zu sehen, nie aufgegeben, und soeben waren die beiden Dinge verschwunden, die mich immer davon abgehalten hatten.

Also erstellte ich eine Liste meiner Wunschziele und nahm ein paar ätzende Aushilfsjobs an, um meine Reisekasse aufzubessern. Das Einzige, was mich am Leben erhielt, als ich die dreiwöchige Vertretungsstelle bei Hexagon antrat, waren die Lonely-Planet-Bücher, die sich auf meinem Nachttisch stapelten.

Und dann, am Montag um 9 Uhr, traf ich ihn. Ich glaube, mir schwanden tatsächlich die Sinne.

»Sie müssen meine neue Assistentin sein«, Richard grinste, während er mir fest die Hand schüttelte.

»Ich liebe dich«, antwortete ich – in Gedanken. Und so habe ich vor einem Jahr Richard kennengelernt. Er schien ein ziemlich guter Grund dazubleiben.

»Wie lange ist es her, dass er sich von Rachel getrennt hat?«, fährt Jemma fort. »Das müssen locker sechs Monate sein, oder?«

Bääähh. Seine Ex.

»Neun Monate.« Diese zwei Worte erinnern mich an die Packung, die in einer Apothekentüte in meiner obersten Schublade liegt. Zwischen Angst und Erwartung hin- und hergerissen, trinke ich hastig meinen halben Tee aus.

»Wow, du musstest nicht mal drüber nachdenken«, spottet Jemma. »Da hat jemand die Lage im Blick.«

»Gar nicht«, protestiere ich. »Ich weiß das nur, weil es ungefähr am Ende meiner drei Monate Probezeit war.« Und eine Woche vor unserem ersten Kuss.

Ich war länger geblieben, um ihm bei einer Präsentation zu helfen, und als wir ihr um 21.15 Uhr endlich den letzten Schliff gegeben hatten, war Rich so restlos begeistert, dass er mein Gesicht in beide Hände nahm und mir einen Kuss auf die Lippen drückte. Dann hatten wir so einen komischen Film-Moment, bei dem wir einander gefühlte zehn Minuten (in Wirklichkeit wahrscheinlich etwa vier Sekunden) lang ansahen, bevor wir uns langsam für einen richtigen Kuss aufeinander zubewegten.

Zu behaupten, Richard küsst großartig, ist untertrieben. Ich habe ihm das einmal gesagt, aber da war keine Spur von Überraschung in dem Lächeln, mit dem er antwortete, also war es für ihn wohl nichts Neues.

»Aber du stehst doch auf ihn, oder?«, fragt Jemma. »Du arbeitest hart, weil dein Boss heiß ist. Nur so kann ich rechtfertigen, dass ich das nicht tue.«

»Gar nicht«, lüge ich gezwungenermaßen.

»Wieso bist du dann Single? Du bist eine Traumfrau. Wirklich, niemand hat mehr Pech in der Liebe als wir. Wenn wir mit vierzig immer noch Single sind, lass uns lesbisch werden.«

»Ich dachte, du datest jemanden?«, lenke ich ab.

»Ich bin ziemlich sicher, dass es vorbei ist.«

»Wieso das denn?«

»Er hat mir eine SMS geschickt mit dem Text: ›Es ist vorbei‹. Aber das ist schon okay«, fügt sie hinzu, bevor ich Mitleid bekunden kann. »Heute Morgen hab ich die Nummer von einem Fahrradfahrer bekommen, der mich beinahe vor einen fahrenden Bus geschubst hat, und ihn werd ich definitiv heiraten.«

»Ach ja? Als wir damals darüber geredet haben, wie sexy Männer auf zwei Rädern sind, hast du dir vor Lachen fast in die Hose gemacht, als du verstanden hast, dass ich nicht Motorräder, sondern Fahrräder meinte.«

»Ja, aber auf seiner Visitenkarte steht, dass er Investmentbanker ist, also sind seine anderen Räder vermutlich unter einem BMW.«

»Bleib doch eine Weile solo«, schlage ich nicht zum ersten Mal vor. »Konzentrier dich auf dich. Beweis dir, dass du keinen Mann brauchst, um glücklich zu sein.«

»Oh, ich brauch aber einen«, jammert sie. »Am besten einen reichen, damit ich nicht mehr arbeiten, sondern nur noch Babys kriegen muss.«

»Das ist die richtige Einstellung, Schwester!« Ich balle die Hand zu einer ironischen Ghettofaust, aber Jemma haut mir stattdessen mit ihrem Lineal auf die Finger.

»Ihr Feministinnen macht mich fertig. Und wenn ich erst an diese BH-verbrennenden Hippie-Trullas denke – die haben geglaubt, sie würden uns allen einen Gefallen damit tun, wenn sie beweisen, dass wir genauso viel wert sind wie Männer, aber sie haben nichts erreicht als eine Gesellschaft, in der diejenigen unter uns, die einfach eine Familie gründen und das Haus sauber halten WOLLEN, das nicht zugeben dürfen.«

Bevor ich die Möglichkeit habe zu fragen, wie sie persönlich es sich vorstellt, ein Haus sauber zu halten, wenn auf ihrem Schreibtisch immer noch Reste meiner Geburtstagstorte kleben, steht Melissa vor mir.

»Holly, hi. Ich muss sofort mit Richard reden – ist er in seinem Büro?«

»Klar, geh einfach ...« Sie marschiert los, ohne zu warten, bis ich meinen Satz vollende. »... rein«, murmele ich und rolle die Augen.

»Da würde sich jemand aber freuen zu hören, dass du nix von Richard willst. Weniger Konkurrenz.«

»Melissa?« Ich kann nichts dagegen tun, dass man mir die Überraschung anhört. Ich bin weit davon entfernt, krankhaft eifersüchtig zu sein, aber bei dem Gedanken daran, dass Melissa Richard angraben könnte, wird mir ein bisschen schlecht. Sie ist eine dieser Sie-weiß-was-sie-will-und-hört-nicht-auf-bis-sie-es-bekommt-Frauen.

»Aber hallo, die steht total auf ihn. Jedes Mal, wenn sie ein Meeting mit ihm hat, rennt sie vorher aufs Klo und frischt ihr Make-up auf. Guck mal, gleich kommt sie wieder raus. Pass auf.«

»Ich bin *so* begeistert von diesem Projekt«, sagt sie mit einem Blick, der einen solchen Grad an Begeisterung ausdrückt, wie man ihn bei den meisten Leuten nur sieht, wenn sie am Geldautomaten in einer endlosen Schlange stehen, und berührt Richard dabei am Oberarm.

Erdrückende Beweislast.

Nicht, dass ich mich von Melissa bedroht fühlen würde. Sie ist blond und braun gebrannt (jeweils dank chemischer Hilfsmittel) und relativ hübsch. Wenn man auf so was steht. Nur, man hat mit ihr ungefähr so viel Spaß wie bei einer Zahn-OP. »Siehst du?« Jemma senkt die Stimme. »Ich sag's dir, wenn man ihr Höschen an die Wand werfen würde, würde es kleben bleiben.«

»Okay«, ich lache und kippe den letzten Schluck Tee hinunter. »Wenn du fertig spekuliert hast, ob mein Chef eine Freundin hat oder nicht, würde ich mich jetzt wieder meiner Arbeit widmen.«

»Ach, ich glaub nicht, dass er 'ne Freundin hat. Ich glaub nur, dass er frauentechnisch ganz gut versorgt ist.«

Zwei Stunden später muss ich immer noch nicht pinkeln. Wie ist das überhaupt möglich? Mir ist schon schlecht vor Aufregung. Oder ist das Morgenübelkeit? Kann man Morgenübelkeit auch am Nachmittag kriegen?

»ERDE AN HOLLY.«

»Sorry, Jem. Was?«

»Würdest du lieber jemanden heiraten, der echt schlau ist, aber potthässlich, *oder* gut aussehend, aber dumm wie Brot?«

Normalerweise befasse ich mich nicht mit solchen Dilemmas, aber dieses hier fühlt sich relevant an. Ich werfe einen Blick zu Richard, der in Martin Coopers Tür steht und angeregt mit den Händen gestikuliert. Das Aussehen ist genetisch bedingt. Aber Intelligenz? Ich glaube nicht, oder?

»Schlau und hässlich«, sage ich, weil es sich wie die einzig akzeptable Antwort auf diese Frage anfühlt.

»Ach, erzähl doch keinen Müll. Ich würde den gut aussehenden Trottel nehmen. Ich werde Danny mailen und ihn fragen, was er meint.«

Ich will gerade aufstehen und mir Erdnuss-M&M's aus dem Automaten holen (heilige Scheiße – eine Heißhungerattacke!), als eine E-Mail in meinem Posteingang landet.

Von: <alexpatricktyler@hotmail.com>
An: <holly@hexagon.co.uk>
Betreff: Hallo

Hallo Holly,

erinnerst du dich noch an mich? Deine Mum hat mir deine E-Mail-Adresse gegeben. Ich bin jetzt Lehrer und habe gerade einen neuen Job in London bekommen. Deine Mum fand wohl, wir sollten uns treffen. Wo genau wohnst du? Ich ziehe nach Greenwich.

Unglaublich, dass alles schon so lange her ist. Wir sind fast 30! Ich hoffe, bei dir läuft alles so, wie du es dir gewünscht hast. Es wäre echt schön, wenn wir uns mal auf den neusten Stand bringen könnten. Okay, ich mach dann mal weiter – hab noch jede Menge zu tun mit dem Umzug und allem. Ich hoffe, bald von dir zu hören.

LG Alex

Oh Gott – Alex!

»Wer?« Jemma sieht sich um, und ich merke, dass ich das eben laut gesagt habe.

»Ein Typ, mit dem ich in Yorkshire in der Schule war – er hat gerade gemailt, um mir zu sagen, dass er nach London zieht.«

Mit klopfendem Herzen lese ich die E-Mail noch mal. Er will, dass wir uns treffen? Ich habe seit elf Jahren nichts von ihm gehört. Es wäre schön, ihn zu sehen. Oder wäre es komisch? Wieso meldet er sich ausgerechnet heute – ich kann nicht klar denken.

»Man hört gar nicht, dass du aus Yorkshire kommst.«

»Wir sind da hingezogen, als ich elf war, und mit achtzehn bin ich wieder weggezogen, deshalb hab ich nie wirkli...«

»Wie schön. Und, ist er Single?«

Ich zucke mit den Schultern. Wir haben nicht mehr miteinander gesprochen, seit ich aus Mothston weg bin. Er hat wahrscheinlich diese Jane geheiratet, die er kennengelernt hat, kurz bevor ich wegzog. Direkt nachdem sie sich ein Haus gekauft haben, und kurz bevor sie ihm sein erstes Kind schenkte. Er war so jemand, der alles in der richtigen Reihenfolge machte.

»Seid ihr nicht bei Facebook befreundet? Ach ja, stimmt. Du bist der einzige Mensch auf dem Planeten, der nicht bei Facebook ist.«

»Richard ist auch nicht bei Facebook.« Was tue ich da? Halt die Klappe, Holly. Ich spreche weiter, bevor Jemma fragen kann, woher ich das weiß. »Warum auch? Das ist doch nur dafür da, irgendwelche Leute zu stalken.«

»*Eben.* Stell dir vor – ohne Facebook hätte ich nie erfahren, dass der Typ, den ich kennengelernt habe, ein Mitglied der Gruppe LEUTE, DIE IHRE FÜRZE ANZÜNDEN ist, und hätte mich wahrscheinlich mit ihm getroffen. Außerdem ist es auch toll, um mit Leuten von früher wieder in Kontakt zu kommen.«

»Ich habe mit allen Kontakt, mit denen ich Kontakt haben will.«

»Und du kannst sehen, welche von den Mädchen, die mit dir in der Schule waren, fett geworden sind. Also, wie heißt er mit Nachnamen?«

Ich sage es ihr.

»Es gibt einen Arsch voll Alex Tylers«, beschwert sie sich, nachdem sie den Namen eingegeben hat. »Wie sieht er aus?«

»Äh, mager. Schlechter Haarschnitt.«

»Und du hattest kein Interesse? Schockierend.«

Ich lache. Alex war echt ein guter Freund, obwohl die anderen ihn langweilig und streberhaft fanden, weil er nicht die Schule schwänzte, den Unterricht störte oder heimlich hinter der Sporthalle rauchte. Außerdem analysierte er immer alles bis zum Gehtnichtmehr, aber er war trotzdem ein guter Zuhörer. Ich konnte ihm alles sagen. Bis auf das eine Mal, als ich ihm wirklich unbedingt etwas sagen wollte und er ein ziemlicher Arsch war. Also konnte ich ihm wohl doch nicht alles sagen.

»Kannst du bei der Suche einen Ort eingeben?«, wage ich mich vor. »Versuch's doch mal mit Mothston.«

»Ach, seit ›schlechter Haarschnitt‹ hab ich kein Interesse mehr. Ich spiele jetzt Online-Scrabble.«

Auch gut.

Ich tippe eine schnelle Antwort auf Alex' Mail, wobei ich meinen Vorschlag, ein Bier trinken zu gehen, hastig zu Kaffee ändere, als ein Ziehen in meiner Blase mich an meinen möglichen Zustand erinnert, und sitze dann anderthalb Minuten später auf dem Klo.

Mit geschlossenem Deckel.

Und zugeknöpfter Hose.

Ich kann es nicht. Nicht das Pinkeln an sich – das wäre leicht. Sehr leicht. Ich laufe Gefahr, dass mir ein Malheur passiert, wenn ich noch lange warte. Aber ich will es nicht so herausfinden, nicht hier.

Wenn der Test positiv ausfällt, werde ich mich für immer daran erinnern. Will ich Klein-Jeremy oder Klein-Jemima (Notiz für später: Herausfinden, ob Richard als Kind auch ein großer Fan von *Tschitti Tschitti Bäng Bäng* war) erzählen, dass ich allein auf einer Behindertentoilette saß, als ich es herausfand? Richard sollte hier sein. Ist es rücksichtslos, ihm davon zu erzählen, bevor ich sicher bin? Wir haben zwar noch nicht über Kinder gesprochen, aber er muss darüber nachgedacht haben. Das macht man nun mal, wenn man mit jemandem was Festes anfängt – man denkt an die Zukunft.

Ich kann nicht noch länger hier bleiben und darüber nachdenken, denn wenn jemand im Rollstuhl draußen wartet, wäre es mir sehr unangenehm, also pinkle ich, ohne den Test aus meiner Tasche zu nehmen, und gehe dann in sein Büro.

Am Sonntag immer noch keine Periode, und ich habe es ihm immer noch nicht gesagt. Als ich in sein Büro ging, kam er mir mit einer aufregenden Neuigkeit zuvor: Hexagon führt mit einer amerikanischen Marketingagentur Gespräche über einen möglichen Zusammenschluss.

Zumindest Richard war unheimlich aufgeregt – es könnte eine Beförderung bedeuten, die Leitung einer neuen Abteilung für die amerikanischen Kunden.

Heute werde ich zum ersten Mal wieder mit ihm allein sein, und ich stopfe gerade eine Zitrone in den Allerwertesten eines Hähnchens, als mein Herzblatt anruft.

»Hallo, schöner Mann!«

»Hey, Hübsche. Ich habe eine gute und eine schlechte Nachricht.«

Die gute Nachricht ist, dass die Firma, mit der wir uns vielleicht zusammenschließen, ihn für morgen in ihr New Yorker Büro eingeladen hat, um ihn kennenzulernen.

Die schlechte Nachricht ist, dass er sich darauf vorbereiten muss und folglich weder für mich noch mein Brathähnchen Zeit haben wird.

Ich sage ihm, dass es okay ist.

Ist es zwar nicht, aber er wusste nicht, was ich für ihn geplant hatte: die romantische Präsentation eines mit Pipi besprenkelten Stäbchens.

»Danke, Süße. Ich mach es wieder gut. Ich ... Was ist das für ein Krach? Bist du in der Kirche?«

»*Songs of Praise.* Hab gerade ein bisschen rumgezappt.«

Ich weiß nicht, warum ich sage, ich hätte gezappt – es ist eine Lüge. Ich mag *Songs of Praise.* Ich mag es, dass der Text eingeblendet wird, sodass man mitsingen kann. Es ist wie Karaoke, nur auf religiös.

Er lacht. »Ich höre jetzt besser auf.«

Jetzt werde ich ihn vor Dienstag nicht sehen. Ich kann mit dem Test nicht so lange warten – ich würde durchdrehen.

»Sieht aus, als würden wir beide allein bleiben, Harold.«

Ach ja?, fragt sie mit funkelnden Augen. *Soll ich dafür etwa dankbar sein? Nur, weil sonst niemand da ist? Du kannst mich mal,* sagt sie und zieht beleidigt ab.

Sie wird wiederkommen, wenn das Hähnchen fertig ist.

Als ich auf dem Klo sitze, während im Hintergrund »How Great Thou Art« geschmettert wird, klingelt neben mir mein Handy und befördert mich vor Schreck beinahe ins Jenseits.

Ruft Richard an, um mir zu sagen, wie er es wiedergutmachen will?

Ich schaue aufs Display.

»Hi Mum. Es ist gerade ungünstig – kann ich dich zurückru...«

»Hallo Schatz. Da war gerade eine Frau in der *Jeremy Kyle Show,* die herausgefunden hat, dass ihre Tochter, die jedes Wochenende zu Besuch kommt, ihr nicht nur Geld klaut, sondern auch mit ihrem Ehemann schläft. Und weißt du, was ich dachte?«

»Dass du öfter mal an die frische Luft gehen solltest?«

»Sehr witzig. Nein, ich dachte, wie gut sie es hat, dass sie ihre Tochter jedes Wochenende sieht.«

Die meisten Mütter würden einfach FRAGEN, wann man sie besuchen kommt. Meine Mutter verpackt die Frage gern auf unkonventionelle Art.

Wenigstens ist sie diesmal schnell zum Punkt gekommen. Es ist schlimmer, wenn wir erst ewig reden und ich nicht weiß, welches Thema sich als Einleitung dazu herausstellen wird. Es ist ein bisschen so, wie wenn sich jemand versteckt und man weiß, dass er sich jeden Moment auf einen stürzen wird – die Anspannung macht einen fertig.

»Ich komm bald vorbei, Mum. Aber ich muss jetzt echt aufhö…«

»Also der eigentliche Grund, weshalb ich anrufe«, unterbricht sie mich begeistert, »ist, um dir zu sagen, dass Alex Tyler nach London gezogen ist.«

Es muss *das* Gesprächsthema in Mothston sein – so etwas Aufregendes ist sicher nicht mehr passiert, seit die Post eine Grußkartenabteilung bekam. Deswegen hatte Mum mich übrigens auch angerufen.

»Ich weiß, er hat mir gemailt, damit wir uns treffen. Danke, dass du einfach so meine E-Mail-Adresse rausgibst.«

Den letzten Satz ignoriert sie. »Und, habt ihr euch getroffen?«

»Noch nicht.«

»Ach so.« Sie klingt enttäuscht. »Ich hätte gedacht, du kannst es gar nicht erwarten, ihn zu sehen.«

»Das alles ist elf Jahre her«, erkläre ich. *Und ich bin ein bisschen abgelenkt durch die potenziell bevorstehende Geburt deines ersten Enkelkindes,* füge ich lieber nicht hinzu.

»Dann habt ihr euch ja eine Menge zu erzählen. Und er kennt wahrscheinlich niemanden in London.«

Ich versichere ihr, dass ich mich um ihn kümmern werde, und lege auf.

Als ich den Test endlich gemacht habe, lenke ich mich vom Auf-die-Uhr-Schauen ab, indem ich »Shine Jesus Shine« singe. Ich bin fast an der Stelle, wo ich Jesus auffordere, dies Land mit Liebe zu überfluten, als noch mal mein Handy klingelt. Richard …?

»Hallo Mum.« Die einzige Erklärung, die mir dafür einfällt, dass ich überhaupt rangehe, ist: Ein kleiner Teil von mir will in diesem Moment nicht allein sein.

»Er war übrigens nicht ihr Dad.«

»Hä?«

»Das Mädchen, das mit dem Ehemann seiner Mum geschlafen hat. Ihre Eltern sind geschieden, und es war der neue Mann ihrer Mum. Nur, falls das nicht klar war. Obwohl man bei der Sendung mit allem rechnen muss.«

Ich höre kaum zu. Ich bin zu sehr damit beschäftigt, auf das kleine weiße Stäbchen zu starren.

SECHSTES KAPITEL ALEX

»HAATSCHIII!«

Carl steht mit feuchten, geschwollenen Augen aus seinem Sessel auf, während ich die unmittelbare Umgebung absuche, um zu ermitteln, welche Gegenstände verseucht wurden. Den Großteil des Couchtischs kann man vergessen: den Kohlestift auf dem DIN-A2-Zeichenblock, die Fernbedienung, die kleine rechteckige Dose, von der ich vermute, dass sie Gras enthält.

»Scheiß Heuschnupfen.« Er seufzt und holt dabei mit dem rechten Fuß ein Paar Schuhe unter dem Sofa hervor. »Ich geh kurz raus und hol mir ein Antiallergikum. Brauchst du auch irgendwas, Kumpel?«

Eine Schrotflinte? Antibakterielle Feuchttücher? Oder wenigstens ein Taschentuch?

»Nee danke, lass mal.«

Ich habe vor einer Stunde fertig ausgepackt, und mir kommen jetzt schon Zweifel, ob ich fürs WG-Leben geeignet bin. Letztendlich habe ich zwischen Carl (Bakterien) und Russell (Pink Floyd) eine Münze geworfen und mir gedacht, ich kann immer noch was Passenderes suchen, wenn ich mich einmal eingelebt habe. Doch dann verlangte Carl 800£ Kaution, die nicht erstattet wird, wenn ich in den ersten sechs Monaten kündige, also sitze ich nun in Carls Virenfalle fest und schaue auf 52 Zoll Plasma *Songs of Praise,* weil ich fürchte, mir alles Mögliche einzufangen, wenn ich versuche umzuschalten.

Ich gebe den Fernseher auf und mache meinen Laptop an. Wegen des Umzugs hatte ich das ganze Wochenende noch keine Gelegenheit, meine E-Mails zu checken, und ich brauche ein paar Sekunden, bis ich *sie* zwischen den Lehrer-Newslettern, Amazon-Rechnungen und Nachrichten des nigerianischen Oppositionsführers, der mich um Unterstützung im Kampf gegen seine Unterdrücker bittet, entdecke. Aber als ich sie dann endlich sehe, schnürt sich meine Brust zusammen.

Es ist surreal, ihren Namen in Courier New zu lesen. Als wir uns zum letzten Mal sahen, hatte in Mothston noch niemand von E-Mails gehört. Wir klopften einfach bei den Leuten an die Tür, wenn wir ihnen etwas sagen wollten. Ich klicke auf die Nachricht, und plötzlich steigt ein vertrautes Gefühl in mir auf. Das gleiche Gefühl, das ich immer bekam, wenn Mum oder Dad zu meinem Zimmer hochriefen, dass Holly vor der Tür steht. Dann schlich ich auf Zehenspitzen zum Badezimmerspiegel, und mein Herzschlag beschleunigte sich, während ich an meiner Handfläche meinen Atem testete. Noch ein Mal Luft holen am oberen Ende der Treppe und dann ...

Von: <holly@hexagon.co.uk>
An: <alexpatricktyler@hotmail.com>
Betreff: Re: Hallo

Hi Alex,
ich hoffe, es geht dir gut.

Toll, dass du jetzt Lehrer bist, genau wie du es dir immer gewünscht hast – das freut mich wirklich für dich. Ich wohne in Blackheath, also direkt neben Greenwich. In den nächsten Wochen finde ich sicher mal Zeit für einen

Kaffee – melde dich, wenn du eingezogen bist, dann schau ich in meinen Kalender.

Alles Gute beim Umzug
H

Ich lese ihre E-Mail noch mal auf der Suche nach Hinweisen, irgendwas, woran ich merken könnte, ob sie sich gefreut hat, von mir zu hören. Es hängt alles davon ab, worauf man die Betonung legt: auf »sicher« oder auf »Kaffee«.

Vielleicht ist das mit dem Kaffee der Grund, weshalb ich so ernüchtert bin. Es klingt unverbindlich, als hätte sie nur fünf Minuten übrig oder so. Ich habe mir eher einen Abend vorgestellt, an dem wir bei ein paar Drinks in Erinnerungen an alte Zeiten schwelgen und bis in die frühen Morgenstunden reden, so wie damals. Keine Ahnung – wahrscheinlich habe ich zu viel erwartet. Manche Dinge ändern sich nie.

Nach fünfzehn Minuten beschließe ich, dass zumindest eine winzige Chance besteht, dass meine Reaktion ziemlich bescheuert ist, also antworte ich beschwingt und enthusiastisch auf die Mail, frage, wann sie Zeit hat, und gebe ihr meine Handynummer. Dann mache ich meinen Laptop zu und lasse mich nach hinten aufs Sofa fallen. Morgen ist mein erster Tag in der neuen Schule – ich lasse meiner Nervosität und Begeisterung freie Bahn, während ich darüber nachdenke, was mich wohl erwartet.

Am Bahnhof in Deptford biege ich rechts ab und gehe eine Hauptstraße entlang, an der gerade ein Halal-Fleischer und ein afrokaribischer Lebensmittelladen aufmachen. Ich lächle einem der Ladenbesitzer zu; er scheint mich nicht zu sehen.

Die Frühlingsluft steht still, der Sommer ist schon zu erahnen. Ich ziehe mir die Jacke aus und hänge sie mir über die Schulter. Ich folge der Straße, vorbei an einem Komplex von Sozialwohnungen, wo auf verschiedenfarbigen Balkonen Satellitenschüsseln montiert sind. Allmählich entdecke ich auch Schüler: Siebtklässler mit herausgezogenen Hemden und tief hängenden Rucksäcken; ältere Mädchen mit Creolen in den Ohren und ernsten Gesichtern. Hier ist viel mehr Bling-Bling, als ich erwartet habe. In den letzten paar Wochen sah ich immer wieder einen polnischen Jungen vor mir, der Löcher in den Schuhen und kein Geld für Bücher hat. In dem Tagtraum überreiche ich ihm mein persönliches Exemplar von *Michael Robartes und die Tänzerin* von W. B. Yeats und lächle selbstlos, wenn er mir in gebrochenem Englisch dankt. Dann überspringt die Geschichte fünfzig Jahre, und der Junge, mittlerweile ein renommierter Dichter, führt mich in einem burgunderroten Hausrock durch seine persönliche Bibliothek. Er drückt mir ein in dickes Packpapier eingeschlagenes Buch in die Hand, und später erkenne ich, dass es dieselbe Yeats-Sammlung ist, die ich ihm vor all den Jahren geschenkt habe. Vielleicht ist das eine Spur zu optimistisch, das gebe ich gerne zu.

Ich biege noch einmal links ab, und da ist sie: meine neue Schule. Ich bleibe stehen und nehme meine Umgebung in mich auf. Das Hauptgebäude ist ein riesiger Kasten mit drei Lagen Beton und drei Lagen Fenstern. Einige der vorbeilaufenden Kinder starren mich an, sie fragen sich bestimmt, wer der Typ ist, der da grinst wie ein Honigkuchenpferd – aber ich kann nichts dagegen tun.

Eine Empfangssekretärin führt mich zu meinem neuen Fachleiter Mr Cotton, der den Vormittag dafür vorgesehen hat, mir einen Überblick über die Hausordnung, den Schulsozialdienst und Ähnliches zu geben.

Nachdem wir all das hinter uns haben, fragt er, wie ich mich vor meiner ersten Stunde heute Nachmittag fühle.

»Gespannt, aufgeregt, noch viele andere Dinge, die das Gefühl nicht ganz beschreiben. Ein kleines bisschen Angst ha...«

»Sie haben als Erstes Ihre Neuner, ist das richtig?«

Ich schaue auf meinen Stundenplan, obwohl ich ihn lückenlos aufsagen könnte. »Jep, ich glaube, ja.«

»Dann lassen Sie sich nicht anmerken, dass Sie ›ein kleines bisschen Angst‹ haben – die machen Sie fertig.«

Ich lache, aber Mr Cottons Gesicht bleibt versteinert. Mit seinem fahlen Teint, den über die Glatze gekämmten Haarsträhnen und der langen, strengen Nase sieht er aus wie eine Karikatur.

»Ich meine das todernst«, sagt er, als es klingelt, wobei er aufsteht und mich mit ausgestrecktem Arm zur Tür führt. »Diese Meute war einer der Gründe, weshalb Ihre Vorgängerin gekündigt hat.«

»Setzt euch bitte, setzt euch. Ich bin Mr Tyler und habe die Stelle von Miss Marsden übernommen.« Im hinteren Teil des Klassenzimmers gähnt jemand. »Okay, ich weiß, es ist schwer, wenn man in dieser Phase des Schuljahrs einen neuen Lehrer bekommt, aber ich hoffe, zusammen kriegen wir das hin.«

Ein blasser Junge mit einem Soßenfleck auf dem Hemd und einem großen Ring am Mittelfinger der rechten Hand spannt mit seinem Kuli ein Gummiband. Er hält es fest, zielt und schießt es einem Klassenkameraden an die Stirn, der drei Plätze weiter sitzt. Ich überfliege die elektronische Klassenliste. Gareth Stones.

»Na, komm schon, Gar...« Ein Nachzügler trudelt ein. Selbst mit Afro misst der Junge bei Weitem keine eins fünfzig. Er hinkt in einem zu großen Blazer ohne Schulwappen an mir vorbei.

»Kenny setzt sich hinten in ein Schließfach, Sir«, warnt mich ein Mädchen mit gebleichten Haaren und kohlschwarzem Ansatz. Juliette Jacobson, laut meiner Liste.

Verwirrt komme ich hinter dem Pult hervor und blicke zu Ms Pritchard, der Lernassistentin, doch sie sieht ebenso erstaunt aus wie ich.

»Darf ich fragen, was du da machst?«, erkundige ich mich, aber es ist, als wäre er in seiner eigenen kleinen Welt, einer Welt, in der es völlig normal ist, in einen metallenen Kasten zu steigen. Er passt locker hinein.

»Hör mal, kannst du bitte aus dem Schließfach rauskommen?«

Immer noch nichts. Gareth feuert noch ein Gummiband ab, diesmal gegen Juliettes Hinterkopf. Ich gehe vorsichtig zu den Schließfächern.

»Komm schon«, bitte ich, während ich die Metalltür öffne, die zugegangen ist. Der Junge weicht zurück und schlägt dabei mit dem Ellbogen gegen die Rückwand des Schließfachs.

»Sie haben mich verletzt«, brüllt er. »Ich zeig Sie an.«

»Hey, Mr Tyler!«, ruft Gareth mit einer Stimme irgendwo zwischen Cockney-Gangster und tuntigem Fernseh-Entertainer. Der Rest der Klasse wird von der *Hamlet*-Lektüre abgelenkt. »Ich frag mich gerade, wo Sie wohl herkommen? Harvey meint Newcastle, Stacey meint Uranus.«

Die meisten Schüler lachen, und ich beschließe, die gleiche Taktik anzuwenden, die in der Mothston Grammar bei Jack Couchman funktioniert hat: Gareth lieber einen Augenblick im Mittelpunkt gönnen, als ihn bei jeder Gelegenheit zurechtzuweisen.

Als ich ihm sage, woher ich komme, rutscht Gareth weiter auf seinem Stuhl nach unten und kichert hinter vorgehaltener Hand, was keine ungewöhnliche Reaktion ist. *Moth*ston klingt nun mal wie

»Mottenhausen«. Ich schätze, den Leuten aus Shitterton und Bitchfield geht es auch nicht besser.

»Und wo soll das sein?«

»In Yorkshire.«

Gareth setzt sich wieder auf und sagt mit nordenglischem Akzent: »Ich hatte ja keine Wahl: entweder in London unterrichten oder Schicht im Schacht.«

Die Klasse bricht in Gelächter aus, und Gareth lässt sich feiern, indem er aufsteht und sich verbeugt.

»Sehr gut, Gareth.« Ich lächle. »Aber bei dir ist auch gleich Schicht im Schacht, wenn wir jetzt nicht weiterarbeiten.«

Aus irgendeinem Grund führt dies zu einer weiteren Runde schallendem Gelächter, und bis sich alle wieder beruhigt haben, ist die Stunde vorbei.

Nachdem meine Neuner verschwunden sind, hole ich mein Handy aus der Tasche und sehe darauf eine neue Nachricht von einer Nummer, die ich nicht kenne.

SIEBTES KAPITEL HOLLY

In Canary Wharf drängen sich eine Menge Fahrgäste in meinen Wagen, und ich bemerke, dass die Frau, die gerade eingestiegen ist und sich an meiner Kopfstütze festklammert, einen »BABY AN BORD«-Anstecker trägt. Alle anderen Sitzenden tun so, als wären sie in die Lektüre ihres *Evening Standard* vertieft, also springe ich auf.

»Bitte, setzen Sie sich.« Ich quetsche mich in den Gang, um ihr Platz zu machen. Sie befindet sich in jenem Stadium, wo bei der Schicksalsfrage »Schwanger oder fett?« durchaus beide Antworten plausibel wären. Ohne den Anstecker hätte ich es nicht riskiert. Sie dankt mir mit einem freundlichen Lächeln und setzt sich vorsichtig, wobei sie die Hände auf ihren Bauch legt, und ich denke unwillkürlich, dass sie ein bisschen übertreibt.

Trotzdem kann sie meinen Platz gern haben. Bei mir ist definitiv kein Baby an Bord.

Wenn es auch nur den geringsten Zweifel an der Richtigkeit meines ziemlich eindeutigen NICHT-SCHWANGER-Testergebnisses gegeben hätte, so beseitigte ihn Bloody Marys Ankunft, die zwei Stunden später hereinspazierte, als wäre nichts gewesen. *Ich bin's nur – sorry, dass ich ein bisschen spät dran bin ... Hab ich was verpasst?*

Ich wartete auf das Gefühl der Erleichterung. Es kam nicht. Ich hatte mich wohl schon zu sehr an den Gedanken gewöhnt. Im Nachhinein war es doch ganz gut, dass Richard nicht da war, um den Moment mit mir zu erleben – was, wenn ihn die Aussicht, Papa zu werden, überglücklich gemacht hätte? Ich hätte mich furchtbar gefühlt.

Ich weiß nicht, ob mich mein Versprechen an meine Mum oder mein Bedürfnis nach Ablenkung dazu gebracht hat, mich bei Alex zu melden, aber wenn es Letzteres war, so hat es funktioniert.

Freu mich. LG Holly

Damit beendete ich meine letzte SMS an ihn. Das sagt man einfach, wenn man sich gerade mit jemandem verabredet hat. Es spielt keine Rolle, dass es elf Jahre her ist, seit man sich zum letzten Mal gesehen hat, oder dass man kaum irgendwas darüber weiß, was der andere seither gemacht hat, oder dass man mit ziemlich gemischten Gefühlen auseinandergegangen ist. Das verlangen nun mal die Regeln des Anstands, oder? Und im Allgemeinen ist es höflicher als die Wahrheit.

Nicht, dass ich mich vor unserem Wiedersehen fürchten würde oder so. Ich weiß nur einfach nicht, was mich erwartet.

Alex, das sind zwei verschiedene Menschen in meinem Kopf. Da ist einmal der liebe, loyale, unsichere, ein bisschen zwangsgestörte, kluge, witzige Alex, der immer auf meiner Seite stand. Und dann ist da noch der etwas seltsame, ein bisschen widerliche Alex, der sich total ekelhaft verhielt bei der ersten Andeutung sexueller Aufmerksamkeit von einem Mädchen.

Ich habe weit mehr Erinnerungen an den ersten Alex.

Aber der zweite Alex war der, den ich direkt vor meinem Umzug aus Mothston sah und der mir seither im Gedächtnis geblieben ist. Was, wenn das nur der Anfang seiner Veränderung war? Was, wenn er sich die nächsten elf Jahre in diese fiese Macho-Richtung weiterentwickelt hat und jetzt einfach ein mieser, alter Kotzbrocken ist?

Mache mir Sorgen. LG Holly

Das hätte ich geschrieben, wenn ich wirklich ehrlich gewesen wäre.

Oder: Hoffe, es wird nicht komisch. LG Holly

»Ist doch ganz einfach«, behauptete Jemma vorhin. »Schau ihn dir erst mal von der anderen Straßenseite an, und wenn er voll die Hackfresse ist, schreibst du ihm eine SMS und sagst, dass du krank bist und nicht kommen kannst, und dann machst du einfach nie wieder ein Treffen aus.«

»Also, Jem«, widersprach ich, »das kommt aus dreierlei Gründen nicht infrage. Erstens treffen wir uns IN einem Pub, also werde ich ihn von der anderen Straßenseite nicht sehen können. Zweitens bin ich kein schlechter Mensch. Und drittens kapierst du überhaupt nicht, worum es geht. Mir ist egal, wie er aussieht. Es ist kein Blind Date – er ist ein alter Kumpel von mir, und ich habe einfach Angst, dass wir uns nichts zu sagen haben.«

»Ach, hör doch auf. Du bist Single und triffst dich mit einem Typen, den du seit Jahren nicht gesehen hast und der vielleicht auch Single ist. Ich nehm dir keine Sekunde lang ab, dass du dich nicht fragst, wie er aussieht.«

Okay, sie hat recht. Natürlich nicht damit, dass ich Single bin, aber ich frage mich schon, wie Alex aussieht. Elf Jahre reichen aus, um einen Bierbauch und Geheimratsecken zu kriegen. Aber was, wenn er immer noch nett aussieht? Wie werde ich mich fühlen, wenn ich ihn sehe? Werde ich schwesterliche Gefühle haben, wie in den frühen Jahren unserer Freundschaft, oder so kribbelige Gefühle, wie später, nachdem meine Teenie-Schwärmerei für ihn begonnen hatte? Nicht, dass es irgendeinen Unterschied machen würde – was Männer anbelangt, bin ich versorgt. Aber es ist schwer, nicht darüber nachzugrübeln.

Ein paar Tage nachdem ich Alex zum letzten Mal gesehen hatte, verbrachte ich die Autofahrt von Mothston nach London damit, mich davon zu überzeugen, dass ich mich in meinen Gefühlen für ihn getäuscht hatte. Keine andere Reise hat sich je so bedeutungsvoll angefühlt. Ich hatte nicht nur das Gefühl, Mothston hinter mir zu lassen – ich hatte das Gefühl, das Mädchen hinter mir zu lassen, das ich dort gewesen war. Es war eine Reise ins Erwachsensein. Aber erwachsen zu sein war nicht so aufregend, wie ich es mir immer vorgestellt hatte – es bedeutete, Verantwortung und Konsequenzen tragen zu müssen. Das sorglose Ich, das nur ein paar Tage zuvor in Ellies Garten getanzt hatte, kam mir vor wie eine Fremde, und ich hatte sie seit jener Nacht nicht mehr gesehen. Und was ich für Alex empfunden habe, war keine echte, erwachsene Liebe – es war die jugendliche, naive Idealvorstellung, die jenes Mädchen davon hatte. Vermutlich.

Was ich Jemma erzählt habe, war die Wahrheit. Meine größte Sorge ist wirklich, dass wir uns nichts zu sagen haben, was paradox ist, denn damals konnten wir unheimlich gut reden – er liebte es, den Sachen auf den Grund zu gehen. Das war sein Ding. Aber was, wenn wir außer unserer Vergangenheit nichts gemeinsam haben? Ich will den Abend nicht damit verbringen, über die guten alten Zeiten in Mothston zu reden. Dieser Abschnitt meines Lebens ist vorbei, und das ist gut so.

Als ich schließlich in die Bahn steige, habe ich schon mehrfach mit dem Gedanken gespielt, abzusagen. Aber Tatsache ist, ich will ihn schon irgendwie treffen. Ich bin neugierig, was aus ihm geworden ist. Mum hat erwähnt, dass er Lehrer wurde, aber sie schien nichts Genaueres zu wissen. Ist es so, wie er erwartet hat? Oder ist er einer dieser frustrierten Lehrer, die insgeheim alle Kinder hassen? Das kann ich mir nicht vorstellen, aber vermutlich bin ich auch nicht so, wie er es sich vorstellt. Wahrscheinlich rechnet er damit, dass ich immer noch grauenhafte Haare habe. Gott sei Dank wurden Glätteisen erfunden. Und er hat keine Ahnung, dass ich Fitnessstudios für mich entdeckt habe, also erwartet er ein paar Rettungsringe mehr um meine Hüften. Es wird ein bisschen wie die große Enthüllung bei einer dieser krassen Vorher-Nachher-Shows.

Ich fühle mich gut, bis ich zwei Mädchen im Zug dabei beobachte, wie sie einander erkennen, kreischen und sich dann auf einen Begrüßungskuss im Gang treffen, was mich wieder panisch werden lässt. Wie soll ich Alex begrüßen? Mit einer Umarmung? Einem Händedruck? Wir hatten eigentlich nie ein Begrüßungsritual.

Das heißt nicht, dass wir Körperkontakt gemieden hätten – manchmal nahmen wir uns in den Arm, wenn einer von uns traurig war, und zum Geburtstag gaben wir einander ein Küsschen auf die Wange. Aber wir verspürten nie wirklich das Bedürfnis nach einem Ritual. Im Gegensatz zu Ellie – die gute alte Luftküsschen-Ellie. Jedes Mal, wenn wir uns begrüßten oder verabschiedeten, beglückte sie die Luft ungefähr fünf Zentimeter zu beiden Seiten meines Gesichts mit einem rotlippigen Schmatz, begleitet von einem deutlich ausgesprochenen *Mwah.* Wozu sollte das gut sein? Abklatschen wäre intimer gewesen – zumindest gehört dazu tatsächlicher Körperkontakt.

Was für eine verrückte Woche. Gestern stand ich vor der Möglichkeit, mehrere Phasen meines Lebens vorwärtszuspringen. Mutter werden – das ist echtes Erwachsenenzeug. Und jetzt hier in der Bahn habe ich das Gefühl, auf dem Weg zurück ins Jahr 1999 zu sein, wo ich wieder achtzehn bin.

Ich weiß nicht, was mir mehr Angst macht.

ACHTES KAPITEL ALEX

Sogar als ich elf Minuten vor sieben in den Pub schlendere, ist ein Teil von mir noch fest davon überzeugt, dass ich irgendeinen Fehler gemacht habe, dass ich Hollys SMS geträumt habe und dass ich in einer halben Stunde wieder rausschlendern werde, begleitet vom unverhohlenen Gelächter derer, die meine Blamage mitangesehen haben.

Ich sehe mich im Raum um und bin zufrieden, dass ich diesen Treffpunkt gewählt habe. Als Holly Greenwich und nun doch Drinks vorschlug, hatte ich sofort diesen Pub im Kopf. Das eine Mal, als ich daran vorbeiging, war er voll mit Mädchen, die Pünktchenkleider zu Doc Martens trugen, und jungen Männern, die sich unterschiedlich lange Bärte gezüchtet hatten. Ich dachte mir, er gehöre zu der Art von unkonventionellen Läden, die Holly mögen würde.

Ich hole mir ein Glas Rotwein und lasse mich auf einem der Sofas Marke Nicht-so-bequem-wie-sie-aussehen nieder. Die Uhr, die über der Bar hängt, zeigt acht Minuten vor sieben an.

Ich beschließe, jemanden anzurufen, ein Ablenkungsmanöver, um meine Nerven zu narkotisieren. Von Kev würde ich nichts hören als: »Bitte versuch wenigstens, sie klarzumachen, Tyler«, also scrolle ich in meinen Kontakten weiter zu R.

»Alex, Mann«, sagt Rothers erfreut. »Ist ja schon wieder ewig her. Wie läuft's in London?«

Als Holly aus meinem Leben emigrierte, hatte ich niemanden mehr, dem ich mich anvertrauen konnte. In meinem zweiten Jahr an der Uni – Holly hatte sich nicht mehr bei mir gemeldet – war ich endlich wieder bereit, jemanden kennenzulernen. Und dann kam Charlotte McCormack mit ihren schwindelerregend langen Beinen, ihrer ironischen Brille (sie leugnete, dass sie ironisch war) und ihrer Biografie von Mao Tse-tung auf dem Nachttisch. Ich dachte, wir würden vielleicht eines Tages heiraten, aber eine Woche nach der Abschlussfeier verkündete Charlotte, sie müsse in Thailand »zu sich selbst finden«. Und wohin hat sie ihre Reise zur Selbstfindung achtzehn Monate später geführt? In eine Sozialwohnung in Bradford, wo sie bis heute mit ihren zwei kleinen Söhnen wohnt, doch darum geht es nicht. Es geht darum, dass ich, nachdem sie ging, einen Monat lang keine Mahlzeit mehr beenden konnte. Einsamkeit ist etwas, das man als Jugendlicher nicht verstehen kann. Man verspürt zwar manchmal Langeweile oder Sehnsucht, aber man ist nie allein, nicht wirklich, und vor allem nicht in einer Stadt wie Mothston. Und wenn ich eine Umarmung brauchte, war Holly da. Aber nachdem Charlotte gegangen war, war ich allein. Ich hatte Holly immer vermisst, aber bis dahin hatte ich nicht verstanden, wie viel ich verloren hatte, als sie abtauchte. Ich rief ab und zu Rothers in seiner Bude in Manchester an, aber das war nicht das Gleiche.

»Ganz gut – ich hatte heute meinen ersten Tag i…«, sage ich.

»JACOB, DU STELLST JETZT SOFORT DIE VASE WIEDER HIN! Sorry, Alex, Meggie ist bei einer Konferenz, und Jacob hat beschlossen, dass jetzt eine gute Gelegenheit ist, um sich in einen Ork zu verwandeln. Was hast du gerade gesagt?«

»Nichts, nur dass ich meinen ersten Schultag hatte und mich heute Abend m…«

»ICH SAG'S DIR NICHT NOCH MAL, JACOB.«

Eine Gruppe von acht oder neun Studenten schlurft in den Pub, wobei sie sich alle von der Bar fernhalten, damit sie nicht gezwungen werden, eine Runde zu bezahlen. Letztendlich teilen sie sich auf und kaufen allein oder paarweise ihre Getränke.

»Hör mal, Kumpel, soll ich dich wann anders noch mal anrufen?«

»Nein, ach wa… – OKAY, ES REICHT, JUNGER MANN. DU TUST JETZT, WAS ICH SAGE, UND ZWAR PLÖTZLICH. Sorry, Alex – es ist wahrscheinlich besser, wenn du wann anders noch mal anrufst. Sorry.«

Rothers ist der einzige Mensch, den ich kenne, dessen Leben genau nach Plan verlaufen ist, aber jedes Mal, wenn ich seine Nummer wähle, fühle ich mich ein kleines bisschen wie eine Nervensäge. Ich kann mich gar nicht erinnern, wann wir uns das letzte Mal länger als ein paar Minuten unterhalten haben, jetzt, wo er mit Frau und Kindern wieder in der Nähe von Mothston wohnt und Teilhaber einer Anwaltskanzlei in York geworden ist.

Ich stecke das Handy in die Tasche, doch so ganz ohne Ablenkung wird mein Körper von einer so existenziellen Angst gepackt, als hätte ich gleich eine Prüfung. Ich schaue an mir hinunter. Was für eine blöde Idee, meinen Anzug von der Arbeit anzulassen. Ich hatte in der Wohnung jede Menge Zeit, um mich umzuziehen, aber dann dachte ich mir, ich sehe im Anzug besser aus als in irgendwelchen Freizeitklamotten. Jetzt fühle ich mich hoffnungslos overdressed.

Zwei Minuten vor sieben.

Ein Wiedersehen mit meiner Jugendliebe – oder dem Mädchen, das ich mir als Jugendliebe gewünscht hätte. Stattdessen musste ich mich damit abfinden, dass wir beste Freunde waren, aber im Laufe der Jahre begann ich mich zu fragen, ob ich mich vielleicht auch darin getäuscht habe. Habe ich mir die ganzen Nächte, in denen wir bis in die frühen Morgenstunden geredet haben, nur eingebildet?

Anders kann ich mir eigentlich nicht erklären, warum sie nie angerufen hat.

Ich schaue noch mal auf ihre letzte SMS von heute Nachmittag und vergewissere mich, dass das hier wirklich passiert. Zumindest scheint sie sich jetzt zu freuen, und ich freue mich auch. Ich bin gespannt, was sie über die Vergangenheit und Gegenwart denkt. Und ich bin neugierig, was in Zukunft passiert.

Mein Handy scheint zu vibrieren, aber als ich nachschaue, ruft niemand an, und es hat auch niemand eine Nachricht geschickt.

Elf Minuten, elf Jahre; jetzt gerade scheint der Unterschied gar nicht so groß. Als wir Teenager waren, hatte ich manchmal das Gefühl, ich hätte mein ganzes Leben damit verbracht, auf Holly Gordon zu warten.

Ich trinke einen großen Schluck Wein, um mich zu beruhigen, stecke das Handy wieder in die Tasche und blicke nervös zur Tür, als die Uhr über der Bar sieben schlägt.

NEUNTES KAPITEL ALEX

September 1997

Ich drücke mich vor Mr Sawyers Laden herum und warte, bis ich Holly um die Ecke kommen sehe, um meinen Weg so zu timen, dass er mit ihrem zusammentrifft und unsere Wege sich kreuzen, damit wir zusammen zur Schule laufen können.

Ich komme mir total blöd vor, wie ich hier so rumstehe, aber ich habe Holly seit zwei Wochen nicht gesehen und auch nicht mit ihr gesprochen, weil es spät war, als sie gestern Abend zurückgekommen ist, und ich kann nicht bis heute Mittag oder heute Abend warten, um sie zu treffen.

Als sie endlich, so spät dran wie immer, in unserer nagelneuen Oberstufen-Uniform um die Ecke biegt, schießt Adrenalin durch meinen Körper. Ich gehe los, beschleunige nach ein paar Sekunden meine Schritte und komme gerade rechtzeitig an die Ecke der Brickfield Road, dass es aussieht wie purer Zufall.

»Hi. Wie war's in der Türkei?«, beginne ich lässig, weil ich nicht ganz sicher bin, wie ich sie nach so langer Zeit begrüßen soll. »Danke für die Postkarte.«

»Schön«, antwortet Holly. »Nur schade, dass mein Dad immer auf all-inclusive besteht. Da reist man so weit und sieht dann doch nichts als das Hotel.«

Sie schaut mich zum ersten Mal richtig an. »Na ja, egal«, sagt sie lächelnd. Die Urlaubssonne hat dafür gesorgt, dass sie ein niedliches Grüppchen Sommersprossen um ihre Nase bekommen hat. »Ich freu mich, dich zu sehen, Al. Wie geht's deinem Dad?«

Meine Mum und mein Dad. Niemand sonst erwähnt, dass Mum gestorben ist, oder fragt, wie Dad damit klarkommt. Ich glaube, alle fürchten, dass ich mich dann bei ihnen ausheule. Holly ist die Einzige, die sich davor nicht zu fürchten scheint.

Sie war immer da, ein Einzelkind wie ich, jemand, mit dem ich mich bei öden Feiern davonschleichen konnte. So haben wir uns kennengelernt: Hollys Familie war gerade nach Mothston gezogen, und Mum beschloss, eine Party zu geben, damit Mr und Mrs Gordon Freunde finden konnten.

Holly war anders als alle anderen. Als ich klein war, beschwerte sich Mum immer, dass ich beim Abendessen zu lange brauchte. Ich verbrachte Ewigkeiten damit, mir zu überlegen, welchen Bissen auf dem Teller ich am liebsten mochte, damit ich ihn mir bis zum Schluss aufheben konnte. Holly war eher ein Vielfraß. Also, im übetragenen Sinn. Ich meine, nicht so Augustus-Glupsch-mäßig, sie grübelte einfach nicht so über die Sachen nach. Sie machte sich an die Arbeit, und selbst damals, obwohl sie erst elf war, schien sie schon ihr ganzes Leben geplant zu haben. Ich versuche seither, ein Teil ihres Plans zu werden.

Und nachdem Mum Krebs bekam, nachdem das Schlimmste eingetreten ist, was ich mir je hätte vorstellen können, ist zumindest ein Gutes dabei herausgekommen, nämlich dass Holly und ich uns noch näherstehen.

»Er ist ...« Mein Satz bricht ab, bevor er richtig losgeht, und aus dem Nichts schießen mir Tränen in die Augen.

Holly bleibt stehen, ich auch, und sie sieht mich aufmerksam an. Sie macht eine Bewegung, als wollte sie mich umarmen, aber obwohl mir nichts auf der ganzen Welt einfällt, was ich mir jetzt gerade mehr wünsche, als eine Umarmung von Holly, tue ich so, als hätte ich ihre Geste nicht bemerkt, und gehe weiter. Es ist die einzige Möglichkeit, die Tränen aufzuhalten.

Rothers folgt meinem Blick zur Tür der Schulkantine. »Auf wen wartest du?«, fragt er.

Kev antwortet statt mir: »Auf das Mädchen seiner feuchten Träume.«

Seine Antwort trifft nicht ganz zu. Ich hatte noch nie einen richtigen feuchten Traum. Jedes Mal, wenn das Gespräch darauf kommt, werde ich rot und muss so tun, als wüsste ich, wovon die Leute reden.

»Hätte ich mir denken können«, sagt Rothers, und ich rolle die Augen, als wäre das *weit* gefehlt.

Es stimmt, dass ich auf Holly warte. Ich will sie sehen, um mich zu vergewissern, dass zwischen uns alles okay ist, nachdem es heute Morgen ein bisschen komisch wurde.

»Wann kapierst du endlich, dass Holly keinen Typen vögeln wird, der Cordhosen trägt?«, stichelt Kev, und ich klopfe mir mit gestreckten Fingern auf den Mund, während ich ein Gähnen vortäusche.

»Du weißt nicht, wie es ist, wenn ich mit ihr allein bin.«

»Offensichtlich nicht.«

Ich stöhne genervt. »Wir können über alles reden, Kev.«

»Erzählt ihr euch von euren Menstruationsbeschwerden?«

Ich ignoriere Kev und schiele noch mal zur Tür, werde aber abgelenkt, als ich sehe, wie Dean Jones gerade ein Armdrücken mit Shaun Harmston veranstaltet. Als Demonstration seiner Selbstsicherheit kippt Dean sich mit seiner freien Hand Ketchup über die Pommes.

»Ich muss schon sagen«, meint Kev, während er mit der Gabel eine ganze Wurst aufspießt und sie seinen Kauwerkzeugen zuführt, »sie hat hammergeile Möpse.«

»Halt bloß die Fresse«, sage ich bissig.

Rothers hält mitten im Kauen inne.

»Alter Schwede«, entgegnet Kev. »Wer hat dir denn auf die Pommes gepinkelt?«

Ein unangenehmes Schweigen macht sich zwischen uns dreien breit, und mir wird bewusst, dass es meine Schuld ist. Ich habe überreagiert, obwohl es eigentlich so gut tut, mit den beiden hier zu sitzen und Kevs dumme Witze zu hören, als wäre alles beim Alten. Der »nette« Kev, der zum Vorschein kam, nachdem Mum letztes Schuljahr gestorben ist – der, der sich keine Spitznamen mit Bezügen zu Genitalien für mich ausdachte und sich nicht mit nervtötender Regelmäßigkeit über meine Cordhosen lustig machte –, war verstörend. Egal, mich ärgert Kevs Weigerung zu glauben, dass zwischen Holly und mir irgendwas passieren könnte.

»Hat bei einem von euch schon mal ein Mädchen versucht, euch einen Finger in den Arsch zu stecken?«, fragt Kev.

Weder Rothers noch ich antworten.

»Mir ist das jetzt schon ein paar Mal passiert. Ich musste dann immer abblocken und sagen: ›Sorry, das ist nicht mein Ding.‹«

Er sieht uns an und wartet auf eine Reaktion, aber es kommt keine. Wir wissen, dass Kev Jungfrau ist, aber seit Megan Robinson Rothers vor zwei Wochen erlaubt hat, mit ihr aufs Ganze zu gehen, prahlt Kev mit seinen eigenen nichtexistenten Eroberungen.

»Ich schätze mal, in einer von diesen Frauenzeitschriften muss irgendwas gestanden haben von wegen, dass wir so was mögen. Das hat eine ganze Generation von Frauen auf einen Schlag verdorben.«

Ich schalte ab, denke an die Postkarte, die Holly mir letzte Woche geschickt hat: *Ich wünschte, du wärst auch hier HDL.* Ich füllte ihr »ich wünschte« mit einer Portion Verlangen, und jedes Mal, wenn ich seither die Augen schließe, ist sie da, in meinen Augenlidern eingebrannt, wie sie mit dem Bauch nach unten auf einer Sonnenliege liegt und ein Buch mit Kartoneinband als Unterlage benutzt, um mir mit sehnsuchtsvollem Blick eine Postkarte zu schreiben.

Es kommt vor, dass ich ganze Wochenenden mit Tagträumen vergeude, in denen Holly nackt in meinem Bett liegt und ihre wilde Mähne sich über mein Kissen ergießt; Wochenenden, an denen ich ununterbrochen überlege, wie ich es ihr sage. Und es ist nicht die Angst vor Zurückweisung, die mich davon abhält und dazu führt, dass ich den Mund nicht aufkriege. Es ist das Wissen, dass es, wenn ich mich täusche und Kev recht hat, nie wieder so wäre wie jetzt.

»Hey, hey«, sagt Kev, während er zur Tür schaut, wo Holly mit Ellie und ein paar anderen Mädchen zusammensteht, die ich von einer Fotocollage an der Wand ihres Zimmers kenne.

Mein linker Arm beginnt selbstständig zu winken, und ich sehe aus dem Augenwinkel, dass Kev mitleidig den Kopf schüttelt. Zum Glück kommt Holly rüber.

Ich starre sie fasziniert an. Obwohl wir beste Freunde sind, verbringen wir in der Schule nie viel Zeit miteinander, und der Druck, ein Publikum zu haben, schnürt mir die Kehle zu. Kev durchbohrt mich mit Blicken, und mir wird bewusst, dass ich etwas sagen muss, aber bevor ich dazu komme, deutet Holly auf die Sporttasche, die neben Rothers am Boden liegt.

»Gehst du nach der Schule zum Fußball?«, fragt sie ihn, und als er nickt, sagt Holly, sie werde auch hingehen.

»Aber du hasst doch Fußball!«, wende ich ein.

»Schon, aber auf den Plakaten steht, dass es nur für Jungs ist.«

»Und? Willst du jetzt aus Trotz hingehen?«

Holly nickt, und Rothers lacht ein bisschen zu laut für meinen Geschmack. Seit ein paar Wochen ist er echt eingebildet. Ich muss den heftigen Drang unterdrücken, ihn umzuschubsen, als er auf zwei Stuhlbeinen nach hinten schaukelt.

»Hast du dir einen Schlüsselanhänger gekauft?«, frage ich. Meine Art, den anderen zu zeigen, dass Holly meine Freundin ist und ich ganz viel über sie weiß, das sie nicht wissen. Zum Beispiel, dass sie eine riesige Sammlung Schlüsselanhänger hat – einen für jeden Urlaub, den sie je gemacht hat, einschließlich der Woche, die unsere Familien zusammen in Camber Sands verbracht haben, als wir zwölf waren.

Sie zeigt uns ihren Metallanhänger in Form der Türkei, und ich frage, ob sie sich zu uns setzt, wobei ich mein Tablett zu Kev schiebe, um rechts neben mir Platz zu machen.

Holly wirft einen Blick zu ihren Freundinnen, die sich zu Dean Jones und seiner Gang gestellt haben.

»Ich setz mich neben Ellie«, sagt sie und beißt sich entschuldigend auf die Unterlippe. »Wir müssen eine Party planen. Zum Start der Oberstufe und so. Aber hey, kommt ihr doch rüber zu uns.«

Uns zu Dean Jones setzen? Wir? Das glaube ich kaum. Bobby Shepherd ist zwar weg, weil er zur Army wollte, aber der Rest der Gruppe behandelt uns immer noch, als wären wir Aussätzige oder so.

Kurz darauf schaue ich dorthin, wo Holly und ihre Freundinnen sich versammelt haben. Sie lacht sich halb tot – wobei sie sich den Bauch hält und den Mund aufreißt – über irgendwas, was Dean Jones gesagt hat, und in dem Moment steigt zum zweiten Mal heute etwas in mir auf, was einem Schluchzen nahekommt. Ich darf auf keinen Fall zu Kev schauen, denn ein einziger Blick auf das wissende Lächeln, das mit großer Wahrscheinlichkeit auf seinem Gesicht zu sehen ist, könnte ausreichen, dass ich ihm eine reinhaue.

ZEHNTES KAPITEL HOLLY

April 2010

Wow – es ist wie in meiner Lieblingsszene in *Pretty Woman.* Die, in der Edward in die Hotelbar kommt, um sich mit Vivian zu treffen, und als er sich auf der Suche nach ihr im Raum umschaut, bleibt sein Blick an der schönen Frau mit den perfekt gestylten Haaren und dem eleganten Cocktailkleid hängen, die auf einem Barhocker sitzt. Dann versucht er, seine Überraschung zu verbergen, als sie sich umdreht, denn – oh Gott! – es ist Vivian.

Nur, dass bei Alex Cordhosen und Wollpulli durch einen schmal geschnittenen dunkelblauen Anzug ersetzt wurden, und nicht Minirock und kniehohe Stiefel durch ein schwarzes Spitzenkleid. Er sieht nicht mehr aus wie ein unsicherer Teenager. Wohingegen sie nicht mehr aussieht wie eine selbstbewusste Prostituierte.

Aber sonst ist es EXAKT das Gleiche.

»Holly!« Er springt vom Sofa auf und streckt die Arme aus, wodurch meine Begrüßungspanik sofort verfliegt. Ich falle dankbar in seine Umarmung und atme Aftershave mit einem Hauch Rotwein ein – Gerüche, die ich noch nie mit meinem alten Schulfreund in Verbindung gebracht habe –, während seine ungewohnten Bartstoppeln über meine Wange streichen.

»Sieh dich an!« Er führt das nicht weiter aus. Sieh dich an – du siehst gut aus? Sieh dich an – was ist denn mit dir passiert?

Ich sehe mich an. Ich trage eine weiße, anliegende Bluse von Reiss, die in anthrazitfarbenen Hosen mit hoher Taille steckt. Mein Haar ist glatt, das Make-up in der Bahn aufgefrischt, ich habe zwei

Kleidergrößen weniger als das letzte Mal, als er mich gesehen hat – na ja, nehmen wir mal an, es war ein Kompliment.

»Und dich«, antworte ich, während ich mir den Mantel ausziehe. »Du siehst toll aus. Anzüge stehen dir super.«

Ich habe Alex nur einmal zuvor im Anzug gesehen, und zwar bei der Beerdigung seiner Mum, doch damals sah er aus wie ein abgemagerter Flüchtling, der auf dem Flohmarkt eingekauft hatte. Dieses Jackett hängt nicht an ihm herunter, sondern passt perfekt zu seiner schlanken Statur.

»Oh, danke.« Er zupft am Revers. »Dies ist eins der exklusivsten Topman-Modelle. Lass mich dir was zu trinken holen.«

»Super.« Ich nicke zu seinem Weinglas, freue mich plötzlich wirklich, hier zu sein. »Für mich bitte auch einen.«

Ich war noch nie hier, und ich weiß auch warum. Es ist eine Studentenkneipe. Die Deko besteht aus modernen Kopien traditioneller Bierschilder, und statt einem freundlichen Wirt hinter der Theke, der alle mit Namen kennt, steht da ein gelangweilt wirkender Mittzwanziger, der aussieht, als hätte er Schwierigkeiten, sich an seinen eigenen zu erinnern. Wieso hat Alex das hier ausgewählt? Wir wirken beide fehl am Platz, zu schick im Vergleich zu den anderen Leuten in abenteuerlich kombinierten, lässigen Klamotten, die ihre Getränke einzeln bestellen, obwohl sie in Gruppen da sind.

Während Alex geduldig wartet, bis er bedient wird, setze ich mich auf das Ledersofa, auf dem er gesessen hat, und rutsche sofort nach unten. Ich versuche immer noch, mich aufzusetzen, als Alex von der Bar zurückkommt – mit einer Flasche Wein in der einen und zwei Gläsern in der anderen Hand.

Die Tatsache, dass ich gleich mit Alex Wein trinken werde, ist surreal – es fühlt sich an, als wären wir Kinder, die spielen, erwachsen zu sein.

»Cheers.« Wir stoßen an, wie wir es früher mit Alcopops gemacht haben, während Alex versucht, eine Position vorne auf dem Sofa zu finden, die einigermaßen bequem ist.

»Hattest du einen guten ersten Tag?« Ich habe tausend Fragen, auf deren Antwort ich weit mehr gespannt bin, aber keine davon fühlt sich an, als wäre sie angemessen, um das Gespräch mit jemandem zu beginnen, den ich ewig nicht gesehen habe.

»Jep, so weit ganz gut«, antwortet er begeistert. »Es ist genau das Gegenteil der Mothston Grammar, also perfekt.«

Ich muss mich zurückhalten, um nicht eine schwungvolle Ghettofaust zu machen wie damals, wenn ich einen Hammer-Aufsatz geschrieben oder er etwas angezogen hatte, das zusammenpasste, obwohl ich bis eben gerade vergessen hatte, dass wir das machten. Wie schade, dass seine Mum nicht sehen kann, wie er in ihre Fußstapfen tritt – sie wäre unheimlich stolz auf ihn.

Es fühlte sich schon komisch an, als meine Mum mir erzählte, er sei Lehrer geworden, aber jetzt fühlt es sich noch komischer an, ihn darüber reden zu hören. Ich sehe immer noch unsere Lehrer vor mir. Das waren RICHTIGE Erwachsene. Wenn ich jetzt einen von ihnen treffen würde, hätte ich immer noch das Gefühl, ich müsste machen, was sie mir sagen. Nicht, dass ich in der Schule je gemacht hätte, was mir gesagt wurde. Außer bei Mr Abel, dem Französischlehrer, aber das war auch nur, weil ich ihn toll fand. Wie alle Mädchen früher oder später. Vor seinen Stunden rollten wir unsere Röcke in der Taille hoch, um sie ein paar Zentimeter kürzer zu machen.

Ich frage mich, wie viele Teenies vor Alex' Stunden ihre Röcke hochrollen. Er lacht, als ich mich erkundige, ob ich ihn Mr Tyler nennen muss, wobei seine geraden, weißen Zähne zum Vorschein kommen. Das überrascht mich nicht – er war damals der einzige Mensch, den ich kannte, der jeden Tag Zahnseide benutzte. Wir anderen behaupten das ja immer nur unserem Zahnarzt gegenüber, aber Alex' Zwangsgestörtheit hat sich definitiv ausgezahlt.

»Eigentlich bevorzuge ich ›Sir‹.« Sein offenes, ungekünsteltes Lächeln, bei dem sich die Fältchen um seine Augen vertiefen, bringt buchstäblich sein Gesicht zum Leuchten. Also, er strahlt jetzt nicht wie ein Glühwürmchen. Aber er hat so ein Lächeln, das wohl bewirkt, dass er auf Fotos immer gut aussieht.

»Was ist mit dir?«, fragt er. »Deine Mum hat gesagt, du arbeitest in der City, aber sie hat nicht gesagt, als was ...«

»Ich arbeite als Assistentin bei Hexagon, einer Marketingagentur.« Ich zucke abfällig mit den Schultern. Wieso tue ich das? Ich liebe meinen Job – ich gehe nie ungern hin. Ich habe Spaß mit meinen Kollegen, es ist eine gute Firma – ich bin ordentlich versichert und habe eine anständige Altersvorsorge. Doch als ich einen Funken Überraschung über Alex' Gesicht huschen sehe, von dem er abzulenken versucht, indem er sich über den hochgezogenen Augenbrauen am Kopf kratzt, wird mir klar, dass ich genau das vermeiden wollte. Dass er enttäuscht von mir ist.

Kein Wunder. Er war derjenige, mit dem ich jedes Mal darüber sprach, wenn mir wieder etwas Neues einfiel, was ich später einmal werden wollte. Ich hatte vor, einen englischen Pub in New York zu eröffnen, mit einem großen Büro hinten für den Papierkram, aber manchmal wollte ich auch an der Bar bedienen, wo die Stammgäste mir ihr Herz ausschütten würden, während ich ihnen Whisky nachschenkte. Oder eine Konditorei in Paris, wo ich alles selbst backen, ausgeben und auf allen Tischen die Tageszeitungen verteilen würde. Oder einen BH-Laden für Frauen mit großer Oberweite, wo man auch mit mehr als Körbchengröße C hübsche Unterwäsche kaufen könnte, statt dieser hässlichen beigen Ungetüme, mit denen ich mich als Sechzehnjährige begnügen musste.

Doch so unbeständig ich auch war, keiner meiner Karrierepläne beinhaltete je, für jemanden die Post zu öffnen.

»Damit habe ich auch nie gerechnet«, betone ich und schaue auf meine Finger, während ich ein paar Haarsträhnen darum wickle. »Ich habe mich eigentlich nie bewusst dafür entschieden – ich bin nur zufällig da reingerutscht, während ich darauf gewartet habe, eines Tages aufzuwachen und plötzlich zu wissen, was ich machen will.«

Ich lasse meine Haare los und richte den Blick auf Alex. Er hört aufmerksam zu, wobei er einen Ellbogen an die Rückenlehne des Sofas gestützt und den Kopf seitlich in seine Handfläche gelegt hat. Die Stelle zwischen seinen Augenbrauen ist leicht gerunzelt, und ich frage mich, was er wohl denkt.

Ich habe all das noch nie zuvor laut ausgesprochen. Keine Ahnung, wieso ich es jetzt tue. So war das immer mit Alex, schon als wir jünger waren – ich vertraute ihm mehr an als sonst irgendjemandem. Er war nicht wie meine anderen Freunde, die ständig nur ihre Meinung verkündeten. Er hörte zu, ohne zu urteilen, und half mir, mich selbst besser zu verstehen. Irgendwie so, als würde ich mich mit seinen Augen sehen.

»Und dann hat es einfach gepasst«, stelle ich klar, wobei ich den Blickkontakt unterbreche und an meinem Wein nippe. »Ich fühle mich wohl bei Hexagon. Und Richard – mein Chef – und ich, wir sind ein super Team.«

Ich will ihm erzählen, dass wir auch außerhalb des Büros ein super Team sind, aber Richard ist ein bisschen komisch, wenn es darum geht, dass Leute von uns erfahren. Was verständlich ist – es würde keinen von uns beiden in einem guten Licht erscheinen lassen.

»Und wie ist er so? Dein Chef, meine ich?«

»Ach, er ist toll.« Ich nippe noch mal an meinem Wein, um zu überspielen, dass meine Mundwinkel unwillkürlich zucken. »Eigentlich sind wir sozusagen ein Paar.«

Okay, was hätte ich denn machen sollen? Er hat es ja praktisch aus mir herausgepresst.

»Oh, wow.« Alex lehnt sich zurück und verschränkt die Arme, und ich kann seinen Gesichtsausdruck nicht ganz deuten. Bevor er womöglich irgendwelche falschen Schlüsse zieht, erzähle ich ihm mehr. Ich erzähle ihm eigentlich alles, bis auf das klitzekleine Detail, dass es ein Geheimnis ist. Denn obwohl mir vollkommen klar ist, weshalb wir es niemandem sagen, bin ich nicht sicher, ob ich es so treffend zusammenfassen kann, dass es auch ihm klar wird.

»Das ist toll, Hols.« Alex lächelt herzlich, als ich fertig bin. »Ich wusste, dass du dir was aufbauen würdest.«

So hätte ich es zwar nicht formuliert, aber bevor ich weiter darüber nachdenken kann, fragt er, was Hexagon macht.

»Es ist eben eine Marketingagentur. Richard findet, dass bla bla bla bla, bla bla-bla bla bla bla-bla ...«

Ich sage nicht bla – ich benutze richtige Wörter –, aber wahrscheinlich hört es sich für Alex so an. Wieso reden wir schon wieder über Richard? Bin ich zu einer von diesen selbstgefälligen, ätzenden Frauen geworden, die alles so hindrehen, dass es was mit ihrem Freund zu tun hat?

Irgendjemand: Kannst du mir bitte eine Serviette reichen?

Ich: Richard benutzt übrigens auch Servietten.

Pause.

Irgendjemand: Ähm, okay.

»Was ist mit dir?« Mein Blick fällt auf seine linke Hand. Kein Ring. »Gibt es schon eine zukünftige Mrs Tyler?«

»Nope«, sagt er nüchtern. »Sieht aus, als würde ich als Single dreißig werden, aber das passt schon.«

An der Art, wie er mir in die Augen sieht, merke ich, dass er absolut kein Problem mit seinem Beziehungsstatus hat. Ich komme nicht über sein neugewonnenes Selbstbewusstsein hinweg, das er ausstrahlt, ohne auch nur im Entferntesten arrogant zu wirken.

Alex ist definitiv Boyfriend-Material. Natürlich nicht für mich, aber vielleicht sollte ich versuchen, ihn mit Jemma zu verkuppeln. Obwohl – ich weiß nicht, ob er mit ihrem losen Mundwerk klarkommen würde; er ist immer noch so höflich.

Wer hätte gedacht, dass ich mal hier sitzen und über potenzielle Freundinnen für Alex nachdenken würde? Das bringt mich auf eine Frage, die mir seit elf Jahren durch den Kopf geht. Ich hatte nicht vor, das Thema heute Abend anzusprechen, wenn er es nicht von selbst erwähnt, aber ich hatte ja auch nicht vor, ihm von Richard zu erzählen, also was soll's – wer A sagt …

»Wieso hat es denn mit Jane nicht geklappt?« Ich trinke einen Schluck, nachdem ich das gesagt habe, weil es dadurch irgendwie ein bisschen mehr wie eine beiläufige Erkundigung wirkt. Die paar Sekunden, die er braucht, um zu antworten, scheinen sich ewig hinzuziehen. Ich bin so angespannt, dass mir, als der Typ am Spielautomaten neben uns den Jackpot knackt, das Geräusch der herausfallenden Münzen ohrenbetäubend laut vorkommt.

»Jane?« Alex runzelt die Stirn.

»Das Mädchen, mit dem du am Ende der Oberstufe zusammengekommen bist«, erinnere ich ihn. »Ziemlich heiß. Große Brüste. Gute Küsserin.« Den letzten Teil sage ich mit seinem breiten Yorkshire-Akzent.

»Ach, die.« Er klingt überrascht. »Oh Mann, Jane – die hatte ich total vergessen. Ich glaube, wir haben uns nur ein oder zwei Mal getroffen. Wie kommst du …?«

Aber er beendet seinen Satz nicht.

Er erinnert sich kaum an sie. All diese Jahre war ich davon ausgegangen, dass Jane dazu beigetragen hat, wie mein Leben sich entwickelte. Sie machte in meinem Kopf mehrere Verwandlungen durch – von einer hübschen intellektuellen Brünetten über eine sexy blonde Sportskanone zu einem gestylten Modepüppchen mit rabenschwarzem Haar. Und Alex erinnert sich kaum an sie! Hätte es einen Unterschied gemacht, wenn ich gewusst hätte, dass aus der Sache mit Jane nichts werden würde? Vielleicht hätte ich ihm dann gesagt, weshalb ich zu ihm gekommen war. Aber wenn irgendwas den Verlauf meines Lebens verändert hätte, wäre ich vielleicht nicht da gelandet, wo ich heute bin, mit Richard, also hat wohl doch alles einen tieferen Sinn. Ich beschließe, es dabei zu belassen.

Ich frage Alex, wie er London findet, und sein Gesicht beginnt genauso zu leuchten wie vorhin, als er über die Schule sprach. Er schwärmt von den Museen und Theatern mit dem Optimismus eines Neuzugezogenen. Ich will ihm nicht den Wind aus den Segeln nehmen, aber ich werde ihn in drei Monaten an dieses Gespräch erinnern, wenn er sich darüber beschwert, dass er anderthalb Stunden braucht, um einen Freund in derselben Stadt zu besuchen, und gegen den Drang ankämpft, Touristen anzuschreien, die auf der linken Seite der Rolltreppe stehen.

Bei der zweiten Flasche Wein haben wir beide den Versuch aufgegeben, gerade zu sitzen, und stützen uns stattdessen jeweils mit einem Ellbogen an der Rückenlehne des Sofas ab, sodass wir uns gegenübersitzen, während er mich auf den neusten Stand bringt, wer noch in Mothston wohnt, wer weggezogen und wer gestorben ist. Ich warte auf eine Gesprächspause, um aufs Klo zu verschwinden, aber es kommt keine.

»Was ist mit Mr Sawyer – dem Zwerg aus dem Schreibwarenladen. Ist er immer noch …«

Ich unterbreche mich und warte darauf, dass Alex mich korrigiert.

»Was?«, fragt er, weil er nicht versteht, wieso ich nicht weitersprecher.

»Willst du mich gar nicht darauf hinweisen, dass Sawyer kleinwüchsig ist und kein Zwerg?«

»Nö.« Er zuckt die Achseln und trinkt von seinem Wein.

»Wow, du hast dich echt verändert«, necke ich ihn. »Vor elf Jahren hättest du dich darüber unheimlich aufgeregt. Deshalb habe ich es gesagt.«

Er lächelt. »Jep, der ist immer noch da. Weißt du noch, als ich nach einer Packung Brausestäbchen vom obersten Regal gefragt habe, und nachdem er eine halbe Stunde gebraucht hat, um seine Leiter hochzusteigen, sie zu holen und dann wieder runterzusteigen, hast du …«

»Gefragt, ob ich auch eine haben kann? Ja! Er dachte, ich hätte das mit Absicht gemacht – er war nicht happy.«

»Nope, war er nicht. Er war eher Grumpy.«

Ich verstehe seinen Witz gerade, als ich meinen Wein hinunterschlucke, und muss so plötzlich lachen, dass ich ihn überall herumspucke.

Und dann blinzle ich, und bis ich die Augen wieder geöffnet habe, war Alex schon an der Bar und hat einen Lappen geholt. Meine Wangen werden ein bisschen rot, und ich hoffe, dass er das nicht merkt. Ich weiß nicht, warum es mir peinlich ist – schließlich ist Alex derjenige, der mir mal die Haare aus dem Gesicht hielt, während ich in eine Mülltonne kotzte.

Ich greife nach dem Lappen und ziehe Alex damit eins über, bevor ich den Tisch abwische. »Grumpy und Happy sind Zwerge, und Sawyer ist lediglich kleinwüchsig.«

»Stimmt, sorry.«

Ich hatte vergessen, wie witzig er ist. Er gehörte nie zu den Leuten, die ständig den Clown spielten und am laufenden Band Scherze machten. Er lacht nicht mal über seine eigenen Witze. Man verpasst sie, wenn man nicht genau zuhört.

Er erzählt mir mit so tiefem Entsetzen vom chronischen Niesen seines Mitbewohners, als würde er mir verraten, dass er tote Babys im Keller gefunden hat oder so ähnlich, und ich merke, wie ich dann doch zu der Einsicht komme, dass er sich überhaupt nicht verändert hat.

Seine Augen sind so groß und klar, wie ich sie in Erinnerung hatte, nur die Lachfältchen darum herum sind neu. Seine Frisur hat sich seit der Schule eigentlich nicht verändert, aber es steht ihm so. Während die meisten Jungs in der Schule mit gegelten Igelfrisuren oder als Nick-Carter-Lookalike rumliefen, trug er die Haare lang und wuschelig, sodass sie ihm über die Ohren hingen. Ein bisschen lehrerhaft. Aber lehrerhaft passt jetzt zu ihm, so als Lehrer.

»Ist dein alter Schlüsselring zu schwer geworden, um ihn mit dir rumzuschleppen?«

»Bitte?« Ich folge Alex' Blick zum Tisch, wo mein silberner, herzförmiger Schlüsselring mit meinem Haus- und Wohnungsschlüssel aus meiner Tasche hängt.

»Du hattest deine Schlüssel doch immer an einem Ring mit einer Sammlung von Urlaubs-Schlüsselanhängern.«

»Ach, den benutze ich seit der Uni nicht mehr. Ich habe ihn immer noch, aber ehrlich gesagt ist er nicht viel dicker als das letzte Mal, als du ihn gesehen hast.«

Ich erzähle Alex von meinen Urlaubsreisen seit der Schule. Erst kam Mallorca mit Leah, Susie und ein paar anderen Freundinnen aus der Uni. Dann Kreta mit Max, Leah und Rob. Und dann fuhren Max und ich zu unserem Dreijährigen nach Barcelona.

Das war's.

»Im Ernst?«, ruft Alex ehrlich erstaunt. »Warum?«

Weil man nicht alles haben kann. Ich erkläre, wie ich Max an der Uni kennenlernte und wir uns keine Reisen leisten konnten. Das hat sich für ihn nie geändert, da er ein sporadisch arbeitender Musikjournalist wurde. Und dann kam Richard.

»Aber eines Tages werde ich die Welt sehen«, sage ich mit Nachdruck, und wenn nur, um jenen leichten Ausdruck des Mitleids aus Alex' Gesicht zu verscheuchen, den ich nicht ertragen kann.

»Mit Richard?«

Plötzlich habe ich ein Bild von Richard vor Augen, wie er mit einem Rucksack und in Sandalen in ein Hostel eincheckt. Ich lache beinahe laut auf. Für Backpacking bin ich ja auch ein bisschen zu alt, aber wir werden ganz viele Urlaubsreisen machen, da bin ich mir sicher.

»Vielleicht.« Ich rutsche auf meinem Sitz hin und her, zwinge mich aber aufzuhören, bevor Alex da irgendwas reininterpretiert. »Keine Ahnung. Irgendwie ist alles leichter, wenn man jünger ist. Auch wenn man gerade nichts Spannendes macht, kann man sich zumindest darauf freuen, dass sich das bald ändert. Aber wenn man auf die dreißig zugeht, muss man akzeptieren, dass es sich vielleicht nie ändert.«

Wir nippen beide an unseren Drinks, und zum ersten Mal entsteht etwas, was an eine Verlegenheitspause erinnert. Ich versuche, meine Abwehrhaltung abzuschütteln, und überlege, was ich sagen kann, doch Alex kommt mir zuvor.

»Wieso kommst du nie nach Mothston?«

»Hat Mum dir aufgetragen, das zu fragen?« Ich mustere ihn mit zusammengekniffenen Augen. Er lacht und schüttelt den Kopf, aber es würde mich nicht wundern. Sie haben sich früher andauernd gegen mich verschworen.

Mum: Du hast ja wohl nicht ERNSTHAFT vor, in diesem Gürtel wegzugehen?

Ich: Doch, und das ist kein Gürtel – es ist ein Rock.

Alex: Er ist schon ein bisschen kurz, Hols …

Mum: Hast du schon mit deinem Geschichtsaufsatz angefangen, Holly?

Ich: Nee, ich hab noch jede Menge Zeit.

Alex: Ähm, du musst ihn morgen abgeben, Hols …

Na gut, ich geb's zu, nach jener Party kursierten Fotos von meinem Hintern, und mein verspäteter Aufsatz zog meinen Schnitt in Geschichte um eine Note runter.

»Ich muss nur die Zeit dafür finden«, antworte ich, wobei ich mich beim Aufstehen mit der Hand auf seinem Knie abstütze. »Ich geh mal kurz aufs Klo.«

Als ich zurückkomme, kramt Alex in seinem Portemonnaie nach Kleingeld.

»Hast du Lust?« Er nickt zum Quiz-Automaten.

»Klar.« Ich greife nach meinem Glas, folge ihm schwankend und sehe dann zu, wie er mehrmals versucht, seinen Wein auf der schrägen Oberseite des Apparats abzustellen, bevor er sich für das Fensterbrett dahinter entscheidet. Gott sei Dank bin nicht nur ich ein bisschen angeheitert.

Alex wirft die Münzen ein, und ich mache mich bereit, um die Knöpfe zu drücken.

»Hör endlich auf, immer Unterhaltung zu nehmen«, beschwert er sich schließlich nach der dritten Frage, auf die er die Antwort leider nicht weiß.

Er schiebt mich sanft beiseite, sodass er Kunst & Literatur wählen kann, und haut dann auf den Bildschirm, bevor ich Zeit habe, die Frage zu Ende zu lesen. Dann nimmt er wieder Kunst & Literatur.

In welchem Shakespeare-Stück war Don Juan der böse Halbbruder von Don Pedro?

»*VIEL LÄRM UM NICHTS!*« Mein Finger ist auf dem Knopf, bevor Alex eine Chance hat.

»Warum schreist du so?«

»KEINE AHNUNG.«

»Aber Glückwunsch zu der Antwort.«

»Das war leicht.« Er muss ja nicht wissen, dass ich mich daran nur erinnere, weil er im Film von Keanu Reeves gespielt wurde.

»Kennst du auch irgendwelche Shakespeare-Figuren, die nicht von Keanu Reeves dargestellt wurden?« Er lächelt mich von der Seite an, und ich nutze die Gelegenheit, um noch mal auf Unterhaltung zu drücken.

»NEEIIN, du Depp!« Ich haue ihm auf den Arm, als er Will Young als *X-Factor*-Gewinner auswählt. »Der war bei *Pop Idol.* Na großartig – Game over.«

»Wow, zu mir hat seit Jahren keiner mehr Depp gesagt.«

»Tja, vielleicht nicht ins Gesicht. Ooh, du musst mal mittwochs zum Pub-Quiz gegenüber von meiner Arbeit mitkommen – wir sind grottenschlecht bei den Kunst- und Literaturfragen.«

Und bei den Geschichtsfragen.

Und Sport.

Und Politik.

»Sehr gern, danke für die Einladung. Lass uns noch mal spielen. Ich hol was zu trinken, dann haben wir wieder Wechselgeld. Noch mal das Gleiche?«

Ich will gerade Ja sagen, aber dann sehe ich, dass die Uhr über der Bar halb elf anzeigt – ich wusste gar nicht, dass es schon so spät ist. Ich brauche fünfzehn Minuten, um durch den Park zu laufen. Wenn ich jetzt gehe, kann ich um elf im Bett sein. Ich habe überraschend wenig Lust aufzubrechen und überlege, mich noch zu einem letzten Drink überreden zu lassen, aber falls Richard anruft, wenn sein Flieger landet, will ich den Anruf nicht hier entgegennehmen müssen.

»Ich muss jetzt gehen. Aber lass uns das bald mal wiederholen – es hat Spaß gemacht.«

»Auf jeden Fall«, sagt er ein wenig geknickt.

»Es hat echt Spaß gemacht«, sage ich noch mal und drücke ihn am Arm. Ich meine das ernst – ich hatte schon ewig nicht mehr so viel Spaß. Nichts war so wie beim letzten Mal, als wir uns in Mothston sahen – Gott sei Dank –, und es fühlte sich genauso an wie davor, wenn wir uns trafen. Ich hatte vergessen, wie entspannt ich in seiner Gegenwart bin. Aber bei der Arbeit wird viel los sein, wenn Richard wieder im Büro ist, und es wäre gut, wenn ich früh da wäre..

»Kein Problem. Ein Kater an meinem zweiten Tag würde eh nicht gut ankommen.«

Ich glaube nicht, dass ich Alex schon mal mit Kater gesehen habe. Er gehörte zu jener seltenen Spezies Teenager, die wussten, wann sie aufhören mussten. Zumindest bei den paar Gelegenheiten, bei denen er überhaupt anfing.

»Willst du sicher kein Taxi nehmen?«, fragt mich Alex zum dritten Mal, als er mich vor dem Pub umarmt. Ich versichere ihm, dass ich keins brauche, und er zwingt mich, ihm zu versprechen, dass ich ihm eine SMS schreibe, wenn ich zu Hause bin.

Nach fünf Minuten Nachhauseweg fangen meine Füße an wehzutun, also ziehe ich, sobald ich auf der Wiese im Park bin, die Schuhe aus und trage sie in der Hand. Die Stilettoabsätze eignen sich auch hervorragend als Waffe, falls mich jemand angreifen sollte. Pluspunkt.

Ich erinnere mich, wie Alex mir mal eine Szene machte, als ich nach einer Party in Mothston die Schuhe auszog, um barfuß nach

Hause zu laufen. Er sagte, ich könne auf eine zerbrochene Flasche treten und mir den Fuß aufschlitzen, und als mich das nicht abschreckte, sagte er, ich könne auf die schmutzige Nadel eines Junkies treten und AIDS kriegen, und ich tat so, als würde mich auch das nicht abschrecken, also zog er seine Socken aus und zwang mich, sie anzuziehen.

Ich lächle immer noch über die Erinnerung, während ich durch meine Wohnungstür torkle und über Harold stolpere, die eindeutig die Uhr im Blick hatte. Als ich mich ins Bett lege, stelle ich die Lautstärke meines Handys lauter für den Fall, dass Richard anruft, doch dann versinke ich bald in einen tiefen, ungestörten Schlaf.

ELFTES KAPITEL ALEX

Die Straßen von Greenwich haben die Farbe von Halloween-Kürbissen. So kommt es mir auf dem Nachhauseweg vor. Hinter dem Schein der Straßenlaternen kann ich den wolkenlosen Nachthimmel sehen, und ich erinnere mich, dass mir einmal jemand erzählt hat, dass die meisten der für das menschliche Auge sichtbaren Sterne gar nicht mehr existieren; sie sind verloschen, aber weil das Licht so lange braucht, um bei uns anzukommen, kann man sie immer noch sehen. Und so weiß man eigentlich nie, ob das, was man gerade vor sich hat, tatsächlich echt ist oder nicht.

Als ich die Wohnung betrete, finde ich sie unbeleuchtet und still vor, doch während ich im Dreisprung um Bücherstapel herumhüpfe, um mich auszuziehen, vernehme ich das Geräusch eines sich im Schloss drehenden Schlüssels begleitet von einer weiblichen Stimme. Kichern und polternde Schritte werden von einem Niesen unterbrochen. Und noch einem und noch einem. Die arme Frau. Einen Augenblick später geht Carls Zimmertür quietschend zu, und das ist das Letzte, was ich von ihnen höre.

Ich lege mich ebenfalls ins Bett, finde aber keine Ruhe. Es ist noch nicht mal elf, als Holly mir eine SMS schickt, um zu sagen, dass sie gut zu Hause angekommen ist. Trotz allem war es schön, sie wiederzusehen. Es war nicht verkrampft, und wir hatten die ganze Zeit genug Gesprächsstoff. Ich habe erfahren, was sie gemacht hat, seit sie aus Mothston wegzog, und sie hat mir von ihrem Freund erzählt, der nicht Max ist und von dem sie mit solcher Begeisterung sprach, dass ich den Eindruck bekam, sie wollte mich warnen. *Ich wusste von deiner bemitleidenswerten Schwärmerei damals, Al; bitte komm diesmal nicht auf dumme Gedanken.* Aber ganz ehrlich? Das ist okay. Jetzt ist es anders. Sie ist anders.

Als sie den Pub betrat, öffnete ich unwillkürlich die Arme. Oh Mann, dachte ich. Die ganze Zeit über hatte ich ein Polaroid im Kopf gehabt, ein Foto von Holly in Cargohosen und einem marineblauen Trägertop. Doch hier kam sie in zehn Megapixeln, wie mit Photoshop bearbeitet: in Bürokleidung, die wie angegossen auf ihrem schlanken Körper saß, das Haar glatt, die Sommersprossen ausradiert von der Zeit oder durch Make-up. Ich wünschte augenblicklich, ich hätte einen schickeren Pub gewählt.

Nicht falsch verstehen: Sie sah toll aus. Nur nicht wie das Mädchen auf dem Polaroid. Ist es nicht seltsam, wie die Dinge sich entwickeln? Wenn man mich vor heute Abend gefragt hätte, was Holly meiner Meinung nach beruflich machen würde, hätte Sekretärin nicht oben auf meiner Liste gestanden. Es hätte überhaupt gar nicht auf meiner Liste gestanden. Es hätte auf meiner Definitiv-nicht-auf-der-Liste-Liste gestanden, zusammen mit Dachdeckerin, MI6-Agentin und Bosnischer Folksängerin. Aber meine Karriere verdient schließlich auch kaum eine Folge von *This Is Your Life.* Noch mehr schockierte mich, dass sie keine Storys vom Schwimmen am Bondi Beach oder Campen auf einem Berg in Peru auf Lager hatte. Es ist, als würde man eines Tages seine Grundschule besuchen und sie sieht winzig aus im Vergleich dazu, wie man sie als Kind wahrnahm. Vielleicht war Holly nicht die Person, als die ich sie wahrnahm. Vielleicht war sie nie der Freigeist, für den ich sie hielt. Der Freigeist, den ich liebte.

Aber sie ist glücklich. Früher waren es Reisen und Partys, die ihre Augen strahlen ließen – heute sind es Richard und die Arbeit. Und ich fand es schön, ihr zuzuhören; fand es schön, wieder mit ihr zusammen zu sein; fand es schön, sie anzusehen, ohne dass sich irgendwelche Gefühle in meinem Bauch regten. Es war ziemlich befreiend. Und wenn ich mich jetzt gerade ein wenig leer fühle, dann nur, weil ich meine Fantasie ein bisschen mit mir durchgehen ließ.

Ich habe in dieser Stadt eine alte Freundin. Ich sollte mich glücklich schätzen. Jetzt muss ich nur noch ein paar Singlefreunde finden. Freunde, die samstagabends und zu den Zeiten verfügbar sind, die für Paare reserviert sind; eben dann, wenn ein leerer Terminkalender einem das Gefühl gibt, als würde man bei einem Stück zusehen, in dem alle anderen eine Rolle haben. Feiertage allein zu verbringen ist vermutlich das, was ich am Singleleben am wenigsten mag, dicht gefolgt von dem obligatorischen Gespräch mit meiner Tante Pauline jede Weihnachten:

TP: Hast du schon ein nettes Mädchen kennengelernt, Alex?

ICH: Nope, noch nicht, Tante Pauline.

TP: Ach, du bist ja noch jung.

DAD: Er ist fast dreißig, Pauline.

TP: Was ist denn mit diesem Mädchen passiert, mit dem du zusammen warst? Die Große?

DAD: Sie hat ihn verlassen.

TP: Ich mochte sie.

DAD: Wir alle mochten sie.

ICH: Charlotte und ich haben uns vor fast sieben Jahren getrennt, Tante Pauline.

TP: Und seither hattest du keine Freundin mehr?

ICH: Doch, Debbie. Ich habe sie dir vorgestellt. Sie ist einmal zum Weihnachtsessen mitgekommen, erinnerst du dich nicht?

TP: Was ist mit ihr passiert?

DAD: Sie hat ihn verlassen.

ICH: Sie hat mich nicht verlassen.

Ich bin müde, aber ich kann einfach nicht einschlafen. Ich drehe mein Kissen um, damit meine Wange auf der kühlen Seite liegt, aber es hilft nichts. Mir gehen zu viele Dinge durch den Kopf.

Ich treffe sie auf dem Weg in die Küche. Eine dunkelhaarige Schönheit wie direkt aus einem Modemagazin. Sie verlässt die Wohnung und lächelt mich im Vorbeigehen höflich mit frisch geschminkten Lippen an.

»Ist das deine bessere Hälfte?«, frage ich Carl, der mit einem Teller in der einen und einer Scheibe Toast in der anderen Hand am Sideboard in der Küche lehnt.

»Sophie? Gott, nein.« Er sieht zutiefst entsetzt aus bei dem Gedanken. »Wir haben nur ein Arrangement.«

Da ich nicht weiß, was ich sagen soll, nicke ich interessiert.

»Ich bin nicht bereit für was Ernstes«, erklärt er zwischen zwei Bissen Toast. »Und Soph auch nicht. Das passt uns beiden so.«

Keinem von uns fällt etwas ein, was wir noch sagen könnten. Carl steht da und isst sein Frühstück, während ich mir mein Lunchpaket zusammenstelle.

»Hast du gestern Abend noch was gemacht?«

Ich erzähle ihm von Holly und beantworte auch gleich seine vorhersehbare Frage, ob zwischen uns beiden irgendwas läuft. Ich spüre, dass er skeptisch ist. Was haben die Leute bloß?

»Du hast vermutlich recht damit, dich nicht festzulegen«, sagt er, während er seinen leeren Teller oben auf den Stapel mit *seinem* schmutzigen Geschirr in die Spüle stellt. »Ich glaube, Frauen sind ein bisschen wie Bakterien: Wenn man erst mal eine am Start hat, vermehren sie sich ganz schnell.«

Ich lächle, und Carl fängt an zu lachen. Wahrscheinlich denkt er, ich lächle aus Bewunderung für seine Theorie, aber das ist es nicht. Ich bin nur erleichtert, dass er weiß, was Bakterien sind.

Einmal fragte ich Mr Scrafton, den Chemielehrer an der Mothston Grammar, was einen Kater verursacht, und er erklärte mir, dass sich bei der Alkoholherstellung bestimmte chemische Verbindungen bilden, die Kongenere genannt werden. Diese kleinen Mistviecher sind schuld daran, dass einem der Bauch wehtut, die Kehle austrocknet und der Kopf sich dreht. Dunkle Drinks wie Brandy, Rotwein und Whisky enthalten viel mehr Kongenere als klare Spirituosen wie weißer Rum, Wodka und Gin, die deswegen seltener einen Kater verursachen. Mr Scrafton und ich waren uns einig, dass der Chemieunterricht viel nützlicher wäre, wenn solche Informationen im Lehrplan stünden.

Mein Problem ist, dass ich mit Anfang zwanzig anfing, Rotwein zu trinken, weil ich hoffte, Charlotte McCormack würde mich dann für kultiviert halten und auf den Geschmack kam. Folglich fällt es mir heute Morgen noch schwerer als gestern, meine Neuner zur Ordnung zu rufen. Ich habe Mühe, Stacey Bamber zu übertönen, die Bhumi Khan von einem Besuch bei ihren Cousins in Peckham erzählt, wo es anscheinend »übelst heftig« zugeht (sie formt mit den Fingern eine Pistole).

»Könnt ihr euch bitte setzen?«, rufe ich und verteile Blätter für einen Rechtschreibtest zum Thema *Hamlet*.

Während ich durch den Raum gehe, holt Gareth Stones sein iPhone aus der Hosentasche und benutzt es als Spiegel, um sein langes, hageres, farbloses Gesicht zu betrachten. Seine tief liegenden Augen stehen ein wenig zu nah beieinander und lassen ihn aussehen wie ein Gespenst aus einem Zeichentrickfilm.

»Hey, Hairy Muff«, schreit er zu Mary Hough hinüber. »Hab ich die Haare schön?«

»Ich schwör's dir, ich mach' dich richtig fertig, du kleiner Wichser«, antwortet sie.

Ich verwarne Mary wegen ihrer Ausdrucksweise und bitte Gareth, sein Handy irgendwo hinzustecken, wo ich es nicht sehen kann, dann blicke ich hoffnungsvoll zu der Lernassistentin Ms Pritchard und lasse die Schüler mit dem Test beginnen.

Die meisten arbeiten still, auch wenn Stacey die Zeit nutzt, um mit roter Tinte einen Penis zu zeichnen. Ihre Detailtreue ist ziemlich beeindruckend, aber beim Maßstab liegt sie weit daneben. Zumindest hoffe ich das.

»Laertes klingt wie irgendwas, was ich mir von dir einfangen könnte, Hairy«, ruft Gareth, und die Stille wird von einem vielstimmigen »Ooooh!« unterbrochen.

Mary starrt mich an. »Wie soll ich nicht fluchen, wenn er andauernd so ein Arschloch ist, Mr Tyler?«

Ich brauche ein paar Minuten, um die Klasse zu beruhigen, doch das Muster wiederholt sich: Jedes Mal, wenn ich gerade zu etwas komme, benehmen sich entweder Gareth oder Stacey daneben, und ich muss noch mal von vorn anfangen. Es ist, als würde ich Heißer Draht oder ein ähnliches Geduldsspiel spielen, doch wegen der Kongenere kann ich die Hand heute einfach nicht ruhig halten.

»Okay, was hat wohl zu Hamlets Wutausbruch bei Ophelias Grab geführt?«, wage ich mich vor.

Stille. Apathische Stille.

»Was meinst du, Kenny?«

Kenny lässt die ganze Stunde lang den Kopf hängen, und wenn er doch mal aufschaut, sind seine Augen glasig vor Desinteresse.

»Komm schon, erinnerst du dich? Wir haben doch gestern darüber gesprochen.«

Gareth beginnt leise Kennys Namen zu skandieren. Paul Keogh stimmt ein. Ich sage ihnen, dass sie ruhig sein sollen.

»Soll ich Ihnen Ohrstöpsel besorgen?«, fragt Gareth, doch es gelingt mir, das darauffolgende Gelächter auszublenden und mich auf Kenny zu konzentrieren.

Ich gebe ihm noch eine Chance, in dem Lärm zu antworten.

»Mann, ich weiß es nicht, verdammt noch mal, okay?«

Er stößt seinen Tisch mit Gewalt nach vorne und bringt den Raum damit augenblicklich zum Schweigen. Dann steht er auf und schiebt drohend eine Hand in seine vordere Hosentasche, und ich spüre, wie Panik in mir aufsteigt. Ich mache vorsichtig einen Schritt auf ihn zu. Er fixiert mich mit seinem Blick. Zum ersten Mal in sechs Jahren fühle ich mich in einem Klassenzimmer hoffnungslos überfordert. Holly wäre nicht mehr so stolz auf mich und auf meine Lehrerlaufbahn, wenn sie mich jetzt sehen könnte. Kenny zieht den Arm langsam wieder nach oben bis über seinen Gürtel. Benachteiligten Kindern die Liebe zur englischen Sprache beibringen – dass ich nicht lache! Ich muss irgendwas tun.

Dann blitzt es in seiner Hand auf.

Ein Afrokamm.

Er steckt ihn sich seitlich ins Haar und hinkt aus dem Zimmer.

Verwirrt folge ich ihm und bitte Ms Pritchard zu übernehmen, während ich hinter Kenny durch die Tür gehe.

Ich fange an zu rennen, als ich an den Toiletten vorbeikomme, kehre dann jedoch noch einmal um und schaue in den Kabinen nach. Keine Spur. Ich eile hinaus auf den betonierten Hof, wo die Schüler ihre Pausen verbringen, und dort entdecke ich ihn, in der hinteren Ecke, wie er gerade unter einem Drahtzaun durchkriecht, der sich aus der Verankerung gelöst hat. Er geht auf vier oder fünf ältere Jungs zu. Sie tragen Baggy Jeans, und die meisten von ihnen haben mindestens eine Hand in der Hosentasche. Sie begrüßen ihn teils mit einem rituellen Handschlag, teils mit einem einfachen Nicken. Ich sehe zu, wie sie vom Schulgelände abhauen, und beschließe in dem

Moment, Kenny Sonola zu meinem ersten Projekt an der Whitford High zu machen.

Als auch der letzte meiner Neuner verschwunden ist, falle ich mit einem erschöpften Seufzer auf meinen Stuhl. Wenn ich Siebener oder Achter unterrichtet hätte, würde es im Zimmer nach Schweiß riechen; viele Elf- und Zwölfjährige haben noch keine Bekanntschaft mit Deo gemacht. Doch sobald sie dreizehn, vierzehn werden, lassen sie ein übles Amalgam aus Promi-Parfümen, Permanentmarkern, Selbstbräuner und Lethargie zurück.

»Ich muss immer noch daran denken, was vorhin mit Kenny passiert ist«, sage ich zu Ms Pritchard.

»Es war wirklich nicht Ihre Schuld«, tröstet sie mich mit ihrem irischen Singsang, der alles, was sie sagt, so klingen lässt, als würde sie einen gerade ins Bett bringen. »Der Junge hat ernsthafte Probleme.«

Wie sich herausstellt, hat Kenny mit vierzehn schon mehr Titel hinter seinem Namen als ich. Kenny Sonola SEBD SAP lautet sein voller Titel. Was bedeutet, er hat soziale und emotionale Defizite und ist im schulischen Aktion-Plus-Programm. Ms Pritchard weiß nicht viel über seine häuslichen Umstände, außer dass seine Mum starb, als er noch klein war, und dass er einige Zeit bei Pflegefamilien untergebracht war.

»Wissen Sie, was ich dachte, als er die Hand in die Hosentasche gesteckt hat?«, frage ich. »Ich dachte, er zieht gleich ein Messer raus.«

»Ich auch – das hätte jeder gedacht.«

Gestern war ich zu beschäftigt mit allem, um zu bemerken, dass ihr welliges kastanienbraunes Haar, die blasse Haut und das unerschütterliche Lächeln ihr eine Schönheit verleihen, die dadurch noch deutlicher wird, dass sie sich ihrer anscheinend nicht bewusst ist.

»Jep, und genau das meine ich. Er ist schwarz und er beteiligt sich nicht am Unterricht, also muss er ein zwielichtiger Bursche sein. Ich habe ihn mit ein paar anderen schwarzen Jungs draußen gesehen und dachte sofort: *Er ist in einer Gang.* Ich kann nicht fassen, dass ich schon in solche Denkmuster verfallen bin.«

»Sie sind zu streng mit sich selbst.«

Ms Pritchard legt tröstend eine Hand auf meinen Unterarm, und ich danke ihr mit einem niedergeschlagenen Lächeln. Sie bückt sich nach ihrer Handtasche, und dabei kommt hinten über ihrer Hose ein winziges Stückchen eines knallroten Tangas zum Vorschein. Es ist schwierig, nicht darauf zu starren. Sie wirkt nicht wie eine Frau, die ein so offenkundig sexuelles Signal aussenden würde, aber wenn meine Boxershorts über tief hängenden Hosen herausschauen würden, würde ich das doch auch merken, oder?

»Also dann, bis später«, sagt sie grinsend, als ich ihr die Tür aufhalte.

Dann bin ich allein, und plötzlich fühle ich mich gar nicht mehr so müde und erschöpft und verkatert.

Die Bahn nach Greenwich fährt ein, und ich trete zur Seite an die Stelle, wo meiner Schätzung nach die Türen stehen bleiben werden, als eine weibliche Stimme nach mir ruft.

Ich sehe mich um und ...

»Ms Pritchard – ich wusste gar nicht, dass Sie die ...«

Wir steigen zusammen in die Bahn.

»Wollen wir uns nicht duzen? Ich bin Cassie. Eigentlich heiße ich Cassandra, aber das höre ich nur, wenn ich unartig war. Ich schätze, Sie werden Alexander genannt, wenn Sie was angestellt haben, oder?«

Sie kichert, während ich mich zu erinnern versuche, wann zum letzten Mal jemand Alexander zu mir gesagt hat. Das muss Jahre her sein.

Für einen Moment stelle ich mir vor, wie ihr Haar sich über meine Brust ausbreitet: Wir liegen zusammen im Bett, ihr Kopf ruht auf meiner Schulter, und es ist der Morgen danach, nach dem Abend davor und nach einer Nacht, in der sie mich mehrmals Alexander genannt hat.

»Alex!«, sagt sie und wedelt mir mit der Hand vor dem Gesicht herum, als wir in die Cutty Sark Station einfahren. »Ich steige hier aus.«

Der Zug wird gerade wieder schneller, als sich ein Junge mit Kapuze umdreht, der an der Deptford Bridge Station mit uns eingestiegen ist.

»Alles klar, *Alex?*«

Gareth Stones macht mit seinem Kaugummi eine große Blase.

»Sie poppen also Ms Pritchard?«

ZWÖLFTES KAPITEL HOLLY

»Und, hast du schon mit Richard geredet?«

Ich sehe mich im Büro um, um mich zu vergewissern, dass niemand mein Gespräch belauscht.

»Jetzt hör endlich auf, mich damit zu nerven, Susie«, flüstere ich nachdrücklich ins Telefon.

»Aber wann ist …«

»Frag ihn doch einfach selber bei Chloes Hochzeit.« Das bringt sie erst mal zum Schweigen – für anderthalb Sekunden.

»Er kommt also?«

»Klar.«

»Er ist dabei im Sinne von ›er ist dabei‹ oder im Sinne von ›wie bei deinem Geburtstagsessen‹?«

»Im Sinne von ›er ist dabei‹. Ich muss jetzt aufhören – ich kann hier nicht über so was reden. Hab dich lieb. Tschüss!«

Sie verabschiedet sich ebenfalls, und ich lege auf.

Okay, ich habe noch nicht mit Richard geredet. Wir hatten noch nicht dieses Gespräch, das die meisten meiner Freundinnen für nötig halten, um ihren Kerl von »dieser Typ, mit dem ich mich treffe« zu »mein Freund« zu befördern.

Sie machen sich eine Ewigkeit lang damit verrückt, planen akribisch den Zeitpunkt und den Ort, wo es stattfinden soll, gehen die Unterhaltung zweiunddreißigmal im Kopf durch und fragen dann ganz locker:

»Und, was ist das mit uns eigentlich?«

Dann halten sie den Atem an und warten, ob nun die Bestätigung kommt, dass es *tatsächlich* eine Beziehung ist, *oder* ob unter Vermeidung von Blickkontakt eine gestammelte Erklärung folgt, dass »dieser Typ, mit dem sie sich treffen« im Moment eigentlich mit *niemandem* irgendwas Ernstes anfangen will.

Oder er sagt, dass er sie umwerfend findet, aber gerade erfahren hat, dass seine Firma ihn für zwei Jahre in die Niederlassung nach Dubai schickt und er nächsten Dienstag abreisen wird. Jemma weiß nicht, dass ich den Typen, der ihr das erzählt hat, einen Monat später gesehen habe, wie er bei Waitrose Wein kaufte.

Ich war jedenfalls nie ein Fan vom Darüberreden. Und ich war zum Glück auch nie in der Situation, in der ich das für nötig gehalten hätte, denn es hört sich in etwa so lustig an, als würde man sich mit einem rostigen Zirkel am Auge kratzen.

In der Schule war das einfach – man war die rechtmäßige Besitzerin eines festen Freundes nach dem Gespräch:

»Willst du mit mir gehen?«

»Ja.«

Max ersparte mir jegliche Sorgen, dass wir darüber reden müssten. Drei Wochen nachdem wir uns kennengelernt hatten, hörte ich, wie er einem Kumpel am Telefon erzählte, er sei mit seiner Freundin unterwegs. Ich sah mich eine Sekunde lang panisch um, wo diese Freundin sein könnte, von der er da sprach, bis mir klar wurde, dass ich gemeint war.

Aber wie könnte Richard mich als seine Freundin bezeichnen, wenn es doch darum geht, dass niemand davon erfährt? Trotzdem habe ich noch nicht das Bedürfnis verspürt, auf »Und, was ist das mit uns eigentlich?« zurückzugreifen. Doch seit meinem Geburtstagsessen fühlt Susie sich verpflichtet, mich täglich anzurufen, um mich vom Gegenteil zu überzeugen.

Leah brachte das Ganze versehentlich ins Rollen, nachdem ihrem Mann Rob herausgerutscht war, dass Max eine neue Freundin namens Felicity habe. Leah stieß ihn mit dem Ellbogen an, um ihn zum Schweigen zu bringen.

Rob und Max sind beste Freunde. Leah und ich lernten die beiden im Studium kennen, doch als Leah und Rob sechs Jahre später heirateten, trennten Max und ich uns voneinander. Buchstäblich bei der Hochzeit. Wir sahen Leah und Rob an, sahen einander an und wussten, dass der Moment, wenn wir da stehen und uns versprechen würden, für immer zusammenzubleiben, niemals kommen würde. Es lief recht freundschaftlich ab. Wir sind nicht mehr in Kontakt, aber ich habe ihm einen Teil des Sorgerechts für Leah und Rob zugestanden, auch ohne dass er sich als Spider-Man verkleiden und auf ein Hochhaus klettern musste.

»Oh, sorry.« Rob sah beschämt aus.

»Ach Quatsch – was interessiert mich denn, ob er eine Freundin hat?« Das meinte ich ernst. »Die Trennung ging von uns beiden aus.«

»Ja, aber niemand verliert gern das Rennen«, schaltete sich Susie ein, während sie den Kellner heranwinkte. »Ich nehme noch einen Wodka mit Mineralwasser und Limette, bitte. Frische Limette – kein Konzentrat. Danke.«

»Ähm, niemand verliert gern WAS, Susie?«, fragte ich, nachdem der Kellner wieder verschwunden war.

»Du weißt schon – nach einer Trennung. Jeder will der Erste sein, der jemand Neues gefunden hat.«

»Erstens ist das Blödsinn, Suze – es gibt kein Rennen. Und ganz abgesehen davon, bin ich seit neun Monaten mit Richard zusammen.«

Ich habe das Rennen mit Abstand gewonnen. Ich hätte auch auf halber Strecke anhalten und Macarena tanzen können, und Max hätte mich immer noch nicht eingeholt.

»Genau, Susie.« Leah lächelte mich aufmunternd an. »Sie hat doch was mit Richard.«

»Ähm, aber ist das mit ihr und Richard wirklich was Richtiges? Außer uns weiß ja niemand, dass sie überhaupt zusammen sind.«

»Wieso das denn?«, fragte Jamie, Susies Neuer. Er entspricht ihrem üblichen Beuteschema – charmant, liebenswürdig, leicht auszunutzen.

Bisher mögen wir ihn. Mit »wir« meine ich Leah, Rob und mich. Und Susie toleriert ihn, was schon mal ein guter Anfang ist. Es stand auf Messers Schneide, als er ihr die Hälfte seines buttergetränkten Knoblauchbrots anbot. Im Ernst, Junge? Du lockst sie mit einem Amalgam aus Kohlenhydraten UND Fett? Der Rest von uns hielt etwa eine Minute lang den Atem an, während sie ihn wütend anfunkelte. Aber wir haben es alle überstanden, und ich glaube, die Erfahrung hat uns einander nähergebracht.

»Jetzt mal im Klartext«, sagte Jamie, nachdem ich ihn ins Bild gesetzt hatte. »Er hat noch nie deine Freunde getroffen, ihr wart noch nie zusammen im Urlaub – ihr geht auch sonst kaum zusammen aus –, und in den ersten drei Monaten eurer, äh, Beziehung habt ihr nur auf der Arbeit miteinander geschlafen.«

»Jep. Und was willst du damit sagen?«

»Es scheint nur …«

»Vergiss lieber nicht, dass Suze und ich noch das ›Uuuund, wie findest du Jamie?‹-Gespräch vor uns haben.«

»Ich will gar nichts sagen. Wollte nur sichergehen, dass ich alles richtig verstanden habe.«

»Habt ihr schon darüber geredet?«, fragte Susie, bevor ich eine Gelegenheit hatte, das Thema zu wechseln.

»Worüber?«

»Darüber, ob ihr offiziell zusammen seid.«

»Ähm, nein – das wollten wir, aber dann ist uns eingefallen, dass wir nicht mehr vierzehn sind.«

»Genau, und warum sollte er mit ihr schlafen, wenn er es nicht ernst meint?«, fügte Leah hinzu.

»Eben«, kommentierte Rob trocken, während Jamie sich fast an seinem Knoblauchbrot verschluckte. »Mir fällt auch kein anderer Grund ein.« Er grinste in meine Richtung, aber etwas in meinem Blick brachte ihn dazu, sein Grinsen in ein entschuldigendes Lächeln zu verwandeln.

»Hast du es deiner Mutter inzwischen gesagt?«, fragte Susie, wohl wissend, dass ich das nicht hatte.

»Nein. Und könnt ihr jetzt bitte mit diesem verdammten Kreuzverhör aufhören und mir meine Geschenke geben?«

»Hols, du musst dir dieses YouTube-Video mit den bescheuerten Katzen anschauen«, sagt Jemma, während Danny weggeht und sich dabei eine Träne aus dem Auge wischt.

»Ich bin beschäftigt«, rufe ich und wende mich wieder der Arbeit auf meinem Bildschirm zu.

Ich meine, es ist ja nicht so, als würde ich nicht einsehen, wieso meine Freunde es nicht verstehen. Mir ist schon klar, wie es von außen aussieht. Aber sie wissen nicht, wie es ist, wenn wir beide allein sind.

Ich würde das nie jemandem verraten, aber immer, wenn ich in einer Beziehung bin, schneide ich im Kopf eine kleine Film-Montage unserer wichtigen Momente zusammen und unterlege sie mit einem Lied. In den ersten Jahren mit Max war das Lied »Truly Madly Deeply« von Savage Garden. Die Szenen, die in meinen Gedanken abliefen, waren zum Beispiel, wie wir einander in meinem schmalen Bett im Studentenwohnheim auf die Ellbogen gestützt gegenüberliegen und bis spät in die Nacht reden. Oder wie wir im Urlaub auf Kreta im Meer knutschen, während Leah und Rob ein paar Meter entfernt Ball spielen und rufen: »Habt ihr kein Zuhause?« Oder wie ich bei einer Hausparty auf der Küchenarbeitsplatte sitze und mich an Max' Schultern lehne, der mit dem Rücken zu mir zwischen meinen Beinen steht, während wir mit Freunden lachen.

In den letzten zwei Jahren mit Max, nachdem wir zusammengezogen waren, änderte sich das Lied dann zu »End of a Century« von Blur. Wir sitzen an verschiedenen Enden des Sofas und schauen *East Enders.*

Wir küssten uns BUCHSTÄBLICH mit trockenen Lippen und sagten dann »Gute Nacht«.

Jeder Freund – von meinem ersten in der Oberstufe angefangen – hat eine eigene Soundtrack-Montage.

Und so mischten sich nach dem ersten Abend, an dem Richard und ich uns küssten, und in den folgenden Wochen in meinem Kopf Szenen von uns, wie wir im Büro vielsagende Blicke tauschen, mit anderen, in denen er mich leidenschaftlich packt und auf seinen Schreibtisch wirft – all das zur Melodie von Etta James' »I Just Wanna Make Love to You«.

Aber jetzt ist es anders.

Das Lied ist »Better Together«. Die Szenen zeigen, wie ich neben ihm sitze, die Beine auf seinem Schoß, und wir über unseren Tag reden. Und wie wir zu Radiomusik durch seine große Küche tanzen, während wir Abendessen kochen – wie er Gemüse schneidet und ich es vom Hackbrett in den Wok schiebe, bevor wir mit unseren großen Weingläsern anstoßen. Wie wir abklatschen, wenn wir nach einem langen Abend im Büro endlich ein Projekt abgeschlossen haben. Wie er mich leidenschaftlich packt und auf seinen Schreibtisch wirft.

Um es mit Jack Johnsons Worten zu sagen: »It's always better when we're together.«

Davon könnte einem fast schlecht werden, ich weiß. Die Hauptsache ist: Es ist echt.

Sonst würde er auch nicht zu Chloes Hochzeit kommen.

Ich muss zugeben, Susie hat mich doch ein bisschen angesteckt mit ihrer Skepsis – ich hatte allmählich sogar befürchtet, sie hätte recht und ich hätte die Beziehung in meinem Kopf viel zu sehr aufgeblasen. Doch dann erzählte ich Richard, dass ich überlegte, Alex als Begleitung mitzunehmen, und er war ziemlich erstaunt, dass ich nicht daran gedacht hatte, ihn zu fragen. Ich sah ein, dass es dumm von mir gewesen war anzunehmen, er würde nicht mitkommen wollen. Chloe ist eine alte Freundin aus der Uni, es wird also niemand da sein, der ihn kennt, und das wäre das einzige Hindernis.

»Kann ich dich um Rat fragen, oder bist du immer noch zu beschäftigt?«, erkundigt sich Jemma schmollend.

»Schieß los.« Ich lächle. Ich bin multitaskingfähig.

Wie sich herausstellt, hat Jemma Jonny, den Banker, der sie fast mit dem Fahrrad umgefahren hätte – und mit dem sie schon drei Dates hatte –, zum Quiz morgen eingeladen. Was an sich kein Problem ist, nur dass sie, wie schon so oft, nach einem ersten heißen Date die letzten beiden Male eine rückläufige Begeisterung seinerseits wahrgenommen hat und nun auf morgen hofft, um das Steuer noch mal herumzureißen.

»Du musst mir helfen, Holly«, jammert sie. »Ich habe es *so* satt, Single zu sein. Wie lange bist du schon Single?«

Mein Blick huscht zur Bürotür meines Freundes, während ich antworte: »Etwa ein Jahr.«

»Hattest du irgendwelche Dates?«

»Nein.«

»Wow – hattest du überhaupt Sex in der Zeit?«

»Ähm. Nein?«

Ich hatte noch nie so viel Sex. Richard gehört zu den Leuten, die IMMER in Stimmung sind.

Wie gratuliert man ihm am besten, wenn er einen großen Auftrag an Land gezogen hat? Mit Sex.

Wie muntert man ihn auf, wenn Verhandlungen mit Kunden platzen? Man kümmert sich um sein bestes Stück.

Wie verhindert man, dass ihm langweilig wird? Man zieht sich aus.

Wie hilft man ihm, sich nach einem stressigen Tag zu entspannen? Man kocht ihm ein Abendessen und serviert es mit Scotch und einer Schultermassage.

Er hat schließlich auch Gefühle.

»Wow, ein Jahr. Das ist frustrierend«, sagt Jemma.

Mit Abstand am frustrierendsten war mein Sexleben übrigens in jenem letzten Jahr mit Max. Es war nicht so, als hätten wir es nie gemacht – gegen Ende machten wir es etwa einmal pro Woche, aber weniger aus Leidenschaft als aus Gründen der Instandhaltung. Wie Heizkörper entlüften oder den Ofen putzen.

»Wieso geht es denn jetzt um mein Sexleben? Ich dachte, du wolltest einen Rat von mir.«

»Ach, na ja. Hm, sieht aus, als sollte hier ein Blinder einen Blinden führen, aber wenigstens *hattest* du schon eine langfristige Beziehung, also musst du irgendwann mal gewusst haben, wie es geht.«

Es fällt mir schwer, Jem zu beraten, weil ich ganz ehrlich keine Ahnung habe, was sie falsch macht.

»Hast du ihn geküsst?«

»Klar.« Dann schlägt sie sich dramatisch gegen die Stirn. »Ist das mein Fehler? Muss ich aufhören, mich wie eine totale Nutte aufzuführen?«

»Nee, das Wichtigste ist, dass du dir selbst treu bleibst.«

»Oh, HA HA HA.«

»Vielleicht ist das die Lösung.« Ich klammere mich an einen Strohhalm. »Männer lieben Herausforderungen. Versuch's doch mal – keine Küsse beim ersten Date.«

»Super – danke für den Tipp.« Sie zieht eine Grimasse.

»Na ja, dafür ist es offensichtlich zu spät«, ich lache. »Aber vielleicht lässt du ihn einfach ein bisschen zappeln, bevor du mit ihm ins Bett gehst.«

Sie rollt mit den Augen: »Nächstes Mal vielleicht.«

Dann bemerkt sie, dass Danny aufgestanden ist, um aufs Klo zu gehen, und schleicht sich rüber, um den Inhalt seines Lochers über seine Tastatur zu kippen.

»Kannst du mir in Sachen Beziehung einen Rat geben?« Auf dem Rückweg vom Klo bleibt Danny an meinem Schreibtisch stehen und hockt sich auf die Kante.

»Warum nicht? Anscheinend bin ich heute Doktor Sommer. Was ist los?«

Danny wirkt immer ein bisschen wie ein Aufreißer, mit seinen Geschichten davon, wie er die Nächte durchfeiert und am nächsten Morgen in den Betten irgendwelcher fremder Mädchen aufwacht. Aber in Wirklichkeit ist er ein Softie, wenn er sich verliebt. Was im Schnitt viermal täglich passiert. Aktuell schwärmt er für Carla – die einundzwanzigjährige Aushilfe, die Jemmas Urlaubsvertretung übernommen hatte. Die beiden sind seit drei Monaten unzertrennlich, doch am Samstag fliegt sie für ein Jahr nach Australien.

»Ich will sie bitten, hierzubleiben, aber ich schiebe es immer wieder auf, weil ich Angst habe, dass sie Nein sagt und ich dann wie ein Vollidiot dastehe, wenn du verstehst, was ich meine? Und jetzt habe ich Angst, dass es zu spät ist. Soll ich sie am Flughafen überraschen und sie anflehen zu bleiben? Mädchen stehen doch auf so einen Mist, oder?«

Er muss aufhören, die Reaktionen seiner Dates bei Liebesschnulzen ernst zu nehmen. Das sage ich ihm.

»In Filmen stehen wir auf so was, Danny, aber im echten Leben würden wir es irgendwie peinlich und ein bisschen stalkermäßig finden. Lass sie gehen. Ein Jahr ist schnell vorbei, und wenn das mit euch wirklich klappt, macht ihr da weiter, wo ihr aufgehört habt, sobald sie wieder da ist. Wenn nicht, hätte es sowieso nie funktioniert. Das ist besser, als wenn sie hierbleibt und dir später die Schuld daran gibt, dass sie die Welt nicht gesehen hat.«

»Stimmt. Du hast recht.« Er verzieht einen Moment gequält das Gesicht, dann zwingt er sich zu einem Lächeln und wuschelt mir durch die Haare. »Danke, Holly. Du bist wie die große Schwester, die ich nie hatte.«

»Oh, und du bist wie der kleine Bruder, den ich nie haben wollte.« Ich streiche mein Haar mit den Fingern glatt, um den Schaden zu begrenzen.

Es ist genau 17.30 Uhr, und um uns herum setzt mit DA DA DA DAM der Chor des herunterfahrenden Windows ein, also geht Danny, um seinen Computer ebenfalls auszuschalten.

»Bis morgen, Ladys«, sagt er eine Minute später, als er neben Jemma stehen bleibt, um ihre Büroklammernschachtel über ihren gesamten Schreibtisch zu leeren. »Steht das Quiz morgen Abend noch?«

»Das würde ich mir niemals entgehen lassen.« Jemma zieht sich ihre Jeansjacke an, ohne auf die Büroklammernaktion einzugehen. Ihr Schreibtisch sieht jetzt auch nicht anders aus als vorher, also ging der Schuss eigentlich nach hinten los. »Ach, und ich bringe einen Freund mit. Meinen Freund, um genau zu sein. Ich wäre dir also sehr dankbar, wenn du dich an dem Abend so verhalten könntest, als wäre ich die Krone der weiblichen Schöpfung.«

»Kein Problem – ich war in der Mittelstufe in der Theater-AG, bin also ein guter Schauspieler. Holly, bist du dabei?«

»Ja – ich bringe wahrscheinlich auch einen Freund mit, Alex.« Während ich das sage, schlage ich mir mental gegen die Stirn. Alex weiß nicht, dass Richard ein Geheimnis ist. Ich weiß, ich hätte es ihm sagen sollen, aber es schien einfacher, es nicht erklären zu müssen.

»Aber er ist nicht ihr Freund«, stellt Jemma klar. »Nur *ein* Freund. Es besteht also kein Grund, auch zu ihr nett zu sein.«

»Was ist mit dir, Mel?«, fragt Danny Melissa, die gerade aus dem Konferenzraum gekommen ist.

Ich werfe ihm einen Blick zu, bringe mein Gesicht aber schnell wieder unter Kontrolle, während Jemma ihn anstarrt, als hätte er ihre Oma abgestochen.

»Morgen Abend kann ich nicht – da habe ich Yoga«, antwortet Melissa mit einem Anflug von Überraschung in der Stimme. »Aber ich könnte vorher auf einen Drink mitkommen.«

»Großartig«, Danny lächelt.

»Großartig?«, wiederholen Jemma und ich einstimmig, sobald Melissa weg ist.

»Was denn? Ich konnte sie nicht nicht fragen, wenn wir alle davon reden. Außerdem – sie ist ganz okay. Ich weiß gar nicht, was ihr gegen sie habt.«

»Und ich weiß gar nicht, warum du nichts gegen sie hast«, sagt Jemma, während die beiden aus dem Büro trotten.

Ich mache mich gerade ebenfalls fertig, um zu gehen, als mein Telefon klingelt.

»Hexagon Marketing? Oh, hi Mum.«

»Du musst bald mal nach Hause kommen«, sagt sie. Ungewöhnlich direkt. Ich bin beeindruckt.

»Ja, mach ich. In den nächsten Wochen ist ziemlich viel los, aber danach ...«

»Nein, du musst auf jeden Fall in den nächsten drei Wochen kommen. Denn ich habe Neuigkeiten. Dein Dad und ich haben ein Haus in York gekauft! Wir ziehen nächsten Monat um.«

WAS?

Jetzt, da mein Dad aus dem Polizeidienst ausscheidet, wünschen sie sich anscheinend eine Veränderung. Ich weiß nicht, wieso mich das überrascht. Meine Mum ist wie ich – sie würde eine Kleinstadt jederzeit gegen eine Großstadt eintauschen. Sie wäre garantiert immer noch in London, wenn sie nicht meinen städtefeindlichen Dad geheiratet hätte, doch seine Zufriedenheit muss ihr wichtiger gewesen sein.

»Aber ich will nicht, dass ihr umzieht!«

»Warum nicht?«

Tja, zum einen, weil sie ganz sicher will, dass ich hinfahre und mein altes Zimmer ausräume, aber ich beginne mit einem meiner weniger egoistischen Gründe: »Weil es dann nicht mehr dasselbe ist. Ich liebe dieses Haus. Meine ganzen Kindheitserinnerungen sind damit verbunden.«

»Ach Unsinn, Kind.« Meine Mum seufzt. »Du hast einfach keine Lust, herzukommen und dein altes Zimmer auszuräumen.«

»Wie kommst du denn darauf?«

Ich hänge offensichtlich mehr an meinem alten Zuhause, als mir bewusst war. Ich fahre zwar selten hin, wie Mum bei absolut jeder Gelegenheit betont, aber es tut gut zu wissen, dass es da ist. Vielleicht habe ich auch einfach eine nostalgische Anwandlung nach meinem Wiedersehen mit Alex, aber jetzt gerade fühlt es sich an wie das Ende einer Ära. Auch wenn die Ära vor elf Jahren zu Ende gegangen ist.

»Unser neues Haus hat ein Gästezimmer, du kannst also immer da übernachten, wenn du zu Besuch kommst. *Falls* du zu Besuch kommst, besser gesagt. Aber das Zimmer ist kleiner, also musst du deine Sachen durchschauen und dir überlegen, was du wegwirfst.«

»Okay, okay«, lenke ich ein. »Dieses Wochenende bin ich bei Chloes Hochzeit, aber vielleicht das Wochenende danach.« Ich blättere in meinem Kalender. »Jep, das passt.«

»Schön. Ich koch dir dein Lieblingsessen. Du musst mir noch mal sagen, was das ist – es ist schon zu lange her, dass ich dir was anderes außer Weihnachtsessen gekocht habe. Ich wette, Terry Tyler hatte es bei seinem Umzug nicht so schwer, sein einziges Kind dazu zu bringen, dass es ihm hilft, sein Haus auszuräumen. Übrigens, wie geht's Alex?«

»Ganz gut.« Ich wickle die Telefonschnur um einen Finger, während ich überlege, wie ich unser Treffen zusammenfassen kann. »Er ist genau wie früher. Aber ganz anders. Wenn du verstehst, was ich meine?«

»Ich habe keine Ahnung, wovon du sprichst. Aber es freut mich, dass es ihm gut geht. Er ist ein netter Junge, genauso ein guter Mensch, wie seine Mum es war. Sie hat immer jedem geholfen und sich nie beschwert.«

Meine Mum tat mir leid, als Julie Tyler gestorben ist – sie war ihre beste Freundin. In der ersten Zeit in Mothston war Mum ziemlich unglücklich. Das war in den Sommerferien, nachdem ich die Grundschule abgeschlossen hatte, da meine Eltern dies als den besten Zeitpunkt betrachteten, um mir den Umzug zuzumuten. Dad hatte schon seit Jahren zurück in seine Heimatstadt ziehen wollen, und

Mum gab später zu, dass sie dachte, es wäre dort wie in dieser Provinzserie *Emmerdale*, aber nicht lange nachdem sie hingezogen war, merkte sie, dass *Emmerdale* ohne die Affären und Morde und Flugzeugunglücke und den ganzen Rest ziemlich öde wäre. Doch dann nahm Julie sie unter ihre Fittiche und half ihr mit morgendlichem Kaffeeklatsch und Dinnerpartys dabei, sich einzuleben. Seit sie ihre Freundin verloren hat, ist Mum ein bisschen einsam in Mothston.

Es tut mir leid, dass ich ihrer Begeisterung einen Dämpfer versetzt habe, vor allem, da sie sich offensichtlich einen ausführlichen Plausch über den Umzug erhofft hat, also stelle ich ihr ein paar Fragen über das neue Haus.

»Das klingt toll, Mum«, sage ich mit besonders viel Wärme.

»Ist es auch. Wie auch immer, ich muss los. Tschüssi!«

Und weg ist sie. Also gut.

Ich seufze und schreibe auf meine To-do-Liste: *Zugticket nach Mothston buchen.*

SMS von Holly an Alex

Zur info niemand auf der arbeit weiß von R und mir
also sag nichts
lg

DREIZEHNTES KAPITEL ALEX

Mr Cotton gießt gerade einen Kaktus auf dem Fensterbrett, als ich für ein Feedbackgespräch nach meinen ersten zwei Wochen an der Whitford High zu ihm komme. Er wendet seine Aufmerksamkeit nicht von der Pflanze ab, also bleibe ich erst mal stehen.

»Kaum pflegebedürftig«, sagt er schließlich und bittet mich mit einer ausladenden Handbewegung, Platz zu nehmen. »Man kann sie monatelang sich selbst überlassen, und sie sind trotzdem gut in Form.«

Mir fällt nichts ein, was ich sagen könnte, also halte ich den Mund.

Irgendwann setzt sich Mr Cotton, schiebt ein paar Akten zurecht und beginnt: »Mr Tyler.«

»Hallo.«

»Mr Alex Tyler.«

Aus Mr Cottons Computer ertönt das Geräusch einer eingehenden E-Mail. Er beugt sich ganz dicht an den Monitor heran, um die Nachricht fast eine Minute lang zu inspizieren, bis er seine vorherige Haltung wieder einnimmt.

»Mr Tyler, jetzt zu Ihnen. Wie leben Sie sich ein?«

»Ganz gut, denke ich. Ich …«

»Probleme mit irgendwelchen Klassen?«

»Ich wollte gerade sagen, meine Neuner sind recht schwer zu bändigen. Ich glaube, wenn es mir gelingen würde, eine Beziehung zu den paar Schülern aufzubauen, die alle anderen brems…«

»Die schlechtesten, stimmt's?«

»Jep, aber …«

»Geben Sie ihnen leichtere Aufgaben. Dann haben sie das Gefühl, sie schaffen etwas, und machen Ihnen weniger Mühe. Und alle anderen können weiterhin die Noten erreichen, die wir brauchen.«

Ich starre Mr Cotton mit so viel Ungläubigkeit an, wie ich mir meiner Einschätzung nach erlauben darf. »Aber wenn es leicht ist, lernen sie doch nichts?«

»Schon, aber wenn sie bei schwierigen Aufgaben unruhig werden, was schlagen Sie vor, Mr Tyler?«

»Entschuldigen Sie, aber ich …« Mr Cotton greift nach einem Lineal auf seinem Schreibtisch und biegt es mit beiden Händen. Mir bleiben die Worte im Hals stecken. »Ich meine nur, man kann die Kinder doch nicht aufgeben, bloß weil sie anstrengend sind, oder? Wie Kenny Sonola – er war heute nicht da, und als ich Ms Pritchard gefragt habe, sagte sie, er ist nie da an den Tagen, an denen keine Uniform getragen wird.«

»Seine Anwesenheit liegt bei über 90 Prozent – kein Grund zur Sorge. Mr Tyler, einige unserer Schüler sind stachelige Gewächse – wie mein Kaktus hier.« Sein Lineal wird zu einem Zeigestock. »Wenn man sie zu viel gießt, gehen sie ein; wenn man ihnen zu nahe kommt, stechen sie.«

Ich bleibe ruhig, obwohl ein kleiner Teil von mir Lust hätte, Mr Cotton sein Lineal – samt Kaktus – sonst wo hinzustecken.

»Wie dem auch sei«, fährt er fort, wobei er dieselben Akten zurechtschiebt, die er schon zurechtgeschoben hat, als ich hereinkam, ungeachtet der Tatsache, dass er sie in der Zwischenzeit nicht berührt hat, »ich habe Sie nicht deshalb herbestellt. Mir ist aufgefallen, dass Sie mir keine Berichte über besondere Vorfälle geschickt haben. Denken Sie daran: Sobald irgendwas Ungewöhnliches passiert, mailen

Sie mir ein Berichtsformular. Was ich nicht in meinem Posteingang habe, ist nie geschehen. Ist das klar?«

Wenn das stimmen würde, wären diese drei Dinge nie passiert:

1.) Der Moment, als ich mit Charlotte McCormack eine Dokumentation über Teenager-Schwangerschaften auf Channel 4 sah und gestand, dass ich nicht gewusst hatte, dass Frauen ein separates Loch zum Pinkeln haben.
2.) Meine Phase in der Uni, in der ich Frauen mit »meine Hübsche« ansprach.
3.) Meine riskante Entscheidung vor sechzehn Jahren, mir in Kevs Gästeklo schnell einen zu dingsbumsen, während er Pot Noodles holen war. Seine Mum sollte eigentlich beim Großeinkauf sein.

Mein Handy brummt verärgert in meiner Tasche, als ich nach Hause laufe. Es ist Kev. Ich erzähle ihm von Kenny Sonola.

»Alles 'ne Nummer zu groß für dich. Ich hab dich gewarnt.«

»Die Kinder sind nicht gemein – nur temperamentvoll. Es macht mir wirklich Spaß.«

»Du klingst wie meine Oma. Sie erzählt mir jedes Mal, dass sie den Krieg eigentlich ganz gut fand, weil Opa fünf Jahre weg war und er ihr vorher tierisch auf den Senkel gegangen ist. Aber ich sage dann immer: ›Oma, es war Krieg.‹«

»Ich habe keinen Schimmer, wovon du sprichst.«

»Hätte mich auch gewundert«, seufzt er. »Egal. Du hast meine diversen SMS nicht beantwortet, also dachte ich, ich klingel' mal durch, um zu hören, ob du Holly Gordon inzwischen unten ohne gesehen hast?«

Ich rolle die Augen und erkläre, dass Holly vergeben ist – und dass sie jetzt sowieso anders ist. Er antwortet nicht.

»Wir sind Freunde. Ich gehe morgen mit ihr und ihren Kollegen zu einem Pub-Quiz.«

»Freunde?«, knurrt er. »Ja, klar, was anderes würdest du ja auch nicht wollen.«

Ich stöhne. Glaubt er im Ernst, ich bin immer noch nicht über so eine armselige Schwärmerei hinweg? Um ehrlich zu sein: Ja, als ich Holly im Pub traf, gab es da eine Millisekunde, in der ich darüber nachdachte, dass zwischen uns was laufen könnte. Aber Kev wird das niemals erfahren – die Genugtuung gönne ich ihm nicht.

Damals in der Schule schaute ich bei Mädchen zuerst auf die Brust; heute schaue ich zuerst auf den Ringfinger. Und ich geb's zu: Am Anfang des Abends, als ich den nackten Finger an Hollys linker Hand sah, spürte ich etwas. Doch später am Abend wurde mir klar, dass es nur Nostalgie war. Sie ist nicht die Holly von damals. Und so unwahrscheinlich das auch klingt: Ich bin nicht der Alex von damals.

Um Kev zum Schweigen zu bringen, erzähle ich ihm von dem Vorfall mit dem Tanga. Er will wissen, ob Cassie mir noch andere Signale gegeben hat.

»Mir ist aufgefallen, dass sie mich oft am Arm berührt«, sage ich.

»Aha, präsexueller Kontakt«, sagt er und fügt hinzu, als er meine Verwirrung bemerkt: »Das ist das, was zwei Menschen tun, die Sex haben werden, bevor sie in das Stadium kommen, wo sie einander die Kleider vom Leib reißen. Wenn sie dich am Arm berührt, ist das so, als würde sie dir einen runterholen.«

»Wo hast du denn den Scheiß her?«

»Aus der Universität des Lebens, mein Freund, und ich habe mit einer Eins mit Sternchen abgeschlossen.«

Ich weiß nicht, wieso ich mir von Kev immer noch diesen Mist anhöre. Er hat recht – ich habe seine Nachrichten ignoriert. Ein Teil von mir rechnete wohl damit, dass unsere Freundschaft meinen Umzug nach London nicht überstehen würde, dass wir uns einfach auseinanderleben würden, wie es auch geschehen wäre, wenn wir nicht gemeinsam in einer Stadt wie Mothston festgesteckt hätten. Aber er scheint entschlossen, die Fernbeziehung aufrechtzuerhalten.

»Bist du sicher, dass sie solo ist?«, erkundigt er sich und macht dann ein missbilligendes Geräusch, als ich ihm sage, dass ich mehrmals gesehen habe, wie sie sich mit Ted Rodgers, einem der Sportlehrer, unterhielt.

»Was denn?«, frage ich, und er seufzt.

»Seien wir mal realistisch«, sagt er. »Wenn sie die Wahl hat zwischen dir und einem durchtrainierten Sportlehrer ... Ich meine ja bloß, mach dir lieber nicht zu viele Hoffnungen.«

Zum Glück habe ich mich nicht bei einer dieser Dating-Websites angemeldet, bei denen ein Freund einen Text über einen schreibt – ich mag gar nicht daran denken, was Kev da wohl von sich gegeben hätte.

»Frauen wünschen sich von ihren Partnern mehr als nur dicke Muskeln, weißt du.«

»Du hast zu viele Bücher gelesen, Al.«

»Du sagst das, als wäre es eine Beleidigung. Und was ist damit, dass sie mich am Arm berührt? Du hast doch behauptet, das bedeutet, dass wir Sex haben werden.«

»Vielleicht berührt sie dich einfach so, wie eine freundliche Pflegerin einen älteren Patienten berührt.« Nachdem er genug über seinen Witz gelacht hat, fügt er hinzu: »Aber eigentlich spielt es gar keine Rolle, ob diese Cassie auf dich steht oder nicht, denn du stehst auf Holly.«

Ich danke Kev für seinen Rat und versuche noch einmal, das Thema zu wechseln, indem ich ihm von Carls Theorie erzähle.

»Er findet, Frauen sind wie Bakterien?«, fragt Kev entrüstet. »Klingt nach einem ganz schön sexistischen Arschloch.«

Ich habe Mühe, mich nicht an meiner eigenen Spucke zu verschlucken. »Ja, Kev – schlimm, oder?«

Er reagiert nicht auf meinen Sarkasmus.

»Trotzdem funktioniert es bei ihm offensichtlich besser als bei uns beiden.«

Kev stößt ein verschleimtes, abfälliges Schnauben aus. »Ähm, zu mir hat übrigens vorhin im Zug auf dem Rückweg vom Jobcenter eine Schnecke Blickkontakt gesucht. Sozusagen durch das Spiegelbild im Fenster.«

Das ist typisch Kev. Sobald eine Frau auch nur annähernd in seine Richtung schaut, schließt er daraus, dass sie sich mit ihm fortpflanzen will.

»Gut, dann halt mich auf dem Laufenden, wie es mit ihr weitergeht.«

»Mach ich.«

Uns fällt nichts mehr ein, was wir sagen könnten, und das Schweigen wird langsam unangenehm.

»Okay, ich schätze, dann sprechen wir uns bald wieder«, verabschiede ich mich.

»Bis dann, Kumpel. Ach, und ...« Ich höre, dass Kev noch was sagen will, aber es war ein langer Tag, und mein Daumen schwebt schon über »Gespräch beenden«.

Als wir uns zum Pub-Quiz treffen, lächelt Holly und streckt die Arme aus, als wollte sie ein großes Paket in Empfang nehmen. Ein paar Sekunden später stellt sie mich ihren Kollegen vor: Ich lerne Jemma (Hallo und Winken), Danny (Handschlag auf Schulterhöhe) und Melissa kennen (zwei Küsschen auf die Wangen).

Holly besteht darauf, die Getränke zu holen, sodass mir nichts anderes übrig bleibt, als in den richtigen Momenten zu nicken und zu lachen, während die anderen sich über irgendeinen Martin lustig machen. Melissa – die Einzige, die sich nicht darüber amüsiert, was auch immer Martin heute Nachmittag getan hat – schenkt mir ein mitfühlendes Lächeln. Sie hat das Gesicht einer Reiseleiterin, das immer »ich helfe gern« zu sagen scheint. Ihr blondes Haar ist perfekt gestylt, und was ihre Kleidung anbelangt – die ist wie Hollys, nur noch eine Spur schicker: Puffärmelblazer und kurzer Rock, steif gebügelte Bluse, Lackschuhe mit so hohen Absätzen, dass sie geübt haben muss, um darin gehen zu können.

Sie fragt, was ich beruflich mache, und als ich sage, dass ich Englischlehrer bin, legt sie eine Hand auf ihre Brust. »Das ist fantastisch«, schwärmt sie und neigt dabei träumerisch den Kopf. »Shakespeare hat mich immer unheimlich begeistert.«

Ich will gerade fragen, welche Stücke sie gelesen hat, als Holly mit unseren Drinks zurückkommt.

»Bitte sehr, Mr Tyler«, unterbricht sie uns, und Melissa entschuldigt sich kurz. Sie taucht wenige Minuten später mit einem beigen Regenmantel auf dem Arm wieder auf.

»Ich hoffe, wir sehen uns noch mal«, sagt sie während einer weiteren Runde Küsschen. Diesmal umfasst sie mit den Händen meine Ellbogen.

Sobald sie zur Tür hinausgestöckelt ist, merke ich, dass die anderen mich kritisch mustern.

»Hast du eben mit Melissa geflirtet, Alex?«, fragt Holly neckend.

Die Aufmerksamkeit der anderen lässt mich rot werden, obwohl sie weit danebenliegen. Melissa ist hübsch, aber ich war nie besonders scharf auf 08-15-Blondinen.

»Ich hab nicht geflirtet«, antworte ich. »Zumindest nicht bewusst. Aber sie wirkt schon sehr …«

»Heiß?«, sagt Danny wie aus der Pistole geschossen.

»Ich wollte sagen ›nett‹, aber ja, dass sie attraktiv ist, lässt sich nicht leugnen.«

Holly zieht den Kopf ein. »Ja, auf eine sehr konventionelle Art«, sagt sie, und Jemma stimmt dieser Ansicht mit einem Nicken zu.

»Ihr habt völlig recht«, sagt Danny, ebenfalls nickend. »Konventionelle Attraktivität – das ist mit Abstand das Schlimmste.«

Ein paar Minuten später entdeckt Holly einen Tisch, der gerade frei wird, und wir lauern neben der aufbrechenden Gruppe, als stünden ihre Stühle in der ersten Reihe der Royal Albert Hall und nicht neben einem Tisch voller leerer Flaschen, aufgerissener Chipstüten und kleiner Cider-Pfützen. Ich freue mich, als Holly mich mit einem Blick einlädt, mich neben sie zu setzen, während Jemma uns gegenüber einen Platz für einen Typen freihält, mit dem sie etwas angefangen hat. Er ist spät dran, und die ersten paar Runden lässt sie ihr Handy nicht aus den Augen, wohingegen Dannys einziger Beitrag zum Quiz darin besteht, falsche Antworten zu brüllen, um die gegnerischen Teams auf eine falsche Fährte zu locken. Die meisten Antworten liefern Holly und ich.

»Wie lautete der volle Name von Kylie Minogues Rolle in der australischen Soap *Neighbours,* bevor sie Scott heiratete?«

»Charlene irgendwas«, sagt Jemma.

»Sie hieß Mangel«, verkündet Danny. »Oder doch Robinson?«

Ich habe in meinem Leben nie eine ganze Folge *Neighbours* durchgehalten, aber ich kenne die Antwort. Holly war ein Fan von Kylie, trotz meiner Bemühungen, ihr Radiohead näherzubringen.

»Sie hieß Mitchell«, sage ich. »Charlene Mitchell.«

Danny und Jemma sehen skeptisch aus.

»Bist du sicher?«, fragen sie gleichzeitig, doch Holly räumt alle Zweifel aus, indem sie meine Antwort aufschreibt.

»Er hat recht«, bestätigt sie mit einem Grinsen.

Jemma erklärt, dass ich wiederkommen darf, was mir von Holly einen stolzen Stups in die Rippen einbringt. Wahrscheinlich steigt mir der Wein zu Kopf, denn für eine Sekunde ist es, als wären wir wieder Teenager und ich freue mich über ihre Anerkennung.

»Okay, das war's.« Jemma pfeffert ihr Handy in ihre Handtasche und packt Danny am Arm. »Ich wurde offensichtlich versetzt. Kein Grund, jetzt nicht einen draufzumachen.«

Sie steuern die Bar an, und sobald sie außer Hörweite sind, fällt mir Hollys SMS ein. Ich fühlte mich ein bisschen geschmeichelt, als ich sie las. Aber es ist wie früher: Holly zog mich immer über andere Jungs ins Vertrauen, ohne zu ahnen, dass sie mir damit wehtat.

»Ich hab deine Nachricht gelesen«, sage ich und erwarte eine Enthüllung. Richard hat Frau und Kinder. Es ist eine Affäre, aber er wird seine Frau bald verlassen. Er hat zu jung geheiratet.

Es muss irgendwas Gravierendes sein, wieso hätte sie es sonst vor zwei Wochen im Pub nicht erwähnt?

»Wir wollen es einfach beide nicht an die große Glocke hängen, weil wir ja zusammen arbeiten. So ist es am besten.«

Sie hat ein Auge auf Jemma und Danny an der Bar. Neben ihnen macht sich ein Mann im Nadelstreifenanzug, der seiner schiefen Krawatte nach zu urteilen schon gut angetrunken ist, an eine widerstrebende Frau heran. Ich beobachte Holly, die dem Schleimbolzen dabei zusieht, wie er für einen gespielten Antrag auf die Knie sinkt. Der bislang verächtliche Ausdruck der Frau wird weicher.

»Es ist kompliziert, aber es bleibt nicht mehr lange ein Geheimnis.«

Als der Mann wieder aufsteht, torkelt er gegen Jemma, die ihm mit dem Ellbogen einen Stoß in die Wirbelsäule verpasst.

»Wir warten auf den richtigen Zeitpunkt, um es unseren Freunden und Familien zu sagen ...«

»Ich meinte deine Nachricht mit der Wegbeschreibung hierher«, unterbreche ich sie grinsend.

Sie sieht mich zum ersten Mal an, seit Jemma und Danny an die Bar gegangen sind, und lächelt. »Tut mir leid, ich weiß einfach, dass manche Leute das Ganze als ein einziges Sex-mit-der-Sekretärin-Klischee sehen würden.«

War mir dieser Gedanke gekommen? Jep, aber wen geht die Sache was an außer Holly? Und wenn ich sie so reden höre, ist klar, dass das mit Richard und ihr was Ernstes ist. Sie ist glücklich.

»Habt ihr das Ekel da an der Bar gesehen?«, fragt Jemma, nachdem sie ein Päckchen Scampi Fries auf den Tisch geworfen hat. »Die arme Frau sollte schleunigst Reißaus nehmen.«

Ein paar Minuten später werden die Ergebnisse bekanntgegeben, und wir schrammen knapp an den Preisen vorbei mit einem respektablen zehnten von elf Plätzen. Jemma dreht sich zu mir und hält sich eine Hand vor den Mund, damit Holly nicht hören oder sehen kann, was sie flüstert.

»Ich wette mit dir, um was du willst, dass sie innerhalb der nächsten Minute auf die Uhr schaut«, sagt sie. »Das macht sie immer nach den Ergebnissen.«

Jemma und ich tauschen etwa dreißig Sekunden lang wissende Blicke, bis Holly ihr linkes Handgelenk dreht und dafür von Jemma schallendes Gelächter erntet.

»Ach, halt doch die Klappe«, sagt Holly. »Ich hab nur geschaut, wie spät es ist. Und zu deiner Info: Ich wollte gerade an die Bar gehen.«

Jemma schnaubt ungläubig, doch Holly hält Wort. Sie greift nach ihrer Handtasche, hängt sie sich über die Schulter und marschiert zur Bar.

»Ehrlich gesagt«, vertraut Jemma mir an, während Holly an der

Bar erst vier Finger zeigt und dann auf eine Flasche Sambuca deutet, »habe ich sie an einem Abend unter der Woche noch nie so viel trinken sehen. In deiner Gegenwart ist sie ein anderer Mensch.«

Ich nehme einen großen Schluck Wein, um mein Erröten zu verbergen.

»Und was ich vorhin gesagt habe, war ernst gemeint«, fährt sie fort. »Du solltest wiederkommen.«

VIERZEHNTES KAPITEL HOLLY

Ich sehe Max zum ersten Mal, seit er vor fast einem Jahr ausgezogen ist.

Richard und ich stehen nach Chloes Trauung vor der Kirche, er hat den Arm um mich gelegt und hört gar nicht mehr auf zu lächeln – wahrscheinlich, weil wir uns darüber unterhalten haben, wie unser Hochzeitstag aussehen würde. Wir sehen verliebt und widerlich glücklich aus, als ...

»Holly!«

»Max!« Ich sehe, wie er mit seiner annehmbar-hübschen-wenn-auch-etwas-unscheinbaren Freundin im Schlepptau auf uns zukommt. Er umarmt mich länger als nötig, bis ihm wieder einfällt, dass Felicity und Richard auch noch da sind.

»Du siehst toll aus«, sagt er, während er mich von oben bis unten mustert, nachdem alle einander vorgestellt wurden. Es stimmt – ich sehe toll aus. Ich könnte schwören, dass das Bräunungsspray von gestern meine Beine länger und meine Arme dünner aussehen lässt.

»Du auch«, antworte ich großmütig, auch wenn sein ehemals lässiger, sexy Dreitagebart nun ein wenig zu lang ist und seine blonden Haare auch mal wieder geschnitten werden könnten. Es scheint fast, als würde er sich in letzter Zeit nicht ganz so viele Gedanken um sein Äußeres machen.

»Also, dann sehen wir uns bestimmt bei der Feier«, sage ich herzlich. Max sieht mir in die Augen und lächelt, aber ich würde nicht sagen, dass es ein glückliches Lächeln ist. Eher – aber das ist natürlich reine Spekulation – ein schmerzliches, nachdenkliches Lächeln. *Ach, Holly Gordon. Ich habe dich nie vergessen können.*

So läuft es zumindest in meinem Kopf ab.

Die Wirklichkeit sieht ein bisschen anders aus.

Dass Richard nicht hier ist, bedeutet für uns einen ungeheuren Rückschlag. Es führt dazu, dass ich mit Susie und Jamie vor der Kirche stehe und mir große Mühe gebe, ihren Streit zu ignorieren (Jamie hat vergessen, Susie daran zu erinnern, ihre Kamera aufzuladen) und gleichzeitig aber so auszusehen, als wäre ich an dem Gespräch beteiligt, sodass es nicht den Anschein hat, ich würde allein dastehen, als …

»Holly!«

»Max!« Er schlendert herüber, den Arm um die wohldefinierten Schultern einer Frau gelegt, die aussieht, als müsste sie in Outdoor-Klamotten an einem Berghang stehen und Werbung für Müsli machen.

»Das ist Flick«, erklärt er. »Flick, das sind Holly, Susie und …«

Er streckt Jamie die Hand entgegen, und während Susie die beiden einander vorstellt, sehe ich, wie Flick mich mustert.

Weiß sie, wer ich bin?

Ich will nicht wie eine verbitterte Exfreundin rüberkommen. Ich muss was Nettes sagen.

»Tolles Kleid«, schwärme ich. »Wo hast du das her?«

Ich wünschte, ich würde das aus purer Höflichkeit sagen. Aber leider finde ich ihr mehrlagiges korallenrosa Fransenkleid mit dazu passendem Kopfschmuck wirklich toll. Die Farbe unterstreicht ihre Bräune.

Ich musste meinen Bräunungsspray-Termin gestern Abend absagen, weil ich damit beschäftigt war, ein Zugticket zu buchen, da

Richard mich nun doch nicht fahren konnte, der unzuverlässige Mistkerl.

Flick nennt mir den Namen irgendeiner exklusiven Boutique in Chelsea, wo sie sozusagen ALLE ihre Klamotten kauft, aber es fällt mir schwer, mich auf ihre Worte zu konzentrieren, denn während die Brise ihr das blonde Haar aus dem Gesicht weht wie eine Windmaschine bei einem Mode-Shooting, wird mir meins von hinten ins Gesicht geweht, sodass es an meinem Lipgloss festklebt.

»Wo ist der Rest?« Max sieht sich um.

Ich weiß nicht, ob er einfach Leah und Rob meint, oder ob er nach meiner Begleitung fragt.

»Die holen das Auto«, antwortet Susie. »Rob ist gefahren, er nimmt uns mit zum Hotel.«

»Richard hat es nicht geschafft«, füge ich hinzu. »Zu viel Arbeit. Es ging nicht anders.«

Max sieht aus, als wollte er etwas sagen (fragen, wer Richard ist und wieso ich ihm erzähle, weshalb diese unbekannte Person verhindert war?), doch Flick kommt ihm zuvor.

»Schatz, wollen wir ...?«

Sie beendet ihre Frage nicht, aber Max scheint sie zu verstehen, denn er sagt, wir würden uns dann dort sehen, lächelt und geht.

Ein glückliches Lächeln, wenn ich mich nicht täusche.

»Na, das war jetzt aber mal gar nicht peinlich«, sage ich, um das Schweigen zu brechen, das sich ausbreitet, sobald wir uns in Robs Corsa quetschen.

Es war ein Scherz, aber er sorgt dafür, dass die anderen vier versuchen, unauffällige Blicke zu tauschen. Wollen die mich verarschen? Ich bin hinten zwischen Susie und Jamie eingeklemmt und sitze so weit vorne, dass ich fast auf einer Linie mit Leahs und Robs Sitzen bin. Sie müssen sich buchstäblich UM MICH HERUM BEUGEN, um einander unauffällige Blicke zuzuwerfen.

Ich kichere für den Fall, dass es irgendwelche Zweifel daran gibt, dass es unbeschwert klingen sollte.

Ich verstehe ihre Verlegenheit. Ich schmolle ein bisschen. Aber das hat nichts mit Max zu tun. Sondern mit Richard.

Mein Magen verkrampfte sich, sobald ich gestern Abend seinen Namen auf dem Display meines BlackBerry erscheinen sah. Er hätte seit drei Stunden in einem Flieger nach Gatwick sitzen sollen – wie konnte er da anrufen?

Hatte er einen früheren Flug von NYC genommen, um zeitig nach Hause zu kommen und dann ganz ausgeruht und frisch für die Hochzeit meiner Freundin zu sein?

Einen Scheiß hatte er.

Ich versuchte, seinen endlosen Entschuldigungen, er müsse sich noch mit wichtigen Leuten treffen, verständnisvoll zuzuhören. Und ich weiß, dass ihm diese Beförderung viel bedeutet, aber verdammt noch mal – ich bin echt enttäuscht, dass er nicht hier ist. Ich hatte mir den heutigen Tag so schön ausgemalt.

In der Öffentlichkeit Händchen halten.

Zu romantischer Musik tanzen.

Ihn meinen Freunden vorstellen.

Was Paare eben so tun.

»Es sind doch deine Freunde«, sagte er. »Du brauchst mich da nicht.«

»Doch, ich brauch dich da!«, schrie ich. In meinem Kopf. Aber das konnte ich natürlich nicht laut sagen, denn es hätte sich BEDÜRFTIG und BEMITLEIDENSWERT angehört, und ich bin mir ziemlich sicher, dass beides nicht auf Richards Liste der Top-Eigenschaften einer Freundin steht.

Und das mit Max? Ich wollte nur, dass er weiß, dass mein Leben weitergeht. Nicht, weil ich noch Gefühle für ihn hätte. Ich verspüre nicht das geringste Bedauern über unsere Trennung. Ich will, dass er glücklich ist.

Es ist nur, na ja – und das würde ich niemals laut aussprechen –, es fühlt sich einfach ziemlich beschissen an, ihn glücklicher zu sehen, als er es mit mir war.

Das könnte ich Richard nicht sagen. Und ich könnte ihm auch nicht sagen, dass ich vor meinen Freunden so eine Riesenwelle gemacht habe, weil er vorhatte zu kommen.

»Ich hab noch nie verstanden, warum Leute, die Felicity heißen, ihren Namen mit Flick abkürzen«, sagt Susie schließlich. Ich liebe sie dafür.

Bis wir am Hotel ankommen, bin ich über meine schlechte Laune hinweg. Es wäre egoistisch, an Chloes Hochzeitstag die ganze Zeit ein Gesicht wie Posh Spice zu ziehen.

Der schönste Tag ihres Lebens und so – das will ich ihr auf keinen Fall kaputt machen. Außerdem ist der peinliche Teil jetzt vorbei, es kann unmöglich noch schlimmer werden.

Aber dann wird es tatsächlich noch schlimmer.

Ich sitze an einem Tisch mit Susie, Jamie, Leah und Rob. Und Max. Und Flick. Und einem leeren Platz für diesen rücksichtslosen Bastard namens Richard.

»Ich hoffe, dies ist die eine von drei Ehen, die mit einer Scheidung endet«, zische ich Leah zu, die mir über die Schulter sieht, als ich den Sitzplan am Eingang des Festsaals studiere.

Natürlich konnte Chloe nicht wissen, dass ich allein kommen würde, aber mich mit meinem Ex an einen Tisch zu setzen? Ernsthaft?

Da muss ich wohl durch. Es wird alles gut – ich werde einfach freundlich sein, kein bisschen traurig, dafür aber charmant, und in erster Linie sehr, sehr betrunken.

Ich nehme zwei Gläser Champagner vom Tablett einer vorbeigehenden Kellnerin und halte Leah eins hin.

»Nein danke, ich trinke nicht.«

»Was soll das heißen, du trinkst nicht?«

Dieses Gespräch hatten wir noch nie.

»Ich habe gesagt, dass ich fahre, damit Rob was trinken kann. Komm, setzen wir uns – und mach dir keine Sorgen, es wird alles gut. Amüsier dich einfach.«

Ich exe den ersten Champagner und folge ihr zu unserem Tisch, wobei ich mich am zweiten festhalte.

Amüsier dich einfach.

Ich versuche es. Ich gebe mir wirklich große Mühe.

Ich lache mit den anderen, als Max das Finale einer weiteren Story über seine Partyexzesse erreicht, die er mit Jungs aus irgendwelchen hippen Bands erlebt, von denen ich ausnahmslos nie gehört habe ...

»Und dann bin ich um sechs Uhr morgens im Haus von so einem Typen aufgewacht ...«

Wieso hab ich nicht einfach jemand anders mitgebracht?

»... und es sah aus, als hätte jemand eingebrochen ...«

Mit Jemma hätte ich Spaß gehabt, aber ich hatte ihr schon gesagt, ich dürfte niemanden mitbringen.

»... überall leere Flaschen, schiefe Bilder an den Wänden ...«

Oder Alex? Ursprünglich hatte ich überlegt, ihn zu fragen, bis Richard sich anbot, und er kennt immer noch nicht viele Leute in London, es wäre also nicht ausgeschlossen, dass er im letzten Moment noch Zeit gehabt hätte. Und er macht sich gut, hätte also mit Flick mithalten können beim Wettlauf um die beste Begleitung.

»Dann sah ich, dass der Bassist am Waschbecken Geschirr spülte …«

Oder Harold? Ha ha.

»… splitterfasernackt …«

Ich hoffe, ich habe Harold genug Futter dagelassen.

»… mit einem Teewärmer auf dem Kopf!«

Wo Max ist, ist Party. Das war schon immer so und gehörte zu den Dingen, die ich an ihm liebte. Meistens. Manchmal verwandelten sich die Feiern bei uns zu Hause nach und nach in eine Art *Zu Gast bei Max Brown,* dann wusste ich, dass es an der Zeit war, ihm zu sagen, dass das Bier alle war.

Aber wenigstens war er da, wenn ich ihn brauchte, was ich von Richard, diesem wortbrüchigen Drecksack, nicht behaupten kann. Ich dachte ehrlich, dass er sich vielleicht auf heute freut. Hätte er nicht doch rechtzeitig zurückkommen können, wenn er es wirklich gewollt hätte? Ich habe einen Kloß im Hals, als müsste ich weinen, also trinke ich einen Schluck Wasser, schiebe meine Beziehungszweifel beiseite und konzentriere mich wieder auf das Tischgespräch.

Max macht jetzt Musik-PR – anscheinend kannte Flick jemanden, der jemanden kannte.

»Ich habe ihm gesagt, es wird langsam Zeit, dass er sich einen regelmäßigen Job mit einem regelmäßigen Einkommen sucht.« Sie legt eine Hand in Max' Nacken und lächelt stolz wie eine Mama, die ihrem Kind gerade den Schnuller abgewöhnt hat.

Ich schenke mir Wein nach.

»Ich mag Flick«, sage ich später auf dem Klo zu Leahs und Susies Spiegelbildern, bevor ich die Wangen einsauge, um mir Rouge aufzutragen. »Aber sie hat schon ein bisschen die Hosen an, oder?«

Leahs Mascarabürstchen und Susies Lippenstift erstarren wie auf Kommando.

»Sie regelt anscheinend alles für ihn. Als wäre sie seine Mutter.«

»Oh, da fällt mir ein, ich soll dir noch was ausrichten«, sagt Susie, wobei sie mir im Spiegel in die Augen sieht. »Wegen dem Glashaus. Hör auf, mit Steinen zu werfen.«

»Wie meinst du das?«

»Du hast genau das Gleiche gemacht.«

»Hab ich nicht!«

»Oh doch, Hols«, sagt Leah. »Das ist keine Kritik –ich meine, wir reden hier von Max. Ich hab ihn unheimlich gern, aber er ist einfach ein Chaot. Erinnerst du dich an das eine Mal in der Uni, als wir wollten, dass er auch mal den Filmabend organisiert?«

Am Ende haben wir den *Eurovision Song Contest* geschaut, weil Max vergessen hatte, Filme zu besorgen. Damals versuchte ich noch, ihn zu beeindrucken, also ließ ich mir nicht anmerken, dass ich diese Alternative insgeheim großartig fand.

»Deshalb habt ihr beide auch zusammengepasst«, fährt Leah fort. »Du bist ein Organisationstalent, und er kriegt nichts auf die Reihe.«

Ich will schon widersprechen, halte mich dann aber zurück. Hat sie recht? Habe ich das gemacht?

Kann schon sein.

Aber das ist vorbei. Gott sei Dank führe ich jetzt eine Beziehung mit einem Erwachsenen. Und eins muss ich Richard, diesem selbstsüchtigen Trottel, lassen: Er ist wenigstens unabhängig, und man muss sich nicht um ihn kümmern.

»Es ist echt okay für mich, dass Max jetzt mit jemand anderem zusammen ist«, sage ich, während ich alles zurück in mein Schminktäschchen räume.

»Ja, das wissen wir«, sagt Leah einen Sekundenbruchteil zu spät, als dass ich es ihr glauben könnte. Ich will sie darauf hinweisen, aber was soll's? Sie hat recht. Gar nichts fühlt sich okay an.

»Ach, ich wünschte, Richard wäre hier«, gebe ich unglücklich zu. »Ihr denkt doch nicht, dass Max da sitzt und mich bemitleidet, weil er glaubt, dass ich versetzt wurde, oder?«

»Nee.« Susie zuckt mit den Schultern. »Er glaubt wahrscheinlich, dass du dir Richard ausgedacht hast.«

»Oh Gott, auf die Idee bin ich noch gar nicht gekommen!« Ich schnappe nach Luft. »Wie in *Romy und Michele?* Ihr wisst schon – dieser Film mit Phoebe von *Friends,* in dem sie und ihre Freundin so tun, als hätten sie den Klebezettel erfunden, damit ihre alten Klassenkameraden nicht merken, wie langweilig ihr Leben ist? Im Ernst, was ist, wenn alle glauben, ich hätte mir einen Freund ausgedacht, damit es nicht so aussieht, als hätte ich mich in eine Loserin verwandelt?«

»Das war nur Spaß, Hols. Niemand würde das glauben. Und niemand bemitleidet dich. Wenn hier jemand ein Loser ist, dann Richard.« Susie versucht, ihre Worte dadurch abzumildern, dass sie mir ihre frisch geschminkten Lippen auf die Stirn drückt und dort einen knallroten Kussmund hinterlässt, dann fegt sie aus der Toilette, kurz bevor Chloe hereinstürmt.

»Ich werfe jetzt den Strauß – kommt schnell!«

»Ich bin schon verheiratet«, erinnert Leah sie.

»Ich bin ...« Die fünfundvierzig Liter Champagner, die ich intus habe, hindern mich daran, mir eine plausible Ausrede auszudenken, also wische ich mir den Lippenstift vom Kopf und folge Chloe widerwillig auf die Tanzfläche. Dort schiebt sie mich zwischen ihre minderjährige Cousine, die bereits stolz einen Verlobungsring mit einem dicken Diamanten trägt, und ein Mädchen etwa in meinem Alter, dessen Freund mit einem Gesicht herumläuft wie ein Angeklagter bei einem Mordprozess, der gerade auf das Urteil wartet.

Chloe dreht sich mit dem Rücken zu uns, senkt den Strauß cremefarbener Rosen und schleudert ihn dann hoch in die Luft.

Ich fange ihn. Wer auch sonst. Gott HASST mich eindeutig, denn ich sehe genau, wie der Strauß DIE RICHTUNG WECHSELT, um zu mir zu fliegen.

Wenn ich Zeit gehabt hätte nachzudenken, hätte ich ihn weggeschlagen wie einen Volleyball, aber es ging alles so schnell, und plötzlich ist er in meiner Hand. Ich zwinge mich zu lächeln, bis ich einen Gesichtskrampf bekomme, dann bahne ich mir einen Weg durch die Horde der versammelten Frauen.

»Warum hat *die* ihn sich geschnappt?«, fragt ein sichtlich beleidigtes Mädchen ein anderes mit den Augen. »Die hat doch noch nicht mal einen Typen.«

»Angeblich hat sie *schon* einen«, antworten die Augen des anderen Mädchens bitter. »Nur, dass ihn keiner je gesehen hat.«

Dann bin ich wieder an meinem Tisch, gerade als ein weiterer Paartanz-Marathon beginnt.

Auch wenn wir uns immer fragten: »Warum so eilig?«, wenn Freunde mit Anfang zwanzig heirateten – ihre Hochzeiten machten deutlich mehr Spaß. Sobald der erste Tanz vorbei war, lief es nicht viel anders ab als ein Samstagabend in einem kitschigen Club. Nur eben in schicken Klamotten. Alle bildeten große Kreise und schleuderten einander über die Tanzfläche.

Heute Abend tanzen alle paarweise. Selbst die Singles haben Paare gebildet, bis auf eine Handvoll Mädchen, die im Takt mit den Füßen wippen wie die einsamen Statistinnen, die beim Abschlussball in *Grease* hinten im Saal sitzen und darauf warten, dass jemand sie zum Tanzen auffordert.

Rob und Jamie ziehen mich abwechselnd von meinem Stuhl hoch, was lieb gemeint ist, aber ich blocke ab, weil es langsam ein bisschen demütigend wird.

»Mir geht's gut hier ... Nein, ehrlich, mir geht's gut ... Ich amüsiere mich ... Mir tun nur ein bisschen die Füße weh, das ist alles ... Geht ihr ruhig tanzen ... Jep, ich bin sicher.«

Nach dem ungefähr neununddreißigsten Mal hören sie zum Glück auf zu fragen, denn beim nächsten »Mir geht's gut« hätte ich mich wohl mit meinem neuen Strauß erschlagen müssen.

Ich fühle mich nicht nur wegen der Sache heute gedemütigt. Je mehr ich darüber nachdenke, desto mehr glaube ich, ich muss das mit Richard und mir falsch eingeschätzt haben – Susie hatte recht. Für ihn ist es keine richtige Beziehung, sonst wäre er hier. Oder er würde zumindest verdammt noch mal verstehen, weshalb es schlimm ist, dass er nicht hier ist.

Gott, zieht sich der Abend. Ich weiß ehrlich nicht, wie lange ich noch so tun kann, als würde ich mich wohl fühlen. Als mein Handy klingelt, hoffe ich beinahe, dass es ein Nachbar ist, der anruft, um mir zu sagen, dass meine Wohnung brennt, damit ich einen triftigen Grund habe zu gehen, aber es ist Richard.

Dann ist er also gelandet, der egozentrische Arsch. Ich sollte ihn ignorieren.

»Hallo?«

»Hi Süße. Amüsierst du dich?«

»Ja, es geht. Aber ich ...«

»Warte mal, ich hör dich nicht ... Was?«

»Ja, es geht. Aber ...«

»Warte mal, was?«

»NEIN, TU ICH NICHT – ICH ...«

»Dann sollten wir was dagegen unternehmen.«

Ich bin verwirrt. Das kam nicht aus dem Telefon, es kam von hinter mir. Ich wirbele herum.

Und da ist er.

RICHARD.

In Schale geworfen und strahlend und umwerfend und HIER.

Ich springe auf und falle ihm um den Hals. Die Kombination aus Schock und viel zu viel Champagner sorgt dafür, dass mir Tränen in die Augen schießen.

»Ich kann nicht fassen, dass du hier bist«, flüstere ich, während wir uns umarmen.

»Ich hab einen früheren Flug genommen, damit ich es noch schaffe«, sagt er, dann schiebt er mich von sich und betrachtet mich von oben bis unten. »Übrigens siehst du fantastisch aus.«

»Du machst dich aber auch nicht schlecht. Jetzt komm, damit ich dich den anderen vorstellen kann.«

Meinen Freunden gegenüber ist Richard der Charme in Person. Leah heißt ihn herzlich willkommen, und sogar Susie taut nach den ersten paar Minuten auf. Max sieht aus, als würde er sich ein ganz kleines bisschen unwohl fühlen, als mein Freund ihm enthusiastisch die Hand schüttelt, und ich frage mich, ob das an mir liegt oder an der Tatsache, dass Flick die Lippen gespitzt und mit den Augenlidern geklappert hat, als ich sie vorstellte.

Ich kann nicht fassen, dass ich uns schon fast abgehakt hatte. Diese ganze Geheimniskrämerei macht mich völlig verrückt. Und als Richard mich über die Tanzfläche wirbelt, bin ich von einer Sache absolut überzeugt: Es wird Zeit, dass wir es öffentlich machen.

Als ich um sieben Uhr aufwache, will ich nicht aufstehen. Wenn ich es nicht tue, werde ich jedoch ganz sicher an Dehydrierung sterben. Und mit einem Freund, der sich auf eine wichtige Beförderung vorbereiten muss, und einer Katze mit Bindungsproblemen ist Sterben momentan keine gute Option, also schleppe ich mich in die Küche.

»Morgen Harold«, sage ich, nachdem ich einen halben Liter O-Saft auf ex getrunken habe.

Ach ja?, entgegnet sie. *Ist das alles? Erst lässt du mich gestern den kompletten Tag allein, dann sperrst du mich die ganze Nacht aus deinem Schlafzimmer aus, weil dieser Freund von dir da ist, und dann kriege ich nichts als ein »Morgen Harold«?*

Daraufhin muss ich mich vermutlich neben ihr auf der Couch zusammengerollt haben, denn im Handumdrehen ist es zehn Uhr, und Richard rüttelt mich wach und bringt mir Tee und Toast.

Gott möge es ihm vergelten.

Harold miaut ärgerlich und läuft weg, als Richard sich neben mich quetscht und den Arm um mich legt.

Ich schmiege mich an seine nackte Brust und versuche, mich dem Thema unseres Coming-outs zu nähern.

»Danke noch mal, dass du gestern gekommen bist«, murmele ich.

»Schon okay, Süße.« Er küsst mich auf die Stirn. »Ich weiß, dass es dir wichtig war. Außerdem bin ich nächstes Wochenende noch mal in New York, dann kann ich alles Übrige erledigen.«

Die winzig kleinen Trommler, die sich in meinem Schädel verausgaben, sind schuld daran, dass es einen Augenblick dauert, bis ich kapiere, was mit diesem Satz nicht stimmt.

Als es mir dann klar wird, versuche ich mich aufzusetzen, aber die Trommler werden wütend, also lege ich den Kopf wieder an Richards Brust, um zu fragen: »Nächstes Wochenende? Aber was ist mit Harold?«

»Was ist mit ihm?«

»Ihr, nicht ihm – du solltest sie nächstes Wochenende füttern.«

Er sieht mich verständnislos an.

»Während ich bei meinen Eltern bin, erinnerst du dich?«

»Ach Mist, sorry, Holly.« Er schlägt sich mit der Hand gegen die Stirn. »Das hab ich ganz vergessen.«

Okay, seien wir vernünftig. Ich kann nicht erwarten, dass er seine Chancen auf eine Beförderung ruiniert, um meine Katze zu füttern. Es ist nur, na ja – hätte es ihm wehgetan, sich zumindest daran zu erinnern?

»Es tut mir wirklich leid. Ich hätte es in meinen Kalender schreiben sollen.«

»Ich hab es extra in deinen Kalender geschrieben«, erwidere ich schwach. Auf ein Beziehungsgespräch habe ich jetzt keine Lust mehr. »Aber macht nichts, ich krieg das schon irgendwie hin.«

Ich werde Jemma fragen müssen. Aber wenn sie eins mehr hasst, als auf die Südseite des Flusses zu kommen, dann Katzen.

Ich denke, ich könnte bestimmt auch Alex fragen. Oder wäre das dreist?

Vielleicht gibt es ja irgendein Schulfest, für das ich im Gegenzug ein paar Kuchen backen kann. Ich grüble darüber nach, während ich auf meinem Toast herumkaue.

FÜNFZEHNTES KAPITEL HOLLY

November 1998

Ich denke, ich könnte bestimmt auch Alex fragen. Oder wäre das dreist?

Nachdem er die Fahrprüfung bestanden hatte, sagte er doch, wenn ich mal irgendwo hinmüsse, könne ich ihn einfach fragen. *Egal wann, egal wo,* das waren seine Worte. Obwohl ich nicht sicher bin, ob eine chaotische Hausparty ein gutes Stück außerhalb von Mothston um – ich kneife ein Auge zu und werfe einen Blick auf meine Uhr – 2.23 Uhr morgens genau das ist, was er sich dabei vorgestellt hatte.

Ich sitze auf der Treppe in der Diele und versuche, mich in dem Ganzkörperspiegel gegenüber zu betrachten, aber ich habe Mühe, klar zu sehen. Ich setze mich auf und stecke die Locken fest, die aus meinem Dutt herausfallen. Verdammt – ich habe vorhin vierzig Minuten mit dem Versuch zugebracht, mein Haar so aussehen zu lassen, als hätte ich es innerhalb von Sekunden lässig hochgebunden.

Ich könnte wohl auch ein Taxi nach Hause nehmen, aber Mum würde AUSFLIPPEN, wenn sie rauskriegt, dass ich sie angelogen habe und heute Abend nicht mit Alex weg war. Das zu sagen war die einzige Möglichkeit, damit sie mich so lange wegbleiben lässt – und falls (wenn) sie aus dem Fenster schaut, wenn sie ein Auto vorfahren hört, wird es ganz schön verdächtig aussehen, wenn es nicht Alex' rostiger Ford Fiesta ist.

»Für dich, Hols-Bols.« Ellie drückt mir einen Bacardi Breezer Wassermelone in die Hand und setzt sich mit einer Flasche Moscow Mule auf die Stufe vor mir.

Neben mir hat sie keinen Platz zum Sitzen, so schlank sie auch ist, weil an der Wand eine Reihe Mädchen mit an ihren Gesichtern klebenden Jungen stehen.

Ihr Glitzerkleid ist sowohl tief ausgeschnitten als auch kurz, obwohl ich sie ständig daran erinnere, dass die Regel Brüste ODER Beine lautet. Ich zum Beispiel muss zwar immer wieder nachschauen, dass meine Brustwarzen nicht aus meinem Tube-Top rutschen, aber ich trage dazu eine weite Hüftjeans.

Obwohl sich alles schon ein bisschen dreht, nehme ich einen Schluck von meinem Drink und frage mich, ob es irgendjemand merken wird, wenn ich *House Anthems* von Ministry of Sound rausnehme und stattdessen wieder diesen Charts-Mix einlege. Ich will noch mal tanzen. Dann fällt mir wieder ein, dass ich eigentlich nach Hause will.

»Wer wohnt hier noch mal, Ells-Bells? Ich muss fragen, ob ich mal telefonieren kann.«

»Keine Ahnung – mach's einfach.« Sie streckt sich und greift nach dem schnurlosen Telefon auf dem Tisch in der Diele, fällt aber auf die Hände und stößt es mit dem Kopf vom Tisch. Wir lachen, bis uns die Bauchmuskeln wehtun – wobei sie immer noch da am Boden liegt, wo sie hingefallen ist. Wir haben uns gerade wieder beruhigt, als sie zu mir hochschaut.

»Mir läuft Moscow Mule aus der Nase.« Und wir prusten wieder los.

»Also ...« Sie zieht sich am Tisch hoch, um auf die Beine zu kommen, verschmiert ihre Wimperntusche, als sie sich die Tränen wegwischt, und setzt sich wieder auf die Treppe. »Ich glaub, ich fang heute Nacht was mit Dean Jones an.«

Mein Mund geht vor Schreck leicht auf, aber sie kann es nicht sehen, weil sie mir den Rücken zukehrt. Sie befeuchtet einen Finger und wischt sich einen Fleck von ihren hohen silbernen Sandalen, die sie nicht ausziehen will, obwohl die dünnen Absätze Abdrücke im Teppich der Bewohner dieses Hauses hinterlassen, wer auch immer sie sein mögen. Ich bin nicht sicher, ob sie meine Reaktion abwartet oder wirklich nicht glaubt, dass irgendwas daran nicht okay sein könnte, dass sie hinter Dean her ist.

Obwohl sie weiß, dass ich quasi schon was mit ihm angefangen habe.

Obwohl ich ihr erzählt habe, dass er in letzter Zeit in der Schule oft mit mir redet und ich glaube, dass er mich fragen wird, ob ich mit ihm gehen will, und ich sie gefragt habe, wie sie ihn findet, und sie die Achseln gezuckt und gesagt hat: »Er ist ganz okay.«

Obwohl Dean und ich letzte Woche im Versuchslabor zusammen Partnerarbeit gemacht haben und wir danach Witze darüber machten, dass zwischen uns die Chemie stimme.

Wir schweigen jetzt schon gut anderthalb Minuten, also sagt sie: »Ich hab den Typen in dem roten Poloshirt gesehen, mit dem du dich ewig lang unterhalten hast – der ist *süß.*« Sie sagt *sühüß*. »Du solltest unbedingt was mit ihm anfangen.«

Er ist nicht süß. Und Ellie findet ihn auch nicht süß – er ist etwa eins zehn groß und hat Akne in der Farbe seines Poloshirts –, und Ellie weiß ganz genau, dass ich aus reiner Höflichkeit mit ihm geredet habe, weil ich im Gegensatz zu ihr nicht nur mit Jungs rede, die ich toll finde.

Vielleicht sollte ich sie an das mit Dean und mir erinnern? Vielleicht hat sie es vergessen.

»Ich steh nicht auf den Typen«, sage ich, während ich mit ihrem glatten blonden Haar spiele. Ich liebe ihr Haar. Ich habe sie einmal gefragt, ob ich es haben könne, und sie meinte, sie würde es gegen meine Möpse tauschen.

»Genau genommen dachte ich, vielleicht klappt es mit Dean und mir. Aber er ist ja nicht mein Freund oder so, und es war nur ein einziger Kuss, also kann ich dir nicht verbieten ...«

»Ja, ich weiß – es ist ja nicht so, also hättest du mit ihm schon ein richtiges Date gehabt. Ich würde ihn dir natürlich niemals wegnehmen, wenn das mit euch was Ernstes wäre. Das wäre definitiv nicht okay – du bist doch meine beste Freundin.« Sie dreht sich um und drückt mir einen Kuss auf die Wange, bevor sie ins Wohnzimmer stöckelt. Ich stehe auf, um das Telefon vom Boden aufzuheben, wo Ellie es hat liegen lassen, und schaue gerade rechtzeitig durch die Wohnzimmertür, um zu sehen, wie sie ihren winzigen Hintern neben Dean aufs Sofa quetscht.

Ich frage mich, ob er auf sie steht. Sie ist schlank und blond – was sollte ihm daran nicht gefallen? Ich dachte, ich hätte gesehen, wie er mich abcheckt, als ich vorhin zu R. Kellys »Bump n'Grind« bumpte und grindete, aber er kann genauso gut ihr zugeschaut haben, wie sie neben mir tanzte. Und wennschon! Ich werde mich doch nicht mit einer Freundin um einen Kerl streiten. Das wäre ja noch schöner!

Ich wähle Alex' Nummer und bin froh, dass nicht sein Dad, sondern er ein Telefon neben dem Bett hat.

»Tyler?«, sagt er nach dem zweiten Klingeln.

»Hallo Mr Tyler.« Es klingt, als würde er gähnen. »Sorry, hab ich dich geweckt?«

»Ja! Ich meine nein. Ich meine ja, hast du, aber ich hab sowieso nicht richtig geschlafen. Ist alles in Ordnung?«

»Ich wollte nur fragen, ob du mir einen RIESIGEN Gefallen tun könntest.« Ich schaffe es, aus der Fünf-Wort-Bitte um den Gefallen einen fünfminütigen Monolog zu machen. Ich bin nicht zu betrunken, um zu merken, dass ich alles viel zu ausführlich erkläre, aber ich bin zu betrunken, um aufzuhören.

»Holly!«, unterbricht mich Alex – vielleicht sogar schon zum dritten Mal, glaube ich. »Die Adresse?«

Ich muss hinauslaufen, um sowohl die Hausnummer als auch den Straßennamen zu suchen, und obwohl er nicht genau weiß, wo es ist, sagt er, er werde auf dem Stadtplan in seinem Handschuhfach nachschauen und, so schnell er kann, bei mir sein.

Sobald ich aufgelegt und wessen Telefon auch immer zurück an seinen Platz gelegt habe, stelle ich eine kleine Gleichung auf, um auszurechnen, wie lange das dauern wird. Mathe war meine einzige Eins im letzten Schuljahr, also sollte ich das noch hinkriegen. Wir haben mit dem Taxi hierher etwa zwanzig Minuten gebraucht, aber wenn man bedenkt, dass Alex sich anziehen und die Adresse suchen muss (plus zehn Minuten), und einkalkuliert, dass er der Fahrer ist (Durchschnittsgeschwindigkeit minus ein Drittel), komme ich zu dem Ergebnis, dass ich definitiv Zeit habe für noch einen Drink.

Die Bacardi Breezer sind aus, also entscheide ich mich für einen Diamond White. Bobby Shepherd, der auf der Arbeitsplatte neben dem Kühlschrank sitzt, nimmt ihn mir aus der Hand und löst den Deckel mit den Zähnen, bevor er ihn mir stolz zurückgibt.

»Du hast echt was drauf.« Ich lächle. »Kein Wunder, dass die Army dich genommen hat.«

Er kriegt meinen Sarkasmus nicht mit, sondern fragt mich, ob ich schon mal high war, nachdem ich mir Wodka in die Augen geschüttet habe. Ich antworte mit einem ehrlichen »Nein«, und er fragt, ob ich es mal versuchen will, und ich antworte mit einem weiteren ehrlichen »Nein«, und als er mir zeigen will, wie es geht, wünsche ich mir, jemand würde kommen und mich von hier wegbringen. Und dann, wie durch ein Wunder, erscheint Dean in der Tür.

»Ähm, Holly?« Er sieht mich entschuldigend an. »Ellie fragt nach dir – ihr geht's nicht so gut.«

Dean führt mich rüber ins Wohnzimmer, wo Ellie mit dem Kopf in den Händen und klumpiger orangefarbener Kotze auf ihren Sandalen dasitzt, und ich wünsche mir, ich wäre wieder bei Wodka-in-den-Augen-Bobby in der Küche. Die beiden Mädchen, die Ellie über den Rücken streichen, machen sich ebenso dankbar wie schnell davon, sobald sie mich sehen, und als ich näher komme, schlägt mir der Geruch von Ginger Beer und Erbrochenem ins Gesicht.

»Ellie«, sage ich sanft, während ich mich neben sie kauere und die Arme um sie lege.

»Hols«, heult sie an meiner Schulter. »Ich glaube, ich sterbe.«

»Es wird alles gut«, sage ich. »Alex ist schon unterwegs – er bringt dich nach Hause. Du kannst den ganzen Rückweg schlafen.«

»Ich hab hich hiiiieb, Hols.«

»Ich hab dich auch lieb, Ellie.«

Als ich aufstehe, kippt Ellie auf die Couch. Ich hole unsere Mäntel aus dem Schlafzimmer oben und breite ihr einen um die Schultern und den anderen über die Beine, bevor ich einen Lappen suche, um den Teppich von ihrem Erbrochenen zu reinigen. Beim Händewaschen fürchte ich, mich ebenfalls übergeben zu müssen, doch dann gehe ich hinaus vors Haus, um auf Alex zu warten.

»Das hat bestimmt keinen Spaß gemacht.« Dean ist mir nach draußen gefolgt und lässt sich neben mir auf der Stufe vor dem Eingang nieder.

»Dir hat es bestimmt auch nicht viel Spaß gemacht.« Ich grinse. »Ich hoffe, sie hat rechtzeitig gemerkt, dass sie kotzen muss, um noch die Zunge aus deinem Mund zu nehmen.«

»Was? Wir haben gar nichts gemacht«, sagt Dean schnell, während er seine Bierdose abstellt und mir sanft eine Hand aufs Knie legt. »Ähm, eigentlich war ich gerade dabei, sie zu fragen, ob sie glaubt, ich hätte eine Chance bei dir.«

Wow, kein Wunder, dass sie gekotzt hat.

Sitzt hier wirklich der heißeste Typ der Oberstufe und fragt mich, ob ich seine Freundin sein will? Ich weiß nicht, wo ich hinschauen soll. Vor einer halben Stunde, als ich richtig betrunken war, wäre ich damit klargekommen, aber nichts macht einen so schnell wieder nüchtern, wie hinter jemand anderem die Kotze wegzuwischen.

»Holly?«, sagt er, wobei er mein Gesicht mit einer Hand zu sich dreht. »Kann ich dich was fragen?«

»Ja, klar«, antworte ich gelassen, obwohl ich zu wissen glaube, was er fragen wird, und mich immer noch für keine Antwort entschieden habe.

»Willst du mit mir gehen?«

Ich lächle und schaue schüchtern weg. Welches Mädchen aus meiner Schule wäre jetzt nicht gern an meiner Stelle? Ich fühle mich vielleicht nicht genau so, wie wenn ich dicht neben Alex sitze, ganz kribbelig und sehnsüchtig, die Lücke zwischen uns zu schließen. Aber ich kenne ihn auch nicht so gut wie Alex, also kommt das vielleicht noch. Er sieht so toll aus – das finden alle. Einschließlich Ellie, wie sich herausgestellt hat. Und ich kann nicht mein ganzes Leben damit verschwenden, auf Alex zu warten, wenn er die Lücke nicht schließen will.

Am Ende erspart mir Dean eine Antwort, indem er mein Gesicht zu seinem zieht, sodass unsere Lippen aufeinandertreffen. Er schmeckt nach Bier und Kippen und ist ein ziemlich guter Küsser. Ich frage mich, was er wohl denkt. Küsse ich gut? Ich wünschte, ich hätte gewusst, dass das passieren würde – ich habe Pfefferminzbonbons in meiner Handtasche. Mein Hals tut langsam ein kleines bisschen weh, weil mein Kopf so verdreht ist, aber ich traue mich nicht aufzuhören. Dann hupt ein Auto.

»Ist das ein Ja?«, fragt Dean.

»Ja«, ich lache und massiere mir den Nacken. »Ruf mich morgen an, okay?«

»Geil. Ist das dein Taxi?«

»Nein, das ist Alex Tyler – er holt mich ab«.

»Ha, ich glaub's nicht. Darf er schon so lang aufbleiben?«

»Halt die Klappe, Jones.« Ich gebe ihm einen sanften Klaps auf den Arm in der Hoffnung, dass die Message ankommt und er wirklich den Mund hält.

»Du weißt schon, dass er mit dir ins Bett will, oder?«

»Will er nicht!« Will er? Nein, natürlich nicht. Will er? »Wir sind Freunde.«

»Er ist ein Typ. Er ist vielleicht ein Typ, der wie ein Mädchen ist, aber er ist immer noch ein Typ, und das bedeutet, der einzige Grund, weshalb er mitten in der Nacht losfahren würde, um ein Mädchen abzuholen, ist, dass er glaubt, da geht noch was.«

»Ach Quatsch. Im Ernst, Dean – lass ihn in Ruhe, okay? Und hilf mir, Ellie zu holen.«

»Na gut, aber er soll seine Hände besser bei sich behalten.«

Alex' Hände sind mein geringstes Problem. Ich mache mir eher Sorgen, wie er reagiert, wenn ich ihm sage, dass er die vollgekotzte Ellie hinten in seinem Auto mitnehmen soll.

»Es tut mir wirklich leid, Alex«, sage ich noch mal.

Er war sofort bereit, Ellie nach Hause zu bringen – er hat für sie sogar eine Decke aus dem Kofferraum geholt, obwohl ich mir zu 99 Prozent sicher bin, dass er sie sofort wegwerfen wird, wenn er nach Hause kommt. Aber er ist den ganzen Weg schon extrem still, also lehne ich mich wohl nicht zu weit aus dem Fenster, wenn ich sage, er ist ein bisschen sauer.

»Schon okay«, antwortet er noch mal und fängt dann an, »More

Life in a Tramp's Vest« von den Stereophonics mitzusingen, wie um zu beweisen, dass es wirklich okay ist.

Ich starre aus dem Fenster und überlege, worüber wir reden könnten, um die Stimmung aufzulockern, als ich ein Pärchen etwa Mitte zwanzig sehe, das Arm in Arm den Weg entlangtorkelt – er trägt ihre High Heels und sie ein paar von diesen roten Rosen, mit denen die Verkäufer immer in Restaurants kommen und bei Männern Schuldgefühle wecken, damit sie sie für ihre Begleiterinnen kaufen.

»Igitt«, ich lache.

»Was?« Alex' Blick huscht zu mir.

»Rote Rosen. Das größte Klischee der Welt. Ich würde Schluss machen, wenn ein Typ so einfallslos wäre. Sonnenblumen vielleicht. Oder Pralinen, wenn es sein muss. Aber garantiert keine roten Rosen.«

»Da musst du dir bestimmt keine Sorgen machen«, sagt er nach ein, zwei Minuten. »Ich glaube nicht, dass Dean Jones der Typ für rote Rosen ist.«

»Du hast es gesehen?«

»Ja, ich hab's gesehen.« Er stockt. »Also war das nur, weil du betrunken bist?«

Ich werfe einen Blick auf die Rückbank, um nachzusehen, ob Ellie noch schläft. Sie sabbert den Sitz voll.

»Ehrlich gesagt«, ich beobachte sein Gesicht genau, als ich mich wieder zu ihm drehe, »hat er gefragt, ob ich mit ihm gehen will.«

Ich merke, wie Alex' Kiefer leicht zuckt.

»Der Kerl bedeutet Ärger, Holly. Der und seine Kumpels – die rauchen andauernd Gras und schwänzen die Schule und so.«

»Jetzt machst du aber ganz schön einen auf großer Bruder.« Ich zwinge mich zu einem Lächeln und tätschle ihm liebevoll das Bein, dann lehne ich den Kopf zurück und schließe die Augen.

»Ich finde einfach, dass du zu gut für ihn bist, das ist alles.«

Mein Herz schlägt ein bisschen schneller. Will Alex damit irgendwas andeuten? Ich schaue in seine Richtung und warte, dass er meinem Blick begegnet, aber seine Augen bleiben auf die Straße gerichtet, während er anfängt, »Local Boy in the Photograph« mitzusingen, und ich sehe ein, dass er mir gar nichts zu sagen versucht.

SECHZEHNTES KAPITEL ALEX

Mai 2010

Das blecherne Gedröhne von iPods dringt aus dem Flur herein, als jemand ins Lehrerzimmer kommt. Ich tippe mir mit einem Kuli gegen die Zähne und halte den Blick auf mein Kreuzworträtsel gerichtet.

Unsinn; Ausdruck des Widerspruchs. Sieben Buchstaben, dritter Buchstabe A.

Jemand stellt sich vor mich, direkt ins Licht. Ich warte, dass die Person sich bewegt. Vergeblich. Ich schaue ungeduldig auf, und mein Ausdruck wird sofort weicher. Cassie lächelt zu mir herunter und wartet. Sie streicht sich über die Rückseite ihres geblümten, knielangen Rocks, bevor sie sich auf den zerschlissenen Lederstuhl neben mir fallen lässt.

»Gott sei Dank ist Freitag, was?«, sagt sie, und ich lege Zeitung und Stift in meinen Schoß. »Hast du am Wochenende irgendwas vor?«

»Die Katze einer Freundin füttern«, antworte ich. »Mein Leben ist ziemlich wild.«

Cassie nickt ironisch.

»Was ist mit dir?«, frage ich.

Sie schüttelt den Kopf. »Nichts geplant. Ich werde mich wohl einfach mit einem Buch aufs Sofa legen. Solange ich kein besseres Angebot bekomme.«

Cassie schaut in meine Richtung, und ihr Blick hält ein, zwei Sekunden länger an, als es notwendig wäre.

»Hier, guck mal«, sage ich, weil mir das leichter scheint, als zu fragen, warum sie mich anstarrt. »*Unsinn; Ausdruck des Widerspruchs.* Sieben Buchstaben, dritter Buchstabe A.«

Schließlich hört Cassie auf, mich anzuschauen, und denkt eine Sekunde lang nach. »Ich bin schlecht bei Kreuzworträtseln.«

»Und da arbeitest du im Fachbereich Englisch?« Ich grinse, und sie haut mir scherzhaft auf den Arm, sodass ich aufhöre, an das Kreuzworträtsel zu denken, und stattdessen überlege, ob sie gerade präsexuellen Kontakt hergestellt hat oder ob Cassie eine freundliche Pflegerin ist, die einen älteren Patienten berührt. Und dann geht mir ein Licht auf. Die komische Art, wie sie mich angeschaut hat. Das war meinetwegen. Ich war derjenige, der ihr ein besseres Angebot machen sollte.

»Tag, alter Eierschaukler«, sagt Kev, als ich ans Handy gehe.

Nachdem mein Arbeitstag nun beendet ist, bin ich unterwegs, um Harold zu füttern. Der Bus ist brechend voll, und ich quetsche mich neben eine alte Dame, die mit einer Hand einen karierten Einkaufstrolley festhält und damit den Gang blockiert.

»Ich wollte nur Bescheid sagen, dass ich letzte Nacht Sex hatte.«

Quatsch. Das war's. Vier, nach unten. *Sieben Buchstaben, dritter Buchstabe A.* Warum habe ich die Zeitung im Lehrerzimmer liegen lassen?

»Wer's glaubt, Kev.«

»Im Ernst, erinnerst du dich an das Mädchen, von dem ich dir erzählt habe, das im Zug Blickkontakt zu mir gesucht hat?«

»Wenn du meinst.«

»Ich schwör's dir. Wir haben's getrieben wie die Karnickel. Zweimal.«

»Wie konnte es denn so weit kommen?«

»Tja, Alex, ich hab mir die Hose ausgezogen und ihn reingesteckt.«

»Das ist ein wunderschönes Bild, Kev – aber ich meinte, wie bist du in eine Situation gekommen, in der sie ...« Ich senke die Stimme zu einem Flüstern. »In der sie dir erlaubt hat, ihn reinzustecken?«

»Ich hab sie halt auf dem Rückweg vom Jobcenter noch mal im Zug gesehen. Aber diesmal hat sie mich nicht nur sabbernd angestarrt. Sie ist rübergekommen und hat sich zu mir gesetzt. Du kennst mich ja, Alex – die Frauen kriegen einfach nie genug von mir. Also sind wir schließlich was trinken gegangen, und dann ...«

Er beendet den Satz mit einem Pfiff.

Für mich klingt das alles nach Schwachsinn, vor allem, weil er behauptet, er würde sie nicht wiedersehen wollen. In dem Versuch, die Ungereimtheiten in seiner Geschichte aufzudecken, frage ich, warum.

»Rate mal, was ich heute Morgen, nachdem ich aufgewacht bin, in ihrem Bad gesehen habe?«

Ich hab echt keinen Nerv für so was. Ich habe immer noch Kopfschmerzen von der Stunde mit meinen Neunern und will einfach nur zu Hollys Wohnung.

»Ich hab absolut keine Ahnung.«

»Rate einfach.«

»Pilzcreme?«

»Schlimmer.«

»Es ist mir so was von egal, Kev.«

»Komm schon, denk nach – was ist das Schrecklichste, was du bei deiner Alten im Bad finden könntest?«

Ein Radfahrer schwenkt ohne Vorwarnung vor den Bus und zeigt dann dem Fahrer den Mittelfinger, als dieser ihn anhupt.

»Tena-Lady-Einlagen?«, sage ich, woraufhin die alte Dame mich giftig ansieht, aufsteht und sich auf einen anderen Platz setzt, der gerade frei geworden ist. Ich versuche, sie mit einem entschuldigenden Lächeln zu besänftigen.

»Schlimmer«, sagt Kev.

»Ich geb's auf, Mann – ich hab keinen Bo...«

»Schneekugeln.«

»Schneekugeln?«

»Etwa hundertfünfzig Stück. Aus Kanada und Lappland und eine aus Skegness. Ist das nicht krass?«

Ich habe mich geirrt. Er sagt die Wahrheit. Nicht mal Kev könnte sich so was ausdenken.

»Ja, ein bisschen schon.«

»Alex, das ist total abgedreht. So einen Scheiß mögen nur hysterische Heulsusen. Sie ist ein verdammter Psycho.«

Die alte Dame durchbohrt mich nun mit ihren Blicken, als würde ich für *alles* stehen, was heutzutage schiefläuft in der Gesellschaft. »Mit anderen Worten, du siehst sie nicht wieder, weil sie Schneekugeln sammelt.«

»Korrekt.«

»Schön. Freut mich, dass du dir das alles von der Seele reden konntest, aber ich lege jetzt auf. Die eine Oma hier schaut mich schon ganz komisch an.«

»Also wenn sie rüberkommt und sich neben dich setzt, frag sie, ob sie irgendwas Abgedrehtes sammelt, bevor du mit ihr nach Hause gehst.«

Ich muss in der falschen Wohnung gelandet sein.

Wohnt hier das Mädchen, dessen Zimmer als Saustall berüchtigt war, in dem der Fußboden gleichzeitig die Funktion einer Kleiderablage, eines Schreibtischs und eines CD-Ständers erfüllte? Sie sagte mir immer, das Leben sei zu kurz, um Zeit damit zu verschwenden, sein Zimmer aufzuräumen. Daher mein Schock, als ich vier Cordsamtkissen symmetrisch auf dem Sofa in ihrem Wohnzimmer mit Kochnische liegen sehe. Ein Set zueinander passender Emailletassen, die aussehen wie vom Trödelmarkt, hängen an einer Stange über einer blanken Arbeitsplatte. Ihre DVDs sind in Kategorien unterteilt: Musicals, Schwarz-Weiß-Filme, Konzerte von Bands wie Erasure und Take That. Innerhalb der einzelnen Kategorien sind sie alphabetisch sortiert (meine Bücher und CDs sind aktuell nach Erscheinungsjahr geordnet), und sie hat alle Shows oder Filme, die mit »The« anfangen, zu T gestellt. Ich überlege, ihren Fehler zu korrigieren, aber wahrscheinlich würde sie mich dann für einen Freak halten.

Die Sauberkeit ist lediglich in der Ecke der Küche nicht perfekt, die Harolds Reich zu sein scheint. Dort mischen sich klebrige Futterreste mit versprengten Körnchen Katzenstreu. Ich suche im Schränkchen unter der Spüle nach Schaufel und Besen, als die Missetäterin persönlich auf mich zuhinkt und das Kinn hochreckt, um gekrault zu werden. Ich strecke die Hand aus, um ihr den Gefallen zu tun, aber sie erteilt mir dann doch eine Abfuhr und trottet zum Kühlschrank, wo ein katzenförmiger Kühlschrankmagnet einen Zettel mit der Aufschrift »Alex Patrick Tyler« festhält. Ich hatte vergessen, wie es Holly amüsierte, meinen zweiten Namen zu benutzen.

Mach dir einen Tee/Kaffee. Und DENK nicht mal daran, den Dreck wegzuputzen, den Harold aus Protest über meine Abwesenheit garantiert hinterlassen hat. Denn das wolltest du gerade, stimmt's? Ha, ich wusste es! Bis bald – und danke noch mal, du bist ein SCHATZ. LG Holly

Ich falte den Zettel vorsichtig zusammen und stecke ihn in die Innentasche meines Mantels, bevor ich Harold in die Arme nehme und sie am Hals kraule. Innerhalb von Sekunden schnurrt sie mit einem bekifften Glanz in den Augen.

Während ich Harold durch die Wohnung trage, entdecke ich ein Foto von Holly mit einem Mann. Das muss Richard sein. Der Rahmen wirkt teuer und modern im Gegensatz zu ihren übrigen Habseligkeiten, die eher nach Vintage aussehen. Holly hat das Foto mit ausgestrecktem Arm gemacht, dem Anschein nach in einer trendigen Bar mit wenigen Gästen. Sie lacht; Richard hat einen Arm um ihre Schultern gelegt und blickt mit einem Schmollmund-Lächeln in die Linse. Ich finde, er passt gut zu der Holly, die ich in den letzten paar Wochen kennengelernt habe: Er wirkt professionell, sieht gut aus und an seinem Bizeps auf ihrer Schulter erkenne ich, dass auch er viel Zeit im Fitnessstudio verbringt.

Ich hätte damit rechnen müssen, auf so etwas zu stoßen, und mich auf die Melancholie einstellen sollen, die es in mir auslösen würde, aber die Niedergeschlagenheit hält nicht länger als ein, zwei Minuten an. Harold und ich lächeln einander zu, auch wenn ihr Ausdruck etwas kummervoll wird, als sie merkt, dass ich mich verabschiede. Ich beschließe, noch fünf Minuten bei ihr zu bleiben.

Ich schaue mich noch mal im Zimmer um, in Hollys Welt, und schüttle den Kopf darüber, wie sauber alles ist. Und ich wohne mittlerweile bei Carl, der offensichtlich eine Zwangsstörung hat, die es ihm unmöglich macht, sein Geschirr zu spülen. Heute Morgen konnte ich keinen Löffel für meine Cornflakes finden, weil sie alle im Abwaschwasser versenkt waren, auf Grund gelaufen unter Töpfen und Pfannen und einer Käsereibe. Ich verstehe ja gerade noch so, dass man das Geschirr stehen lässt – obwohl es doch besser ist, es nach und nach zu spülen? –, aber warum sollte man es in schmutzigem Wasser liegen lassen? Dann kann man ja gleich sagen: »Hey Bakterien, hier steigt heute Abend 'ne Party, ladet alle eure Freunde ein.«

Ich weiß, ich klinge wie eine Spaßbremse; ich weiß, dass es auf der Welt Wichtigeres gibt. Aber es ist jeden verdammten Tag so.

Und als wäre das nicht schon schlimm genug, hab ich mir heute Morgen beim Anziehen auch noch fast ein Bein gebrochen, als ich über einen Bücherstapel stolperte. Ich habe lange geschwankt, wer dafür verantwortlich ist: Carl, weil er in seiner ganzen Wohnung kein einziges Regal hat, oder J. G. Ballard, J. R. R. Tolkien und andere Autoren, die 1984 Bücher herausgebracht haben, die mir im Weg standen. Ich habe mich für Ersteres entschieden und beschlossen, mir eine andere Wohnung zu suchen. Zum Teufel mit der Kaution.

SIEBZEHNTES KAPITEL HOLLY

Den Großteil meiner Zugfahrt nach Mothston verbringe ich damit, mir mental in den Hintern zu beißen, weil ich die Gelegenheit verpasst habe, mit Richard zu reden. Ich war so nah dran. Ich war sogar schon aufgestanden und hatte den Stift hingeschmissen, mit dem ich seit zwanzig Minuten auf meine To-do-Liste getipp-tipp-tippt hatte. Reiß dich zusammen, Holly, sagte ich mir. Marschier einfach rein. Frag ihn, ob er fünf Minuten Zeit hat. Sag, dass du mit ihm reden musst. Das ist gar nicht schwer.

»Hat Richard fünf Minuten Zeit? Ich muss mit ihm reden.«

»Ähm, ja, er ist …«, stammelte ich, als Melissa plötzlich vor mir stand.

»Super.« Sie marschierte in sein Büro. Bis sie wieder draußen war, hatte ich kaum noch Zeit, mich von Richard zu verabschieden.

Kurz vor meiner Station versuche ich meine böse Vorahnung abzuschütteln, sammle mein Gepäck ein und warte an der Tür. Der Zug hält nicht lang in Mothston. Als würde niemand wirklich glauben, dass Leute da aussteigen wollen. Wie jedes Mal bin ich in Versuchung, es nicht zu tun. Aber dann werfe ich mich praktisch doch aus dem fahrenden Wagen auf den Bahnsteig und gehe mit meinem Koffer vor den Bahnhof.

Dad ist schon da, er sitzt im Auto und liest Zeitung. Er ist bestimmt seit mindestens einer halben Stunde da. Übertrieben früh dran. Früher vertrat ich den unerschütterlich optimistischen Zeitmanagement-Ansatz meiner Mum, aber irgendwann muss der Einfluss meines

Dads sich durchgesetzt haben, denn inzwischen kann man die Uhr nach mir stellen.

»Und, freust du dich auf den Umzug?«, frage ich, als wir vom Parkplatz runterfahren, teils, um das Schweigen zu brechen – mein Dad ist kein Mann vieler Worte –, und teils, weil ich ehrlich keine Ahnung habe, wie er sich fühlt. Als meine Eltern in London wohnten, war er nie so glücklich wie in Mothston. Er hatte einen Job bei der Met Police angenommen, um bei meiner Mum zu sein – sie machte da unten einen Designkurs –, aber in seinen Augen war es kein Vergleich zum Leben in seiner Heimatstadt. Vielleicht hasste er einfach London. York ist nicht annähernd so hektisch.

»Mal was Neues, schätze ich«, sagt er und wendet den Blick für einen Moment von der Straße ab, um mir mit zusammengepressten Lippen zuzulächeln.

Ekstatisch, eindeutig.

Mum ist in ihrer bemehlten Schürze schon an der Tür, als wir vor der Doppelhaushälfte meiner Eltern anhalten.

»Da ist sie ja.« Sie breitet die Arme aus und küsst mich auf den Scheitel, als wir uns umarmen. »Komm rein, komm rein – fühl dich wie zu Hause. Aber nur *wie* zu Hause – es ist ja nicht mehr unser Zuhause, ha ha ha. Lauf schnell hoch und zieh dir die Büroklamotten aus, bis ich Wasser aufsetze. Wir hatten keine Kekse da, also backe ich eben welche.«

Oben mache ich meine Zimmertür auf und trete ein in die Neunziger. Rot-gelb gestreifte Tapete unten trifft auf einfarbig gelbe oben, in der Mitte geteilt von einer roten Blumenborte. Der letzte Schrei, als ich das Zimmer mit meinem Dad zusammen tapezierte. Ich wollte eigentlich ganz bei Rot bleiben, aber die Kombination mit Gelb war der Kompromiss, um es, in Mums Worten, »weniger bordellmäßig« aussehen zu lassen.

Es hat sich nie wirklich gelohnt, es neu zu dekorieren – ich halte mich selten darin auf. Ich bin immer nur zu Weihnachten hergekommen – und auch das nur in den Jahren, in denen Max und ich nicht zu zweit in London feierten. Selbst dann war es nur ein Ort zum Schlafen, ich kam meistens spät an Heiligabend an und blieb nur bis zum zweiten Weihnachtsfeiertag. Dann fuhr mich mein Dad nach York, damit ich den Zug zurück nehmen konnte, weil in Mothston am zweiten Weihnachtstag nichts fährt. Zumindest wird der Umzug ihm die eine Fahrt in Zukunft ersparen.

Ich sehe mich um, und obwohl die einzige Veränderung der Stapel leerer Kartons in der Ecke ist, an dem eine Rolle Müllsäcke lehnt, fühlt es sich an, als würde ich zum ersten Mal seit Jahren das Zimmer wirklich wahrnehmen. Als wäre alles so vertraut, dass ich aufgehört habe, es zu sehen.

Meine Pinnwand ist voll mit Fotos, deren Ecken sich mit der Zeit eingerollt haben, und auf einem Tischchen in der Ecke über einem Videorekorder steht ein kleiner, aber lächerlich dicker Fernseher neben einem unordentlichen Stapel Videos. Die leere Hülle von *Friends,* Zweite Staffel, Folge 7–9, liegt obenauf, darunter erkenne ich *Take That & Party.* Eine riesige Weltkarte dominiert die Wand über meinem Bett, auf der rote Stecknadeln die Länder markieren, in denen ich schon war, und eine Menge weitere in der unteren linken Ecke versammelt sind und darauf warten, platziert zu werden.

Ich beschließe, nicht vor morgen Früh übers Ausmisten nachzudenken, sondern sitze bis in den späten Abend am Küchentisch und lasse mich von Mum auf den neusten Stand bringen.

»Sie weiß also von der Affäre, aber sie fürchtet, wenn sie ihn darauf anspricht, verlässt er sie«, sagt sie. »Denn weißt du, trotz allem liebt sie ihn immer noch.«

»Verstehe.« Ich nicke, greife in die Keksdose nach meinem hundertsten Plätzchen und tunke es in meinen Tee. Ich hätte meine Sportschuhe mitbringen sollen, um am Morgen joggen gehen zu können. »Und liebt er sie?«

»Wer weiß?« Mum schüttelt traurig den Kopf, während sie an einem Keks knabbert. »Ich glaub schon, aber es wird ihm wahrscheinlich niemals gelingen, seinen Dingsbums in der Hose zu lassen.«

»Und was macht sie dann?«

»Das weiß ich nicht. Da hat es aufgehört. Am Mittwoch um neun geht's weiter, ich halt dich auf dem Laufenden. Übrigens hab ich viel zu viele davon gemacht.« Sie hält ihr Plätzchen hoch. »Also nimm lieber welche mit, sonst fallen deinem Dad noch die Zähne aus.«

»Danke, ich nehm Alex welche mit.« Sie nickt und schenkt mir ein Lächeln, das ich nicht ganz einordnen kann, also stelle ich klar: »Zum Dank, weil er Harold füttert.«

Alex zu erwähnen war ein Fehler, denn jetzt will meine Mum nur noch über ihn reden. Ob ich ihn bald wiedertreffe. Ob wir uns oft sehen werden. Ob er Single ist. Es ist wirklich toll, dass er da ist – er macht mein Leben in London ein bisschen bunter –, aber ich will gar nicht daran denken, was Mum alles hineininterpretieren würde, wenn ich ihr das jetzt sage.

Just in dem Moment piept mein BlackBerry, und bevor ich die Chance habe, danach zu greifen, liest meine Mum schon den Namen auf dem Display.

»Richard? Dein Chef? Ganz schön dreist, sich um die Uhrzeit zu melden. Du darfst auch ein Leben außerhalb des Büros haben, weißt du, Holly – du solltest ihm nicht Tag und Nacht zur Verfügung stehen.«

Ich überfliege schnell Richards Nachricht:

Steige gleich in den flieger, süße, vermiss dich jetzt schon, kuss

»Das ist schon okay, Mum«, beruhige ich sie und muss unwillkürlich lächeln. »Er hat mir nur was gesagt, was ich am Montag machen muss, weil er gerade unterwegs nach New York ist.«

»Ach, New York ist traumhaft.« Sie legt eine Hand auf ihre Brust. »Erinnerst du dich noch, als wir da waren?«

Vage. Ich war neun, als meine Mum und ich kurz vor Weihnachten ein langes Wochenende dort verbrachten, während Dad arbeiten musste.

»Ich erinnere mich nur, dass wir shoppen waren und am Broadway *Die Schöne und das Biest* gesehen haben.«

»Was anderes haben wir auch nicht gemacht, Liebes. Kein Wunder, dass dein Vater nicht mitwollte.« Ihr Lächeln verblasst ein wenig. »Na ja, ich hoffe, dein Chef amüsiert sich gut, während du hier die Drecksarbeit für ihn erledigst.«

Ich überlege kurz, ihr die Wahrheit zu sagen. Bis sie ihn kennenlernt, wird es sowieso kein Geheimnis mehr sein, und dann kann sie aufhören, sich Sorgen zu machen, dass ich allein mit meiner Katze alt werde, und sich von all ihren verrückten Vorstellungen verabschieden, dass Alex und ich was miteinander anfangen könnten, jetzt da wir wieder in Kontakt sind.

Aber bei meinem Glück wird sie mich wahrscheinlich genau dann in der Arbeit anrufen, wenn Richard das einzige Mal in seinem Leben selbst an sein Telefon geht. Und der Himmel weiß, was sie dann sagt.

Also sage ich ihr nur, dass sie sich keine Sorgen machen müsse, und gebe ihr schnell einen Gutenachtkuss, bevor sie die Gelegenheit hat anzudeuten, dass ich deshalb keinen Freund hätte, weil mein Chef ein Sklaventreiber sei.

ACHTZEHNTES KAPITEL ALEX

Carl liegt ausgestreckt auf dem Sofa, als ich von Harold zurückkomme, und sein schmutziges Geschirr ziert immer noch die Spüle. Ich hatte vor, das Thema anzuschneiden, sobald ich ihn sehe, aber im Moment fallen mir keine Worte ein, in denen nichts Fäkales mitschwingen würde. Wir beide werden auf jeden Fall Typhus oder so was kriegen.

Statt es direkt anzusprechen, setze ich ein feindseliges Gesicht auf und beschränke die Konversation auf ein simples »Hallo« in der Hoffnung, dass er meinen Ärger spürt, versteht, worauf er sich bezieht, und das Geschirr spült, ohne dass ich irgendwas sagen muss. Aber das tut er nicht. Er erzählt mir von einer Wasserstoffblondine, die er mithilfe seines Charmes dazu bewegen will, heute Nacht nackt in seinem Bett zu posieren.

»Sorry, dass ich so ein Korinthenkacker bin, Kumpel …«, unterbreche ich ihn.

Wieso denn Korinthenkacker? Das hier ist nicht korinthenkackerisch.

»… aber ich wollte gleich mal eben ein Teechen machen …«

Teechen? Was ist denn mit mir passiert?

»… und wollte fragen, ob es dir sehr viel ausmachen würde, die Spüle freizuräumen, damit ich …«

Ich fange an mich zu fragen, ob das eine gute Idee war. Ich hatte unterschätzt, wie unangenehm dieses Gespräch werden würde.

»Ich koch einen Nudelauflauf. Du kannst auch was abhaben, wenn du willst?«

Dieser Nachsatz soll zeigen, dass ich eigentlich ein cooler Mitbewohner bin, aber er ist überflüssig, denn obwohl Carl erst überrascht wirkt, sagt er: »Ja, klar, hatte ich ganz vergessen«, und schlurft hinüber zur Spüle.

Ich bin stolz, dass ich meine Autorität behauptet habe. Wer weiß, wie lang ich brauche, um eine neue Bleibe zu finden, wenigstens habe ich Carl jetzt dazu gebracht, darüber nachzudenken, was es heißt, mit jemandem zusammenzuwohnen. Er wird vielleicht nie ein rücksichtsvoller Mensch, aber wenn er sich ab jetzt mehr anstrengt, werde ich ihm entgegenkommen.

Ich laufe beschwingt durch die Wohnung und widerstehe der Versuchung zu pfeifen, doch als ich in mein Zimmer komme, stimmt etwas nicht. Zum zweiten Mal heute habe ich das Gefühl, am falschen Ort gelandet zu sein. Ich glotze das große Ding an, das jemand mitten auf den Teppich gestellt hat.

Ein Set Bücherregale aus dunklem Holz, die ich noch nie gesehen habe.

»Hör zu, Kumpel, das mit dem Geschirr vorhin tut mir echt leid. Ich muss mich wohl erst noch ans WG-Leben gewöhnen. Nächstes Mal reg ich mich weniger auf.«

Carl nippt an seinem Bier und antwortet mit einem Grinsen, das mir zu verstehen gibt, dass die Sache so gut wie vergessen ist.

»Und danke noch mal für die Bücherregale – da hast du dir echt Gedanken gemacht.«

Carl hat mich eingeladen, mit ihm und seinen Freunden in Islington feiern zu gehen, kurz nachdem er mir erklärt hatte, er habe die Bücher auf meinem Fußboden bemerkt und die Regale in einem Trödelladen in Lewisham gekauft. Ein paar Stunden später stehen wir in einer Weinbar mit Jazzmusik und tief hängenden Lampenschirmen in der Form chinesischer Hüte. So was würde man in Mothston vergeblich suchen – und deshalb gefällt es mir. Cassie hoffentlich auch. Von Carl und seiner Bakterientheorie angestiftet, habe ich ihr eine SMS geschrieben, und wie sich herausstellt, lag ich richtig: Sie hatte im Lehrerzimmer offensichtlich darauf gewartet, dass ich ihr vorschlage, mit mir auszugehen.

Sie kommt um kurz nach halb zehn und sieht ungekünstelt hübsch aus in engen Jeans und einem Oberteil mit offenem Kragen, in dem ihre Brüste wirken wie aus einem Historiendrama mit Kate Winslet in der Hauptrolle – üppig und doch eingeschnürt, voller Sehnsucht, befreit zu werden. Ich bemühe mich, nicht darauf zu starren, als sie mich mit einem Küsschen begrüßt, und dann schlängeln wir uns beide durch den Lärm in Richtung Bar, wobei Cassie sich an meinem Ellbogen festhält. Als ich den Kopf drehe, um ihr ein warmes Lächeln zu schenken, lächelt sie zurück, und es fühlt sich an, als würden wir ohne Worte etwas sagen, auch wenn ich nicht genau definieren kann, was.

Wir nehmen ein Sofa in Beschlag und verbringen die nächsten zwei Stunden damit, Rotwein zu trinken und darüber zu reden, wie nervig es ist, wenn Leute James Joyce und *Ulysses* mit Jack Bauer und *24* vergleichen, und darüber, wie Mr Cotton die IT-Zuständigen gezwungen hat, den Punkt aus seiner E-Mail-Adresse zu entfernen, nachdem einer der Schüler ihn gesehen und angefangen hatte, ihn Dot Cotton zu nennen, nach der kettenrauchenden Alten aus *EastEnders*.

Als es irgendwann zu einer Gesprächspause kommt, gehe ich auf die Toilette, ganz berauscht davon, wie gut sich bei mir in den letzten paar Monaten alles entwickelt hat. Ich nehme meinen Platz am Pissoir ein und richte meinen Strahl auf ein ausgespucktes Hubba Bubba. Es ist hartnäckig, aber das kleine Mistding rechnet nicht damit, dass ich vier Gläser Wein intus habe, und schließlich gibt es sich geschlagen und gleitet über die Edelstahlschüssel, bevor es in die Kanalisation verschwindet. Alex Tyler eins, Universum null.

Als ich zurückkehre, schaut Cassie konzentriert auf ihr Handy, und mein Hochgefühl wird vernichtet von einem absurden, paranoiden Gedanken: Sie schreibt Ted Rodgers, dem Sportlehrer, mit dem ich sie in der Kantine gesehen habe.

Als sie mich bemerkt, sperrt sie das Gerät und steckt es wieder in ihre Handtasche.

»Was stehst du da rum?«

Sie klopft auf den Sitz neben sich, und jegliche Paranoia verfliegt, als sie sich auf dem Sofa an mich lehnt. Sie dreht sich zu mir, und irgendwie wissen wir beide, dass es so weit ist. Mein Gesicht beginnt in Zeitlupe auf Cassies zu fallen, und sie weicht nicht zurück oder macht sonst irgendwas, um sich zu verteidigen.

Ich versuche, mich zu beruhigen und meine ganze Aufmerksamkeit auf Cassies Lippen zu richten, die sich kalt und klebrig anfühlen, und lasse sie betrunken die Initiative ergreifen, indem ich ihren Mund mit meinem abfedere und ihre unsicher vorstoßende Zunge in mich aufnehme.

Die letzten paar Stunden wurde ich das Gefühl nicht los, sie wäre vielleicht zu toll, um wahr zu sein, aber ich war ein Idiot. Bald sitzen wir hinten in einem Taxi unterwegs zu ihrer Wohnung, und meine Gedanken kreisen um all die Dinge, die schiefgehen könnten. Was, wenn sie merkt, dass meine Brustwarzen unverhältnismäßig klein sind, und mich auslacht? Was, wenn ich beim Orgasmus aus Versehen sage, dass ich sie liebe?

Ich war neunzehn, als ich feststellte, dass Mr Gaffneys grafische Darstellung des weiblichen Unterleibs im Biologieunterricht ungefähr so hilfreich war wie Google für einen chinesischen Dissidenten auf der Suche nach der Wahrheit, denn was ich in Sexualkunde gelernt hatte, stimmte nicht im Geringsten damit überein, was mich im Bett mit Sarah Cross erwartete. Es gelang mir, es hinter mich zu bringen, ohne mich allzu gedemütigt zu fühlen – aber ich bekam trotzdem nie mehr die Gelegenheit, mich mit dem Rücken zu ihr auszuziehen, weil sie nie auf meinen Anruf reagierte.

Seit Sarah habe ich mit sieben Frauen geschlafen, aber wenn ich ganz ehrlich bin, gelangte ich nie an einen Punkt, wo es sich nicht mehr anfühlte, als würde ich mich durchmogeln – und ich fürchte, dass ich eines Tages dabei erwischt werde. Was, wenn das heute Nacht passiert?

Ich richte den Blick auf die rote Neonanzeige des Taxameters, versuche, mich zu entspannen, und befehle mir, mich nicht wie ein Trottel aufzuführen. Das hier ist gut. Das hier ist, was ich wollte. Und Cassie sieht das offenbar genauso. Bei £7.60 knabbert sie an meinem Ohr; bei £21.00 ist der Knopf meiner Jeans geöffnet. Ehe ich mich's versehe, sage ich dem Fahrer, er könne den Rest der £30 behalten, und betrachte das Geld als sinnvoll angelegt.

NEUNZEHNTES KAPITEL HOLLY

Das Haus ist still, als ich aufwache, also hole ich mir erst einen Kaffee und widme mich dann meinem Zimmer. Nachdem ich ungefähr zwanzig Minuten lang Schränke ausgeleert, Sachen unter meinem Bett hervorgezogen und Schubladen umgestülpt habe, wird mir eins klar.

Ich war ein MESSIE. Im Ernst. Habe ich in den ersten achtzehn Jahren meines Lebens GAR NICHTS weggeworfen? Hier ist so viel Mist. Schon ein einziger Schrank bringt einen Mantel in Schlangenoptik zum Vorschein, in dem ich mich nicht mal über meine Leiche wieder sehen lassen würde, selbst wenn er mir nicht zu groß wäre; zu kleine Schlittschuhe, die mir seit zwanzig Jahren nicht mehr gepasst haben können; CDs von Boybands, die völlig zu Recht in Vergessenheit geraten sind; acht hässliche Troll-Puppen mit unterschiedlichen Haarfarben und Outfits; Kinotickets; ein Fläschchen Lou-Lou-Blue-Parfüm, das ich vielleicht sogar absichtlich aufgehoben habe, als die Produktion eingestellt wurde, das jetzt aber ranzig riecht; und einen Korken. Wieso habe ich einen Korken aufbewahrt? Welcher praktische oder sentimentale Grund ließ mich glauben, dass ich eines Tages anhand eines Korkens in Erinnerungen schwelgen würde?

Inzwischen hasse ich Unordnung – ich schmeiße alles weg, wofür ich keine Verwendung mehr habe. Aber aus irgendeinem Grund muss ich mich zwingen, hier rigoros vorzugehen. Indem ich mehr Müllsäcke als Kartons fülle, arbeite ich mich bis zehn Uhr durch das Chaos, als Mum den Kopf hereinsteckt, um mir ein deftiges Frühstück anzubieten.

»Dann wenigstens ein kleines Bacon-Sandwich?«, schlägt sie vor, als ich sage, dass ich keinen Hunger habe.

Letztendlich lasse ich mich zu einem Toast überreden, den sie mir mit einer Tasse Tee, einem Glas Orangensaft, einem Stück Butter, einem Gläschen Marmelade und einem Glas Marmite auf einem Tablett hochbringt.

Ich versuche, mein altes UKW-Radio einzuschalten, aber nachdem ich fünf frustrierende Minuten lang am Rädchen herumgedreht habe, kann ich immer noch keinen klaren Sender finden, also greife ich nach der obersten CD auf dem Stapel. Bad Boys Inc. Ich kann mich ums Verrecken nicht erinnern, was sie gesungen haben, aber ich weiß noch, dass ich in sie alle verknallt war, also rein damit.

Ich entdecke gerade Ace of Base wieder, als ich meine Pinnwand abhänge und mich im Schneidersitz auf den Fußboden setze, um die Fotos abzunehmen und in einen der Kartons zu werfen, die in Mums und Dads neues Haus kommen. Da ist ein Streifen Passbilder von mir und Alex, der mich zum Lachen bringt, also stecke ich ihn in meine Handtasche, um ihn mit nach Hause zu nehmen.

Das letzte zerknickte Bild zeigt Ellie und mich beim Tanzen auf einer Hausparty. Ellie schaut in die Kamera, sie hat eine Hand in die Hüfte gestützt und zeigt mit der anderen auf den Fotografen, während ich direkt hinter ihr bin, mit ausgestreckten Armen, fliegendem Haar und geschlossenen Augen, und eindeutig nicht merke, dass ich fotografiert werde. Das Haus erkenne ich nicht, aber das ist nichts Ungewöhnliches – den Gastgeber zu kennen war nie eine Voraussetzung. Solange die Eltern weg waren, stand alles zur freien Verfügung. An den Abend erinnere ich mich jedoch. Es war das erste Mal, dass ich mit Dean Jones knutschte. Ekel dreht mir den Magen um, und ich reiße das Foto mittendurch, bevor ich es in einen der schwarzen Säcke werfe und dann aufstehe, um meine eingeschlafenen Beine auszuschütteln.

An den Wänden ist jetzt nur noch die Weltkarte übrig. Ich muss lächeln bei der Erinnerung daran, wie Mum sie mir in meinem frisch tapezierten Zimmer mit einem dramatischen »Ta-dah!« präsentierte. Ich war darauf vorbereitet, mich höflich für ein paar scheußliche Rüschenkissen zu bedanken, und flippte dementsprechend fast aus, als dies sich als ihre »Überraschung« entpuppte. Wir stellten uns davor und markierten alle Orte, an denen ich schon im Urlaub gewesen war. Mehrere Nadeln stecken in der Türkei, Mallorca und den Kanarischen Inseln – Dad legte ein Veto gegen alle Orte ein, an denen es möglicherweise keine irische oder britische Kneipe gab –, die am weitesten entfernte Nadel steckt in New York. Ich aktualisiere die Karte mit den Orten, die ich besucht habe, seit ich aus Mothston wegzog, was ganze fünf Sekunden in Anspruch nimmt, und mein Lächeln verfliegt, als ich mit der Hand über die stecknadelfreie Weite von Australien, Asien, Afrika und Südamerika streiche – damals juckte es mich in den Fingern, all diese Orte mit Stecknadeln zu bedecken. Meine Augen werden unerwartet feucht. Was ist mit meinem Traum passiert, um die Welt zu reisen?

Ach, werd erwachsen, Holly – schließlich hast du auch nicht Mark Owen geheiratet. Niemand macht alles, wovon er als Jugendlicher geträumt hat.

Ich ziehe alle Stecknadeln heraus, nehme die Karte von der Wand, rolle sie zusammen und stecke sie nach kurzem Zögern in den Müll.

Ein paar miserable CDs später sehe ich mich in meinem ordentlich verpackten Zimmer um – keine über den Spiegel geworfenen Klamotten oder auf dem Frisiertisch herumliegenden Flaschen mehr – und verspüre eine plötzliche Traurigkeit. Jetzt ist nur noch eine Plastiktüre übrig, die unter meinem Bett lag. Sobald ich ihren Inhalt auf den Teppich leere, fällt mir wieder ein, was es damit auf sich hat. Alex hatte sie mir am Morgen nach jenem letzten Besuch bei ihm vor die Haustür gestellt, voll mit Sachen, die ich bei ihm gelassen hatte. Bevor ich sie irgendwohin außer Sichtweite schob, hatte ich kaum hineingeschaut, weil die Kränkung und Enttäuschung über seine Zurückweisung noch immer schmerzten und ich beschlossen hatte, dass ich nach allem, was in jenen paar Tagen geschehen war, mit Alex und Mothston und diesem Teil meines Lebens abschließen musste.

Haarklammern, ein Armband, das einmal silbern war, jetzt aber eine grünliche Farbe hat, Frizz-Ease-Haarserum und ein Klemmrahmen mit einem Bild von uns beiden. Das Bild gehörte eigentlich seiner Mum, aber er hatte offensichtlich keine Verwendung mehr dafür, seit seine Mum nicht mehr da war – und es war ihm immer ein bisschen peinlich. Es stammte von der Kostümparty zu meinem zwölften Geburtstag. Ich war Kylie Minogue und hatte Alex gezwungen, mein Jason Donovan zu sein. Wir trugen beide stolz unsere stonewashed Jeans – er zu einem weißen T-Shirt und einer schwarzen Lederjacke, und ich zu einem kleinen schwarzen Blazer, das Haar lockig geföhnt und mit einem Samthaarband zu einem seitlichen Pferdeschwanz zusammengebunden. Und als ob das für ihn nicht schon erniedrigend genug gewesen wäre, überredete ich ihn auch noch, ein Duett mit mir zu singen, für das er den Text von »Especially For You« von der Rückseite meiner alten Jason-Donovan-LP abschreiben und auswendig lernen musste, und auf diesem Bild sehen wir einander an, während wir in unsere Mikrofone singen.

Ich grinse und will das Foto gerade in einen der Kartons legen, als mir auffällt, dass an der Rückseite etwas festgeklebt ist. Es ist ein vierfach gefaltetes, liniertes DIN-A4-Blatt und lässt sich leicht von dem trockenen, vergilbten Tesafilm lösen, mit dem es am Rahmen befestigt ist. Ich falte es auseinander, und als ich lese, was darauf steht, bekomme ich einen Kloß im Hals. Mit verblasstem, blauem Kuli in Alex' unverwechselbarer Teenie-Krakelschrift stehen da die Lyrics von »Especially For You« sowie ein zusätzliches Gekritzel seitlich am Rand.

Sorry, dass ich mich gestern so blöd benommen habe, Hols. Du wolltest mir was sagen, und ich habe nicht zugehört. Was war es? Ich weiß, dass du heute abfährst, aber ich habe mir gerade tatsächlich ein Handy gekauft, damit du, wenn du reden willst – egal wann, egal wo –, meine Nummer hast: 07588876098. Für immer: Dein Alex

ZWANZIGSTES KAPITEL ALEX

Cassie liegt mit dem Rücken zu mir, bis zum Hals in ihr Federbett gekuschelt, die Knie an den Bauch gezogen. Ich beschließe, mich nicht von hinten an sie zu schmiegen, sondern sie schlafen zu lassen.

Dass ich mir tatsächlich wegen Ted Rodgers Sorgen gemacht habe. Ted Rodgers. Wie das schon klingt! Ted Rodgers wäre weder fähig, den Kunstdruck an ihrer Schlafzimmerwand als *The Lady of Shalott* zu identifizieren, noch wüsste er von dem gleichnamigen Gedicht von Tennyson. Wie auch? Er ist ja Sportlehrer.

Ted Rodgers. Pah!

Hier bin ich, in Cassies makellosem Schlafzimmer, in dem die Pastelltöne der Kissen und Teppiche und Laken noch vom Aschgrau der Nacht überdeckt sind. Bald geht die Sonne auf, und vielleicht frage ich Cassie dann, ob wir etwas zusammen unternehmen wollen. Den Tag in London verbringen. Vielleicht ins British Museum. Ein richtiges erstes Date.

Ich liege mehrere Stunden lang einfach nur zufrieden da und höre zu, wie sie ruhig auf ihr Kissen atmet, bis sie schließlich, um kurz vor zehn Uhr, mit einem Gähnen wach wird.

»Morgen, Siebenschläferin«, sage ich und lege sanft eine Hand auf ihren Ellbogen.

Sie dreht sich so um, dass jeglicher Körperkontakt zwischen uns unterbrochen wird, und reibt sich mit beiden Händen den Schlaf aus dem Gesicht. Ihre Augen bleiben geschlossen.

»Hast du gut geschlafen?«, frage ich, aber es kommt keine Antwort.

Minuten verstreichen, ohne dass einer von uns ein Wort sagt. Aus einem anderen Haus in der Straße hört man ein Baby schreien. Cassie ist es, die als Nächste spricht.

»Ich war letzte Nacht so betrunken.«

Da ich nicht sicher bin, worauf sie hinauswill, folge ich ihrem Beispiel.

»Jep, ich auch.«

Cassie stöhnt und sinkt zurück in ihr Federbett, das sie sich wieder bis zum Hals hochzieht. Das Schweigen wird unerträglich, aber mir fällt nichts ein, was ich sagen könnte. Ich ertappe mich dabei, wie ich mit den Fingern leise aufs Bettgestell trommle, um die Stille zu unterbrechen.

Wir dösen weitere fünfzehn Minuten, dann verkündet Cassie, dass sie duschen gehe, und als sie zurückkommt, bittet sie mich wegzuschauen, während sie sich anzieht. Mich, der nur wenige Stunden zuvor jeden Zentimeter ihres blassen Körpers betrachtete, wenn auch im Schatten ihres Federbetts. Mich, der diese Schenkel streichelte, die ich nun nicht mehr sehen darf, und die Brüste liebkoste, die nun von einem abwehrenden rechten Arm verdeckt sind.

Ich rede mir ein, dass ihr einfach nur die ganze Situation peinlich ist: mit einem Kollegen zu schlafen, einem richtigen Lehrer, jemandem, den sie jeden Tag sieht und der ihre Karriere beeinflussen könnte. Ich hätte mir denken müssen, dass sie sich danach etwas unwohl fühlen würde. Es war klar, dass wir irgendwann miteinander im Bett landen, aber Cassie ist ebenso wenig der Typ Frau für so was, wie ich der Typ Mann dafür bin. Wir haben uns eindeutig von der Gelegenheit mitreißen lassen.

Ich beschließe, dass es am klügsten ist, ihr etwas Freiraum zu geben. Dann können wir das hier, was auch immer es ist, nächste Woche fortsetzen.

Cassie lächelt dankbar, als ich sage, dass ich gehen müsse. Sie folgt mir aus ihrem Zimmer die Treppe hinunter und lässt sich zum Abschied auf die Wange küssen und umarmen, während sie gleichzeitig nach dem Türriegel greift.

Ich spüre, wie sie mir nachsieht, als ich durch das Eisentor des Vorgartens gehe, bis ihre Tür etwas früher als erwartet zuschlägt.

»Ich fühle mich benutzt«, sage ich mit einem schmerzlichen Lächeln, während ich eine Pommes zwischen Daumen und Zeigefinger nehme und sie kritisch mustere.

»Wahrscheinlich ist es ihr einfach nur peinlich, dass sie beim ersten Treffen mit dir geschlafen hat. Und dass sie jetzt mit jemandem zusammenarbeitet, der ihre Vagina gesehen hat.«

Die Bardame fragt, ob mit dem Essen alles in Ordnung sei. Holly hat mich zum Dank dafür, dass ich Harold gefüttert habe, zum Mittagessen in einen Pub eingeladen, obwohl sie mir letzte Woche schon welche von Mrs Gordons berühmten Keksen vorbeigebracht hat.

»Du warst letzten Montag in Englisch nicht dabei. Sie hat die ganze Stunde lang kein Wort zu mir gesagt. Ich verstehe nicht, wie eine Frau mich erst mit ins Bett nehmen kann und mich dann behandelt, als wäre ich ein polizeibekannter Sexualstraftäter.«

»Hach, ganz wie in alten Zeiten – ich höre dir zu, wie du alles überanalysierst.«

»Was meinst du damit, ich würde alles überanalysieren?«

Holly lacht liebevoll. »Schau mal, hast du denn versucht, mit ihr zu reden?«

Na gut. Ich habe auch nicht mit Cassie geredet, aber ich habe mehrfach Blickkontakt gesucht, und von den zwei Lächeln, die ich zustande brachte, erntete eins eine verächtliche Kopfbewegung, und das andere wurde komplett ignoriert. Und als wäre das nicht schon peinlich genug gewesen, wurde Letzteres auch noch von Gareth Stones beobachtet, der das, nachdem er uns einmal zusammen im Zug gesehen hatte, zum Anlass nahm, mit seinem Becken gegen den Tisch zu stoßen.

»Er klingt witzig.«

Holly stützt das Kinn in beide Hände. Es ist das erste Mal, seit ich nach London gezogen bin, dass ich sie ohne Make-up sehe. Ich will ihr sagen, dass sie so besser aussieht, aber aus Angst, sie könnte es falsch auffassen, lasse ich es lieber.

»Besonders witzig war es letzte Woche, als er seine Arbeit über *Hamlet* abgegeben hat und nichts geschrieben hatte außer ›SMD‹.«

»SMD?«

»Ich musste auf youthslang.com nachschauen. Es steht für ›Suck my …‹«

Holly beißt sich auf die Lippe, um ein Lachen zu unterdrücken.

»Es ist wohl schon ziemlich witzig, aber ich fürchte, dass ich völlig überfordert bin. Meine grandiose Idee war, eine neue Sitzordnung einzuführen, aber dann stand ich vor der Wahl, ob Gareth und seine Kumpels nebeneinandersitzen und reden, oder ob Gareth und seine Kumpels quer durch den Raum brüllen.«

Holly hört aufmerksam zu, nickt an den passenden Stellen und macht hier und da Vorschläge.

»Die meisten Jungs haben sich anscheinend schon damit abgefunden, dass sie Versager sind: Sie haben aufgegeben. Wie Kenny. Seine Mum ist gestorben, als er noch klein war, und es hat sich unheimlich viel Aggression in ihm angestaut, aber man kann nichts tun. Es ist nicht so, dass man zu den Eltern gehen und mit ihnen reden kann. Ich würde gefeuert werden. Alles muss über die Schulsozialarbeit laufen, und die ist leider asozial. Wie konnte ich nur so blöd sein zu glauben, dass ich in einer solchen Schule etwas bewirken könnte.«

Holly nutzt die Gelegenheit, um ihre Meinung zu äußern. »Du solltest ihn mal beiseitenehmen. Kenny. Nach dem Unterricht. Sag ihm, dass du auf seiner Seite stehst. Mann, wenn jemand zu so einem Jungen eine Verbindung herstellen kann, dann du.«

Ich sehe sie zweifelnd an. Klar, auch meine Mum starb, als ich noch jung war, aber das ist so ziemlich das Einzige, was ich mit Kenny gemeinsam habe. Es wird kaum glaubwürdig rüberkommen, wenn ich es mit der alten »Ich weiß, was du durchmachst«-Masche versuche.

»Was hast du zu verlieren?«

»Ich weiß nicht«, sage ich schwach. »Ich glaube, es ist nicht nur die Schule. Es ist nicht mal Cassie. Da habe ich schon viel schlimmere Enttäuschungen hinter mir.« Sobald die Worte meinen Mund verlassen haben, wird mir klar, dass ich mich auf sehr dünnem Eis bewege, aber glücklicherweise reagiert Holly nicht darauf. »Ich hätte nie gedacht, dass ich das mal sagen würde, aber diese Woche habe ich Mothston zum ersten Mal tatsächlich vermisst. Hier unten ist alles komisch. Ich hab noch nicht einen Londoner getroffen, der irgendwas über die Geografie im Rest von Großbritannien weiß. In den Pubs glauben sie allen Ernstes, sie können einem vier Pommes servieren, nur weil sie sie als dick geschnitten und dreifach gebraten beschreiben.« Ich greife nach meiner letzten verbleibenden Pommes, die sozusagen zum Symbol meiner Unzufriedenheit geworden ist. »Und niemand wartet an Bushaltestellen in der Schlange, was neben der Tatsache, dass ich Gareth Stones nicht mehr im Zug treffen will, ein weiterer Grund ist, weshalb ich mir ein Fahrrad gekauft habe.«

Holly klaut mir die Pommes aus den Fingern und steckt sie sich ganz in den Mund.

»Aber du stehst doch total auf London, weißt du nicht mehr? Die Museen, die Theater ...«, sagt sie, und ihr Lächeln stellt sich als ansteckend heraus. Wir schütteln beide den Kopf über meine Naivität, und Holly schiebt eine Hand zu mir und legt sie auf meine. Es dauert nur ein, zwei Sekunden, bis sie sie wieder zurückzieht und die Rechnung verlangt, aber in dem Augenblick fühlt sich der Umzug nach London doch nicht mehr wie eine ganz so dumme Idee an.

Ich schaue hinaus, wo der Himmel mit dem Sonnenuntergang die Farben bunter Kaubonbons annimmt. Es ist Mai – jetzt ist der Sommer nicht mehr weit. Ich sehe zu, wie Holly ihre marineblaue Strickjacke über ihre Stuhllehne hängt und ihre Arme entblößt, die dünn und mit Gänsehaut überzogen sind.

»Was gibt's da zu gucken?«, fragt Holly und schaut auf ihre Unterarme.

Ich reiße mich zusammen. »Nichts. Ich dachte nur gerade, dass Marineblau schon immer deine Farbe war.«

Holly mustert mich äußerst skeptisch, doch ich besänftige sie mit einem heiteren Gesichtsausdruck, bis sie schließlich aufgibt und das Thema wechselt.

»Eins wirst du in London auch noch feststellen. Wenn Leute zu Besuch kommen, haben sie hier entweder vor allem Angst – vor der U-Bahn, dem Verkehr, den Menschen –, oder sie ignorieren das alles und sagen andauernd: ›So macht man das vielleicht in London ...‹«

»Dein Dad?«

Holly nickt, aber ich sehe ihr an, dass sie das eigentlich liebenswert findet.

»Wie geht's deinem?«

»Er genießt das Leben auf dem Wasser. Bis auf sein Geplänkel mit dem Mothstoner Hausboot-Verein. Sie wollen ihn erst aufnehmen, wenn er den Namen seines Bootes ändert. Die Boote müssen Namen wie *Lady Rosebery* oder *Haste Away* oder *The Duchess of York* haben.«

»Und wie heißt seins?«

»*Terrys Hausboot.*«

Holly klatscht begeistert in die Hände.

»Und du hast doch gesagt, Kev hat jemanden kennengelernt?«

»Na ja, er hatte Sex.«

»Also hast vielleicht *du* die *anderen* gebremst?«

Hollys Augen funkeln schelmisch, während sie ihr Glas austrinkt.

»Komm, lass uns eine Kneipe für alte Knacker suchen. Eine, wo die Stammgäste uns anstarren, wenn wir reinkommen. Dann kannst du dir vorstellen, du wärst wieder in Mothston.«

»Musst du nicht morgen arbeiten?«

Holly ignoriert mich und geht voraus auf die Straße.

»Apropos Arbeit«, sage ich, als mir die Freundschaftsanfrage einfällt, die ich vor einer Weile bekommen habe. »Deine Kollegin hat mich bei Facebook hinzugefügt.«

Ich hatte mit einer Reaktion gerechnet – beim Quiz war nicht zu übersehen, dass Holly kein großer Fan von Melissa ist –, aber sie quittiert die Info gerade mal mit einem Nicken. Ihre ganze Aufmerksamkeit ist auf ein STOP-Schild vor uns gerichtet, während ihre Mundwinkel übermütig zucken.

»Was ist?«, frage ich.

»Sag nicht, du hast es vergessen?«

Holly sieht mich erwartungsvoll an, bis es mir endlich dämmert. Wir müssen dreizehn oder vierzehn gewesen sein. Holly hatte mich überredet, mir mit ihr im Mondschein im Weelsby Park eine Plastikflasche Cider zu teilen – wobei Holly jedes Mal, nachdem ich daran genippt hatte, einen großen Schluck nahm –, und wir waren auf dem Nachhauseweg, als Holly einen schwarzen Permanentmarker aus dem Mäppchen in ihrer Schultasche hervorholte.

»Hilf mir da hoch«, sagte sie, während sie das STOP-Schild vor uns betrachtete.

»Was hast du vor?«, jammerte ich.

»Du magst doch Schulaufgaben, oder, Al? Also nennen wir es mal ein Kunstprojekt.«

Sie nahm den Deckel vom Marker, wobei ihr die Rebellion ins Gesicht geschrieben stand.

»Jemand wird uns sehen«, protestierte ich, während ich gleichzeitig die Finger ineinanderschob, um eine Räuberleiter zu machen. Es war nun mal Holly, und ich erinnere mich bis heute, wie ich, während ich mich anstrengte, um sie in der Luft zu halten, plötzlich eine Erektion bekam, und ich kriegte sie auch nicht wieder weg, egal wie sehr ich an Oma dachte, aber ich glaube, Holly hat nichts gemerkt, denn als sie wieder herunterstieg, waren wir beide zu sehr in ihr Kunstwerk vertieft.

STOP ME IF YOU CAN

»Jetzt bist du dran«, sagte sie und drückte mir den Marker in den Bauch. »Was wird deins?«

Wir liefen eine halbe Stunde herum, bis mir auch ein Schild ins Auge sprang. Ich hatte noch nie zuvor irgendwas gemacht, wofür ich ernsthaft hätte Ärger bekommen können, aber ich wollte Holly nicht enttäuschen, also ging ich zum McDonald's-Restaurant, während sie Schmiere stand, und nahm mir das Drivethru-Schild vor, indem ich dem »u« säuberlich ein Dach aufsetzte, damit ein »o« daraus wurde. Dann malte ich Buchstabe für Buchstabe das »ugh« hinzu, sodass das Schild nun der korrekten Rechtschreibung entsprach: »Welcome to McDonald's Drivethrough«.

Die Panik setzte sein, sobald ich fertig war – was, wenn das jemand gesehen hatte? –, doch Holly war so beeindruckt, dass es mich eigentlich nicht kümmerte, ob ich erwischt wurde. Ein paar Tage später wurde meine künstlerische Leistung im *Mothston Herald* besprochen, auf der Seite der Leserbriefe, wo ein Rentner namens George Riley unsere Aktion lobend erwähnte.

»Ich hab den Zeitungsausschnitt gefunden, als ich zu Hause war«, sagt Holly. »Ich hätte ihn mitbringen sollen.«

Wir gehen weiter, und sie sieht ganz wehmütig aus. Ich folge ihrem Blick, aber er führt zu einem unbestimmten Punkt in der Ferne.

»Woran denkst du?«

Zuerst frage ich mich, ob sie mich gehört hat, denn sie braucht etwa dreißig Sekunden, um zu antworten.

»Glaubst du an das Schicksal, Al? Dass die Dinge so kommen, wie sie kommen müssen?«

Seltsam, dass sie so etwas fragt. Ich schaue wieder zu ihr, aber ihre Aufmerksamkeit bleibt auf den Horizont gerichtet.

»Ich glaube, dass jeder die Aufgabe hat, etwas Bestimmtes zu tun, einem bestimmten Weg zu folgen. Ob das nun Schicksal ist, weiß ich nicht. Ich denke, es ist nur ein Konzept, das die Leute benutzen, um den Dingen eine Bedeutung zu geben.«

Holly sagt nichts.

»Was ist mit dir?«, frage ich.

Sie denkt einen Augenblick nach. »Früher hab ich vermutlich mal dran geglaubt.«

»Und jetzt?«

»Ich denke, das Leben besteht einfach aus Tausenden von guten und schlechten Zufällen, die einen dahin führen, wo man ist. Nicht sehr romantisch; aber ich glaube, dass es stimmt.«

Holly bleibt vor einem Pub namens The Woodman stehen. Sie

späht durch ein schmutziges Fenster, aber ein Kopfschütteln von ihr zeigt mir an, dass sie nicht reingehen will.

»Scheiß drauf«, sagt sie. »Lass uns ein Sixpack kaufen und stattdessen in den Park gehen.«

»In den Park?«

»Du weißt schon, Bäume und Gras. Manchmal gibt es sogar Schaukeln.«

Ich mustere ihr Gesicht und versuche, die Ursache für ihre plötzliche Unbekümmertheit zu finden, aber ich bin noch nie schlau aus ihr geworden.

Zum ersten Mal, seit wir das STOP-Schild gesehen haben, dreht Holly sich zu mir. »Wieso schaust du mich so an?«, fragt sie. »Lass uns einen draufmachen. Wofür sind Feiertage sonst da?« Sie fordert mich auf, mich bei ihr unterzuhaken. »Es ist ja nicht so, als würde Richard zu Hause auf mich warten. Er hat gesagt, er wäre zu müde, um noch vorbeizukommen, nachdem er seiner Mum geholfen hat, ihren neuen Anbau zu tapezieren. Wenn das mal nicht löblich ist.«

»Also gut.« Ich hake mich mit einem zufriedenen Grinsen bei Holly unter. »Na dann mal los.«

»Alles trocken«, sage ich, während ich mit der Handfläche den Boden in der Nähe einer uralten Eiche abtaste, und die nächsten ein, zwei Stunden sitzen wir im Schneidersitz im Greenwich Park und trinken Dosen-Cider und reden über die alten Zeiten, als würden wir schon Rente beziehen. Der Himmel geht von Lila in Blau über, doch die Luft bleibt mild, während wir uns an gemeinsame Bekannte und die Woche erinnern, die unsere Familien gemeinsam in Camber Sands verbrachten. Holly sagt mir, dass sie dort zum ersten Mal einen Jungen geküsst hat, und ich frage mich, wie es sein kann, dass eine solche Enthüllung in mir nach so langer Zeit immer noch Eifersucht hervorruft. Ich habe keine Ahnung, aber so ist es.

Wir denken an das eine Mal zurück, als Kev in einen See fiel bei dem Versuch, die Theorie zu widerlegen, dass Gänse Menschen den Arm brechen können. Jetzt gerade, hier im Park, fühlt es sich genauso an wie früher. Ich fühle mich genauso wie früher.

Ich schiebe den Gedanken beiseite, lösche ihn aus meinem Kopf. Ich bin berauscht von Cider und Erinnerungen und dem Geruch von Abgasen vermischt mit frisch gemähtem Gras. Holly und ich sind Freunde, und etwas anderes werden wir auch nie sein.

»Es gibt da was, was ich dich schon länger mal fragen wollte«, sagt Holly in einem Ton, der dafür sorgt, dass meine Brust sich zusammenschnürt.

Sie zögert den Moment hinaus, während ich überlege, was um alles in der Welt sie wohl wissen will. Schließlich legt sie ihre Hand auf meine und fragt mit amüsiert blitzenden Augen: »Schleppst du immer noch feuchte Tücher mit dir herum, um Toilettensitze abzuwischen?«

»Ist das alles? Du willst wissen, ob ich immer noch feuchte Tücher mit mir herumschleppe?«

Sie antwortet mit einem Lachen.

»Also wenn du's unbedingt wissen willst: Nein, tu ich nicht. Charlotte McCormack hat's mir verboten.«

»Charlotte wer?«

»Eine Exfreundin. Sie ist auch dafür verantwortlich, dass ich aufgehört habe, die Ausdrucksweise anderer Leute zu korrigieren. Sie hat gesagt, ich führe mich auf wie ein Flachwichser.«

Holly lächelt. »Die hättest du nicht gehen lassen dürfen, Alex.«

Ich erkläre ihr, dass ich eigentlich keine Wahl hatte, und dann erzähle ich ihr von Debbie, und wie das endete, und dann ist Holly an der Reihe, ihre Beziehungsgeschichte vorzutragen. Sie erzählt mir von allen Exfreunden außer Dean. Ich schätze, ich weiß sowieso alles, was es über ihn zu wissen gibt.

»Und jetzt habe ich Richard«, schließt sie, während sie an der Lasche ihrer dritten Dose Cider zieht.

Als wir schließlich aufstehen und uns das Gras von den Beinen abklopfen, wird mir schwindelig, und ein unheilvolles Würgen beginnt in meiner Kehle aufzusteigen.

»Ich glaub, mir wird schlecht.«

»Du hast doch fast gar nichts getrunken!«

»Drei Dosen Cider und knapp eine Flasche Wein.«

»Du konntest noch nie …«

Ich eile zu der Eiche und stemme die Hände gegen ihre abgewetzte Rinde. Mein Kopf pendelt an meinem Hals hin und her. Bald schießt eine heftige Kontraktion durch meinen Körper. Und dann noch eine.

Ich übergebe mich drei Mal, bevor ich aufschaue und merke, dass Holly zwei, drei Schritte von mir entfernt steht, mit den Händen vor dem Mund und vor Mitleid weit aufgerissenen Augen. Sobald sie sicher ist, dass ich fertig bin, kommt sie näher und legt mir leicht eine Hand auf die Schulter.

»Brauchst du TLC?«, fragt sie sanft.

Da ich nicht sprechen kann, schaue ich sie nur an, lächle dankbar und lasse den Kopf wieder in meine Hände sinken. Gegen *tender loving care* von Holly habe ich nichts einzuwenden.

Und dann fängt Holly an, ein Lied zu singen. Ein Lied, das ich von früher kenne, über eine Frau, die keinen Versager will. Der Text hat mich schon damals verwirrt, und er verwirrt mich auch jetzt. Hier ist zwar niemand außer uns, aber sie singt laut genug, dass es mir unangenehm ist.

»Was machst du da?«, krächze ich.

»Ich singe. Ich hab dich gefragt, ob du TLC willst. Das ist einer ihrer größten Hits, Alex. ›No Scrubs‹.«

Holly beißt sich auf die Lippe, um sich das Lachen zu verkneifen.

»Das ist einer der schlechtesten Witze, die du je gemacht hast«, sage ich, während ich ihr den Rücken zukehre und weggehe. Sie fängt wieder an zu singen, sogar noch lauter als vorher.

»Du bist in etwa so witzig wie Gareth Stones«, schreie ich, aber ich kann das Lachen beim besten Willen nicht zurückhalten.

Und nachdem ich einmal angefangen habe zu lachen, kann ich fast nicht mehr aufhören.

EINUNDZWANZIGSTES KAPITEL HOLLY

Ich hab mal so eine Doku über eine Frau gesehen, die den Eiffelturm liebte.

Sie liebte ihn nicht auf eine irgendwie sentimentale Art – sie war tatsächlich in ihn verliebt. Schließlich hat sie ihn geheiratet. Ohne Scheiß. So was nennt sich Objektsexualität, oder so ähnlich.

Ich erinnere mich, dass ich beim Zuschauen fand, sie wäre ein ziemlicher Freak, aber ich habe gerade festgestellt, dass ich mein Bett liebe. Ich LIEBE es. Ich würde es definitiv heiraten, wenn das bedeutet, dass ich dann für immer liegen bleiben darf.

Lady Gaga zerstört meinen Traum.

»Ach, Klappe«, stöhne ich laut und haue auf die Schlummertaste meines Radioweckers.

Übrigens war in der Sendung auch eine Frau, die behauptete, mit ihrer Stereoanlage zu schlafen, aber das ist echt abgedreht.

Urgh – das hier ist kein normaler Kater – ich sterbe wirklich. Im Park dachte ich nicht, dass ich so hacke wäre wie Alex, aber ich glaube mich zu erinnern, dass ich auf meinem Nachhauseweg ein »To Let«-Schild verunstaltet habe, indem ich mit Eyeliner ein »i« zwischen die beiden Worte malte, und ihm ein Foto davon auf sein Handy geschickt habe.

Erst jetzt sehe ich, dass er mit einem Bild von der Queens Road geantwortet hat, aber mit einem Apostroph vor dem »s«. Ha ha! Es wird immer mehr wie früher. Deshalb habe ich mich auch dagegen entschieden, ihm von dem Zettel zu erzählen, den ich gefunden habe. Ich will nicht, dass es so komisch und verkrampft wird wie damals, als ich ihn in Mothston zum letzten Mal besucht habe.

Es ist aber gar nicht so leicht, nichts zu sagen. Was hat er damit bezweckt? Wusste er, dass ich mehr wollte, und es tat ihm leid, dass er meine Gefühle nicht erwiderte? Waren die Jason-und-Kylie-Lyrics seine Art, es mir schonend beizubringen; ein Versuch, mich aufzumuntern? Oder war da eine Botschaft in dem Liedtext? Hat er versucht, mir zu sagen, dass er das Gleiche fühlt? Was wäre passiert, wenn ich den Zettel damals gefunden hätte? Das werde ich jetzt wohl niemals erfahren – Alex erinnert sich wahrscheinlich nicht mal mehr daran. Aber ich wünschte einfach, ich wüsste, was …

ACH DU VERDAMMTE SCHEISSE. Ich wünschte, ich hätte nicht in den Spiegel geschaut. Ich beuge mich weiter vor, ich bin im Schlaf offensichtlich durch einen Fleischwolf gedreht worden.

Nachdem ich die Haare zu einem unordentlichen Pferdeschwanz zusammengebunden habe, übe ich mich in meiner erst kürzlich entdeckten, *Supertalent*-würdigen Fähigkeit: anziehen, Wimperntusche auftragen und Zähne putzen – alles gleichzeitig.

»Miau.«

»Morgen, Harold. Ich bin SPÄT DRAN. Sehe ich halbwegs tageslichttauglich aus?«

Mir doch egal, sagt sie. *Hauptsache, ich krieg Futter.*

Das Katzen-Trockenfutter kommt zu schnell aus der Packung und ergießt sich über den Rand von Harolds Napf, aber bis es auf dem Fußboden landet, bin ich schon zur Tür hinaus, also muss ich es später wegputzen.

»Du siehst richtig scheiße aus.« Jemma klingt beeindruckt.

»Danke.« Ich lasse mich auf meinen Stuhl fallen und schaue mich im Büro um. Es ist wie ausgestorben hier, nur sind alle Computer an, und auf den Schreibtischen stehen halb ausgetrunkene Kaffeetassen. »Wo sind alle?«

»Martin Cooper ist noch bei seinem Frühstücksmeeting, zu dem er zu spät gekommen ist, weil ich vergessen hatte, seinen Chauffeur zu buchen. Mal wieder. Richard Croft ist in seinem Büro und tippt wahrscheinlich selbst seine Briefe, geht selbst an sein Telefon und lechzt nach einem Kaffee, da seine persönliche Assistentin es gerade erst für nötig gehalten hat, sich hierherzuschleifen. Und das Team ist im Konferenzraum. Melissa hat vor einer halben Stunde alle dort versammelt mit den Worten: ›Leute, Leute, können wir einen kurzen Kriegsrat im Konfi abhalten – wir müssen unseren nächsten Angriff planen.‹« Sie tauscht ihren Glasgower Akzent gegen eine übertrieben affektierte Londoner Aussprache, um Melissa nachzuahmen. »Egal, warum kommst du so spät? Warst du mit Alex weg?«, fragt sie mit bedeutungsschwangerem Unterton samt obligatorischem Zwinkern.

Jemma glaubt nicht, dass meine Beziehung zu Alex rein platonisch ist. Aber warum sollte sie das auch glauben? Soweit sie weiß, sind wir beide Single. Richard vor ihr geheim zu halten ist viel schwerer als vor allen anderen.

Es ist ja nicht so, als würde ich ihr nicht vertrauen. Sie würde es niemals absichtlich ausplaudern. Sie gehört nur einfach zu den Leuten, denen man alles am Gesicht ablesen kann. Wenn jemand einen Verdacht hätte und sie danach fragte, würde ihre Stimme Nein sagen – aber ihr Gesicht würde sagen: *Aber hallo! Da drüben auf dem Schreibtisch haben sie's getrieben!*

»Ja, war ich, und ich hab gehört, du hast ihn bei Facebook hinzugefügt. Ich hoffe, du fängst jetzt nicht an, ihn zu stalken …«

»Jemma.« Melissa ist zurück von ihrer Besprechung und plötzlich neben uns. »Ich möchte einen wöchentlichen Jour fixe mit dem

Team bezüglich unserer Entwicklungsstufen einführen. Kannst du das bitte im Kalender eintragen?«

»Du bist so eine blöde Kuh, Melissa.« Das sagt Jemmas Gesicht.

Laut sagt sie: »Kein Problem, Melissa.«

»Super, danke. Es muss für alle zur Gewohnheit werden, sich vorher vorzubereiten und im Voraus zu planen.«

»Im Gegensatz zu anderen Formen des Vorbereitens und Planens«, murmelt Jemma.

»Was?«, fragt Melissa schnippisch.

»Was?«, fragt Jemma unschuldig.

»Äh, nichts.« Melissa dreht sich zu mir und lächelt. »Einen schönen Nachmittag, Holly!«

»Sorry, hab verschlafen«, murmele ich. Keine Ahnung, wieso ich mich überhaupt entschuldige. Es ist erst Viertel vor zehn, verdammt, und ich bleibe oft genug länger da. Und mal ganz abgesehen davon IST SIE NICHT MEINE CHEFIN.

»Ach, das war nur Spaß. Tu mir den Gefallen und bitte Richard, mir zu mailen, damit wir das Mittagessen verschieben können, ja?« Sie macht eine wegwerfende Handbewegung. »Er weiß dann schon, was das heißt.«

»Na da können wir ja verdammt froh sein, dass Richard wissen wird, was das heißt«, sagt Jemma, sobald Melissa außer Hörweite ist. »Ich weiß ja nicht, wie es dir geht, aber ich hatte echt Probleme, diese Message zu entschlüsseln.«

Ich lache, aber diese ganzen kleinen Mittagessen und Treffen, bei denen Melissa Richard in Beschlag nimmt, machen mich fertig. Sie kommen nämlich in letzter Zeit sehr häufig vor. Ich will damit nicht andeuten, dass sie ES MACHEN oder so was – ich weiß, worüber sie sprechen. Ich habe Richard in der Woche, nachdem ich aus Mothston zurückkam, gefragt.

Wir lagen von postkoitaler Seligkeit berauscht in seinen anthrazitfarbenen Kingsize-Laken aus ägyptischer Baumwolle. Sein Bett ist wie alles andere in seinem Docklands-Apartment – teuer, luxuriös und viel zu groß dafür, dass er allein wohnt. Verglichen mit seinem Fernsehbildschirm könnte das örtliche Odeon-Kino Minderwertigkeitskomplexe bekommen; man braucht einen Abschluss in Physik, um herauszufinden, wie man mit dem Soundsystem, das eine halbe Wohnzimmerwand einnimmt, eine CD abspielt, und ein Esstisch, an dem bequem eine zwölfköpfige Familie Platz nehmen könnte, steht neben einem Weinregal mit ausreichend Flaschen Premium-Gesöff, dass die ganze Sippe vierzehn Tage lang den Pegel halten könnte.

Ich habe dagelegen und mich gefragt, ob ich irgendwann bei ihm einziehen würde oder ob wir uns zusammen was Neues suchen würden. Ich meine, es ist schon schön und alles – der Gebäudekomplex war gerade erst gebaut worden, als Richard vor drei Jahren einzog, und hat eine eigene Bar und ein Fitnessstudio. Aber es hat einfach etwas so Charakterloses an sich. Es ist eine schicke Junggesellenbude, aber für uns stelle ich mir ein Haus mit Garten vor. Vor allem, wenn wir Kinder haben.

Ich weiß nicht, was mich von all diesen Gedanken darauf gebracht hat, mit meiner Frage zu Melissa herauszuplatzen. Vermutlich das Wort »charakterlos«.

»Tja – aber das bleibt unter uns –, sie hat von dem Zusammenschluss erfahren.« Richard faltete die Hände unter dem Kopf. »Sie will unbedingt in meinem neuen Team dabei sein.«

Hah! Klar will sie das, die intrigante Kuh.

»Hah! Klar will sie das, die intrigante Kuh.«

Ich hatte wirklich nicht vor, das laut zu sagen, aber ich war sauer. Nicht nur, weil sie so schamlos versucht, sich meinen Freund zu krallen, sondern auch auf Job-Ebene. Ich bin seine persönliche Assistentin. Und solange das der Fall ist, soll sie sich, wenn sie mit Richard über Berufliches sprechen will, von mir einen Termin geben lassen.

Obwohl es schon mehr das Sich-meinen-Freund-Krallen ist.

»Was ist dein Problem?« Richard lachte. »Ach nein, sorry – das hatte ich ja ganz vergessen.«

»Was hast du vergessen?«

»Dass du Melissa aus mir unerfindlichen Gründen nicht leiden kannst.«

»Stimmt gar nicht!«

»Doch – du kannst sie nicht ausstehen.«

»Nein, ich meine, es sind keine unerfindlichen Gründe. Niemand mag sie.«

»Ich mag sie.«

»Okay, keine von den Frauen mag sie. Aber alle Typen im Büro sind völlig blind dafür, wie nervig sie ist – wie KOMMT das nur?«

»Sie ist ein nettes Mädchen. Wusstest du, dass sie sich für Golf interessiert? Sie hat gefragt, ob ich ihr die Basics beibringen kann.«

»Das ist Quatsch!«, widersprach ich, weil mir einfiel, wie Melissa ein paar Tage zuvor mit den Augen gerollt hatte, als Jemma sagte, Richard sei in Martins Büro und rede über Golf. »Langweilig«, hatte sie gesagt. Es war das einzige Mal, dass ich je gesehen hatte, dass ihre Worte zu ihrem Tonfall und Gesichtsausdruck passten.

»Och.« Richard legte einen Arm um meine Schultern und zog mich an seine Brust. »Bist du eifersüchtig auf Melissa?«

Eifersüchtig auf Melissa? EIFERSÜCHTIG auf Melissa? Eifersüchtig auf MELISSA?

»Wieso sollte ich eifersüchtig sein?«

Findet er sie interessanter als mich? Hübscher? Intelligenter?

»Weil sie vielleicht nach dem Zusammenschluss bei mir arbeitet, aber du nicht?«

Es ist sein Glück, dass er sich für diese Antwort entschieden hat – mit seinen Genitalien in so direkter Reichweite.

»Ach, deswegen. Kein bisschen. Ich werde viel zu sehr damit beschäftigt sein, deinem Nachfolger persönlich zu assistieren, um an dich zu denken.«

Ich hatte meinen Tonfall geändert, um die Worte »persönlich« und »assistieren« so schmutzig wie möglich klingen zu lassen, und wartete darauf, dass er beleidigt protestierte, um ihm sagen zu können, das wäre nur Spaß, und es dann zu beweisen, indem ich ihn küsse.

»Das ist okay«, sagte er halb lächelnd und halb gähnend. »Ich hab dann sowieso eine heiße neue Sekretärin, die sich um meine Bedürfnisse kümmert.«

Das habe ich wohl herausgefordert.

Vielleicht liegt es an Melissa und diesen kleinen Mittagessen, oder vielleicht daran, dass ich zu verkatert bin, um Jemma überzeugend irgendwas aufzutischen, was erklärt, weshalb ich kein Interesse an Alex habe, aber eine nagende Unsicherheit, die ich manchmal in Bezug auf Richard verspüre, drängt an die Oberfläche.

Wieso *will* er nicht, dass irgendjemand davon erfährt? Wenn ich mich von außen betrachten würde, täte ich mir leid. Eine Frau, die auf die dreißig zugeht und versucht, einen Mann an sich zu binden, der offensichtlich nicht besonders auf sie steht. Der sich weigert, auf der Straße mit ihr Händchen zu halten oder sie seiner Mum vorzustellen. Das ist der Grund, weshalb ich aufgehört habe, mit Susie und Leah darüber zu reden – Susie macht kein Geheimnis aus ihren Zweifeln, und Leah zeigt mit ihrem Schweigen, dass sie genauso denkt. Wenn selbst die ewige Beziehungsoptimistin keine ermutigenden Worte finden kann, dann weiß man, was Sache ist. Der einzige Mensch, mit dem ich reden kann, ist Alex – er hört einfach zu und urteilt nicht. Niemand sieht, wie Richard ist, wenn wir miteinander allein sind, und er *steht* auf mich. Er könnte nicht liebevoller sein.

Aber es ist wie bei der Frage mit dem Baum, der im Wald umfällt – macht er ein Geräusch, wenn keiner da ist, um es zu hören? Und ist eine Beziehung echt, wenn keiner da ist, um zu sehen, wie glücklich wir sind?

Ich habe nie mehr richtig probiert, mit Richard darüber zu reden, seit meinem gescheiterten Versuch an dem Freitag, als ich nach Mothston fuhr. Richard ist sogar noch eingespannter in die Arbeit als sonst, und ich habe mich häufig mit Alex getroffen, was mich abgelenkt hat.

Aber langsam ist es nicht mehr lustig. Ich stehe auf und ... woah. Ich setze mich wieder hin.

»Kreislauf«, antworte ich auf Jemmas neugierigen Blick, bevor ich es noch mal versuche, aber in Zeitlupe.

»Rich?« Ich schließe Richards Tür, setze mich ihm gegenüber an seinen Schreibtisch und halte mich dabei an dem Notizbuch fest, das ich mitgenommen habe, um den Schein zu wahren. Ich muss mir ein Thema überlegen, das nahtlos in das Beziehungsgespräch überleitet. Ich kann nicht einfach damit herausplatzen und ihn in die Enge treiben.

»Ich will, dass wir es allen sagen. Das mit uns, meine ich.«

Ups.

Ich versuche, locker und unbeschwert auszusehen, als hätte ich nur ein unerhebliches, vorübergehendes Interesse daran, was er sagen wird, während ich alle seine möglichen Antworten im Kopf durchgehe.

»*Fan*tastic Jazz!«, ruft er.

Okay, ich war nicht ALLE seine möglichen Antworten im Kopf durchgegangen.

»Bist du ein Fan von Jazz? JazzEast ... Bist du ein Fan?«

»Wovon redest du, Richard?«

Er erklärt es mir. Die Veranstalter von JazzEast, einem jährlichen Open-Air-Bier-und-Jazz-Festival in Shoreditch, sind Kunden von uns, und Richard sucht nach einem guten Slogan für die Promotion.

Mein Blick wandert auf der Suche nach Inspiration durch sein Büro, springt über die Ausgaben von *Men's Health* und *GQ*, die auf seinem sonst ordentlichen Schreibtisch liegen, und landet auf einem Motivationsposter hinter seinem Stuhl, auf dem vier Männer in einem Boot abgebildet sind, die ihre Ruder hochhalten.

TEAMARBEIT. Zusammen erreichen wir mehr.

Genau. Deshalb verbringe ich auch so viel Zeit damit, mir bescheuerte Wortspiele auszudenken. Wörter waren noch nie mein Spezialgebiet, aber zwei Köpfe sind besser als einer und so weiter. Ich schaue auf das Poster daneben.

ERFOLG. Niederlagen sind bitter, aber noch bitterer ist es, es gar nicht erst zu versuchen.

Das Bild dazu zeigt einen einzelnen, lächelnden Mann auf der Spitze eines verschneiten Berges, der die Hände in die Luft streckt. Steht das nicht in krassem Widerspruch zu dem Teamarbeit-Poster?

»JazzEast: das COOLSTE Festival des Sommers?«, schlage ich vor – es gab mal die Idee, das Festival zu promoten, indem Fächer mit Internetadresse und Slogan drauf an schwitzende Pendler verteilt werden.

»Das«, sagt Richard, während er dynamisch mit dem Finger schnippt und mit ausgestrecktem Arm auf mich zeigt, »ist genau der Grund, weshalb ich dich liebe.«

Mein Herz setzt aus. Er hat mir noch nie vorher gesagt, dass er mich liebt. Dies ist ein großer Moment. Ich will antworten, dass ich seine Gefühle selbstverständlich erwidere, als ich merke, dass er hektisch etwas auf seinen Notizblock schreibt. Er erwartet keine Antwort. Er hat es nicht so gemeint.

»Ich finde, es ist an der Zeit, dass wir den anderen sagen, dass wir zusammen sind.«

»Wieso?«, fragt er, während er immer noch auf seinem Notizblock herumkritzelt. »Kannst du mir mal das Dokument aus dem Drucker geben, Süße?«

»*Wieso?*«

»Weil ich es zum Abschicken brauche, für ...«

»Nicht das.« Ich nehme das Blatt aus dem Drucker und reiche es ihm über den Schreibtisch. »Was meinst du mit ›wieso‹?«

Er lehnt sich mit den Händen hinter dem Kopf auf seinem Stuhl zurück. »In ein paar Wochen ziehe ich in die obere Etage, und du bist nicht mehr meine persönliche Assistentin. Wieso sollen wir im letzten Moment noch Wirbel machen?«

Ich atme erleichtert auf. Es hat ihm deshalb die ganze Zeit nichts ausgemacht, weil er das Licht am Ende des Tunnels sieht. Sobald er die Position wechselt, gibt es keinen Grund mehr, es geheim zu halten. Er hat recht. Wir haben neun Monate Geheimnistuerei hinter uns, da werden noch ein paar Wochen mehr keinen großen Unterschied machen.

»Dann bist du dir also ziemlich sicher, dass du den Job kriegst, oder?«

Er schenkt mir ein Grinsen, das impliziert, dass alles schon so weit unter Dach und Fach ist, dass es sich nicht mal lohnt, meine Frage zu beantworten, also erwidere ich sein Grinsen, und wir sitzen beide grinsend da, bis die Tür aufgerissen wird und Martin Cooper ebenfalls grinsend hereinkommt.

»Ich lass euch dann mal allein.« Ich springe auf und winke mit meinem Notizbuch. »Wir sind hier fertig.«

Ich versuche, um 17.30 Uhr zu verschwinden, weil ich Alex zu Trostpasta bei mir eingeladen habe – er ist auch verkatert und leidet ebenso wie ich.

»Holly, kannst du bitte zu mir kommen, bevor du gehst?« Richard steckt den Kopf aus seinem Büro. »Ich muss dir noch was diktieren.«

Diktieren gleich ausziehen, Jacke wie Hose.

Sobald seine Tür zu ist, küsst er mich.

»Martin hat die Telefonkonferenz verschoben«, murmelt er, während er sich an meinen Hals schmiegt. »Also gehöre ich heute Abend ganz dir.«

»Das klingt toll«, murmele ich zurück, »aber ich hab schon was vor. Alex kommt zum Essen.«

»Ach ja?« Richard weicht zurück und runzelt leicht die Stirn. »Kannst du das nicht absagen? Du hast ihn doch gestern Abend erst gesehen, oder?«

»Nein, das kann ich nicht absagen – das wäre nicht fair.« Außerdem will ich nicht absagen. Ich treffe mich gern mit Alex. »Ich dachte, du wärst beschäftigt. Es ist nichts Großes; er kommt einfach zum Essen. Ich koche Lasagne, und ich mache immer viel zu viel.« Ich weiß nicht, warum ich mich rechtfertige. »Komm doch einfach dazu.«

Ich warte darauf, dass er ablehnt.

»Okay, warum nicht«, er nickt.

»Super«, sage ich und versuche, meine Überraschung zu verbergen.

Ich fahre nach Hause, um zu kochen, während Richard im Büro noch Sachen erledigt. Ich konnte nicht Nein sagen, nachdem ich ihm so lange damit in den Ohren gelegen habe, dass ich mir wünsche, er würde meine Freunde kennenlernen. Und warum sollte ich wollen, dass er Nein sagt? Es ist gut, dass sie sich kennenlernen. Ich verdränge meine unerklärliche Unruhe und will gerade Alex anrufen, um ihn vorzuwarnen, als es an der Tür klingelt und Richard bewaffnet mit einem Strauß rote Rosen hereinkommt.

»Für die Gastgeberin«, sagt er, während er sie mir mit einem Kuss überreicht, bevor er in mein Schlafzimmer geht, um einen Kleiderbügel für seine Anzugjacke zu holen.

»Oh, besten Dank«, rufe ich entzückt (er hat mir noch nie Blumen gekauft) und stelle sie in eine Vase. Er bringt mich auf den neusten Stand in Sachen Fusion, während ich die Lasagne mache (wobei ich meine übliche Schicht Pilzscheiben weglasse, weil Richard findet, dass sie da nicht hineingehören), und ich habe sie gerade in den Ofen geschoben, als es noch mal an der Tür klingelt.

Falls Alex immer noch leidet, merkt man es ihm nicht an, so frisch und strahlend sieht er aus nach seiner Fahrradfahrt von Greenwich hierher.

»Rate mal, wer da ist«, flüstere ich.

»Die Polizei?«, flüstert er zurück und späht an mir vorbei. »Hat sie endlich den Phantom-Graffitikünstler aufgespürt? Wenn ja, dann bin ich weg – ich lass mich nicht deinetwegen einlochen.«

»Nein«, kichere ich, während ich ihn hereinziehe und die Tür schließe. »Es ist ...«

»Du musst Alex sein?« Richard erscheint in der Wohnzimmertür und streckt ihm die Hand entgegen. »Wie schön, dich endlich kennenzulernen – ich hab schon so viel von dir gehört.«

Das stimmt nicht ganz – er fragt mich nie nach Alex.

»Alex, das ist Richard«, erkläre ich für den Fall, dass das nicht offensichtlich ist.

»Natürlich. Richard, hi.« Alex schüttelt seinen leicht überraschten Ausdruck schnell ab und gibt Richard die Hand.

Nervös führe ich beide ins Wohnzimmer – wieso bin ich nervös? – und frage, wer was trinken will, wobei ich ein Mal in die Hände klatsche – wieso klatsche ich?

»Ich hab was mitgebracht.« Alex streckt mir eine Flasche Rotwein entgegen.

»Ich mach das schon.« Richard nimmt sie ihm ab und greift nach dem Korkenzieher auf dem Tisch.

»Gute Wahl.« Er nickt anerkennend, während er das Etikett liest.

»Okay«, sage ich, während ich in Richtung Küche gehe. »Ich muss noch den Käse reiben, der oben auf die Lasagne kommt, also bleibt ihr Jungs einfach hier und, ähm, redet über Jungssachen.«

Ich gebe den Käse dazu und fange dann mit dem Salat an. Aus irgendeinem Grund bin ich aufgeregt. Das Geräusch von Alex' und Richards Stimmen dringt in die dunstige Kochnische herüber, und ich höre, wie Richard von einer Marketingkonferenz erzählt, an der er kürzlich teilgenommen hat. Ich ertappe mich dabei, wie ich mir im Stillen wünsche, er würde schweigen. Das Zeug ist für niemanden interessant, der nicht im Marketingbereich arbeitet. Gott, es ist nicht mal interessant, wenn man da arbeitet. Es ist immer nervenaufreibend, wenn zwei Leute, die einem wichtig sind, sich zum ersten Mal treffen – besonders, wenn sie wenig gemeinsam haben –, doch ich höre Alex' höfliches Murmeln und seine Nachfragen und spüre, wie ich mich ein bisschen entspanne.

Glücklicherweise verläuft das Essen gut. Es ist komisch, Richard in so kleiner Runde den Charmeur geben zu sehen. Ich war irgendwie davon ausgegangen, dass er diese Taktik nur für berufliche Zwecke einsetzen würde. Als wir schließlich die restliche Tomatensoße auf unseren Tellern mit Knoblauchbrot auftunken, bringt Alex uns mit Anekdoten von seinen Schülern zum Lachen, und wir schwelgen alle in Erinnerungen an unsere eigene Schulzeit.

»Ich hatte ja keine Ahnung, dass du so eine Rebellin warst«, sagt Richard lachend, nachdem Alex ihm erzählt hat, wie ich einmal die Schule schwänzte, um mit Ellie nach London zu fahren, weil Take That dort CDs signierten.

»Nur im Vergleich zu euch zwei Arschkriechern.«

Sie lachen beide, dann sagt ein paar Augenblicke zu lange niemand etwas, bis Richard sich vorbeugt und die Ellbogen auf den Tisch stützt. Er legt sein Kinn in eine Hand, hält mit der anderen Hand den Stiel seines Glases fest und schwenkt seinen Rotwein.

»Also«, beginnt er. Gott sei Dank – ich hatte schon befürchtet, es könnte eine Verlegenheitspause eintreten.

»Da ihr euch ja schon so lange kennt, habt ihr da je ... ihr wisst schon ... was miteinander gehabt?«

Whoa, wo kam das denn jetzt her? Richards Grinsen und sein Augenzwinkern deuten darauf hin, dass es eher eine scherzhafte Frage als ein Verhör ist, aber er muss meinen entsetzten Gesichtsausdruck bemerkt haben, denn er fügt schnell hinzu: »Damals, meine ich. Ich wollte nicht sagen jetzt. Ich hab mich nur gefragt, ob ihr je ...«

»Nein.« Alex lächelt freundlich und sieht Richard in die Augen. »Holly und ich hatten nie was miteinander.«

»Nicht?« Richard lacht. »Das ist beeindruckend. Ihr habt nicht mal heimlich geknutscht?«

»Nein.« Alex schüttelt den Kopf, während ich mir inständig wünsche, dieses Gespräch würde enden. »Nicht mal das.«

»Auch nicht fast?« Im Ernst, wieso reden wir immer noch darüber?

Wie ich dieses süße, süße Schweigen vermisse.

Mir ist bewusst, dass ich immer noch nichts gesagt habe und wahrscheinlich rot geworden bin. Ich muss irgendwas tun, was zeigt, dass mir diese Diskussion ebenso wenig ausmacht wie den beiden anderen, um nicht zu verraten, was damals wirklich passiert ist. Oder was nie passiert ist, um genau zu sein. Also lache ich. Etwas heftiger als beabsichtigt, was bei mir einen hysterischen Kicheranfall auslöst. Beide sehen mich irritiert an.

»Alex und ich«, seufze ich, während ich mir eine Träne wegwische und dann die Lasagneform hochhalte. »Will jemand noch was?«

Sie schütteln beide den Kopf und streichen sich über den Bauch, um zu zeigen, dass sie voll sind, bevor sie mich mit Komplimenten überhäufen, wie köstlich es gewesen sei. Richard gibt mir einen Handkuss und steht dann auf, um noch eine Flasche Wein aus der Kochnische zu holen. Ich wage einen Blick zu Alex, der nachdenklich aussieht, bis er merkt, dass ich ihn beobachte, und lächelt. Ich lächle zurück, dann kommt Richard wieder.

»Macht es euch schon mal gemütlich, während ich den Tisch abräume«, murmele ich.

»Lass mich helfen«, sagt Alex und fängt an, die Teller zu stapeln.

»Nein, nein«, widerspricht Richard, während er ihm in glücklicher sagenhafter Ignoranz meines Unbehagens den Stapel abnimmt. »Du bist unser Gast.«

»Ihr lasst sie beide stehen.« Ich setze das Spiel des Tellerweiterreichens fort, indem ich Richard von ihnen befreie. »Ich räume nur schnell alles ab und bin gleich wieder da.«

»Na, jetzt hast du's uns aber gegeben.« Richard hebt lachend die Hände hoch. Sie setzen sich an verschiedene Enden des Sofas, und Harold klettert auf Richards Schoß.

»Hallo, du«, gurrt er, während er sie unter dem Kinn krault und mir zuzwinkert. Ich lächle ihm zu und verschwinde in die Küche.

ZWEIUNDZWANZIGSTES KAPITEL ALEX

Richard scheucht Harold von seinem Schoß und hebt sein Weinglas vom Untersetzer neben seinen Füßen hoch. Er setzt an, um einen Schluck zu trinken, zögert dann aber.

»Chianti ist der klassische Begleiter für Lasagne«, sagt er, während das Glas noch immer in der Nähe seines Mundes schwebt. »So würde man das in Italien serviert bekommen. Zu Rindfleisch braucht es einen kräftigen Roten, und die Pasta bietet dem Wein einen hervorragenden Hintergrund, vor dem er sich voll entfalten kann. Die Tomatensoße und die Kräuter wiederum sind ideale Partner für die Würzigkeit und den rauchigen Charakter des Chianti.« Endlich nimmt er seinen Schluck. »Den hast du gut ausgewählt.«

Holly ist mit dem Geschirr in der Kochnische und bekommt von unserer Weinunterhaltung nichts mit.

»Ich weiß nur, dass das Hannibal Lecters Lieblingswein war. Also dachte ich mir, er müsste zu rotem Fleisch passen.«

Richard lacht laut auf, und ich beobachte, wie Holly zu uns herüberschaut, nur für eine Sekunde, bevor sie ihre Aufmerksamkeit wieder dem Spüllappen und dem Teller in ihren Händen zuwendet.

So läuft es schon den ganzen Abend, jeder von uns spielt seine Rolle: ich den höflichen Gast, Holly die Hausfrau und Richard den weltmännischen Gastgeber mit hochgekrempelten Ärmeln und zwei geöffneten Hemdknöpfen. Zwei Knöpfe, das verlangt schon eine Portion südländisches Selbstbewusstsein. Ich habe es nie geschafft, mich mit mehr als einem offenen Knopf irgendwo blicken zu lassen.

Als Richard an die Tür kam und mir kraftvoll die Hand schüttelte, als mir klar wurde, dass er mit uns essen würde, fürchtete ich, dass es vielleicht ein bisschen komisch werden könnte. Ein Abendessen mit dem Mädchen, in das ich einmal verliebt war, und ihrem geheimen Freund. Aber er nahm mir die Anspannung. Er machte mir Komplimente. Und es gab keinen einzigen unangenehmen Augenblick, bis er fragte, ob zwischen Holly und mir je was gelaufen sei. Wusste er etwas? War seine joviale Art eine Maske, hinter der er sein Territorium zu verteidigen versuchte? Ich tat mein Bestes, um nicht defensiv zu wirken, während Holly einfach darüber lachte. Aber warum musste sie so heftig lachen? Ich verstehe ja, dass sie meine Gefühle nie erwidert hat, aber ich wusste nicht, dass sie die Vorstellung *so* lächerlich fand.

»Ich hab neulich einen Artikel gelesen«, sagt Richard, während Holly die Platzsets abwischt und Harold, die unter den Esstisch geflüchtet ist, sich mit langen, gründlichen Zungenstrichen die Hinterbeine ableckt. »Und so, wie ich das mitbekomme, ist das Problem mit Kindern heutzutage, dass sie alle ihre Rechte kennen. Dieser Artikel, ich kann mich jetzt nicht erinnern, wo ich ihn gesehen habe, aber ...«

Der Kopfschmerz, der mich schon den ganzen Vor- und Nachmittag geplagt hat, macht sich wieder bemerkbar, während Richard spricht. Mein Kater macht es mir schwer, mich längere Zeit zu konzentrieren. Mein Blick fällt auf eine Vase mit Rosen auf dem Fensterbrett hinter Richard, und für ein, zwei Sekunden verliere ich mich in einer fernen Erinnerung.

»... im Gegenteil, ich finde, ihr Lehrer verdient mehr Ferien.«

Ich stelle erleichtert fest, dass der Dunstabzug, der während des ganzen Essens gebrummt hat, endlich aus ist und auch unser Gespräch zum Stillstand kommt. Wir sehen zu, wie Harold unter dem Esstisch hervorschleicht.

»Und, wie gefallen dir die Mädels hier unten in London so?« Richard legt einen Arm um Hollys Schultern, als sie sich zwischen uns aufs Sofa setzt.

Die Frage kommt mir seltsam vor, besonders nach seinen vorherigen Erkundigungen über Holly und mich, und ich weiß nicht, was ich antworten soll, also stoße ich ein »Ha!« aus in der Hoffnung, es könnte genügen, aber die darauffolgende verkrampfte Stille sagt mir, dass das nicht der Fall ist. Schließlich schreitet Holly ein.

»Ich sollte dich mit einer Freundin von mir verkuppeln!«, platzt sie heraus und streckt Harold einladend eine Hand entgegen, die herbeitrottet, um sich am Hals kraulen zu lassen.

»Eigentlich«, sage ich aus Protest gegen die Vorstellung, dass ich ein Härtefall wäre, »habe ich sowieso überlegt, mich mit jemandem zu verabreden, den ihr kennt.«

Holly schaut von der Katze hoch und blickt zu Richard, als hätte ich mich ihm vielleicht schon anvertraut, während sie in der Küche war. Er schüttelt den Kopf. Wie soll er denn wissen, was zum Teufel ich sagen will, wenn ich mir selbst noch nicht ganz sicher bin?

»Wer soll das sein?«, fragt Holly.

Immer noch unsicher, worauf das alles hinauslaufen soll, lächle ich erst Holly verlegen an, dann Richard, dann wieder Holly. »Melissa.«

Holly scheint verwirrt. »Was für eine Melissa?«

Richard legt wissend die Stirn in Falten, aber Holly braucht noch ein paar Sekunden, bis es klick macht.

»Wir haben uns damals beim Pub-Quiz kennengelernt, erinnerst du dich? Ich hab dir erzählt, dass sie mich bei Facebook hinzugefügt hat.«

Holly hebt ihren Körper ganz leicht an, um den Bund ihres Bleistiftrocks zurechtzuschieben, und lehnt sich dann mit verschränkten Armen wieder nach hinten.

»Oh.«

Wir versinken alle drei erneut in Schweigen, bis es mir dämmert, weshalb die beiden beunruhigt sind.

»Keine Sorge«, versichere ich. »Euer Geheimnis ist bei mir gut aufgehoben.«

Als ich mich zu ihnen drehe und in zwei ungläubige Gesichter schaue, komme ich mir plötzlich vor wie ein Vollidiot. Ich habe die Sache nicht wirklich durchdacht. Ich war völlig überrascht, als Melissa mir eine Freundschaftseinladung schickte, und ebenso, als sie anfing, alle meine Statusmeldungen zu liken. Kev sagt, sie würde ihr Revier markieren wie eine Katze, die Duftmarken in ihr Haus setzt, aber bis jetzt hatte ich nicht ernsthaft in Betracht gezogen, dass daraus irgendwas werden könnte.

Hollys Angebot, mich zu verkuppeln, hat wohl etwas bestätigt, was mich schon den ganzen Abend beschäftigt hat. Sie und Richard zum ersten Mal zusammen zu sehen: Das lässt mich einiges klarer sehen. Als wir uns trafen, nachdem ich gerade nach London gezogen war, konnte ich nicht fassen, wie sehr Holly sich verändert hatte, doch in letzter Zeit ... ich weiß nicht. In den vergangenen ein, zwei Monaten gab es Momente, in denen es sich fast wieder wie früher anfühlte – oder zumindest habe ich mich wieder so gefühlt. Aber der heutige Abend hat eines gezeigt: Es wird nichts passieren. Das hier ist jetzt Hollys Leben, und sie ist glücklich.

Ein Gefühl der Beklemmung kommt zwischen uns auf, das Holly zum Anlass nimmt, um in ihre Tasche zu greifen.

»Ich wollte dir doch noch was zeigen.« Sie holt eine Digitalkamera heraus und rutscht näher an mich heran, woraufhin Richard sich entschuldigt, um auf die Toilette zu gehen, und Harold auf meine Schenkel springt, ganz begierig, auch einen Blick auf die Bilder zu werfen. »Ich hab ein paar Fotos von unserem alten Haus gemacht, es ist schon alles verpackt. Ich hätte nie gedacht, dass es mir mal was bedeuten würde, aber …«

Ich gehe die Fotos durch und verweile so lange bei den Bildern von ihrem Zimmer, wie ich kann, ohne dass es komisch wirkt. Dieser Raum war für meine Teeniefantasien, was Graceland für Elvis war, und obwohl ich das Zimmer fast nicht wiedererkenne ohne den ganzen Kram auf dem Fußboden, lässt mich der Anblick innerlich immer noch butterweich werden.

Nach den Fotos vom Haus kommen Schnappschüsse von einer Party.

»Ooh, die sind von der Hochzeit, auf der ich vor ein paar Wochen war«, sagt Holly, und ich fühle mich verpflichtet weiterzuklicken.

Auf den ersten zwanzig Bildern oder so kenne ich niemanden, bis schließlich Holly erscheint, mit einem Strauß in der einen und Richard an der anderen Hand. Sie sieht überglücklich aus, die Blumen gefangen zu haben, während Richard, das Kinn im rechten Winkel zur Linse, eine Art Schnute zieht. Die Pose kenne ich von dem gerahmten Foto auf dem Fensterbrett, das ich zum ersten Mal gesehen habe, als ich vor ein paar Wochen Harold fütterte.

»Das heißt dann wohl, dass ihr die nächsten seid, du und Richard?«, wage ich zu fragen. Harold nimmt dies als Stichwort, um wieder auf den Teppich zu springen, und hinterlässt so viele Katzenhaare auf meiner Hose, dass ich mir eine Perücke daraus machen könnte.

»Sorry wegen der Katze«, sagt Holly, die meine Frage ignoriert und es sich zur Aufgabe macht, das Fell von meinen Beinen zu wischen. Ich werde unwillkürlich rot und wende den Blick ab, weil Holly Gordons Hände über meine Schenkel streichen, und weil ich ziemlich sicher bin, dass dies nach Kevs Definition als präsexueller Kontakt gelten dürfte.

Ich befehle mir, nicht albern zu sein. Holly würde allen ihren guten Freunden Katzenhaare von der Hose wischen, das ist selbstverständlich.

»Fertig«, sagt sie.

Am anderen Ende der Wohnung öffnet sich die Badezimmertür. Holly nimmt mir die Kamera aus der Hand, und eigentlich wäre das alles gewesen.

Eigentlich wäre das alles gewesen, aber ein flüchtiges, zartes, winzig kleines Fünkchen eines völlig unschuldigen Blickkontakts sorgt dafür, dass ich mich, als Richard wieder ins Zimmer kommt und ohne erkennbaren Grund ein Mal in die Hände klatscht, wie ein ungezogener Lausebengel fühle, als ob ich – wir – etwas Schlimmes gemacht hätten.

Eine Plastiktüte kämpft mit dem Ast eines Baums zu meiner Linken, als ich um den Park herum zurück nach Greenwich radle. Sie verliert, und ich weiß, wie sich das anfühlt. Die Lasagne, der Wein und die seltsamen Momente der letzten Stunden liegen mir schwer im Magen, und die Folgen des ausgelassenen gestrigen Abends mit Holly lassen sich auch nicht länger ignorieren. Deshalb habe ich beschlossen, mich zeitig zu verabschieden.

Ich bin fast zu Hause, als mein Handy vibriert, und ich muss bremsen und absteigen, damit ich rangehen kann. Es ist Kev.

Während ich mit der einen Hand mein Fahrrad schiebe und mir mit der anderen das Handy ans Ohr halte, höre ich zu, wie er mir gesteht, dass er gestern Abend ein Date hatte. Mit Diane, dem Mädchen, das er im Zug kennengelernt hat. Ich pruste los, und er sagt: »Halt die Fresse.« Und dann sagt er noch mal: »Halt die Fresse.«

Ich meine, es ist gut, dass er ein Mal in seinem Leben nicht oberflächlich ist, aber er war es doch, der das mit den Schneekugeln total psycho fand, und was ist mit »heutzutage hat niemand mehr Dates«?

»Sie hat mich praktisch angefleht, Alex. Und außerdem hab ich gerade eine seltene Durststrecke hinter mir. Neulich hab ich mich dabei ertappt, wie ich auf der Rolltreppe von Marks & Spencer einer Schaufensterpuppe unter den Rock geguckt habe.«

Er erzählt mir von dem Date, und wie er peinlichem Schweigen vorbeugte, indem er eine Liste mit Gesprächsthemen in seinem Handy gespeichert hatte, auf die er jedes Mal schaute, wenn sie aufs Klo ging.

Und da soll noch einer sagen, die Romantik wäre tot.

Natürlich gibt es auch ein »Aber«. Bei Kev gibt es immer auch ein »Aber«, und hier besteht es darin, dass Diane ihm am Ende des Abends, als er mit ihr knutschen wollte, die Wange hinhielt. Erst hat sie mit ihm geschlafen, und jetzt will sie nicht mal mehr einen richtigen Kuss.

»Glaubst du, sie benutzt dich nur als Gesprächspartner?«, frage ich, aber er beißt nicht an. Was mich zu der Ansicht bringt, dass er sie vielleicht wirklich mag.

Ich hoffe es. Ich hoffe, er findet eine feste Freundin. Ich hoffe, sie hilft ihm, ein bisschen erwachsener zu werden.

»Na ja, egal. Jetzt spuck's schon aus, du Penisnase, wie ist Richard so?«

Kev spricht Richards Namen in dem recht abschätzigen Tonfall aus, der normalerweise von Anführungszeichen in der Luft begleitet wird.

»Er ist …« Ich versuche, zu einer abschließenden Meinung zu gelangen. »Er ist ganz okay. Ich schätze, er ist der Typ Mann, auf den die meisten Frauen stehen. Ein Märchenprinz. Er erfüllt alle Kriterien.«

»Was soll das denn heißen?«

»Keine Ahnung. Nichts. Er war nett. Sehr zuvorkommend.«

»Klingt nach einem Flachwichser.«

Wir haben nicht viel gemeinsam, aber er ist kein Flachwichser. Wirklich nicht, trotz der Fotopose und dem Marketinggelaber. Ich denke wieder an die Art, wie Holly gelacht hat, als Richard fragte, ob zwischen uns je was passiert sei, und dann erinnere ich mich an die Vase auf ihrem Fensterbrett und frage mich, ob sie all das, was sie früher sagte, je wirklich wollte. Vielleicht war das mein Problem: Ich hörte immer auf das, was sie sagte, und nahm an, dass sie das, was sie sagte, auch wollte, doch nach allem, was ich heute Abend gesehen habe, war das eindeutig nicht der Fall.

»Kannst du bitte noch kurz dableiben, Kenny? Ich möchte mit dir reden.«

Die übrigen Schüler strömen hinaus. Stacey Bamber rät Kenny im Vorbeigehen, er solle nichts ohne seinen Anwalt sagen.

Ich setze mich auf den Tisch neben Kennys.

»Ich werd dich nicht lang aufhalten«, beginne ich. »Ich wollte dir nur sagen, wenn du mal jemanden zum Reden brauchst – für einen Rat oder einfach nur zum Dampfablassen –, dann bin ich da.«

Kenny schnaubt und sagt dann, ohne mich anzuschauen: »Wenn ich reden will, warum zur Hölle sollte ich dann mit Ihnen reden?«

»Pass auf, wie du dich ausdrückst«, sage ich. Er macht ein missbilligendes Geräusch und rollt die Augen. »Schau mal, ich will nicht behaupten, ich wüsste irgendwas über dich, oder wie schwer du es hattest, denn das weiß ich nicht. Aber ich weiß genau, wie es sich anfühlt, wenn man seine Mutter verliert.«

Dies ist das erste Mal, dass ich einem Schüler von Mum erzähle, und es fühlt sich an, als würde mir eine Murmel im Hals stecken.

»Meine ist gestorben, als ich fünfzehn war. Aber da kommt man wohl nie drüber weg. Da ist immer so eine Leere.«

Kenny nimmt die Hände aus den Hosentaschen und verschränkt die Arme vor der Brust, und ich frage mich langsam, ob es eine gute Idee war, Hollys Rat zu befolgen.

»Wie gesagt, ich will nicht behaupten, ich wüsste irgendwas über dein Leben.«

»Kann ich jetzt gehen?«, fragt Kenny abrupt, während er die Hand nach seiner Tasche ausstreckt, wartet dann aber auf eine Antwort, bevor er sie aufhebt.

»Okay«, sage ich und gebe mir Mühe, dass man meiner Stimme die Enttäuschung nicht anhört. »Bis zum nächsten Mal.«

Wie sich herausstellte, musste ich Melissa nicht nach einem Date fragen. Das Fragen hat sie übernommen, ein paar Tage nach meinem Abend mit Richard und Holly. Ob ich mich in der Nähe ihrer Wohnung in Chiswick mit ihr auf einen Kaffee treffen wolle? Sie kommt schnell zur Sache.

Wegen geplanter Bauarbeiten an der U-Bahn-Linie muss ich das letzte Stück zu Fuß gehen, ich bin erhitzt und in Eile und spät dran, und die Mittagssonne macht aus meinem Schatten auf dem Bürgersteig einen Liliputaner.

Sie wartet vor dem Café gleich in der Nähe der U-Bahnstation Chiswick Park auf mich. Ich entdecke sie zuerst, ein dunkelbraunes Kleid fließt um ihren Körper wie Bratensoße über Kartoffelbrei. Ich schaue an mir hinunter und stelle fest, dass ich underdressed bin in Jeans und Turnschuhen.

Und doch fühle ich mich wohl. Ich weiß aus unseren Mails, dass wir uns gut verstehen werden. Sie mag Radiohead. Und ja, sie benutzt zu viele Ausrufezeichen, aber das zeigt, dass sie eine leidenschaftliche Frau ist. Es zeigt, dass sie sich für das interessiert, was ich sage.

Ich weiß, was Kev sagen würde, wenn er sie kennenlernen würde. Er würde erklären, dass sie nicht meine Liga ist. Seiner Fußballanalogie zufolge bin ich Huddersfield Town, was vermutlich kein Kompliment ist. Wohingegen er Melissa wahrscheinlich in die Premier League stecken würde. Aber, wie Kev sagt (und dies ist das Tiefgründigste, was je über seine Lippen gekommen ist), für irgendjemanden ist jeder Manchester United.

Melissa schaut spielerisch auf eine imaginäre Armbanduhr, als sie mich entdeckt, und übernimmt dann die Begrüßung: Zwei Küsschen wie damals, als sie vom Pub-Quiz wegging, doch diesmal verweilen ihre Hände ein paar Sekunden länger auf meinen Ellbogen, bevor sie sie zurückzieht.

»Na dann, wollen wir anfangen?«, fragt sie, während sie wieder eine Hand auf meinen Ellbogen legt, um mich sanft in das Café zu führen.

DREIUNDZWANZIGSTES KAPITEL HOLLY

»Es tut mir so, *so* leid, Süße«, wiederholt Richard. »Niemand könnte darüber enttäuschter sein als ich.«

»Oh, das kann ich mir vorstellen«, seufze ich ins Telefon, während ich mich nach hinten auf mein Bett fallen lasse, damit mein Herz meine neuen Schuhe nicht mit Blut beschmiert, wenn es auf dem Fußboden landet. »In der O_2-Arena von einer luxuriösen Loge aus Kasabian zu sehen, während man dich zu Gratis-Champagner und edlen Kanapees nötigt. Du Ärmster.«

»Jetzt sei nicht so, Hols«, er lacht. »Du weiß doch, dass ich lieber mit dir essen gehen würde. Der Big Boss hat mir keine Wahl gelassen. Wenn ein Kunde mit einem so großen Marketingbudget einen last minute zum Feiern einlädt, muss man alles stehen und liegen lassen.«

Es ist nachvollziehbar, dass Martin Richard für so was einspannt. Hexagon gewinnt nun mal keine Kunden mit Martins Auftreten, also muss der Charmeur aus Charmeville ran. Es ist nicht Richards Schuld, dass er in so was besser ist, dieser verführerische Bastard.

»Ich weiß«, jammere ich. »Aber wenn du dir nur ein bisschen Mühe geben könntest, nicht so verdammt charmant zu sein, wird er aufhören, dich zu fragen.«

»Ich versuch's«, sagt er mit gespielter Ernsthaftigkeit. »Ich versprech's dir. Und ich versprech dir, dass ich es wiedergutmache.«

WIE?, will ich fragen, als er das nicht weiter ausführt, doch stattdessen wünsche ich ihm viel Spaß und lege auf, dann ziehe ich mein

Kleid aus und hänge es in den Schrank, wobei ich sanft die blauen Stilettos wegschiebe, die ich extra für heute Abend gekauft hatte, weil es so selten vorkommt, dass mir mit meinem Freund ein richtiges Date vergönnt ist.

Und was jetzt?

Mein erster Impuls ist, Alex anzurufen und zu fragen, ob er Lust hat, was essen zu gehen, aber dann fällt mir ein, dass er heute ein zweites Date mit Melissa hat. Gott, sie findet immer wieder neue Wege, mir das Leben schwer zu machen.

Ich will mir schon meinen Pyjama anziehen, als ich mich zufällig in Unterwäsche im Spiegel sehe. Ohne mich wiegen zu müssen, weiß ich, dass ich bei siebenundfünfzig Kilo bin. Die letzten zehn Jahre habe ich immer irgendwas zwischen zweiundfünfzig und siebenundfünfzig Kilo gewogen, und ich sehe auf einen Blick, dass ich mich gerade am oberen Ende der Skala bewege. Das ist nicht verwunderlich – seit Alex nach London gezogen ist, habe ich wieder mehr getrunken. Ich will die Siebenundfünfzig-Kilo-Marke nicht überschreiten, also tausche ich meinen Schlafanzug gegen meine Joggingklamotten, schnappe mir meinen iPod, laufe hinaus in den Abend und bin froh, dass ich mich aufgerafft habe.

Ich bin nie gelaufen, bis ich zum Studium nach London zog. Außer, man zählt den Sportunterricht in der Schule mit – und Leichtathletik war mir immer ein Graus, weil mir beim Sprinten die Brüste wehtaten. Doch nachdem ich aus Mothston wegzog, begann ich, mehr auf mein Gewicht zu achten. Nicht, weil ich mich zu dick fand, sondern weil ich das Gefühl der Kontrolle mag, das damit einhergeht, mein Wunschgewicht halten zu können.

Meine Lauf-Playlist besteht ausschließlich aus Liedern, die von den weiblichen Hauptrollen in Musicals gesungen werden. Während des Laufens, dieser ansonsten unfassbar langweiligen Beschäftigung, halte ich mich damit bei Laune, mir vorzustellen, wie ich in dem jeweiligen Musical die Hauptrolle spiele.

Während ich durch den Blackheath Park laufe, bin ich Eva Perón und bitte Argentinien, nicht um mich zu weinen, und bis ich dann das Tor zum Greenwich Park passiere, bin ich Fantine aus *Les Misérables,* die vor langer Zeit irgendwas geträumt hat, und als ich am Royal Observatory vorbei- und den Hügel hinunterlaufe, versichere ich Joseph, dass er alles richtig macht und dass sein Dreamcoat der Zeit weit voraus ist.

Es ist eine Achterbahn der Gefühle, aber die Zeit vergeht wie im Flug.

Als ich am Parktor auf der anderen Seite ankomme, wird es dunkel, also verlasse ich den Park in Richtung des Stadtzentrums von Greenwich. Der Rückweg durch die Straßen von Greenwich nach Blackheath führt mich an Alex' Wohnung vorbei. Ich verlangsame meine Schritte ein wenig, als ich dort ankomme, und schaue zum Fenster seines Zimmers hinauf. Das Licht ist aus. Ist er immer noch mit Melissa weg? Oder noch viel schlimmer ... Sind sie beide wieder da und zusammen in seinem Zimmer, und DESHALB ist bei ihm das Licht aus? Ich hoffe nicht.

Es ist schwer, Leuten zu sagen, sie hätten was Besseres verdient, ohne sowohl ihren Geschmack als auch ihre Anmachkünste infrage zu stellen und sie damit zu beleidigen. Aber Alex hätte definitiv was Besseres verdient. Das ist meine weniger egoistische Rechtfertigung dafür, dass ich insgeheim hoffe, dass es mit Alex und Melissa nicht klappt.

Die andere ist, dass Alex mit MIR befreundet ist und ich nicht will, dass sie ihn mir wegnimmt.

Ich bin durch die Seitenstraßen gelaufen und fast an der Blackheath Road angelangt, als ich über einen meiner Schnürsenkel stolpere, der aufgegangen ist, also bleibe ich stehen, schalte die Musik auf Pause, um das Crescendo von »Frei und schwerelos« aus *Wicked* nicht zu verschwenden, und bücke mich, um ihn wieder zuzubinden.

Was war das für ein Geräusch?

Ich nehme einen Kopfhörerstöpsel heraus und horche. Da ist es wieder – ein leises Knirschen, wie vorsichtige Schritte auf Kies. Ich wirbele herum.

»Hallo«, rufe ich. Das Geräusch verstummt. »Ist da jemand?«

Muss wohl ein Fuchs gewesen sein. Reiß dich zusammen, Holly. Ich stehe auf und will gerade wieder auf »Play« drücken, als ein paar Häuser weiter eine Gestalt hinter einem Busch hervorkommt und langsam auf mich zugeht. Ich nehme nur eine männliche Silhouette in dunkler Kleidung wahr, mit Kapuze über dem Kopf. Wieso hat er mir nicht geantwortet? Ich drehe mich um und fange an, locker weiterzujoggen.

Seine Schritte beschleunigen sich, also renne ich schneller. Er auch.

Ich laufe hinüber auf die andere Straßenseite – dass man sich so verhalten muss, wenn man glaubt, verfolgt zu werden, habe ich schließlich schon in der Grundschule gelernt.

Der Fremde überquert ebenfalls die Straße. Oh Gott – ich bin in Gefahr. Mein Herz hämmert, und obwohl meine ganze Energie schon aufgebraucht ist, fange ich an zu sprinten. Ich will mich umdrehen und schauen, wie nah er ist, aber ich darf ihm keine Chance geben, den Abstand zu verkürzen, also lasse ich es. Mein Brustkorb schmerzt und mein Atem ist völlig aus dem Rhythmus, aber ich zwinge mich, das Tempo zu halten. Was wird er mit mir machen, wenn er mich einholt? Lieber nicht darüber nachdenken. Ich verbanne alle Gedanken aus meinem Kopf und konzentriere mich auf den Takt meiner

Füße, bis ich die Ecke des Blackheath Parks erreiche. Ich kann entweder quer durchlaufen – der viel kürzere, aber einsamere Weg zurück zu meinem Haus – oder auf der Straße bleiben, die um den Park herum führt, was länger dauern wird, aber zumindest gibt es da Straßenlaternen und vorbeifahrende Autos und Häuser und eine viel größere Chance, dass mich jemand schreien hört.

Ich höre, wie seine Schritte sich nähern, also entscheide ich mich für die Straße.

Ich habe es schon fast geschafft, aber dann muss ich doch stehen bleiben und Atem holen, um nicht tot umzufallen. Ich schaue über meine Schulter. Oh, Gott sei Dank – ich habe ihn abgehängt. Er muss ...

AAAHHHH. Er schießt aus der Dunkelheit des Parks hervor, und ich schreie laut auf ... während er an mir vorbeiläuft.

Im Profil ist ein Kabel sichtbar, dass oben aus seinem Jogginganzug herauskommt und hinauf in seine Kapuze führt. Kopfhörer. Kein Wunder, dass er mich nicht hören konnte. Er ist einfach joggen gegangen. Er muss aus seiner eigenen Einfahrt herausgekommen sein.

Ich bin echt bescheuert. Ich weiß nicht, ob ich lachen oder weinen soll, aber ich weiß, dass ich eine vertraute Stimme hören muss, bevor ich wieder vor meiner Haustür bin.

VIERUNDZWANZIGSTES KAPITEL ALEX

»Was meinst du damit, du wirst verfolgt?«

Holly ist außer Atem, sie keucht, und ich verstehe kein Wort.

»Ich dachte, ich werde verfolgt …« Sie hält inne, um tief Luft zu holen. Ich setze mich auf dem Sofa auf, schalte den Fernseher stumm und reibe mir mit der freien Hand die Müdigkeit aus den Augen. Ich wollte schon ins Bett gehen, als plötzlich mein Handy klingelte. »Jetzt ist alles okay.«

»Wo bist du? Soll ich kommen und dich abholen?«

Ich stehe auf und spähe auf die Straße. Die Rushhour ist längst vorbei, aber es ist immer noch alles voll mit Leuten und Autos. In der Beziehung ist London gnadenlos, es reißt einen mit und lässt einem keine Zeit zum Innehalten und Nachdenken.

»Ich bin jetzt fast zu Hause. Mir geht's gut. Ich dachte, mich hätte jemand verfolgt, und das hat mir ein bisschen Angst gemacht.«

»Wo warst du?«

»Joggen.« Holly holt noch ein paar Mal tief Luft, um sich zu beruhigen. »Ich hab ein Geräusch gehört und dann gesehen, wie ein Mann aus einer Einfahrt gekommen ist und anfing, mir nachzulaufen. Dann hab ich mich noch mal umgedreht, und der Mann ist hinter mir hergerannt, also bin ich noch schneller gelaufen, und dann …«

»Sag mir, wo du bist, dann komme ich dich holen.«

»Es ist alles okay, wirklich.« Eine Straßenlaterne gegenüber der Wohnung geht flackernd an und aus. »Ich bin jetzt beim Park. Hier ist niemand.«

Ich entspanne mich und setze mich wieder hin. »Du solltest nicht im Dunkeln allein joggen gehen.«

Holly schweigt ein paar Sekunden, und ich frage mich schon, ob die Verbindung unterbrochen ist, aber dann sagt sie: »Du bist echt lieb, weißt du das, Al?«

»Richard würde bestimmt dasselbe sagen – London ist eine gefährliche Stadt.«

Es entsteht eine weitere Gesprächspause, und ich frage Holly, ob sie mich hören kann, aber sie antwortet nicht.

»Ich geh gern allein laufen«, sagt sie stattdessen.

»Findest du das nicht ein bisschen langweilig?«

»Nee«, sie lacht, und ihr Atem ist endlich wieder normal. »Ich höre mir beim Laufen immer Musicals an und stelle mir vor, ich würde mitspielen.«

Ich sehe Holly vor mir, wie sie über den Blackheath Hill saust und vor sich hin trällert, und lache laut auf.

»Ich weiß nicht, warum ich dir das erzählt habe. Mir ist gerade aufgefallen, dass ich das noch nie jemandem erzählt habe.«

»Vielleicht behältst du es auch in Zukunft lieber für dich, ja?«

Holly macht ein missbilligendes Geräusch und tut so, als wäre sie beleidigt. Ich will sie fragen, weshalb sie mich anruft und nicht Richard. Hat sie es zuerst bei ihm versucht? War er beschäftigt, oder ist er einfach nicht rangegangen? Oder ist sie gar nicht auf die Idee gekommen, Richard anzurufen? War ich der Erste, an den sie dachte? Wenn ja, würde es mir natürlich nichts ausmachen, aber was sagt das über den Mann aus, in den sie so offensichtlich verliebt ist?

Gott, Holly hat recht – ich überanalysiere tatsächlich alles.

»Bist du noch da, Al?«

»Jep, sorry, ich …« Ich stelle mich wieder ans Fenster und sehe zu, wie ein Paar aus dem Pub auf der anderen Straßenseite kommt. Die Frau trägt ein enges, weißes Kleid zu lila High Heels, und ihr Partner muss sie am Arm festhalten, damit sie nicht umkippt. »Wo ist Richard heute Abend?«

»Er macht was für die Arbeit.«

»So spät noch? Der Arme.«

»Ja, er ist ein echter Märtyrer.«

Ich bin nicht sicher, ob sie das ironisch meint, also warte ich, dass sie weiterspricht, aber das tut sie nicht. Es ist mir unangenehm, in puncto Richard weiter nachzufragen. Wir reden oft stundenlang über alle anderen Bereiche unseres Lebens – und es ist ja nicht so, als hätte sie sich je zurückgehalten, wenn sie mir von anderen Jungs erzählte. Ich weiß nicht genau, was jetzt anders ist und wieso es sich manchmal anfühlt, als hätte sie etwas zu verbergen, wenn es um Richard geht.

»Egal«, sagt Holly und bricht das Schweigen, bevor es unangenehm wird, »wie war's heute Abend?«

Ich brauche eine Sekunde, um zu verstehen, dass sie mein zweites Date mit Melissa meint. Darüber habe ich noch gar nicht nachgedacht. Vielleicht musste ich das auch einfach nicht. Melissa ließ mich bei unserem Kaffeedate Zimt-Cappuccino probieren und fragte nach ein, zwei Stunden, ob ich mal mit ihr essen gehen wolle. Wir verabredeten uns an Ort und Stelle für heute Abend. Kein Kopfzerbrechen, wie viel Zeit ich verstreichen lassen sollte, bis ich sie anrief; kein nervöses Warten darauf, dass der andere eine SMS schickt.

»Wir hatten beide Steak. Melissa wollte ihres fast roh.«

»Wer hätte das gedacht?«, Holly lacht in sich hinein, und mir ist nicht klar, was sie meint. »Und wirst du sie wiedertreffen?«

Morgen Abend. Melissa hat Freikarten für den neuen Film mit Leonardo DiCaprio.

»Ich denke schon.«

Plötzlich bin ich es, der etwas zu verbergen hat, und ich weiß nicht genau warum. Dass Holly Melissa kennt, führt dazu, dass sich alles ein bisschen wie eine Dreiecksbeziehung anfühlt, obwohl ich Holly nicht liebe und Holly Melissa definitiv nicht liebt, oder mich, und obwohl Holly mit Richard zusammen ist, es also streng genommen eine Vierecksbeziehung wäre, wenn es überhaupt eine Beziehung wäre, was es ja nicht ist. Es fühlt sich nur einfach so an.

»Dann läuft es also gut?«

Ich schätze schon. Es ist noch zu früh, aber ich mag Melissa. Sie ist unabhängig und weiß, was sie vom Leben will. Und, wie jemand beim Pub-Quiz sagte, sie ist auf eine konventionelle Art sehr attraktiv.

»Sehr gut.«

»Schön«, sagt Holly, und ich weiß, dass sie es ehrlich meint, trotz ihrer Abneigung gegen Melissa und trotz ihrer Sorge, dass mir was rausrutschen könnte über …

»Ich würde nie irgendwas sagen, das weißt du.«

»Ich weiß«, antwortet sie. »Du verdienst es, glücklich zu sein, Al.«

Hollys Worte klingen ein paar Sekunden nach, bis ich etwas am Himmel entdecke.

»Bist du immer noch draußen?«

»Ja, warum?«

»Siehst du die Sternschnuppe da?«

In der Leitung wird es still. »Nein – wo denn?«

Ich suche nach einem Orientierungspunkt am Himmel. Der Mond ist hinter einer Wolke, und es ist zu früh im Jahr, um den Orion zu sehen.

»Weißt du noch, wie ich dir in Camber Sands gezeigt habe, wie man den Polarstern findet?«

Holly klingt unsicher, und ich erinnere mich, was sie mir neulich im Park erzählt hat, über ihren ersten Kuss. Wie viel der Zeit, die wir zusammen verbracht haben, verging damit, dass ich von Sternen und Musik und Büchern faselte, während sie an etwas ganz anderes dachte? Wie oft haben wir schon aneinander vorbeigeredet?

»Ich seh sie nicht, Al. Aber wenn du sie siehst, wünsch dir was.«

Ich folge Hollys Aufforderung und überlege, was ich mir mehr als alles andere auf der Welt wünsche. Dass Radiohead ein neues Album aufnehmen? Dass Kenny Sonola seine Liebe zu Shakespeare erklärt?

»Hast du dir schon was gewünscht?«

»Jep.«

»Okay, dann verrat es niemandem – nie. Sonst geht es nicht in Erfüllung.«

Ich verspreche Holly, dass ich meinen Wunsch bis in alle Ewigkeit geheim halten werde.

»Warte mal kurz«, sagt sie. »Ist der Polarstern der helle da neben dem Mond?«

»Du erinnerst dich also doch?«

»Das ist ein Flugzeug, Al.«

Ich spähe in den Himmel. Tatsächlich ist genau da, wo ich hingeschaut habe, ein Flugzeug. Gatwick, Heathrow, Luton – ich wohne unter mehreren Flugschneisen. Aber ich bin sicher, dass das, was ich gesehen habe, eine Sternschnuppe war.

»Nein, auf keinen Fall«, sage ich und tue so, als hätte ich keine Zweifel. »Es war definitiv eine Sternschnuppe.«

Als meine Neuner hereintrotten, muss ich ein Gähnen unterdrücken. Holly und ich haben telefoniert, bis Richard in ihrer Wohnung ankam. Es war nach Mitternacht.

»Kannst du bitte dein Handy wegstecken, Gareth?«

Gareth Stones hat sich seine Schulkrawatte wie ein Schweißband um den Kopf gebunden.

»Sekunde«, antwortet er mir. »Muss nur noch 'ne SMS abschicken.«

Ich denke an die Zeit zurück, als wir Teenager waren, als Telefone Kabel hatten und man jedes Mal gespannt war, wenn man den Hörer abnahm, weil man nicht wusste, wer am anderen Ende der Leitung war. So was wie Freiminuten gab es nicht, und wenn man länger als zehn Minuten telefonierte, musste man damit rechnen, dass Mum oder Dad anfangen würde zu schimpfen. Wenn Holly am Telefon war, kümmerte mich das nicht.

»Findest du es fair, dass der Rest der Klasse darauf warten muss, dass du eine SMS abschickst?«

Gareth zuckt nicht mal mit der Wimper Er sitzt mit lang ausgestreckten Beinen da und tippt seine Nachricht. Als er fertig ist, steckt er sein iPhone in die Tasche und sagt: »Nächstes Mal müssen Sie sich nicht verpflichtet fühlen, wegen mir zu warten.«

Ich sage ihm, dass es ja schön und gut sei, wenn er sich jetzt so verhalte, dass er aber eines Tages in der nicht allzu fernen Zukunft einen Job haben werde und dann nicht mehr mit seinem Handy herumspielen und aufkreuzen könne, wann immer es ihm passe.

»Ja, aber dann werd ich ja bezahlt. Dann macht es mir nix aus.«

Früher hätte mich ein solcher Wortwechsel noch länger beschäftigt, aber jetzt gerade bin ich sehr optimistisch, was die Schule anbelangt. Mit meinen Neunern läuft es immer besser – und das habe ich zum Teil Holly zu verdanken. Sie war es, die mir einen Link zu einer neuen Version von *Hamlet* zugemailt hat, in der die Geschichte in Form von Facebook-Statusmeldungen erzählt wird.

Horatio glaubt, er hat ein Gespenst gesehen; Hamlet findet es blöd, wenn der Onkel die Mutter heiratet, direkt nachdem der Vater gestorben ist; der König findet Hamlet blöd; Laertes findet, Ophelia hat was Besseres verdient; Hamlets Vater ist jetzt ein Zombie.

Plötzlich fanden die Schüler das Stück total spannend. Stacey Bamber verbringt die Stunden nicht mehr damit, ein Galgenmännchen mit meinem Kopf in der Schlinge zu zeichnen, und sogar Kenny Sonola beteiligt sich seit unserem Gespräch vor ein paar Wochen am Unterricht. Er hat mein Angebot, sich mir anzuvertrauen, zwar nicht genutzt, aber wenigstens macht er jetzt mit. Ich hätte ihn umarmen können, als er mit seiner letzten Arbeit auf eine Vier kam, aber ich wollte nicht, dass er mir wieder mit einer Anzeige droht, also entschied ich mich für ein schlichtes »Gut gemacht«. Es klingt vielleicht nicht nach viel, aber ich weiß ganz genau, dass er in Englisch gerade besser ist als in allen anderen Fächern. Ich habe nachgeschaut.

Das ist der Grund, weshalb ich nach London gekommen bin, und jetzt will ich nicht, dass das Schuljahr zu Ende geht, obwohl ich mich darauf freue, Kenny und die anderen ab September auf ihren Abschluss vorzubereiten. Ich weiß, dass er eine Drei schaffen kann – ich bin mir sicher.

»Okay, irgendwelche Fragen?«, erkundige ich mich am Ende einer weiteren produktiven Stunde.

Niemand hebt die Hand, aber eine vertraute Stimme meldet sich zu Wort.

»Ist das Absicht, dass Ihr Hosenstall auf ist?«, grölt Gareth.

Das ist seine neue Lieblingsbeschäftigung. Letzte Woche hat er mich an dieser Stelle gefragt, wie alt ein Mann sein müsse, bis er aufhöre, Frauen in seinem Alter attraktiv zu finden. In der Stunde davor fragte er, ob ich ihm einen Zehner leihen würde. Aber mir ist aufgefallen, dass seine Bemerkungen jedes Mal ein dürftigeres Gelächter hervorrufen, diesmal reagieren die anderen in der Mehrzahl nur noch mit einem müden Schmunzeln.

»Vielen Dank, Gareth«, sage ich. »Ihr anderen habt heute richtig gut mitgearbeitet. Nur noch ein paar Stunden bis zu den Sommerferien. Bis zum nächsten Mal.«

SMS von Holly an Alex

Es war definitiv ein flugzeug
glg

FÜNFUNDZWANZIGSTES KAPITEL HOLLY

September. Wie konnte das denn passieren? Der Sommer ist verflogen wie in einer dieser Szenen im Film, die darstellen sollen, wie viel Zeit vergangen ist, indem alles beschleunigt wird, sodass man zusehen kann, wie die Jahreszeiten wechseln. Man sieht den Schnee schmelzen oder Blätter auf dem Boden erscheinen, die Personen beginnen die Szene in Shorts und beenden sie in Wollpullis, und in anderthalb Minuten ist alles Mögliche passiert.

Meine Mum und mein Dad sind nach York gezogen. Hexagon Marketing agiert jetzt global. Alex und Melissa führen etwas, was man nicht anders nennen kann als eine ernsthafte Beziehung.

Aber natürlich hat sich nicht alles geändert. Jemma fängt immer noch morgen mit einer Diät an, und niemand weiß von mir und Richard.

Ich dachte, die Fusion würde den Prozess in Gang setzen, der dazu führt, dass wir es allen sagen. Leider falsch. Anscheinend war es zu optimistisch von mir zu glauben, dass es mit Richards Beförderung so leicht gehen würde. Er ist immer noch mein Boss. Ich bin immer noch seine persönliche Assistentin. Und heute braucht er hauptsächlich ein paar neue Stifte und ein halbes Dutzend Ordner im Foolscap-Format.

»Bist du jetzt fertig mit der Schreibwarenbroschüre, Jem?«

»Moment – ich muss mich konzentrieren.«

Gott, selbst sie hat sich verändert. Es ist, als hätten wir die Rollen getauscht – sie ist ganz heiß auf Schreibwaren, und mir fangen sie an, na ja, EGAL zu werden. Ich weiß nicht warum. Früher mochte ich meine Arbeit, aber meine Begeisterung muss nachgelassen haben, denn heute habe ich festgestellt, dass sie sozusagen nicht existent ist. Vielleicht liegt es daran, dass ich mich mit Alex treffe und höre, wie er in der Schule Dinge macht, die wirklich eine Bedeutung haben. Was bewirke ich eigentlich? Wie viele Male bin ich bis in die Haarspitzen vollgepumpt mit Erkältungsmedikamenten zur Arbeit erschienen, weil ich mich nicht krank melden wollte? Aber ich habe mir nur selbst damit in die Tasche gelogen, dass es alle sehr schlimm fänden, wenn ich nicht kommen würde. Richard müsste selbst an sein Telefon gehen, und alle anderen müssten ihre Meetings direkt miteinander vereinbaren. Ein Albtraum!

Zu Mittag ruft Leah an, was mich ganze dreißig Sekunden lang aufmuntert. Dann fragt sie, wann ich Zeit hätte, mich mit ihr zu treffen, weil sie »Neuigkeiten« habe.

»Ha – du bist ja wohl nicht schwanger, oder?«

Stille. Du lieber Gott, nein ...

»Leah?«

Ich warte darauf, dass sie lacht, aber ich höre nichts als das Klappern der Tastaturen um mich herum.

»Oh Gott, das war ein Witz, aber es stimmt! Du bist schwanger!«

»Ich wollte es dir persönlich sagen ... aber ja, ich krieg ein Baby. Wahnsinn, oder?«

Wahnsinn ist untertrieben. Wie konnten sich unsere Leben so völlig gegensätzlich entwickeln? Sie verliefen jahrelang parallel. Und jetzt steht Leah kurz davor, eine richtige Familie zu gründen. Und ich? Eine depressive Katze und eine heimliche Romanze zählen wohl kaum als Familie. Wieso geht das Leben von allen anderen voran, nur meins nicht? Ich hätte es mir gleich denken können, als sie bei Chloes Hochzeit nichts getrunken hat.

»Hols?« Leah lacht nervös. »Alles okay? Du hast jetzt gut anderthalb Minuten nichts gesagt.«

»Ja, sorry – ich bin einfach sprachlos.« Reiß dich zusammen, Holly, das sind tolle Neuigkeiten. »Herzlichen Glückwunsch! Ich freu mich SO für dich.«

Ich FREUE mich für sie. Ich bin absolut, komplett, restlos, hun… okay, 99 Prozent begeistert.

Aber dieses restliche eine Prozent macht mich zu einem schrecklichen Menschen. Nachdem ich aufgelegt habe, lasse ich die Stirn auf meinen Schreibtisch sinken, bis ein Paar spitze schwarze Stilettos in mein Blickfeld geraten und anzeigen, dass sich jemand neben mich stellt. Diese Schuhe kenne ich.

Oh nein.

»Alles in Ordnung, Holly?«

»Ja, ich hab nur ein bisschen Kopfschmerzen, danke, Melissa.« Ich setze mich wieder auf und fange an zu tippen in der Hoffnung, sie würde den Wink verstehen. Tut sie nicht.

»Oh, du Ärmste. Ich hoffe, du fühlst dich heute Abend fit genug, um mit uns auszugehen.«

Ähm, genau genommen geht SIE mit UNS aus – Kev ist bei Alex zu Besuch, und wir wollen uns auf den neusten Stand bringen –, aber was soll's.

»Ja, wird schon gehen.«

»Wundervoll. Dann können wir ja zusammen die U-Bahn nehmen.«

»Gute Idee«, lüge ich. Ich weiß nicht, wieso Alex sie einladen musste – ich habe Kev seit Jahren nicht gesehen, also werden wir vermutlich den ganzen Abend über unsere Schulzeit reden, und sie wird sich nur ausgeschlossen fühlen. Und es ist ja nicht so, als würden sie und Alex nicht genügend Zeit miteinander verbringen.

Er und ich sehen uns viel seltener, seit sie zusammengekommen sind. Wir verabreden uns immer noch zu regelmäßigen Treffen, aber die Zeit der spontanen Mittagessen in nahegelegenen Pubs und der DVD-Abende bei mir, wenn Carl Damenbesuch hat und Alex weg will, ist vorbei.

Ich weiß nicht, wieso mich das überrascht – schließlich ist es ja nicht zum ersten Mal passiert. Wir sind wieder so gute Freunde, seit er hier in London wohnt, dass ich, auch wegen des Zettels, den ich in Mothston unter meinem Bett gefunden habe, langsam schon dachte, es wäre meine Schuld gewesen, dass der Kontakt damals abbrach. Dass ich sein komisches Verhalten an dem Tag, als ich ihn zum letzten Mal sah, vielleicht überbewertet hatte und ihm hätte Bescheid geben können, wenn ich zu Mum und Dad zu Besuch kam, oder dass ich ihn hätte einladen sollen, mich an der Uni zu besuchen. Habe ich nachts im Bett gelegen und mich gefragt, ob mein Leben jetzt anders wäre, WENN ich den Zettel damals gefunden hätte? Ja, klar. Mehr als ein Mal. Aber in Wahrheit wäre es wahrscheinlich gar nicht anders, denn so ist Alex nun mal: Er stellt seine Freunde in den Vordergrund, solange er Single ist, ändert aber seine Prioritäten, sobald ein Mädchen auftaucht, das ihm gefällt. Ich nehme ihm das nicht übel, wirklich nicht. Männer machen das eben. Ich vermisse ihn nur.

»Danny, komm mal her.« Jemma winkt ihn heran und lässt endlich die Schreibwarenbroschüre sinken. »Okay, ihr zwei, würdet ihr es lieber … von Edward mit den Scherenhänden *oder* von einem Typen mit einem Tacker statt Mund besorgt kriegen?«

»Scherenhände«, sagt Kev, nachdem er fünf Minuten hin und her überlegt hat. »Oder nein – Tacker. Argh, keine Ahnung … Mir egal, ob das gegen die Regeln ist – aber ich sage weder noch. Es sind beides Männer.«

»Es sind beides Männer? Das ist dein Problem?« Alex grinst, während er an seinem Wein nippt.

»Tja, deins offensichtlich nicht, du alter Gaylord. Gott, Holly, diese Jemma klingt echt krank.«

»Ist sie auch. Ihr beide solltet euch unbedingt kennenlernen.«

Kev hat sich kein bisschen verändert. Ich war nicht sicher, wie das Wiedersehen mit ihm werden würde. Wir waren nie so befreundet, wie Alex und ich befreundet waren. Bis auf ein einziges Mal – an das ich mich lieber nicht erinnern will – haben wir nie irgendwelche tiefen oder bedeutungsvollen Gespräche geführt, und wir trafen uns nie ohne Alex. Aber wir hatten immer viel Spaß, wenn wir zusammen unterwegs waren. Er provozierte mich gern mit sexistischen Kommentaren und sagte dann, ich solle mich nicht wie eine behaarte Lesbe aufführen, wenn ich mich deswegen auf mein hohes feministisches Ross schwang. Und ich ließ dafür beiläufig ins Gespräch einfließen, dass ich Alex' beste Freundin sei, was ihn immer unheimlich auf die Palme brachte. Dann zankten wir uns darum, was uns jeweils als Alex' bester Freund oder beste Freundin qualifizierte, und die Diskussion endete zwangsläufig damit, dass Kev wie ein Fünfjähriger jammerte: »Alex, *sag's* ihr.« Ich bin in Versuchung, es heute Abend wieder zu tun, um der alten Zeiten willen, aber jetzt kann er elf Jahre mehr vorweisen als ich, und ich bin nicht sicher, ob ich dem etwas entgegensetzen kann. Außerdem haben Kev und ich bei unserem allerletzten Gespräch in Mothston eine stillschweigende Waffenruhe geschlossen. Fast schade, dass Alex nie davon erfahren darf.

»Was hätte ich davon, sie kennenzulernen? Ich hab jetzt eine Freundin. Damit muss ich mir ums Kochen, Putzen und Poppen keine Gedanken mehr machen. Und es würde Jemma sicher das Herz brechen, dass ich keine andere ranlasse.«

»Nicht?« Ich schnappe nach Luft. »Mann, Kev, hättest du mir das nicht schonender beibringen können – wenn ich das gewusst hätte, hätte ich mir gar nicht erst die Mühe gemacht, heute Abend zu kommen.«

»Du musst mir alles über deine Freundin erzählen«, mischt Melissa sich ein, während sie sich quer über den Tisch lehnt, um Kevs Hand zu tätscheln, und damit jegliche Retourkutsche ausbremst, die er für mich parat gehabt hätte. »Alex erzählt mir gar nichts, und ich will alles über sie wissen.«

Also erzählt Kev uns alles über Diane, und Melissa greift immer wieder an die Stelle auf ihrer Brust, wo andere Leute ein Herz haben, und ruft jedes Mal: »Das ist *so* süß«, wenn er von irgendwas schwärmt.

Alex hört mit der stillen, höflichen Langeweile von jemandem zu, der das alles schon weiß. Ich höre mit der stillen, höflichen Langeweile von jemandem zu, der NICHT ALLES über jemanden wissen muss, den ich nicht kenne.

»Ach, sie klingt einfach superlieb«, verkündet Melissa, als Kev fertig ist.

»Wie, das war's schon?«, beschwere ich mich. »Aber da gibt's doch noch so viel, was wir nicht wissen. Zum Beispiel, keine Ahnung ...« Ich mache eine Pause und nippe an meinem Wein. »Ob sie irgendwas Besonderes sammelt?«

Als Alex losprustet, hustet Kev in seine Hand und wedelt damit vor Alex' Gesicht herum, was den gewünschten Effekt hat, nämlich, dass ihm das Lachen vergeht.

»Du hast ihr von den Schneekugeln erzählt, stimmt's? Du Bastard.«

»Schneekugeln?« Melissa kneift leicht die Augen zusammen, während ihr Blick von Alex zu mir und wieder zurück zu Alex huscht, also klärt Alex sie auf, wobei er wieder lacht und Kev beleidigt eine Schnute zieht. Ich könnte mich wegschmeißen, bis Melissa ein subtiles, bevormundendes Ach-lass-ihn-doch-Lächeln plus Kopfschütteln in meine Richtung schickt. Das ist doch wohl nicht ihr Ernst? Sie will mir nicht wirklich vorschreiben, wie ich mit jemandem umzugehen habe, den ich seit achtzehn Jahren kenne? Jemand, der mich gut genug kennt, um zu wissen, dass es ein harmloser Spaß ist, und den ich gut genug kenne, um zu wissen, dass er ein paar Witze auf seine Kosten wegstecken kann?

»Ja, komm schon, Holly.« Alex fängt sich wieder und zwingt sich, die Stirn zu runzeln. »Das ist Schnee von gestern.«

»Der war grottenschlecht«, sage ich gleichzeitig mit Melissa, die meint: »Du bist zum Schießen«, wobei ihr Gesichtsausdruck auf Ironie hindeutet – doch da es sich um Melissa handelt, ist es sicher keine.

Wir sitzen in einer Hintergassenkneipe, und es ist Donnerstag, also ist die Atmosphäre gedämpft, aber Kevs Ich-bin-im-Urlaub-Modus ist ansteckend, und Alex muss erst nächste Woche wieder mit der Schule anfangen, also trinken wir tapfer.

»Die nächste Runde geht auf mich«, sagt Melissa, zieht ein längliches, cremefarbenes Portemonnaie aus ihrer Tasche und verlässt den Tisch, wobei sie Alex unnötigerweise über den Oberarm streicht.

Alex lächelt ihr nach, als sie weggeht, blickt dann wieder zum Tisch und erwischt mich dabei, wie ich ihn beobachte. Unsere Blicke treffen sich und bleiben aneinander haften. Meine Lippen sind plötzlich trocken, aber als ich darüberlecke, ist mir die Geste mit einem Mal furchtbar peinlich, und ich bin fast erleichtert, als Melissa herüberruft: »Würdest du mir helfen, Schatz?«

Alex blinzelt und eilt zur Bar. Kev legt die Füße auf den Sitz, der gerade frei geworden ist, und lehnt sich zurück.

»Ich gehe nächste Woche zu einer Elvis-Revival-Show«, sagt er.

Der Barmann wartet, um Melissas Bestellung aufzunehmen, aber sie hat nicht mal gemerkt, dass er zu ihr gekommen ist – sie ist zu sehr damit beschäftigt, Alex' Gesicht abzuschlecken. Ich komm gar nicht drüber weg, wie unhöflich sie manchmal ist – als müsste sich der arme Kerl nicht auch noch um andere Leute kümmern, die darauf warten, bedient zu werden.

»Als ich angerufen habe, um die Tickets zu bestellen, musste ich die Eins für das Geld oder die Zwei für die Show wählen.«

»Ach ja?« Wieso hat sie überhaupt Hilfe gebraucht? Wie schwer kann es sein, vier Drinks zu tragen? Ganz abgesehen davon ist da ein Stapel Tabletts DIREKT NEBEN IHR.

»Ähm, nein, das war ein Witz, Holly. Elvis – one for the ...«

»Melissa!", rufe ich. Sie löst sich von Alex und dreht sich um. Ich nicke zum Barmann.

»Ach Gott, das tut mir so leid – ich hab Sie gar nicht gesehen«, höre ich sie sagen.

»Also, wie gesagt«, spricht Kev immer noch weiter, »wenn du die Info, dass ich ein geheimer Superheld in Strumpfhosen bin, streng für dich behalten könntest, wäre ich dir sehr dankbar.«

»Ja, klar, ich ... Moment mal, was hast du da eben ...«

»Du hast kein Wort von dem mitgekriegt, was ich gesagt habe, stimmt's?«

Ich wende meine Aufmerksamkeit eine Sekunde zu spät wieder zu Kev, denn sein Blick ist jetzt dorthin gerichtet, wo meiner eben noch war.

»Ah.« Er lacht in sich hinein, dann neigt er den Kopf zu mir und mustert mich anklagend. »Weißt du, Holly, Alex ist so glücklich, wie ich ihn schon ewig nicht mehr gesehen habe.«

»Ist er das?« Reiß dich zusammen, Holly. »Ich meine, ja, das ist er. Ich weiß. Ist doch super, oder?«

»Ach ja?« Kevs Gesicht verzerrt sich, als würde er versuchen, eine Augenbraue hochzuziehen, es aber nicht ganz hinbekommen. »Denn mal ganz ehrlich, könntest du noch eifersüchtiger sein?«

»Eifersüchtig? *Ich?*«

»Ach, komm schon, es ist schon den ganzen Abend offensichtlich. Zum Glück ist Alex keine große Leuchte, deshalb kommst du noch mal davon, aber mir kannst du nichts vormachen.«

»Ist es wirklich so offensichtlich? Shit, schau mal, sie kommen zurück. Sag Alex nichts davon, ja?«

»'türlich nicht«, antwortet er und sieht zufrieden mit sich aus.

Gott, ich bin eifersüchtig. Wie konnte das denn passieren? Zu allem Überfluss hat Melissa in ihrer Beziehung in wenigen Monaten auch noch mehr Fortschritte gemacht als ich in meiner in einem Jahr – und das, indem sie Alex in Beschlag genommen hat. Bevor er wieder ein Teil meines Lebens war, machte es mir nichts aus, dass ich niemanden hatte, um am Samstagvormittag über den Borough Market zu schlendern, oder den ich mit ins Kino schleppen konnte, um einen miserablen Film zu schauen und mich danach bei einer Pizza darüber totzulachen. Aber dann kam er, und wir machten all diese Dinge zusammen, und jetzt, da wir das nicht mehr tun, stört es mich, dass ich es mit Richard nicht kann.

»Ich hab uns eine Flasche geholt, weil wir ja beide Weißwein trinken«, sagt Melissa. »Sauvignon Blanc – den hattest du doch, oder?«

Ich bin in Versuchung, zu behaupten, es wäre Chardonnay gewesen, obwohl sie recht hat. Aber was hätte ich davon, nachtragend zu sein?

»Danke – warte, lass mich auch was beisteuern.« Ich greife nach meiner Tasche, aber sie schüttelt den Kopf.

»Ach, sei nicht albern – ich schulde dir definitiv ein Glas Wein dafür, dass du im Büro alles so tipptopp am Laufen hältst. Im Ernst, Leute, ich weiß nicht, was wir ohne sie machen würden.«

Aus dem warmen Lächeln, das Alex ihr schenkt, schließe ich, dass die Tatsache, dass seine Freundin eine bevormundende Kuh ist, nicht zu ihm durchdringt.

Trotz Melissas Anwesenheit haben wir den restlichen Abend viel Spaß und können sogar ein paar glückliche Erinnerungen an Mothston austauschen, bevor Melissa eine Möglichkeit findet, das Thema zu wechseln, sodass sie auch wieder mitreden kann.

Genau wie beim ersten Mal, als ich mich mit Alex traf, nachdem er nach London gezogen war, erinnert mich das Wiedersehen mit Kev daran, wie viele gute Momente wir hatten. Ich frage mich, ob mich der Gedanke an Mothston in den letzten elf Jahren weniger runtergezogen hätte, wenn ich nach der Schule mit irgendjemandem in Kontakt geblieben wäre und auf die Weise meine Erinnerungen wachgehalten hätte. Aber so dachte ich jedes Mal, wenn ich an die Stadt dachte, nur daran, wie meine Zeit dort zu Ende gegangen war, und ich habe mit niemandem je viel über meine Schulzeit gesprochen. Sogar Max, Leah und Susie – die das meiste über mich wissen – würden meine Jugend wahrscheinlich als Aufwachsen in einer öden Kleinstadt zusammenfassen, aus der ich so schnell wie möglich abhauen wollte. Ich fühle mich mehr und mehr wie eine Verräterin gegenüber meinem Teenie-Ich, weil ich so einen negativen Eindruck davon vermittelt habe, wie mein Leben damals war.

»Wohin jetzt?«, fragt Kev.

»Für mich nach Hause«, ich hickse. »Manche von uns müssen morgen arbeiten.«

»Du hast dich verändert, Holly Gordon.«

Alex wirft Kev einen Blick zu, den ich nicht ganz einordnen kann, während Kev fortfährt: »Die Holly, die ich kannte, würde jetzt an der Bar verlangen, dass wir die Sperrstunde ignorieren, und uns zu einer geschlossenen Gesellschaft erklären.«

»Wir sind in einem Pub gegenüber einer Polizeiwache – der Wirt ist nicht blöd.«

»Tja, dann würde die Holly, die ich kannte, die Optionen auflisten, in welche Clubs wir gehen können.«

»Es ist Donnerstagnacht. In Greenwich. Unsere Optionen sind nirgends, nirgends oder nirgends.«

»Dann würde die Holly, die ich kannte, überlegen, bei wem zu Hause wir noch einen Absacker trinken können. Du wohnst doch allein, oder?«

»Oh, aber du hast eine Katze, nicht wahr?«, wirft Melissa ein. »Ich habe eine schreckliche Tierhaarallergie und kein Antihistaminikum dabei – sorry, Holly.«

»Dann müssen wir wohl alle zu Alex gehen.« Kev steht auf und trinkt sabbernd sein Glas aus. »Abmarsch, Leute.«

Ich will schon erneut widersprechen, als mir plötzlich klar wird, dass ich das mehr aus Gewohnheit als aus echter Gewissenhaftigkeit tun würde und dass ich mir eigentlich keine großen Sorgen wegen der Folgen und des Katers am Morgen mache.

»Also gut.« Ich salutiere vor Kev. »Ich bin dabei.«

SECHSUNDZWANZIGSTES KAPITEL ALEX

»Treffe ich jetzt deinen trotteligen, sexbesessenen Mitbewohner?«, fragt Kev, während er mit den Händen in den Hosentaschen und einer Insel aus verschüttetem Bier auf der Brust aus dem Pub hinausstolziert.

»Er hat wahrscheinlich gerade eine Orgie am Laufen«, ködere ich ihn.

Kev rümpft die Nase und schüttelt sich. Er setzt an, einen Witz zu machen – so was in der Art, dass alle an der Orgie beteiligten Mädchen nach einem Blick auf ihn drohen würden aufzuhören, wenn er nicht auch mitmache –, aber irgendwas veranlasst ihn, sich zurückzuhalten. Vielleicht liegt es daran, dass er eine Freundin hat. Ich bin mir ziemlich sicher, dass er mit drei Monaten seinen persönlichen Rekord gebrochen hat. Um etwa zwei Monate.

»In Wirklichkeit ist er gerade mit einer seiner Freundinnen in Barcelona«, sage ich, aber nur Kev hört mich. Melissa hat auf Holly gewartet, die etwas in ihrer Handtasche suchte, und wir beide gehen jetzt ein paar Schritte voraus.

»Weißt du was?« Das letzte Bier muss Kev den Rest gegeben haben, denn er fängt an zu lallen. »Vielleicht hat er doch was kapiert.« Er dreht sich eine Sekunde zu den Mädchen um. »Vielleicht *sind* Frauen wie Bakterien.«

Er schaut mich an, und ich tue ihm den Gefallen zu nicken, und für einen Moment ist es, als wären wir wieder in Mothston – ich höre mir seinen Blödsinn an, während wir nach einem Abend im Lion nach Hause torkeln. Wie kann es sein, dass sich so viel verändert hat, und doch sind wir hier, und alles fühlt sich genauso an wie immer?

»Ich finde es immer noch komisch, Holly außerhalb der Arbeit zu sehen.« Melissa zieht sich bis auf ihre teure Spitzenunterwäsche aus. »Ich finde, sie hätte sich heute Abend mit mir etwas mehr Mühe machen können.« *Geben können,* denke ich, sage es aber nicht. »Sie war irgendwie ein bisschen ... daneben.«

Holly ist gerade gegangen. Kev ist fix und fertig, er liegt ausgestreckt auf dem Sofa. Es ist fast zwei Uhr morgens.

»Bei der Arbeit habe ich immer das Gefühl, dass sie mich nicht mag.«

»Ach Quatsch«, lüge ich. »Holly hält sehr viel von dir. Das weiß ich.«

Das scheint Melissa zu besänftigen. Sie schlüpft neben mich ins Bett, legt eine kalte Hand auf meinen Bauch und schmiegt ihre Wange an meine Schulter.

Mir ist vollkommen klar, was Holly von Melissa hält. Sie hält sie für falsch und herrisch, aber vielleicht hat Hollys Gefühl, bevormundet zu werden, mehr damit zu tun, wie *sie* sich dabei fühlt, Sekretärin zu sein. Und wenn sie ein bisschen von Melissas Ehrgeiz hätte, wäre sie vielleicht auch keine Sekretärin; dann hätte sie ein paar von den Dingen durchgezogen, von denen sie immer geredet hat.

»Es ist, als würde sie mich als Rivalin sehen.« Melissa ist eindeutig auch ein bisschen angetrunken. »Aber es ist doch nicht meine Schuld, dass ich in meinem Job super bin, oder?«

Und außerdem sollte Holly froh sein. Das mit Melissa und mir hat unserer Freundschaft gutgetan. Ich fing schon an, ihr zur Last zu fallen mit meinen Anrufen und SMS die ganze Zeit, obwohl sie hier unten ihr eigenes Leben hat, mit Richard und Harold. Ich erwartete allmählich, es würde alles genauso werden wie früher, und war am Ende ganz verwirrt, weil ich ständig darüber nachdachte, was noch passieren könnte. Ich musste mich ein bisschen zurückziehen, nur ein kleines bisschen Abstand zwischen uns bringen, und das tat ich auch. So ist es für alle leichter.

»Richard sagt, ohne mich würde da gar nichts laufen. Weißt du, dass er mich vor der ganzen Führungsetage gelobt hat?«

Endlich schenke ich Melissa meine ganze Aufmerksamkeit. »Wie bitte?«

»Er hat mich gelobt – er sagt, es würde gar nichts laufen, wenn ich nicht wäre.«

Ich wusste, dass mir ihre Worte bekannt vorkamen, und jetzt erinnere ich mich auch warum: Holly hat erwähnt, dass Richard zu ihr fast genau das Gleiche gesagt hat. Speist er jede Frau in dem verdammten Büro mit den gleichen Sprüchen ab?

»Keine Sorge«, sagt Melissa, die meinen ungläubigen Blick missversteht. »Da ist nichts zwischen Richard und mir.«

Sie sieht mir direkt in die Augen, aber weil ich frustriert bin, dass ich meine Gedanken nicht mit meiner eigenen Freundin teilen kann, konzentriere ich mich auf den schmalen Streifen Mondlicht zwischen den Vorhängen. In den letzten Monaten fiel es mir ziemlich leicht, vor Melissa zu verbergen, was ich über Holly und Richard weiß – aber jetzt gerade habe ich große Lust, damit herauszuplatzen.

»Ich weiß, dass zwischen Richard und dir nichts ist«, sage ich und beiße mir auf die Zunge. »Das ist das Letzte, worum ich mir Sorgen mache.«

Melissa rückt gekränkt von mir weg. »Ich hätte ihn haben können, wenn ich gewollt hätte«, sagt sie trocken.

»Was soll das denn heißen?«

»Gar nichts. Mir hat nur die Art nicht gefallen, wie du das eben gesagt hast, so als könnte Richard niemals an mir interessiert sein.«

»So hab ich das nicht gemeint.«

»Übrigens haben wir uns schon mal geküsst. Zwei Mal, vor etwas über einem Jahr.«

Ich starre sie nur an, weil ich keine Worte finde.

»Einmal, als er eine Freundin hatte, und dann noch mal, zwei Tage nachdem sie sich getrennt hatten. Am nächsten Tag hat er so getan, als wäre nichts gewesen, also hab ich ihn darauf angesprochen, und er hat gesagt, er wäre nicht auf der Suche nach was Ernstem. Auch gut, dachte ich mir. Ich habe es bestimmt nicht nötig, auf ihn zu warten.«

Ich rechne nach. Holly sagte mir, sie und Richard seien eine Woche nach seiner Trennung zusammengekommen. Was bedeutet, dass es keine Überschneidung gab, aber trotzdem kann ich mir vorstellen, wie sie auf diese Info reagieren würde.

»Sorry«, sagt Melissa. »Du bist mir böse, stimmt's?«

Ich muss einen Moment nachdenken, aber Melissa lässt mir keine Zeit. Ihre inzwischen warme Hand ist wieder auf meinem Bauch – aber diesmal bleibt sie nicht untätig liegen.

Ich breche auf Melissa zusammen, unsere feuchten Oberkörper kleben aneinander, und alle Worte, die die Nacht hätten trüben können, verlieren sich im Sinnestaumel.

Alles scheint sich gefügt zu haben, seit jenem Tag im Lion, als Dad verkündete, er kaufe ein Boot. Die Schule, meine Freundschaft mit Holly, Melissa. Nach unserem dritten Date kam sie mit in meine Wohnung. Wir vögelten, und wir vögelten noch mal, und irgendwann beanspruchte sie ihre eigene Schublade in meinem Schlafzimmer. Kev hatte letztendlich wohl doch recht.

Melissa weiß, was sie will, und holt es sich. Ein Fünfjahresplan soll sie aus einer Wohnung in Chiswick in ein Stadthaus in Kensington bringen. Und genau das ist eine der Eigenschaften, die ich am meisten an ihr mag. Es ist erfrischend.

Ich wechsle die Position, sodass wir beide auf dem Rücken liegen.

»Bist du glücklich, Alex?«

Ich drehe den Kopf, um sie anzusehen. Sie tut das Gleiche. Jetzt, da unsere Augen sich an die Dunkelheit gewöhnt haben, sieht sie mein Lächeln und erwidert es. »Was ist denn das für eine Frage?«

»Eine Frage, auf die ich eine Antwort hören will.«

Bei unserem vierten Date ließ sie sich von mir ins British Museum führen. Sie fand tatsächlich dieselben Ausstellungsstücke wie ich interessant, auch wenn sie einmal versuchte, sich aus dem Hinterhalt auf mich zu stürzen, als wir an einem Grab aus dem lykischen Xanthos vorbeikamen.

»Weißt du, wie spät es ist, Mel? Du musst morgen früh raus und zur Arbeit.«

»Ich weiß, dass ich morgen früh raus und zur Arbeit muss, aber vorher will ich, dass du meine Frage beantwortest: Bist du glücklich?«

»Jep, natürlich bin ich das.«

Komisch, wie sich alles entwickelt. Wenn man mich mit fünfzehn gefragt hätte, wie ich mir meinen dreißigsten Geburtstag vorstelle, hätte ich mir ausgemalt, wie ich von der Arbeit in ein unbeleuchtetes Haus in Derbyshire, irgendwo in der Nähe des Snake Pass, nach Hause komme. Sobald ich die Tür aufmache, springen meine Frau und meine Freunde und Verwandten hinter dem Sofa hervor und rufen: »ÜBERRASCHUNG!« Und wenn ich ganz ehrlich bin, wäre in dieser Version höchstwahrscheinlich Holly meine Frau gewesen. Ich ertappe mich dabei, wie ich bei dem Gedanken lächeln muss.

»Wie glücklich?«, fährt Melissa fort.

»Richtig glücklich«, antworte ich und schiebe meine Zukunftsvision beiseite.

Ich schaue über das Bett auf unsere vier Füße, die unter der Daunendecke hervorstehen. Ich schließe die Augen und sinke allmählich in den Schlaf. Aber Melissa ist noch nicht fertig.

»Alex?«, sagt sie nun in einem anderen, ernsteren Tonfall. Sie ist wohl wieder ganz nüchtern.

In ein paar Stunden wird die Sonne aufgehen, aber jetzt gerade stecken wir im Fegefeuer zwischen Nacht und Morgen.

»Was ist?«, murmele ich schläfrig.

Melissa dreht den Kopf, und an ihrem Gesichtsausdruck erkenne ich, was nun kommt, schon ein paar Sekunden, bevor es tatsächlich so weit ist.

SIEBENUNDZWANZIGSTES KAPITEL HOLLY

Am Montag fühle ich mich langsam wieder wie ein Mensch. Der Freitag war die Hölle. Nachdem ich von Alex nach Hause gekommen war, schlief ich auf dem Sofa ein und wachte um halb sechs wieder auf, schälte meine Zunge von meinem Gaumen, ging ins Bett und verschlief prompt meinen Wecker. Ich überlegte einen Augenblick, mich krank zu melden, aber dann fiel mir ein, dass ich den Abend mit Melissa verbracht hatte. Sie wüsste definitiv, dass ich einen Kater habe.

Um alles noch tausendmal schlimmer zu machen, war die Erste, die ich traf, als ich mit einer halben Stunde Verspätung eintrudelte, eine wie aus dem Ei gepellte und perfekt funktionierende Melissa. Ich sah aus und fühlte mich wie eine wandelnde Leiche. Wie können wir gleich viel getrunken haben?

»Schön, dass du auch noch zu uns stößt, Holly«, säuselte sie sarkastisch, ohne mir in die Augen zu sehen, bevor sie allein in den Konferenzraum marschierte und die Tür hinter sich zuknallen ließ.

Wohl doch nicht ganz unberührt von den Folgen eines langen Abends.

»Tut mir echt leid, dass ich zu spät bin.« Ich suchte Zuflucht in Richards Büro. »Gestern Abend ist es ein bisschen später geworden.«

»Scheint langsam die Regel zu werden, was?«, murmelte Richard, ohne den Kopf von dem Bericht zu heben, den er las.

Nicht so sehr die Regel wie mein frühes Erscheinen und meine unbezahlten Überstunden, aber ich hatte nicht die Kraft, das zu erörtern, also entschied ich mich für ein Augenrollen und ließ es dabei bewenden.

Und der Tag wurde nur noch schlimmer. Richards Versuche, Martin zu einer Bestätigung seiner Beförderung zu bewegen, schlugen fehl, also war er den ganzen restlichen Tag ungeduldig, gereizt und, wenn ich mich nicht täusche, ein bisschen sauer auf mich. Er machte mehrere beiläufige Bemerkungen darüber, dass ich bis in die Puppen feiern würde, während er an Präsentationen arbeitete. Ich wusste nicht, ob die Seitenhiebe von meinem Freund oder von meinem Boss kamen.

Aber jetzt hat eine ganz neue Woche angefangen, und ich konzentriere meine Energie – wiederhergestellt nach einem ereignislosen Wochenende – darauf, dass es eine gute wird.

»Irgendwas Interessantes zu berichten?«, frage ich Jemma, als sie am Vormittag von einem Vieraugengespräch mit Martin zurückkommt.

»Was die Arbeit betrifft, oder im echten Leben?«

»Beides.«

»Also, was die Arbeit betrifft, will Martin alle nach dem Mittagessen versammeln bezüglich der Bekanntgabe, wer der neue Director of International Ventures wird. Und wie panne ist denn bitte diese Jobbezeichnung?«

HALLELUJA. Richards Beförderung. Ich wusste, heute würde ein guter Tag werden.

Jetzt ist es so weit. Jetzt kommt der Stein ins Rollen. Jetzt können Richard und ich den nächsten Schritt machen. Ich spüre förmlich, wie sich eine metaphorische Wolke hebt und mir all die negativen »Was geschieht mit meinem Leben?«-Gedanken von Donnerstag plötzlich fern und überdramatisiert erscheinen.

»Er hat heute Morgen angerufen und das Angebot angenommen«, fährt Jemma fort. »Ach, aber leider sieht er nicht besonders gut aus – ich hab ihn am Empfang abgeholt und für sein Einstellungsgespräch zum Vorstand gebracht.«

Moment mal ... Wen?

»Ich würde nicht mit ihm ins Bett wollen, und ich bin ja nicht allzu wählerisch, wie du weißt. Und der arme Richard, was? Ich glaube, er dachte, er hätte alles im Sack. Martin geht heute Mittag mit ihm essen, um es ihm zu eröffnen. Na ja, also das war's von der Arbeit. Und was mein echtes Leben angeht, glaube ich nicht, dass Robbie mich wiedersehen will. Ich habe ihm zwei SMS geschickt, und er hat nicht geantwortet.«

Als die Bedeutung ihrer Worte zu mir durchdringt, wird mir kalt. Richard hat den Job nicht bekommen. Mir war gar nicht klar, dass die Möglichkeit überhaupt besteht. Ich glaube, Richard auch nicht. Er wird am Boden zerstört sein.

»Oh Gott, ich kann es nicht fassen – das ist ja schrecklich.« Ich lasse das Gesicht in meine Hände fallen.

»Ja, ich weiß. Ich dachte, ich würde wieder mal ein Drama draus machen, aber wenn du es genauso siehst ... Mit mir muss definitiv irgendetwas nicht stimmen. Vielleicht sollte ich eine Therapie machen?«

»Nein, ich meine, dass Richard den Job nicht bekommt. Ich sollte besser zu ihm gehen.«

»Oh.« Jemma verzieht beleidigt das Gesicht, aber dann fällt ihr etwas ein, und sie sieht mich voller Entsetzen an. »Du darfst nichts sagen. Das ist eine streng vertrauliche Info, bis Martin es heute Nachmittag bekannt gibt.«

»Aber ich muss ihn darauf vorbereiten«, denke ich laut. »Er wird sich gedemütigt fühlen, wenn er es erst von Martin erfährt.«

»Nein, im Ernst, Hols. Martin würde mich feuern. Er hat ausdrücklich gesagt, dass ich es niemandem verraten darf. Seine letzten Worte, bevor ich sein Büro verlassen habe, waren: ›Ich vertraue darauf, dass du jetzt nicht an deinen Platz zurückgehst und es an Holly ausplauderst.‹«

»Aber ich kann doch nicht einfach nichts machen!«

»Warum denn nicht?«

Aber natürlich kann ich ihr nicht sagen warum. Und natürlich kann ich es nicht Richard sagen. Sie hat recht, Richard hat durchblicken lassen, dass sie sich bei Martin sowieso auf dünnem Eis bewegt, und die Weitergabe vertraulicher Informationen könnte ihm einen Grund geben, sie zu entlassen. Ich würde gern glauben, dass Richard, wenn ich ihm das erkläre, das Mittagessen pro forma mitmachen und so tun könnte, als wüsste er von nichts, wenn Martin ihm die Neuigkeit eröffnet, aber ehrlich gesagt glaube ich, er würde direkt in sein Büro stürmen, um ihn zur Rede zu stellen.

Aber irgendwas muss ich tun. Vielleicht seine Hoffnungen dämpfen, ohne durchsickern zu lassen, dass ich etwas weiß.

Nachdem Jemma mich gezwungen hat, bei Harolds Leben zu schwören, dass ich es ihm nicht verrate, gehe ich in Richards Büro und schließe die Tür, woraufhin er mich praktisch mit einem Rugby-Tackle (auf eine sexy Art) auf seinen Schreibtisch wirft, um leidenschaftlich mit mir zu knutschen.

Für einen Augenblick erlaube ich mir zu vergessen, dass ich auf Schadensbegrenzungsmission bin, lasse mich von dem Kuss mitreißen und genieße die Intimität. Es ist schon ewig her, dass wir das zum letzten Mal gemacht haben. Am Anfang unserer Beziehung begrüßte er mich immer mit heißen Umarmungen, aber in letzter Zeit hat das nachgelassen und wurde durch Gespräche über den Zusammenschluss und Kaffee-Bestellungen ersetzt.

»Wow, wofür war das denn?«, frage ich und versuche, wieder zu Atem zu kommen, als wir uns halb an die Schreibtischkante lehnen und halb setzen.

»Um mich zu entschuldigen, weil ich in letzter Zeit so ein Arsch war. Ich wollte nicht unfreundlich zu dir sein, ich hab nur einfach immer so lange gearbeitet und schlecht geschlafen und dich vermisst.« Er küsst mich auf die Wange. »Aber ich hätte es nicht an dir auslassen dürfen. Sorry, Süße.«

Ich betrachte seine Augen, um die sich vor aufrichtigem Bedauern leichte Fältchen gebildet haben, während die Lippen eine schuldbewusste Schnute formen.

»Schon okay.« Das meine ich wirklich so – und irgendwie WEISS ich, dass alles gut wird. Ich hatte mir allmählich schon Sorgen gemacht, dass sich alles in seinem Leben nur noch darum dreht, diesen neuen Job zu kriegen, aber ich bin ihm eindeutig auch wichtig. Okay, er hat ihn nicht gekriegt. Kein Ding. Dann müssen wir eben damit leben, dass die Leute vielleicht über uns reden. Ich bin mir ziemlich sicher, dass es nicht tatsächlich illegal ist, mit seinem Boss zu schlafen. Es wird nur nicht gern gesehen. Aber das geht vorbei, wenn alle merken, dass wir es ernst miteinander meinen.

»Und das wird sich jetzt sowieso alles ändern«, fährt Richard fort. »Martin geht heute Mittag mit mir essen, um zu reden. Er wird meine Beförderung bestätigen, da bin ich mir ganz sicher.«

Arghhhh.

»Na ja, was es auch sein wird«, sage ich, während ich seine Hand nehme, »gute oder schlechte Nachrichten, du hast ja immer noch mich.«

»Danke, Süße, obwohl da sicher keine schlechten Nachrichten auf mich zukommen. Die Beförderung könnte vielleicht bedeuten, dass ich einmal im Monat rüber in die Staaten jetten muss, aber dagegen habe ich nichts. Vielleicht kannst du mich sogar mal ein Wochenende in New York besuchen? Außerdem kriege ich ein größeres Büro – die ganze dritte Etage ist für die neue internationale Abteilung vorgesehen.«

»Aber dieses Büro hier ist auch nicht schlecht. Ich meine, falls du doch hierbleiben musst, ist es kein Weltuntergang. Und ich mag es, dass du gerade mal zwölf Sekunden von meinem Schreibtisch entfernt bist.«

Er erwidert den Kuss, für den ich mich zu ihm beuge, und ermahnt mich augenzwinkernd, nicht so verdammt pessimistisch zu sein, sondern ihm lieber einen Kaffee zu holen.

Na also. Ist doch prima gelaufen.

Jemma hat ihnen einen Tisch in irgendeinem trendigen, neuen, von einem Promi geführten Steakhaus im West End reserviert. Martin scheint zu glauben, die Enttäuschung würde weniger schmerzen, wenn Richard dabei in ein perfekt zubereitetes Stück teures Rindfleisch beißt, aber die Wahl des Lokals hat Richard nur darin bestätigt, dass sie etwas zu feiern haben.

Es kommt mir vor, als wären sie ewig weg. Ich verbringe meine Mittagspause damit, mich in Geschäften herumzudrücken. Im Büro scheint es keine Ablenkung von dem Gefühl drohenden Unheils zu geben. Fünf Minuten bevor ich wieder zurück sein muss, fällt mir auf, dass ich nichts gekauft habe, also nehme ich einfach so ein Paar schwarze, kniehohe Lederstiefel und gehe zurück ins Büro.

»Die sind ein Traum«, schwärmt Jemma und streicht über das Leder, als wäre es der Torso eines nackten Mannes.

»Tol-le Stiefel«, sagt Melissa gedehnt, als sie an meinem Tisch vorbeikommt. »Ich habe fast genau die gleichen – sie passen zu allem.«

Jemma wartet, bis Melissa außer Hörweite ist. »Den Kassenzettel hast du ja behalten, oder?«, fragt sie, während sie sie wieder in die Schachtel fallen lässt.

»Jep.«

»Gott sei Dank.«

In diesem Moment kehren unsere beiden Chefs mit ernster Miene zurück, gehen wortlos in ihre jeweiligen Büros und schließen hinter sich die Tür.

Richard sitzt in seinem Sessel, die Ellbogen auf dem Tisch und den Kopf in die Hände gestützt. Das Ticken der Wanduhr hinter seinem Schreibtisch wirkt unnatürlich langsam und übertrieben laut.

»Na, wie war's?«, frage ich sanft, um den Anschein aufrechtzuerhalten, ich wüsste noch nicht, dass es sehr, sehr schlecht war.

»Sie holen jemand Neues«, sagt er, wobei seine Augen die Kaffeetasse auf seinem Tisch fixieren. »Jemanden mit mehr Erfahrungen im internationalen Marketing oder so einen Scheiß. Selbstverständlich null Erfahrungen mit Hexagon, also findet er nicht mal seinen eigenen Arsch, wenn er hier anfängt, aber juhuuu.«

»Das tut mir leid.«

Er zuckt die Achseln und zerknüllt das oberste Blatt seines Notizblocks – Notizen, die er sich gestern spätabends noch gemacht hat – und schleudert die Papierkugel durchs Büro, wobei er seinen Mülleimer weit verfehlt.

»Es wird noch andere Chancen geben, Rich.«

»Ach ja, wird es das?« Seine Stimme trieft vor Sarkasmus. »Dann bitte zeig sie mir, denn das hier war meine erste Beförderungschance, seit ich vor vier Jahren hier angefangen habe, und soweit ich informiert bin, werden keine weiteren neuen Abteilungen eingerichtet. Und Martin sieht auch nicht so aus, als würde er in nächster Zeit das

Handtuch werfen. Leider. Aber bitte erzähl mir mehr von diesen anderen Chancen.«

Ich versuche, mich von seinem Ton nicht angegriffen zu fühlen – er ist nicht auf mich wütend. Es ist normal, dass man seinen Ärger an dem Menschen auslässt, der einem am nächsten steht.

»Na ja, wenn nicht hier, warum dann nicht woanders? Mit deiner Erfahrung dürftest du keine Schwierigkeiten haben, etwas zu finden, und jedes Vorstellungsgespräch ist für dich ein Kinderspiel.«

»Seltsamerweise gibt es aber nicht viele Jobs. Die Wirtschaft läuft ein bisschen scheiße im Moment, falls dir diese Neuigkeit entgangen ist. Deswegen war es ja so wichtig, dass die Fusion klappt – ein Unternehmen von dieser Größe hätte allein vielleicht nicht überlebt. Und deshalb hat auch dieser neue Typ Kontakt zu Martin aufgenommen – er kommt von einer Konkurrenzfirma, die kurz davorsteht, ihre halbe Belegschaft wegzurationalisieren. Bis dahin war ich der Spitzenkandidat, aber anscheinend ist dieser angebliche Superman einfach zu gut, um ihn sich nicht zu schnappen.«

Diese letzten Worte spuckt er förmlich aus. Ich durchquere den Raum zu seiner Seite des Schreibtischs und lege die Arme um ihn.

»Und was ist jetzt mit uns?«, frage ich sanft nach ein, zwei Minuten.

»Was mit uns ist, Holly?« Er dreht sich aggressiv auf seinem Drehstuhl herum. »Bitte sag mir nicht, dass du jetzt tatsächlich an dich denkst?«

»Nicht an mich, Richard, an uns.« Ich mache einen Schritt nach hinten. »Das hier betrifft uns beide. Das hier sollte der Wendepunkt für uns sein, damit wir endlich ein richtiges Paar sein können.«

»Sagt wer?«

»Na ja, niemand darf erfahren, dass wir zusammen sind, weil die anderen es unpassend finden könnten, dass du mein Chef bist – das sagst du mir doch immer. Wenn du nicht mehr mein Chef wärst, was würde uns dann davon abhalten, die ganzen normalen Sachen zu machen, die Paare eben tun? Du weißt schon – so was wie essen gehen und in den Urlaub fahren. Oder zusammenziehen.«

»Gott, Holly – plan doch gleich unsere gesamte Zukunft! Ich kann mich nicht erinnern, dir irgendwas davon versprochen zu haben.«

Ich fühle mich, als wäre ich gerade geohrfeigt worden. Aber ich glaube, das hätte nicht annähernd so wehgetan wie Richards Worte.

»Und was machen wir dann, Richard? Was haben wir das ganze letzte Jahr gemacht? Was hat das alles denn für einen Sinn, wenn es nirgendwo hinführt?«

»Ganz ehrlich, Süße, das ist jetzt gerade meine geringste Sorge.«

Ich gehe ohne ein weiteres Wort hinaus und sehe, dass Melissa an meinem Schreibtisch wartet.

»Holly, es ist kein Papier mehr im Drucker.«

»Es liegt in einer Schachtel neben dem Drucker«, murmele ich.

»Super. Ich muss heute vor Feierabend noch einen Bericht ausdrucken, solange es bis dahin wieder nachgefüllt ist ...«

»Ach, steck das verdammte Papier doch einfach selber in den Drucker, Melissa – das ist kein Hexenwerk.« Ich warte nicht auf ihre Reaktion, bevor ich zum Klo davonstürme.

»Alles in Ordnung, Holly?«, fragt Jemma. »Ich meine nicht, weil du wegen Melissa ausgerastet bist – das war genial –, sondern weil dein Gesicht ganz aufgedunsen ist und deine Augen rot sind. Ich hoffe echt, dass du geheult hast, denn sonst siehst du einfach nur scheiße aus.«

»Alles okay«, antworte ich Jemma und versuche zu lächeln.

»Wirklich? Denn du siehst sogar noch schlimmer aus als am Freitag mit dem Kater. Und da hast du echt übel ausgesehen.«

Ich habe mir in einer verschlossenen Toilette lautlos brüllend die Augen ausgeheult. Sich lautlos brüllend die Augen ausheulen – das klingt, als wäre es ziemlich schwierig, aber es ist überraschend leicht. Wenn jemand an der Tür gelauscht hätte, hätte er gedacht, ich würde einfach nur ziemlich schwer atmen. Ich hatte mich gerade wieder beruhigt, als mir einfiel, dass es dieselbe Toilette war, in der ich vor ein paar Monaten fast einen Schwangerschaftstest gemacht hätte. Und wie bin ich bloß auf die Idee gekommen, dass Richard sich vielleicht über ein positives Ergebnis gefreut hätte? Wie konnte ich so was nur denken?

Ich wünschte, ich könnte Alex anrufen, aber er hat heute Vorbereitungstag auf das neue Schuljahr oder so was. Wenn ich mit ihm geredet habe, wird es mir besser gehen. Er wird mir helfen, die Situation mit etwas mehr Abstand zu betrachten und mir zu überlegen, wie ich damit umgehen soll. Was würde ich ohne Alex nur machen? Ich erschrecke beim Gedanken daran, dass ich ihn gar nicht als Stütze gehabt hätte, wenn das hier schon vor mehreren Monaten passiert wäre. Ich frage mich, ob ihm überhaupt klar ist, was er für mein Leben bedeutet.

Ich versuche, mir vorzustellen, wie Richard sich fühlen muss. Angesichts der Sache mit dem Job und unseres Streits kann man wohl sagen, dass heute nicht sein Glückstag ist, und ich rechne fast damit, dass er sich in seinem Büro verschanzt, als Martin um 15 Uhr alle für die große Bekanntgabe versammelt. Aber er kommt mit langen Schritten heraus, stellt sich neben seinen Boss und lächelt freundlich bei der Nachricht, dass ein Shawn Walker dem Team als unser neuer Director of International Ventures beitritt und andere Positionswechsel zu gegebener Zeit bekannt gegeben werden. Ungefähr alle schielen in seine Richtung, um zu sehen, wie er die Neuigkeit aufnimmt – es ist kein Geheimnis, dass er der Spitzenkandidat für den

Posten war –, aber sein Gesicht bleibt unbewegt. Es sieht aus, als würde er die Nachricht mit Fassung tragen, aber ich weiß, dass es ihn fertigmacht. Für einen Augenblick will ich ihn einfach nur umarmen, aber die Erinnerung an unseren Streit lässt mich Abstand halten.

Als es vorbei ist, schlurfen alle zurück an ihre Plätze und spekulieren flüsternd darüber, wer aus unserer Etage möglicherweise im neuen Team mitarbeiten wird – und ob sie dann nach New York fliegen dürfen, und ob iPods dort tatsächlich so viel billiger sind, oder ob es sich nicht doch eher lohnt, sie bei Amazon zu bestellen.

Melissa tätschelt Richard auf dem Weg zurück zu ihrem Schreibtisch mitfühlend den Arm, und Richard dankt ihr mit einem fast unmerklichen schweigenden Nicken. Ach, sie kann ihn also trösten, ohne dass er ihr gleich seinen ganzen Sarkasmus um die Ohren haut, ja? Ein neuer Strom Tränen schießt mir in die Augen, aber ich dränge sie zurück.

Er fängt im Vorbeigehen meinen Blick auf. »Kannst du bitte in mein Büro kommen, Holly?«

»Klar.« Meine Stimme zittert. Das war's. Jetzt macht er mit mir Schluss. Er hat sich überlegt, dass das mit uns, was auch immer es ist, keinen Wert hat. Vielleicht gibt er mir die Schuld. Vielleicht denkt er, wenn ich nur ein, zwei Abende mehr damit verbracht hätte, ihm mit seiner Arbeit zu helfen, anstatt mich mit Alex zu treffen, wäre er möglicherweise nicht noch auf den letzten Metern von Shawn Walker geschlagen worden.

»Ich gehe heute um Punkt 17.30 Uhr, Süße.« Er lehnt den Hinterkopf an die Tür, die er gerade hinter sich geschlossen hat. Er sieht erledigt aus. »Ich kann es nicht erwarten, hier rauszukommen. Schläfst du heute Nacht bei mir?«

Er bemerkt meine Verwirrung und fügt hinzu: »Ich könnte dringend eine Umarmung gebrauchen.«

»Aber vorhin …«

»Vorhin war ich wütend. Das war der Schock – ich war mir so sicher, dass Martin mich einladen würde, um mir zu sagen, dass der Job mir gehört. Sorry, wenn ich dich verärgert habe.«

Ich falle in seine offenen Arme und ergebe mich dem Gefühl der Erleichterung, während ich seinen vertrauten Duft nach Jean-Paul-Gautier-Aftershave einatme und darauf warte, dass er mich so berauscht wie sonst und mich alles vergessen lässt. Aber es funktioniert nicht. Ich kann nicht alles vergessen, was vorhin zwischen uns gesagt wurde. Auch wenn ich es wirklich, wirklich will.

ACHTUNDZWANZIGSTES KAPITEL ALEX

»Jetzt haben wir nur noch einen Punkt auf der Tagesordnung«, sagt der neue Rektor der Whitford High, während er den Blick über seine Zuhörer schweifen lässt, um sich zu vergewissern, dass alle aufpassen.

Die offizielle Version ist, dass Mr Stretford, der bisherige Schulleiter, einen Herzstillstand erlitten hat, als er am Anfang der Sommerferien den Ölfilter seiner Familienkutsche wechselte, aber laut eines Gegengerüchts, das direkt hier im Lehrerzimmer entstand, wurde er von Mr Cotton gekidnappt, der ihn am Elfmeterpunkt des Schulsportplatzes lebendig begraben hat, bevor er selbst die Macht übernahm. Mr Cotton ist der Justiz entkommen, weil keine E-Mail über den Vorfall verschickt wurde. Folglich ist er nie wirklich geschehen.

»Ich weiß, Sie wollen alle gehen und noch mal die Füße hochlegen, bevor morgen offiziell das neue Schuljahr beginnt, also werde ich mich kurz fassen.«

Es ist Montagnachmittag, und die Lehrer der Whitford High erfreuen sich eines Vorbereitungstags für das neue Schuljahr, der darin bestanden hat, die Aushänge an den Wänden zu aktualisieren, den neusten Klatsch auszutauschen und zu hören, wie die älteren Kollegen uns an Dinge »erinnern«, die sie uns überhaupt noch nie gesagt haben, nur für den Fall, dass das Schulamt vorbeischaut.

»Einigen von Ihnen wird es schon bekannt sein ...«

Meine Gedanken schweifen ab, zurück zu Donnerstagnacht im Bett mit Melissa.

»Ich liebe dich, Alex Tyler.« Ihre Worte schwebten in der Luft wie Pac-Man-Punkte, die darauf warteten, verschluckt zu werden. Ich spielte auf Zeit, aber die »Game Over«-Anzeige erschien – das Fenster, in dem ich ihre drei Worte hätte erwidern können, war geschlossen.

Melissa wachte am nächsten Morgen auf und tat so, als wäre nichts gewesen. Sie gab mir einen Kuss auf die Wange und ging zur Arbeit, und jedes Mal, wenn ich mich seither dem Thema annäherte, fiel sie mir mit irgendwas Unwichtigem ins Wort, wie, was sie zu Mittag gegessen hatte oder was ich mir zum Geburtstag wünschen könnte.

Ich bin sicher, ich könnte mich in Melissa verlieben, aber wir sind erst neun Wochen zusammen. Es ist wie mit einem großartigen Album – man findet es nicht großartig, wenn man es zum ersten Mal hört. Man muss es auf sich wirken lassen, es wieder und wieder hören, und erst dann erkennt man, wie genial es ist. So was erfordert Geduld.

Ich habe einfach nicht damit gerechnet. Ich habe mich auf andere Dinge konzentriert: mein erstes Jahr an der Whitford High; Unterrichtspläne, Strategien, um auf die Grundlagen aufzubauen, die ich mit meinen Neunern zur Vorbereitung auf ihren Abschluss gelegt hatte.

»... aber Kenny Sonola wird in absehbarer Zukunft nicht zurückkehren.«

Ich hebe den Blick vom Fußboden und richte ihn wieder auf Mr Cotton, dessen Gesicht eine Mischung aus Selbstgefälligkeit und Gleichgültigkeit ausdrückt, als hätte er die ganze Zeit schon prophezeit, was auch immer passiert war.

»Gegenwärtig ist noch unklar, welche Rolle Kenny bei der Messerstecherei gespielt hat, aber sein Fall kommt vor Gericht, und bis dahin bleibt er in der geschlossenen Erziehungsanstalt der Kommunalbehörde.«

»Er war in eine Messerstecherei verwickelt«, berichte ich, während ich immer noch versuche, alles zu verarbeiten.

»Whoa!« Melissas Stimme hallt, als würde sie durch ein Megaphon sprechen.

Ich halte mir das Handy ans andere Ohr. »Der andere Junge ist auf der Intensivstation. Ich glaube nicht, dass Kenny das Messer in der Hand hatte, aber er war am Tatort.«

Ich höre, wie am anderen Ende der Leitung Schränke geöffnet und geschlossen werden. »Kenny ist auf der Intensivstation?«

»Nein, der Junge, der niedergestochen wurde. Kenny ist in Gewahrsam. Hörst du mir überhaupt zu?«

Kenny hat vor dem Sommer echte Fortschritte gemacht, aber jetzt ... Ich gehe die Stunden, die ich mit ihm verbracht habe, noch einmal durch und versuche, mich zu erinnern, was ich übersehen haben könnte. Ich hätte mir mehr Gedanken darüber machen sollen, dass er sich mit den falschen Leuten traf, als ich ihn mit diesen älteren Jungen sah, nachdem er aus dem Klassenzimmer gestürmt war. Ich hätte noch mal mit ihm reden und versuchen sollen, ihn von der falschen Bahn abzubringen. Ich hätte es vorhersehen müssen. Aber das habe ich nicht, und so fühlt sich alles – dass Kenny inhaftiert und ein anderer Junge schwer verletzt ist – ein bisschen so an, als wäre es meine Schuld.

Die Leitung knackt und wird klarer. »Sorry, jetzt habe ich den Lautsprecher wieder ausgemacht. Ich koche gerade Spag Bol.«

»Ich habe einfach das Gefühl, ich hätte ihn im Stich gelassen, weißt du?«

»Ach, Schatz.«

»Ich dachte wirklich, er hätte die Kurve gekriegt.«

»Ein Lehrer ist auch nicht für alles verantwortlich. Wenn ich da an meine alten Englischlehrer denke – ich hab ihnen das Leben zur Hölle gemacht. Ich habe Englisch gehasst.«

Meine Gedanken kehren zurück zu dem Abend, als ich Melissa beim Pub-Quiz kennenlernte. »Ich dachte, Shakespeare hätte dich in der Schule begeistert?«

»Argh!« Melissa verschwindet hinter dem Geräusch klappernder Töpfe. »Die Spaghetti kochen über, ich hör jetzt besser auf.«

»Dass du Radiohead magst, war das auch eine Lüge?«

»Was? Hör zu, Alex, ich muss jetzt auflegen. Sei nicht traurig, ja? Ich tröste dich morgen Abend.«

»Morgen Abend?«

»Meine Freundin Rhian hat Geburtstag, erinnerst du dich? Wir gehen alle zusammen essen.«

Mist.

»Hatte ich vergessen«, sage ich mehr zu mir selbst als zu Melissa. »Ich hab mich gerade mit Holly verabredet. Sie kommt zu mir.«

»Hör mir bloß auf mit Holly Gordon. Sie war heute so unverschämt zu mir. Ich hätte am liebsten gesagt: ›Jetzt mach mal halblang, Schätzchen – du bist nur die Sekretärin.‹ Aber sie ist mit dir befreundet, also hab ich's nicht gemacht.« Ich schaffe es nicht, ein Seufzen zu unterdrücken, aber sie reagiert nicht darauf. »Na ja, du musst es eben verschieben.«

Es knistert in der Leitung. Ich glaube, sie hat mich wieder auf Lautsprecher geschaltet.

»Hör zu, mein Herd macht in Sachen Hochwasser der Themse Konkurrenz. Wir sehen uns morgen Abend, ja?«

Ich setze zu einer Antwort an, aber bis die Worte in meinem Mund Gestalt annehmen, ist Melissa schon weg.

Holly klingelt kurz vor 20 Uhr an der Wohnungstür. Ich führe sie ins Wohnzimmer, wo sie auf dem Sofa Platz nimmt. Carl zeichnet Karikaturen bei einer Party in Chelsea, also sind wir beide allein.

Ich schenke uns Wein ein. »Na, alles in Ordnung bei dir, Hols?«

Einer der Gründe, weshalb ich unser Treffen heute nicht absagen wollte, war der Ton ihrer SMS gestern Nachmittag. Es klang, als bedrücke sie etwas, aber jetzt ignoriert sie meine Frage. »Hat dir schon mal jemand gesagt, dass du echt lange, spindeldürre Finger hast?«

Ich betrachte meine Hand und lasse in gespielter Verzweiflung meine Unterlippe zittern. Holly bietet daraufhin ihre eigene winzige Hand zum Vergleich an.

»Komm schon«, drängt sie mich, und als unsere Hände Haut an Haut liegen, versuche ich, daraus im Kopf keinen besonderen Moment zu machen, aber trotzdem ertappe ich mich dabei, wie ich Blickkontakt vermeide.

»Neben deinen hätte jeder lange Finger«, protestiere ich, sobald ihre Behauptung bewiesen ist. Sie sieht mich gespielt herablassend an, zieht sich dann die Schuhe aus und lehnt sich mit hochgezogenen Knien in die Sofaecke gegenüber von mir.

»Was gibt's Neues bei dir, Alex Patrick Tyler?«

Da ich sowieso keine Schuhe anhabe, setze ich mich auch so hin wie sie und beantworte die Frage, indem ich ihr von Kenny erzähle.

»Ich fühle mich, als wäre Kenny der erste richtige Test für mich als Lehrer gewesen und ich hätte versagt«, gestehe ich und versuche nicht zu merken, wie Hollys Fuß anfängt, über das Sofa zu rutschen. »Und wenn ich versage, wenn es wirklich drauf ankommt, vielleicht heißt das, ich bin einfach nicht der Richtige für den Job?«

»Wie viele Schüler hat ein Lehrer in seiner Laufbahn?« Sie wartet nicht auf meine Antwort. »Tausende. Du kannst sie nicht alle erreichen, Alex. Du wärst verrückt, wenn du dir so ein Ziel setzen würdest. Du hast dir für Kenny Zeit genommen. Und du hast Fortschritte gemacht, wie du selbst gesagt hast. Aber er kam zu dir mit was, dreizehn oder vierzehn? Die meisten Kinder sind, sagen wir mal, sechs Stunden pro Tag in der Schule, und das an wie vielen Tagen im Jahr?«

»Hundertfünfundneunzig.«

Sie beantwortet meine überpräzise Auskunft mit einem spöttischen Blick. »Also sechs Stunden pro Tag, an hundertfünfundneunzig Tagen im Jahr. Ich meine nur, sie sind gar nicht so viel in der Schule, wenn man mal drüber nachdenkt.«

Schließlich stößt ihr Fuß an meinen, aber sie zieht ihn augenblicklich wieder weg.

Holly füllt, ohne zu fragen, unsere Gläser nach. »Du gehst das falsch an. Du kannst nicht alle Probleme der Welt lösen. Ich weiß, was du jetzt sagen wirst – du wirst sagen, dass du nach London gekommen bist, um etwas zu bewirken, aber wenn du mich fragst: Wenn du nur ein paar mitreißt, wenn du nur ein paar auf einen besseren Weg bringst, dann bewirkst du damit etwas. Nicht viele Leute können das in ihren Berufen auch nur annähernd von sich behaupten.«

Sie hält inne, stellt ihren Wein ab und beugt sich dann zu mir, wobei sie mir eine Hand auf die Schulter legt und mir fest in die Augen sieht. »Außerdem veränderst du die Dinge auch so, Alex. Und nicht nur in der Schule. Allein die Tatsache, dass du in London bist …« Sie zögert. Meine Augen huschen für einen Sekundenbruchteil zu ihren Lippen, und ich stelle mir vor, sie zu küssen. »Was ich meine, ist, du hast mir geholfen, mich zu erinnern, wer ich vorher war …«

Ihr Satz bricht ab. Ich frage mich, was sie mit »vorher« meint. Sie blickt mich immer noch an, und ihr Blick ist wie ein Rätsel, aber bevor ich es lösen kann, und bevor ich fragen kann, wann sie vergessen hat, wer sie war, und warum, scheint sie sich zu erinnern, wer sie ist, und wer ich bin, und nimmt die Hand von meiner Schulter.

»Weißt du, was ich heute gemacht habe?«, fragt sie, wobei sie sich ganz zurückzieht und so unbeschwert klingt, als wäre eben nichts passiert. »Ich habe einen Arbeitsschutzbericht für jemanden getippt, der seinen Daumen in seiner Schublade eingeklemmt hatte. Unter der Überschrift ›Art der Verletzung‹ musste ich schreiben: ›Keine Verletzung‹.«

Eine Woge von Schuldgefühlen steigt in mir auf, weil ich hier über den Job jammere, den ich mir immer gewünscht habe. Okay, Holly hat mir nie gesagt, dass sie unglücklich wäre, aber sie ist auch nicht mit dem Wunsch aufgewachsen, Sekretärin zu werden, oder?

»Wir haben jetzt genug über mich geredet«, sage ich. »Was ist mit dir? Wie geht's Richard?«

Sie fixiert den Plasmabildschirm. Der Fernseher ist nicht an, also sieht man dort nichts als die Umrisse von uns beiden, wie wir auf dem Sofa sitzen. So abwesend, wie sie darauf starrt, könnte man meinen, sie wäre in einer anderen Dimension.

»Ist was passiert?«, frage ich, und sie schwebt zurück zur Erde.

Sie fasst ihr Haar mit einer Hand zu einem Pferdeschwanz zusammen und lässt es dann wieder los. »Nein, nein. Ich fühle mich nur …«

Ich schweige und warte, dass sie weiterspricht.

»Ich bin neulich Bus gefahren und hab gehört, wie ein Mädchen mit ihrem Freund geredet hat. Sie hat ihm eine Szene gemacht, weil er wieder nur PlayStation gespielt hatte, wie immer. Es war offensichtlich, dass sie die Diskussion nicht zum ersten Mal hatten, und trotzdem war ich neidisch. Ich war neidisch, weil ihre Beziehung wenigstens echt ist; ihr Streit ist wenigstens ein richtiger Streit.«

Holly will noch mal Wein nachschenken, aber in der Flasche ist nicht mehr genug für uns beide, also geht sie in die Küche, um eine neue zu holen. Ich muss morgen in die Schule und bin nur ein paar

Schluck davon entfernt, betrunken zu sein, aber ich habe mein halbes Leben damit verbracht, von Abenden mit Holly auf dem Sofa zu träumen, also strecke ich ihr mein Glas entgegen und danke ihr mit einem Grinsen.

»Am Anfang war die Heimlichtuerei noch aufregend«, sagt sie und nimmt ihre vorherige Position wieder ein. »Aber das ist jetzt vorbei. Ich will eine normale Beziehung. Alle anderen scheinen mit ihrem Leben voranzukommen, nur ich nicht.« Sie untersucht eine Haarsträhne nach gespaltenen Spitzen. »Sind das Nacktschnecken, die drei Jahre schlafen können, oder normale Schnecken?«

Ich lache. »Ich hab echt keine Ahnung.«

»So fühle ich mich nämlich: wie eine Nacktschnecke, oder eine normale Schnecke, keine Ahnung. Ich komme mir egoistisch vor, und wenn ich mit Richard darüber rede, sehe ich ihm an, dass er genervt ist, aber verlange ich wirklich so viel?«

Hollys Füße rutschen wieder zentimeterweise zu mir.

»Du verlangst überhaupt nicht viel. Er ist eindeutig ein ...«

Unsere Blicke bleiben flüchtig aneinander hängen. Ich verkneife mir das Wort »Schleimer«, weil es mich unweigerlich zu Richard und Melissa führen würde. *Jep, dein Freund ist ein Schleimer, und er ist im Moment nicht auf der Suche nach was Ernstem. Frag Melissa.*

Ich beschließe, meine Meinung für mich zu behalten. Dies ist das erste Mal, dass Holly mir gegenüber echte Zweifel an Richard zum Ausdruck bringt, und ich weiß, dass sie wahrscheinlich einfach frustriert ist. Wenn ich ihr jetzt sage, was ich denke, wird sie sich mir nie wieder anvertrauen.

»Er ist halt ein Kerl, Hols.«

Holly nimmt noch einen großen Schluck von ihrem Wein, wobei ihre geröteten Wangen erkennen lassen, dass sie ebenfalls schon beschwipst ist. Ihre Füße berühren jetzt meine, und diesmal weicht sie nicht zurück. Als ich ein Zucken in meinen Boxershorts spüre, verlagere ich leicht meine Sitzposition, um jegliche sichtbaren Anzeichen zu verbergen, gebe mir aber Mühe, den Kontakt unserer Füße dadurch nicht zu stören.

»Ich hätte mich heute Abend eigentlich mit Melissa treffen sollen.«

Holly sieht mich schweigend an. Nach ihrem ganzen nervösen Herumgezupfe sieht ihr Haar aus wie früher: wild. Nicht zum ersten Mal, seit wir uns im Frühjahr wiedergetroffen haben, verspüre ich einen heftigen Drang, meine beste Freundin an mich zu ziehen, sie in die Arme zu nehmen, ihre Brust an meine zu drücken und ihren Atem warm in meinem Nacken zu fühlen.

»Zwischen mir und ihr läuft alles gut«, sage ich.

Holly deutet ein Lächeln an, hält sich aber zurück.

»Sie sagt mir ständig, dass sie meinen Dad kennenlernen will. Du weißt doch, dass ihr Dad abgehauen ist, als sie noch ganz klein war?«

»Das erklärt einiges«, sagt Holly in ihr Glas.

Ich betrachte noch einmal unsere Silhouetten. »Ich weiß nur nicht, ob sie und ich das Gleiche wollen. Ich dachte schon, aber in letzter Zeit ...«

Ich unterbreche mich. Ich will nicht über Melissa sprechen, nicht, bis ich mir darüber im Klaren bin, was ich tun muss. Unsere Blicke treffen sich wieder, aber diesmal ist keiner von uns bereit nachzugeben. Ich blicke in Hollys braune Augen und erinnere mich – wie konnte ich das nur vergessen? – an den eigenartigen haselnussbraunen Ring zwischen ihrer Pupille und ihrer Iris. Ich habe ihn noch nie bei jemand anderem gesehen.

Ich will sie fragen, warum sie nicht auf den Zettel geantwortet hat, den ich ihr geschrieben hatte, bevor sie aus Mothston wegzog, wieso sie sich so lange nicht gemeldet hat, und ich will ihr sagen, was ich mir in der Nacht gewünscht habe, als ich die Sternschnuppe oder Boeing 737 sah, aber wenn ich das tue, wird es vielleicht nicht wahr.

»Ich verstehe nicht, wieso irgendjemand dich geheim halten würde«, sage ich, und mir wird bewusst, dass die Atmosphäre sich verändert, sich aufgeladen hat. »Die meisten Männer würden damit angeben, wenn sie abends zu dir nach Hause kommen dürften.«

Holly sagt nichts. Sie sieht mich noch immer an, das Glas an ihr Kinn geneigt, aber ich kann ihren Gesichtsausdruck nicht deuten. Dann bröckelt die Fassade. Eine Träne rinnt aus einem Augenwinkel und beginnt eine Reise über ihre Wange. Ich bewege mich auf Holly zu, um sie zu umarmen, sie zu trösten und zu fragen, was los ist, aber im letzten Augenblick dreht sich ihr Kopf so, dass ihr Weinglas, das immer noch an ihrem Kinn liegt, das Einzige ist, was unsere Lippen voneinander trennt.

Und dann passiert es, und ich halte ihr Gesicht in den Händen, halte ihr Gesicht, als wäre es das Kostbarste auf der Welt. Sie hat immer noch den Wein in der Hand und tastet blind nach dem Couchtisch, doch ihre Lippen lassen meine nicht los, selbst als das Glas auf dem Fußboden zerspringt.

Wir atmen einander ein, während unsere Hände nun forschen, und ich denke daran, wie keine Frau je mit Holly mithalten konnte, nicht in elf Jahren. Ich denke an all die Male, als ich mir das hier erträumt habe, und an den Tag vor all jenen Jahren, als ich versuchte, es – uns – wahr zu machen.

Den Tag, der alles hätte verändern können.

NEUNUNDZWANZIGSTES KAPITEL ALEX

März 1999

Ich klingle und trete einen Schritt von der Türschwelle zurück, weil ich denjenigen, der die Tür aufmacht, nicht erschrecken will. Ich stecke die Hände in die Hosentaschen, ziehe sie aber augenblicklich wieder heraus und verschränke die Arme, bevor ich mich dafür entscheide, sie seitlich herabhängen zu lassen.

Ein Krampf fängt an, sich in meinem Magen auszubreiten, während ich mich frage, wieso niemand an die Tür kommt, obwohl der Fernseher läuft und eindeutig jemand zu Hause ist.

Ich verschränke die Arme wieder, und mir wird bewusst, dass ich keine Ahnung habe, was ich sagen soll, wenn nicht Mr oder Mrs Gordon die Tür aufmacht, sondern Holly.

Soll ich gleich mit der Sprache rausrücken? Oder muss es erst einen Prolog geben, ein paar Kapitel, eine langsame Steigerung, bevor die Geschichte Fahrt aufnimmt und ich Holly sage, was ich ihr schon ganz zu Anfang sagen wollte?

Nach etlichen Minuten, zumindest kommt es mir so vor, als meine Arme gerade wieder seitlich herabbaumeln, öffnet mir endlich Mr Gordon.

»Oh, hallo Alexander. Lange nicht gesehen. Ich dachte, du wärst Dean.«

Fünf Monate Dean Jones haben gereicht, um mich aus dem Familiengedächtnis der Gordons zu verdrängen. Ich will etwas einwenden, aber Holly und Dean haben sich gerade getrennt, was spielt es da noch für eine Rolle?

»Na ja, du bist hier immer willkommen, egal wen Holly gerade bezirzt.«

Ich weiß, dass er es gut meint, aber er ist eindeutig längst nicht mehr auf dem neusten Stand, und ich bin dankbar, als Mr Gordon eine schwungvolle Handbewegung zur Treppe macht, um anzuzeigen, dass ich hochgehen kann. Jetzt, da ich hier bin, will ich es nicht mehr aufschieben.

Holly sitzt aufrecht auf ihrem Bett und liest in einer Zeitschrift. Sie trägt eine Cargohose und ein weißes Tanktop, und ihre linke Hand steckt in einer Tüte Salz-und-Essig-Chips. Wellige Haarsträhnen haben sich aus dem lockeren Dutt oben auf ihrem Kopf gelöst und fallen weich auf ihren Hals und ihre Schultern. Sie sieht umwerfend aus.

»Hey Al«, sagt sie und streckt mir die Chips entgegen.

Ich schüttle den Kopf. Ich bin nicht sicher, ob ich jetzt irgendwas bei mir behalten könnte.

»Du hast doch gesagt, dass du mit mir über dich und Dean reden wolltest?«, frage ich, während ich auf Zehenspitzen über die Verwüstung auf ihrem Fußboden steige, um mich im Schneidersitz ans Ende ihres Bettes zu setzen, wohl wissend, was sie mir sagen wird.

Ich atme die Düfte ihres Zimmers ein – Haarspray, Parfüm, frische Bettwäsche – und denke an morgen. Wie ich mich fühlen werde, wenn ich am Morgen aufwache. Wie anders mein Leben sein wird. Vor Holly. Nach Holly. Mir wird klar, dass ich gar nichts sagen muss. Ich bin auf ihrem Bett, sie ist direkt hier, so nah, dass ich sie in die Arme nehmen und küssen kann, im Licht einer Lavalampe. Manche Leute glauben ja tatsächlich, dass da echte Lava drin ist, dabei ist in Wirklichkeit eine Mischung aus Wachs und Tetrachlormethan in der Flüssigkeit.

»Also …« Sie macht eine Pause, während sie vom Bett aufsteht, um ihre Zimmertür zu schließen. Ich bin mir fast sicher, dass Holly durch dieses T-Shirt mein Herz schlagen sehen kann. Ich konzentriere mich auf ihre Lippen und höre nicht mehr richtig auf ihre Worte, sondern bereite mich auf das vor, was ich gleich tun werde.

»Ich hab darüber nachgedacht, du weißt schon …« Sie nickt zu ihrer Bettdecke.

Obwohl ich ihre Geste deutlich sehe, begreife ich nicht sofort, was sie meint. Ich betrachte die beiden Gebilde aus Wachs und Tetrachlormethan in Hollys Lampe, die umeinander herumtanzen. Manchmal ähneln sie zwei Menschen, die kurz davor sind, einander zu umarmen, aber es kommt nie zu einer Umarmung. Die Gesetze der Hitze und Dichte erlauben es nicht.

»Ich hab einfach das Gefühl, dass es für uns der richtige Zeitpunkt ist, den nächsten Schritt zu machen. Es fühlt sich richtig an, weißt du?«

Ich weiß immer noch nicht genau, wovon Holly spricht, aber dann merke ich, dass ihre Wangen gerötet sind und dass sie sich nun leicht verschämt weggedreht hat, und in dem Moment sinkt mein Magen in sich zusammen.

Mir wird bewusst, was ich da höre, mir wird bewusst, dass sie mir sagt, sie wolle mit Dean Jones schlafen, mir wird bewusst, dass *ich* ein Tropfen falsche Lava bin. Jedes Mal, wenn ich ganz nah dran bin, Holly zu sagen, was ich fühle, hält mich irgendwas auf.

Ich schaffe es gerade noch, nicht zu schlucken, denn wenn ich schlucke, wird mein Adamsapfel alles verraten. Wieso ich hergekommen bin, alles. Ich halte den Blick auf die Lampe gerichtet und bin über genau eine Sache froh, nämlich dass ich nicht damit herausgeplatzt bin oder sie einfach geküsst habe.

»Ist alles okay, Alex?«

Ein Teil von mir will hier raus, weg von den Worten, die ich gerade gehört habe, aber wenn ich jetzt gehe, könnte das zwischen uns vielleicht etwas kaputt machen. Und sie kann immerhin nicht mit Dean Jones schlafen, solange ich hier bin.

Ohne nachzudenken, sage ich: »Aber Kev meinte, du und Dean, ihr hattet einen ...«

»Einer von seinen Kumpels hat vor allen anderen angefangen, sich über die Größe meiner Brüste auszulassen. Da wäre es natürlich normal gewesen, dass Dean ihm sagt, er soll die Klappe halten, dass sie aufhören sollen zu lachen und Frauen nicht so zu Objekten degradieren dürfen. Vor allem nicht seine Freundin. Aber was macht er? Er lacht mit. Ich hab mich echt gefühlt wie ...«

Ich schalte ab, während mir allmählich dämmert, wie dumm ich war. »Er ist mir nachgelaufen und hat sich entschuldigt. Eigentlich ist er ein echter Softie. Ich glaube, er hat einfach ...«

Ich lenke mich ab, indem ich vom Bett aufstehe und die Karte an der Wand betrachte, auf der Stecknadeln verschiedene Punkte auf der Welt markieren.

»Ich kann mir nicht vorstellen, dass Dean sich einen Rucksack aufsetzt und den Inka-Pfad entlangwandert«, unterbreche ich sie, wobei ich versuche, meiner Stimme nicht anmerken zu lassen, wie ich mich wirklich fühle. Ich glaube nicht, dass es mir besonders gut gelingt.

Als ich mich wieder zum Bett drehe, zieht Holly die Knie an die Brust und legt ihre Arme darüber.

»Was ist?«, frage ich, als ich merke, dass Holly mich mit so einem Blick ansieht, einem ganz seltsamen Blick, den ich noch nie gesehen habe, so, als wäre ich kein Mensch, sondern ein lebloser Gegenstand, ein Bild an einer Wand. Sie setzt an, um etwas zu sagen, hält sich aber zurück.

Dann schließlich: »Na ja, ich weiß ja nicht, ob Dean und ich für immer zusammenbleiben. Ich werd mir das Unileben nicht entgehen lassen, indem ich drei Jahre lang nach einem Typen schmachte.« Ihre Augen huschen auf der Suche nach Zustimmung für eine Sekunde zu meinen. Ich gebe sie ihr in Form eines flüchtigen Lächelns. »Ich dachte mir einfach, ich will mein erstes Mal mit jemand Besonderem erleben, und … Ach, keine Ahnung.«

Ich bin froh, als Holly aufsteht und vorschlägt, einen Spaziergang zu machen, ihre Schlüssel und ihren Mantel nimmt und dann vor mir die Treppe hinunterläuft. Ich habe keine Ahnung, wohin wir gehen, und habe auch nicht vor, danach zu fragen. Wenn ich frage, wird sie einen Weg festlegen, und Wege haben immer ein Ende. So aber ist es möglich, dass wir irgendwann die Zeit vergessen und den ganzen Abend zusammen verbringen.

Der Wind wird stärker, als wir an einer Zeile efeubewachsener Reihenhäuser vorbeikommen, und lässt ihre Haarsträhnen fliegen. Sie zieht den Reißverschluss ihrer Jacke zu und kichert in sich hinein.

»Was ist?«, frage ich, immer noch in Selbstmitleid versunken.

»Du weißt schon, wessen Haus das da ist, oder?«

Holly deutet mit der Stirn in Richtung eines frei stehenden Cottages auf der anderen Straßenseite. Es ist das größte Haus in der Straße, hat aber, im Gegensatz zu den anderen, keinen Vorgarten. Es gehört Mr Henderson, unserem Schulleiter.

»Na und?«

»Weißt du noch, wie wir immer geklopft haben und dann abgehauen sind?«

Holly überquert bereits die Straße.

»Es ist noch hell – jemand wird uns sehen.«

»Alex, wir werden nicht mehr lange in Mothston Scheiß bauen können, also lass uns die Gelegenheit nutzen, okay?«

Es fühlt sich komisch an, sie so was sagen zu hören, aber mir bleibt keine Zeit, um darüber nachzugrübeln, denn Holly ist jetzt weniger als einen Meter von der Tür entfernt. Sie bleibt stehen und sieht mich eine Sekunde lang prüfend an.

Ich gehe auf Holly zu und rechne damit, dass sie auf mich wartet, damit ich mitmache, aber da schlägt ihre Faust schon gegen die glänzende schwarze Tür, und bevor ich es ihr gleichtun kann, flieht sie bereits mit einem ausgestreckten Arm hinter sich, als sollte ihr jemand beim Staffellauf den Stab geben. Ich habe keinen Stab, also ist die einzige Erklärung dafür wohl, dass sie mich einlädt, ihre Hand zu nehmen, während wir zusammen wegrennen, weg von Dean Jones und all den Worten, die in der letzten Stunde gesagt wurden. Ich fange an zu rennen, jage Hollys langem Schatten nach und umschließe ihre weiche Hand mit meiner. Ich bleibe immer einen Schritt hinter ihr, damit sie nicht loslässt, bis sie schließlich am Tor des Weelsby Parks langsamer wird, ihre Hand zurückzieht und sich ins feuchte Gras fallen lässt, wo sie von atemlosem Lachen geschüttelt wird. Als sie sich endlich wieder beruhigt, erwidert sie meinen Blick, und es dauert mindestens drei oder vier Sekunden, bis der Bann gebrochen ist und Holly aufsteht und weitergeht, darauf vertrauend, dass ich ihr folgen werde.

»Ich dachte, du hättest gesagt, sie hatten einen Mordsstreit?«

Kev schaut aus meinem Fenster. »Das ist etwas frei interpretiert.«

»Du hast gesagt, alle hätten es mitgekriegt.« Ich senke die Stimme, als Dad an meiner Zimmertür vorbei ins Bad geht. »Eine Riesenszene, hast du gesagt.«

»Okay, dann hab ich halt übertrieben – und wennschon. Warum ist das denn so wichtig?«

»Es ist wichtig, weil …«

Aber natürlich will ich ihm nicht sagen, dass es wichtig ist, weil ich mich fast bis auf die Knochen blamiert hätte.

»Da ist irgendwas im Busch«, sagt er, während er sich zu mir dreht und sich wie Sherlock Holmes übers Kinn streicht. »Du warst heute nicht in der Schule und …«

»Wer bist du? Mein Dad?«

»Und du verhältst dich merkwürdig. Merkwürdiger als sonst. Und es hat eindeutig was mit Holly zu tun.«

Ich atme tief ein und laut wieder aus. Ich weiß nicht, was ich ihm antworten soll. Eigentlich ist es nicht seine Schuld. Ich weiß, dass 90 Prozent von dem, was er sagt, Bullshit ist. Es ist nur so, dass ich, als Holly mich bat, zu ihr zu kommen, um über Dean zu reden, eins und eins zusammengezählt habe und …

»Dein Fehler ist, dass du es Holly unmöglich gemacht hast, für dich zu schwärmen. Du bist wie ein Schoßhündchen, immer an ihrer Seite, immer bereit, Männchen zu machen, immer gehorsam. Ich geb dir jetzt mal zwei gute Ratschläge, mein Freund.«

Ich will ihm sagen, dass er die Klappe halten soll. Ehrlich. Aber was hat es mir gebracht, es all die Jahre auf meine Art zu versuchen?

»Erstens, hör auf mit diesem ganzen ›Hols‹-Mist. Versuch's mal mit ›Süße‹ oder ›Schatz‹.«

Kev grinst dämlich und wartet darauf, dass ich seiner Genialität huldige.

Ich sehe ihn gelangweilt an. »Du hast doch gesagt, du hast zwei Ratschläge?«

»Geht's auch ein bisschen freundlicher? Ich versuche hier, dir zu helfen.«

»Mach einfach weiter im Text, okay?«

»Schon gut, schalte mal 'nen Gang runter.« Er bietet mir einen Kaugummi an. Ich schüttle den Kopf. »Mein zweiter Ratschlag ist, dass du sie links liegen lassen und dir eine andere suchen sollst. Man will immer das, was man nicht haben kann, richtig? Also mach dich rar.«

Ich starre ihn verständnislos an.

Er fährt fort: »Ich hab da eine Idee – geh doch mal mit Jane Ferrington aus. Du weißt doch, dass sie auf dich steht – und vielleicht bringt das Holly ein bisschen zum Nachdenken.«

Jane Ferrington wohnt neben Kev und ist in der Mothston Grammar eine Stufe unter uns.

»Ich weiß nicht, ob sie auf mich steht«, sage ich ablehnend.

»Alex, jedes Mal, wenn du bei mir bist, tut sie so, als würde sie Geschirr spülen, damit sie dich sabbernd aus ihrem Küchenfenster anstarren kann.«

»Vielleicht benutzt sie einfach viel Geschirr.«

»Mach's einfach, Alex. Und nächstes Mal, wenn Holly dich um zwei Uhr morgens anruft, geh nicht ran. Und wenn sie fragt warum, dann sag ihr, du hättest gerade dein Liebesschwert in Jane Ferringtons Lustgrotte hineinmanövriert. Dann sollte sie ihren Fehler erkennen.«

»Lustgrotte? Das ist der absurdeste Plan, den ich je gehört habe.«

»Schön, dann mach doch, was du willst. Sitz zu Hause und zieh dir eine Socke über den Schwanz – aber sag nicht, ich hätte nicht versucht, dir zu helfen.«

Damit steht Kev auf, hustet etwas Schleim heraus und schluckt ihn sofort wieder.

»Und noch eine Sache: Hör auf, dich so anzuziehen.«

»Wie bitte?«

»Cordhosen, Alex. Ich hab seit einer halben Ewigkeit keine Cordhosen mehr gesehen. Kein Schwein zieht die mehr an.«

Kev wendet sich zum Gehen, dreht sich dann aber um und macht ein paar Schritte rückwärts, um seine Offenbarungen zu beenden.

»Und die Tatsache, dass Cordhosen nahezu vom Markt verschwunden sind, hat einen guten Grund, glaub mir.«

DREISSIGSTES KAPITEL HOLLY

September 2010

Alex gleitet mit der Hand auf meinem Rücken nach unten und lässt mich erschauern. Wir liegen beide ausgestreckt auf dem Sofa: unsere private Insel in einem Meer von weggeworfenen Klamotten, Glasscherben und Rotwein.

Er streicht mir sanft das Haar von der Schulter, um sich an meinen Hals zu schmiegen, und ich stöhne auf, als er …

»Hey Hols. Hörst du mir überhaupt zu?« Jemma weckt mich unsanft aus meinem Tagtraum.

WAS TUE ICH DA? Jedes Mal, wenn ich daran denke, was neulich Abend in Alex' Wohnung passiert ist, geht es ein kleines bisschen weiter. In Wirklichkeit habe ich mich nach etwa sechseinhalb Sekunden gezwungen, mich aus seiner Umarmung zu lösen, eine Entschuldigung gemurmelt und das Weite gesucht. Aber in meinem Kopf hat sich das Ganze irgendwie von einem liebestollen Teenager-Knutschen wie in *Home and Away* zu den schmutzigen Teilen von *Sex and the City* verwandelt. Wenn ich nicht aufpasse, spielen wir in meinen Gedanken bald eine Szene aus *Basic Instinct* nach, und das wäre einfach nur peinlich für alle Beteiligten.

»Sorry, Jem, was hast du gesagt?«

»Wenn zwei Leute, die immer nur Freunde waren, sich betrinken und sich dann küssen, glaubst du, das heißt, dass sie insgeheim was voneinander wollen?«

WAS?

»Warum fragst du das?«, bringe ich hervor. Sie muss etwas wissen. Aber wie kann das sein? Nur Alex und ich wissen davon, und es ist nicht gerade wahrscheinlich, dass er sie angerufen hat, um mit ihr den neusten Klatsch auszutauschen. Aber warum sollte sie so was fragen?

»Gott, komm wieder runter, Puppe – ich wollte mich nur unterhalten.«

Sei nicht so paranoid, Holly. Jemma liebt hypothetische Fragen, es ist reiner Zufall. Wenn auch ein total irrer.

Sie wendet sich wieder ihrem Bildschirm zu und beschäftigt sich womit auch immer – Twitter, als ich das letzte Mal nachgeschaut habe –, und ich nehme mir vor, die Sache mit Alex rational zu durchdenken.

Vielleicht verwandelt sich das Ganze ja in meinem Kopf in etwas, was es nicht war. Ich meine, es ist einfach, alles zu romantisieren und mein Verlangen nach Alex mit etwas Bedeutungsvollerem zu verwechseln, aber wenn ich die Situation von außen betrachte und von den Tatsachen ausgehe, dann gibt es wahrscheinlich eine Erklärung dafür. Richard und ich haben ein paar Probleme. Aufgrund seiner vielen Arbeit und der Enttäuschung über die verpasste Beförderung ist er gestresst, und ich fühle mich vernachlässigt.

All das bedeutet nämlich auch, dass es schon eine Weile her ist, seit Richard und ich zum letzten Mal Sex hatten. Früher machten wir es ständig. Kein Thema – in jeder Beziehung gibt's mal eine Durststrecke –, aber wenn wir es nicht machen und nicht zusammen ausgehen, was genau tun wir dann?

Deswegen war ich plötzlich ganz verwirrt. Deswegen muss ich mit Richard reden und ihm klarmachen, dass es so nicht weitergeht. Es ist an der Zeit, dass wir uns wie ein richtiges Paar verhalten, denn dann können wir mit unseren Problemen umgehen wie ein ... na ja, wie ein richtiges Paar eben.

Außerdem ist da ja auch noch Melissa, also selbst wenn ich mit Richard Schluss machen und mich direkt in Alex' Arme werfen wollte – was ich NICHT will –, dann wäre das sowieso keine Option.

Es würde mein Gewissen erleichtern, wenn ich Alex die Schuld geben könnte. In der Nacht, nachdem es passierte, lag ich im Bett und versuchte, ihm böse zu sein. Ich hatte getrunken! Er wusste, dass ich einen Freund habe! Und er hat mich trotzdem geküsst! Aber dann fiel mir ein, dass er genauso viel getrunken hatte. Ich weiß, dass er eine Freundin hat, und ich habe ihn auch geküsst. Dann machten sich meine Gedanken selbstständig, und es war schwer, wütend auf ihn zu sein wegen der Dinge, die er tat, nachdem er meinen imaginären BH geöffnet hatte. Seine langen Finger streicheln über meine Haut, während er die Träger über meine Arme schiebt, und … RICHARD. Ich muss mit Richard reden.

Seine Tür ist angelehnt, und er liest etwas auf seinem Bildschirm. Ich bleibe in der Tür stehen und nehme mir einen Moment Zeit, um ihn zu betrachten – Gott, sieht er gut aus –, bevor ich anklopfe, woraufhin er aufschaut und mir ein kurzes Lächeln zuwirft.

»Na, du«, sagt er. Er sieht müde aus.

»Na, selber du.« Ich schließe hinter mir die Tür und setze mich ihm gegenüber an seinen Schreibtisch.

»Also, ich hab mir gedacht …« Und ich sage ihm, was ich mir gedacht habe. Nicht ALLES, was ich mir gedacht habe, natürlich – nur das, was uns betrifft. Dass ich in der Öffentlichkeit mit ihm Händchen halten will und mit ihm in einem Restaurant essen will, ohne mir Sorgen zu machen, dass jemand zur Tür reinkommt, den wir kennen, und dass ich ihn meinen Freund nennen will. Sein Gesicht bleibt ausdruckslos, also rede ich und rede, bis er endlich langsam nickt.

»Okay.« Er zuckt die Achseln.

»Okay?«, wiederhole ich ungläubig. Er ist einverstanden?

»Ich will das auch alles.« Er grinst.

Oh Gott, das ist unfassbar – er meint tatsächlich, dass wir es den anderen sagen sollen.

»Damit meine ich nicht, dass wir es den anderen sagen sollen.« Oh ... »Aber vielleicht können wir zusammen wegfahren.« Hä? »Ich glaube, wir könnten beide einen Urlaub vertragen. Das alles hier für zwei Wochen vergessen.«

Ich spüre die Enttäuschung in mir aufsteigen, bevor ich richtig darüber nachdenke, was er da sagt. Wir können zusammen wegfahren. Nicht ganz, was ich erreichen wollte, aber ein großartiger Anfang. Wir werden uns daran gewöhnen, uns in der Öffentlichkeit zu küssen und Händchen zu halten, und wenn wir uns einmal daran gewöhnt haben, wird es ein ganz natürlicher Schritt sein, diese Art von Beziehung zu Hause fortzusetzen. Und ich war schon ewig nicht mehr im Urlaub ... das wird ZIEMLICH FANTASTISCH.

»Dann also los«, ich lache, während ich mit den Händen aufgeregt auf seine Tischkante trommle. »Wo sollen wir hinfahren? Wie wär's mit Südamerika? Ich glaube, wir können in zwei Wochen drei Länder schaffen – wir wollen ja nicht ständig nur unterwegs sein. Brasilien, Argentinien, Peru – das könnte eine nette Route sein, oder?«

Er verzieht das Gesicht und legt den Kopf schief. Diesen Blick interpretiere ich als ein Nein.

»Wie wär's dann mit Indien? Wahrscheinlich sollten wir uns zwischen dem Norden und dem Süden entscheiden, weil beides in der kurzen Zeit schwierig wird.«

Er sieht immer noch alles andere als begeistert aus.

»Thailand?«, schlage ich vor. Komm schon, Rich, mach's mir nicht so schwer.

»Das klingt gut.« Er nickt enthusiastisch.

»Ja? Perfekt! Wir können herumreisen – es gibt einen Zug zwischen Bangkok und Chiang Mai, aber für uns ist es wahrscheinlich besser, wenn wir Inlandflüge nehmen, damit wir keinen Tag verlieren, und wir sollten auch ein paar von den Inseln sehen. Ooh – wir können die zweite Woche zwischen Vietnam und Kambodscha aufteilen, und vielleicht sogar Laos, wenn wir ...«

»Können wir nicht an einem Ort bleiben? Ich bin fix und fertig, Süße. Ich will einfach ein paar Wochen am Pool liegen und an gar nichts denken müssen. Lass uns für die zwei Wochen ein Hotel buchen.«

»Oh, okay.« Zwei Wochen am Pool rumgammeln? Wenn es drum herum so viel zu entdecken gibt? Das klingt öde.

»Aber wir nehmen uns ein nettes Hotel«, sagt er, als wäre das meine größte Sorge. »Fünf Sterne. Du suchst es aus und ich zahle.«

Ich versuche, die negative Stimmung, die in mir aufkommt, zurückzudrängen, und ermahne mich, keine undankbare Kuh zu sein. Ich habe einen gut aussehenden Freund, der mir aufträgt, das beste Fünfsternehotel in Thailand zu suchen, und er wird es bezahlen, aber ich sitze hier und schmolle, weil es danach aussieht, als würde ich kein Streetfood mit den Einheimischen essen können.

»Okay«, antworte ich bemüht freudig und wende mich zur Tür. »Ich fang gleich an zu suchen.«

»Holly?«, ruft er mir nach.

»M-hm?« Ich sehe ihn lächelnd an, obwohl er jetzt eine Zeitschrift durchblättert und nicht mehr zu mir schaut.

»Nimm was mit all-inclusive, ja? Dann müssen wir das Hotel gar nicht verlassen.«

»Was gibt's, Kumpel?« Ich minimiere schnell sixthsensesresort.com/phuket und maximiere rechnungen.exe/september, als ich merke, dass Danny hinter mir aufgetaucht ist.

»Nicht viel.« Er seufzt und lässt sich auf der Kante meines Schreibtischs nieder.

Dann fängt er an, in meinem Schreibwarenkatalog zu blättern, was eindeutig zeigen soll, dass er sich ganz normal verhält.

»Mein Lieber«, sage ich, während ich ihm die Broschüre aus der Hand reiße und ihn damit erschrecke. »Du brauchst offensichtlich weiblichen Rat. Raus mit der Sprache.«

»Gar nicht«, er lacht. »Na ja, nicht ganz. Ich brauche keinen Rat, sondern eher eine Meinung. Nicht für mich, sondern für einen Freund!«

»O-kay«, sage ich langsam und sehe, wie er tief Luft holt, als müsste er seinen ganzen Mut zusammennehmen, um seine Frage zu stellen.

»Glaubst du, Beziehungen am Arbeitsplatz sind eine gute Idee, oder denkst du, sie sind zum Scheitern verurteilt?«

Ach du heilige Scheiße!

»Was willst du damit andeuten, Danny?«, frage ich schroffer, als ich es vorhatte.

»Nichts. Vergiss es.« Er zuckt gekränkt die Achseln und rennt beinahe geduckt an seinen Platz zurück, als Jemma mit Tee zurückkommt.

Wieso stellen mir heute alle so komische Fragen? Und dann trifft es mich wie ein Schlag ...

»Oh Gott, zwischen dir und Danny ist was gelaufen!«, rufe ich, woraufhin Jem fast den Tee über meinen Schreibtisch kippt.

»Pssst«, zischt sie. »Gott, Holly – ich glaube, Helen aus der Buchhaltung im fünften Stock hat dich nicht so gut gehört.«

»Das macht nichts, sie kriegt nachher ein Update in Form einer E-Mail an alle Mitarbeiter. Jetzt erzähl schon, was passiert ist.«

Jemma ist ungewöhnlich schüchtern, als sie mir berichtet, wie Danny und sie nach dem Quiz am Mittwoch als Letzte noch übrig waren und schließlich, nach mehreren Runden Cider, in einem Eingang in der Nähe der Bank Station heiß und heftig geknutscht haben.

»Oh, ihr zwei seid verliebt.« Ich lächle und fasse mir ans Herz.

»Gar nicht – urgh, von wegen.«

»Okay.« Ich zucke mit den Schultern und wende mich wieder meinem Bildschirm zu.

»Ich meine, zwischen Kollegen läuft oft was, wenn sie betrunken sind – das heißt noch lange nicht, dass sie auch heiraten.«

»Wie wahr«, murmele ich, ohne sie anzusehen.

»Und es ist nur passiert, weil ich gerade da war – es hätte auch jede andere sein können.«

»Ja, schon klar.«

»Wieso reden wir überhaupt noch davon? Was geht dich denn mein Liebesleben an? Klingt so, als müsste es dir einer mal wieder so richtig besorgen.«

Volltreffer ...

»Lass es uns einfach nie wieder erwähnen, okay?«

»Kein Problem«, antworte ich lässig, nippe an meinem Tee und beobachte sie aus dem Augenwinkel.

Es ist das erste Mal, dass ich Jemma je habe erröten sehen.

Ich setze meine Thailand-Recherche fort und versuche, nicht jedes Mal zu lachen, wenn ich sehe, wie Jemma oder Danny einander verstohlen beobachten und den Blick dann schnell wieder auf ihren Bildschirm richten, wenn sie sich gegenseitig dabei erwischen. Nachdem ich Richard ein paar Links zu Hotels gemailt habe, suche ich nach Dingen, die man in Thailand unternehmen kann. Ich schätze mal, wenn Richard das Hotel nicht verlassen will, dann hat er auch keine Lust auf eine Elefantentour. Schade. Könnte ich das allein machen? Er wird vielleicht ein bisschen sauer, wenn ich ihn einsam am Pool rumliegen lasse. Außerdem würde es irgendwie den Zweck verfehlen, wenn wir zusammen in den Urlaub fahren, damit wir uns wie ein Paar verhalten können.

Mein Telefon klingelt.

»Richard Crofts Büro?«, antworte ich geistesabwesend.

»Zehntausend Pfund.«

»Wie bitte? Mum, bist du das?«

»Nein, hier ist der Banker.«

»Was?«

»*Deal or No Deal.*«

»Ich hab keine Ahnung, wovon du sprichst, Mum. Ich schau nicht viel Fernsehen.«

»Ach, ich auch nicht.«

»Ha, klar.«

»In letzter Zeit schaue ich fast gar nichts mehr, junge Dame. Ich bin viel zu beschäftigt, was du auch wüsstest, wenn du uns mal in York besuchen würdest.«

Auf in die nächste Runde!

»Mach ich, Mum«, verspreche ich ihr. »Ich bin zufällig gerade dabei, einen Urlaub mit, ähm, jemandem von der Arbeit zu buchen, und sobald die Daten stehen, lege ich ein Wochenende fest, um euch zu besuchen.«

»Das solltest du – York ist eine tolle Stadt. Wir waren schon in einigen sehr guten Restaurants, in die wir dann mit dir gehen, wenn du zu Besuch kommst, und wir sind einem Kegelclub beigetreten. Ich bin eine Niete, aber dein Dad ist ziemlich gut. Ooh, wenn du kommst, können wir in Betty's Tea Rooms einen Nachmittagstee trinken, nur wir beide. Das wird ein Spaß. Eigentlich kann ich gut verstehen, dass du nie nach Mothston gekommen bist. Was für ein langweiliges, olles Kaff das war. Aber hier wird es dir gefallen.«

»Mum!« Ich lache schockiert.

»Ist doch wahr! Keine Ahnung, wieso wir so lange da geblieben sind. Na ja, außer vielleicht, weil dein Dad es wunderschön findet.«

»Ich schätze, in Beziehungen muss man nun mal Kompromisse eingehen«, seufze ich, während mein Blick zu meinem Bildschirm huscht, wo im Googlefeld immer noch »Was kann man in Thailand unternehmen« steht.

»Das muss man. Aber weißt du was, Holly?« Ihre Stimme ist ungewöhnlich ruhig und ernst geworden. »Kompromisse müssen von beiden Seiten ausgehen. Ich hätte schon früher darauf bestehen sollen, dass wir aus Mothston wegziehen.«

»Aber du warst doch glücklich, oder?«

Sie zögert ein bisschen zu lange für meinen Geschmack.

»Mum?«

»Ja, natürlich war ich glücklich, mit deinem Dad zusammen zu sein. Ich hätte nicht ohne ihn irgendwo sein wollen. Aber ich kann nicht so tun, als würde es mir nicht leidtun um die vielen Jahre, die ich an einem Ort verschwendet habe, wo ich nie richtig zu Hause war. Vor allem nicht, nachdem Julie gestorben ist. Dein Vater ist ein Sturkopf. Er nimmt nicht gern andere wichtiger als sich selbst.« Ihr unbeschwerter Ton ist zurückgekehrt, aber mich beschleicht das Gefühl, dass es kein Scherz ist, als sie hinzufügt: »Ich musste ihm praktisch drohen, allein wegzuziehen, bis er endlich einverstanden war, ein Haus in York zu suchen.«

Wir schweigen beide einen Augenblick. Ich weiß nicht so richtig, was ich sagen soll.

»Nachmittagstee klingt toll, Mum«, bemerke ich schließlich, wobei sich unerklärlicherweise ein Kloß in meinem Hals bildet.

»Super. Also, ich mach jetzt lieber Schluss – ich hab heute Abend ein Treffen vom Women's Institute.«

»Du bist jetzt im Women's Institute? Ach du Schande, Mum. Du erscheinst jetzt aber nicht in so einem Nackt-Kalender, oder?«

»Träum weiter.« Sie macht ein missbilligendes Geräusch. »Mich will niemand mehr ohne Klamotten sehen. Außer vielleicht deinem Dad.«

»Schön, danke, Mum – ich muss jetzt aufhören und mich in meinen Mülleimer übergeben.«

»Okay, Liebes. Bis bald.«

Ich lege den Hörer langsam auf, mit einem Gefühl drohenden Unheils aufgrund der Erkenntnisse, die gerade in meinem Kopf stattfinden. Mum hat recht – Dad neigt tatsächlich dazu, sich selbst am wichtigsten zu nehmen. Wieso ist mir das bisher nie aufgefallen? Doch das ist nicht das Schlimmste. Richard ist auch so, aber hoch zehn.

Er hat meinen Bedürfnissen noch nie wirklich den Vorrang gegeben. Immer geht es um SEINE Karriere, SEINEN Urlaub, SEINEN Wunsch, dass unsere Beziehung geheim bleibt. Er hat noch nie etwas getan, was er nicht tun wollte. Außer, dass er zwei Stunden vor Ende noch auf Chloes Hochzeit auftauchte – na großartig! Wenn ein Freund von ihm geheiratet hätte, wäre ich die ganze Zeit dort gewesen. Wieso habe ich mir eingeredet, dass das so eine bemerkenswerte Geste war?

Deswegen liebe ich Alex – er ist der Einzige, der mich je wichtiger genommen hat als sich selbst.

Oh Gott, ich liebe Alex. Ohne es überhaupt zu merken, habe ich mich tatsächlich wieder in ihn verliebt.

Er plant sein Wochenende so, dass er Harold füttern kann, er wechselt jedes Mal, wenn ich bei ihm bin, den Radiosender von 6 Music zu Absolute Eighties, er VERKLEIDET SICH ALS JASON DONOVAN, VERDAMMT, UND SINGT VOR SEINEN KLASSENKAMERADEN, wie soll man das noch toppen? Keinem Mann habe ich je so viel bedeutet wie ihm. Nicht Richard, nicht Max, ganz sicher nicht Dean – nicht mal meinem Dad.

Wenn Alex an Richards Stelle gewesen wäre, hätte er es allen gesagt, sobald er gewusst hätte, dass es mir wichtig ist. Und wenn die Leute schlecht von ihm gedacht hätten? Dann hätte er es ignoriert.

Wird Richard JEMALS das Gleiche tun?

Diesmal bleibe ich nicht in seiner Tür stehen, ich gehe einfach rein und setze mich.

»Werden wir den anderen je von uns erzählen?«, frage ich.

»Klar.« Richard blickt mich über die Zeitschrift hinweg an, die er immer noch liest, und blinzelt überrascht.

»Wann?«

»Wenn der richtige Zeitpunkt gekommen ist.«

»Wann ist das?«

»Das weiß ich nicht, Holly.« Er seufzt und lässt die Zeitschrift auf seinen Tisch fallen. Jetzt klingt er genervt. Es ist mir egal.

»Also nie?«

Er lehnt sich auf seinem Stuhl zurück und fährt sich mit einer Hand durchs Haar.

»Süße, es würde zu viele Probleme machen, wenn die Leute wüssten, dass da was läuft, solange ich dein Boss bin. Das wäre es nicht wert.«

Autsch!

»Dann kündige doch.«

»Ich kann nicht kündigen«, er lacht, wobei seine Augen weicher werden. »Aber du könntest doch kündigen, oder? Du bist nur Sekretärin – für dich kann es nicht so schwer sein, einen neuen Job zu finden, und ich kann leicht eine andere persönliche Assistentin einstellen.«

Seine Worte machen mich ein paar Sekunden sprachlos. So sieht er mich also. Nicht als seine rechte Hand oder den Wind in seinen Segeln oder sonst irgendein Scheiß-Klischee, von dem ich mir eingebildet habe, es würde auf uns zutreffen, sondern lediglich als eine beliebig ersetzbare Dienstleisterin alltäglicher Bürotätigkeiten.

»Gut, ich kündige«, flüstere ich nach ein paar Augenblicken.

»Du musst es ja nicht jetzt sofort machen.« Richard rollt die Augen und lächelt matt.

»Doch, das tue ich. Ich kündige«, sage ich noch einmal, diesmal lauter. »Und zwar komplett.«

»Wie meinst du das?« Er sieht ehrlich verwirrt aus und läuft mir nach, als ich von meinem Sitz aufspringe und aus seinem Büro stürme.

»Ich will nicht mehr für dich arbeiten«, erkläre ich nüchtern, als ich an meinem Schreibtisch ankomme und mir meine Mulberry-Tasche über die Schulter hänge. »Oder unter dir ...« Ich weiß nicht, wie ich darauf gekommen bin. »ODER über dir ...« Was soll das überhaupt heißen?

Es hat offensichtlich mehr Sinn ergeben, als ich dachte, denn das Letzte, was ich höre, bevor die schwere Eichentür hinter mir zuschlägt, ist Dannys Ausruf: »Haben Holly und Richard es miteinander getrieben?«, und Melissas ausdrucksloses Stammeln: »Oh. Mein. Gott.«

Okay. Was zur Hölle mache ich jetzt?

EINUNDDREISSIGSTES KAPITEL ALEX

»Hast du's gewusst?«

Nicht zum ersten Mal erschüttert mich Melissa mit drei kleinen Worten.

»Was soll ich gewusst haben?«

»Das mit Holly und Richard.«

Woher weiß sie es? Im Kopf übernehme ich die Rolle des Quizmasters – Jeremy Paxman bei *University Challenge.* War Richard endlich bereit, es öffentlich zu machen? Hat Holly gestanden? Hat sie unseren Kuss benutzt, um ihn dazu zu bringen, seinen Standpunkt aufzugeben? Ich fülle meine Lungen mit einem langen, tiefen Atemzug und schleudere meine Lehrertasche aufs Sofa. Mit dem Telefon zwischen Schulter und Ohr, ziehe ich einen Arm aus meinem Jackenärmel. Dann wechsle ich das Ohr, bis auch der andere Arm frei ist.

»Sie ist meine beste Freundin. Ich hab's ihr versprochen.«

»Ja, Alex, und ich bin deine *richtige* Freundin. Wir sollten alles miteinander teilen.«

Ich setze mich aufs Sofa, genau an die Stelle, wo Holly und ich uns zum ersten Mal geküsst haben.

»Wie hast du davon erfahren?«

»Ich bin mir so blöd vorgekommen. Ich musste so tun, als wäre ich nicht schockiert gewesen, als hätte ich natürlich gewusst, dass zwischen Holly und Richard was läuft, als hätte mein Freund es mir natürlich anvertraut.«

»Wovon um alles in der Welt redest du? Was ist passiert?«

»Ach, das weißt du noch nicht?« Melissa macht eine Pause und dehnt ihre aufgesetzte Überraschung ins Unerträgliche. »Ich dachte, sie wäre deine beste Freundin?«

Ich gebe mir Mühe, die Ungeduld in meinem Seufzen zu verbergen. »Sagst du mir jetzt einfach, was passiert ist?«

»Holly ist im Büro ausgerastet, gerade eben, und hat Richard angeschrien, es wäre vorbei. Vor allen anderen.«

Während Melissa die Szene beschreibt, mischen sich in ihrer Stimme verschiedene Emotionen, es ist wie ein Orchester. An den Streichinstrumenten haben wir den Schock. Am Schlagzeug die Schadenfreude. Die Blasinstrumente werden von der Enttäuschung gespielt. Und vergessen wir nicht unseren Dirigenten: die Empörung.

Ich schalte ab und denke mir den Rest selbst hinzu.

Es liegt an mir. Sie hat Richard verlassen, um mit mir zusammen zu sein. Sie sieht endlich, dass wir füreinander bestimmt sind. Das Gefühl ihrer Hand an meiner, der Abend im Park, der Kuss: Präludien für diesen Moment. Innerlich fühle ich mich wie eine Dose Limonade, die versehentlich aus dem Kühlschrank gefallen ist und bei der nächsten Berührung platzt.

»Wie konntest du mich die ganze Zeit anlügen?«

»Ich hab nicht gelogen, ich hab nur ...«

»Nicht die Wahrheit gesagt. Das ist dasselbe, Alex. Deine Loyalität sollte mir gelten, nicht ihr. Wenn ich nicht gerade von der Sache mit ihr und Richard erfahren hätte, würde ich fast glauben, dass zwischen dir und ihr was läuft.«

Ich spotte in meinem wie in Melissas Interesse: »Sei nicht albern.«

»Es wäre tatsächlich albern. Sie hat sich in letzter Zeit ja ganz schön gehen lassen.«

Ich nehme das Telefon von meinem Ohr weg, drücke es gegen meinen Oberschenkel und schließe die Augen. Nach ein paar Sekunden halte ich es mir wieder ans Ohr. Melissa redet immer noch.

»...mal denke ich, dass deine Freundschaft mit ihr dir mehr bedeutet, dir wichtiger ist als unsere Beziehung, und dieses Gefühl sollte ich nicht haben. Alex – das sollte niemand.«

»Es tut mir leid«, entschuldige ich mich schwach. »Es tut mir leid, dass du dieses Gefühl hast.«

»Sag mir einfach, dass es nicht stimmt – sag mir, dass ich dir mehr bedeute als Holly.«

Jetzt ist Melissa Paxman, und ich fühle mich wie ein verdatterter Student von irgendeiner FH, der gegen Oxford Balliol antritt. Ich hätte damit rechnen müssen, aber stattdessen herrscht zwischen uns eine solche Stille, wie ich sie in der Innenstadt von London nicht für möglich gehalten hätte.

»Man könnte tatsächlich meinen, du wärst in sie verliebt.«

Mir fällt nichts ein, was ich sagen könnte, und so wird es wieder für ein paar Sekunden still in der Leitung.

»Verdammt noch mal, Alex, kannst du einfach ehrlich zu mir sein? Ich will wissen, ob der Mann, mit dem ich mir ein Leben aufbauen möchte, hinter einer Schlampe aus meinem Büro her ist. Also sei so gut und sag mir eins: Ist dir das, was auch immer da zwischen dir und Holly läuft, wichtiger als unsere Beziehung?«

Ich fühle mich, als würde ich am Rand einer steilen Klippe stehen und überlegen, ob ich springen oder mich umdrehen soll. Letzten Endes tue ich keins von beidem. Ich stehe still, setze meinen Rücken dem Sturm aus und falle, ohne zu springen.

»Du bist ein verdammter Feigling, Alex. Ein verdammter Feigling. Ich spiele neben niemandem die zweite Geige, vor allem nicht neben so einer Nutte von Sekretärin, die versucht, sich hochzuschlafen.«

Die Verbindung bricht ab. Ich stehe vom Sofa auf und werfe das Telefon in die Mulde, die ich gerade im Kissen zurückgelassen habe. Meine Schuldgefühle, weil ich Melissa verletzt habe, liegen gleichauf mit der Erleichterung darüber, dass unsere Beziehung vorbei ist.

ZWEIUNDDREISSIGSTES KAPITEL HOLLY

Ich könnte um die Welt reisen. Ich spiele mit dem Gedanken, während ich mir meine Strickjacke anziehe, und merke dabei, dass meine Schultern leicht verbrannt sind. Es ist sonnig, aber trotzdem windig im Blackheath Park, und Leute mit Drachen laufen zu Dutzenden um mich herum.

Das alles erinnert mich an das Ende von *Mary Poppins,* als Mr Banks seinen Job verliert und singt: »Wer ist nicht vergnügt, wenn hoch sein Drachen fliegt«, weil er endlich Zeit für seine Familie hat. Ich muss laut über die Ähnlichkeit zu meiner Situation lachen, bis mir einfällt, dass ich niemanden habe, mit dem ich Drachen steigen lassen kann, und dass es möglicherweise ein kleines bisschen voreilig von mir war, meinen Job zu kündigen. Und dann merke ich, dass mir Tränen übers Gesicht laufen, obwohl ich immer noch lache, und ich bin froh, dass die Leute nicht nah genug sind, um das zu sehen, denn sie würden einen Schreck fürs Leben kriegen.

Wenn mich hier also nichts hält, ist Reisen vielleicht wirklich eine gute Idee. Ich habe genug Geld. Ein ganz ordentliches Gehalt in Kombination mit einer ereignislosen Beziehung mit einem protzigen Freund hat zumindest meinem Konto gutgetan. Das war zwar eigentlich für mein und Richards Traumhaus reserviert, aber ich werde mir einen Plan B ausdenken, während ich durch das australische Outback wandere und mich selbst finde. Jess, eine alte Freundin aus der Uni, ist kürzlich aufgebrochen, um genau das zu tun. Ihre E-Mails lassen darauf schließen, dass sie sich hauptsächlich in den Betten australischer Männer wiederfindet. Vielleicht könnte ich mich trotzdem irgendwo mit ihr treffen.

Da ist nur ein klitzekleines Detail, das die Sache komplizierter macht.

Ich will nicht weg von Alex.

Aber nur weil ich Alex liebe, heißt das noch nicht, dass ich ihn auch haben kann. Er hat eine Freundin, und ich kann mich nicht an ihn und Melissa hängen und das fünfte Rad am Wagen sein. Aber wenn er es mit Melissa ernst meint, wieso hat er mich dann geküsst?

Einen Moment lang verliere ich mich in der Erinnerung an das Gefühl seiner Lippen auf meinen, aber dann zwinge ich mich, in die Gegenwart zurückzukehren, springe auf und wische mir das Gras vom Kleid. Das ist der Plan: Zuerst muss ich nach Hause und Harold füttern und meine verbrannten Schultern mit Kakaobutter einreiben, aber dann werde ich herausfinden, woran ich mit Alex bin.

»Reisen?«, fragt er und schaut kurz auf. Sein Gesichtsausdruck ist undurchdringlich. Wir sitzen an verschiedenen Enden seines Sofas und trinken Tee. Er hat nichts gesagt, während ich ihm die Geschichte mit Richard und meiner Arbeit erzählt habe, aber sein verständnisvolles Nicken und seine Augen, die an mehreren Stellen größer wurden, haben mir gezeigt, dass er bei jedem Wort zugehört hat.

Und dann hab ich die Idee mit dem Reisen erwähnt.

»Ja.« Ich zucke die Achseln und behalte seine Augen im Blick. »Ich meine, hier hält mich ja eigentlich nichts ... oder?«

Sag's schon, Alex. Sag mir, dass es für mich einen Grund gibt zu bleiben.

Stille.

Darauf bin ich nicht vorbereitet. Auf dem ganzen Weg hierher habe ich mir erlaubt, mir das Best-Case-Szenario auszumalen, bei dem er mir sagt, dass ich auf keinen Fall gehen kann, und dann nimmt er mich in die Arme, während ich die Beine um seine Hüften schlinge, und trägt mich zu seinem Bett, um mich wild und leidenschaftlich zu lieben. Und dann stehe ich morgen auf und koche Tee, mit nichts als seinem Schlafanzugoberteil bekleidet, und er stellt sich hinter mich, mit nichts als der passenden Schlafanzughose bekleidet, und legt die Arme um mich. Ich drehe mich zu ihm, um ihn zu küssen, und bald darauf haben wir Sex auf seiner Küchenarbeitsplatte, und Alex kümmert sich einen Dreck darum, wie unhygienisch das ist, weil er mich so sehr will.

Ungefähr bis dahin war ich gekommen, als ich an seiner Haustür klingelte. Mein Herz pochte in freudiger Erwartung, als ich ihn in Hausschuhen zur Tür laufen hörte, und ich überlegte, was ich sagen sollte, wenn er ansprechen würde, was zwischen uns passiert war. Er würde doch sicher fragen, was es bedeutet habe? Was würde ich antworten? Zugeben, dass ich wünschte, ich wäre nicht abgehauen? Oder es ihm einfach zeigen, indem ich mit dem Kuss da weitermachte, wo wir aufgehört hatten?

»Reisen«, sagt er noch einmal, aber diesmal ist es keine Frage.

Ich bin nicht sicher, wie lange wir einander in die Augen sehen, aber es ist Alex, der den Blickkontakt unterbricht.

»Super Idee«, sagt er, bevor er seinen Tee austrinkt und aufsteht.

»Du findest, ich sollte es machen?«, frage ich. Er hat seine Tasse direkt in die Spüle gestellt und wäscht sie nun mit dem Rücken zu mir aus, sodass ich sein Gesicht nicht sehen kann.

»Gott, ja«, antwortet er schnell. »Aber bist du sicher, dass du nur sechs Monate wegbleiben willst? Wieso nicht ein Jahr?«

Du lieber Himmel, er kann es gar nicht erwarten, mich loszuwerden.

»Bist du schon fertig?«

»Was?« Ich merke, dass er auf meine Tasse deutet. »Oh, ja, sorry.«

Ich reiche sie ihm mit zitternder Hand und betrachte seinen Rücken, während er nach dem Spüllappen greift.

»Was ist mit dir?«, frage ich beiläufig und tue so, als hätte er nicht gerade mein Herz so fest gegen die Wand geschleudert, dass es beim Abprallen seinen Recyclingeimer nur knapp verfehlt hat. »Hast du mit Melissa alles geklärt?«

Obwohl ich es eigentlich nicht wissen will, muss ich doch danach fragen. Ich muss wissen, ob der Abend neulich etwas bedeutet hat. Denn wenn nicht, und wenn Alex mit Melissa zusammen sein will, dann muss ich hier weg und so tun, als würden meine Gefühle für ihn nicht existieren. Das habe ich schon mal gemacht, also kann ich es wieder tun. Damals hat die Entfernung geholfen, und man kann buchstäblich nicht viel mehr Entfernung zwischen uns bringen als die von London nach Australien.

Er dreht sich um, lehnt sich gegen die Spüle und verschränkt die Arme. Die Entfernung zwischen uns ist jetzt schon spürbar, und es ist fast unvorstellbar, dass es vor nur wenigen Tagen, genau hier auf diesem Sofa, überhaupt keine Lücke mehr zwischen unseren Körpern gab. Er hat den Kuss nicht mal erwähnt.

»Jep«, krächzt er, seine Stimme zwei Oktaven höher als normal. »Alles gut.«

»Schön.« Das ist gar nicht schön. Das hier hätte ganz anders laufen sollen.

»Ja.«

»Also ...«

»Also.«

Und das war's. Er will nicht mich, sondern Melissa. Es war die ganze Zeit über – jeder Blick, der mich ins Herz traf, jede Berührung, die meine Haut kribbeln ließ, jedes Mal, wenn er sich mir anvertraut oder über meine Scherze gelacht hat – nur Freundschaft. Nicht weinen, Holly. Zumindest nicht jetzt.

»Gut, ich geh dann mal besser und organisiere mein Leben«, sage ich mit einem Grinsen und frage mich, ob Alex merkt, wie aufgesetzt es ist. Dann gehe ich in Richtung Tür. »Ich muss mich um so vieles kümmern, außerdem muss ich mir überlegen, was ich mit meiner Wohnung mache.«

Ich bleibe an der Tür stehen, drehe mich zu ihm um und breite die Arme aus. »Also bis dann.«

»Ja, bis dann«, flüstert er in mein Haar, während er mich umarmt. Ich lege die Arme fester um seinen Körper und spüre, wie er den Rücken anspannt. Ich bin hin- und hergerissen zwischen dem Wunsch, hier rauszukommen, bevor meine Tränen fließen, und dem, mich überhaupt nicht mehr aus seiner Umarmung zu lösen, nie mehr.

Ich drücke ihn ein letztes Mal und befreie mich dann.

Und zum zweiten Mal in meinem Leben überkommt mich ein trauriges Gefühl der Endgültigkeit, als sich die Tür zu Alex Tyler schließt.

DREIUNDDREISSIGSTES KAPITEL ALEX

Kurz vor 21 Uhr klingelte es an der Tür. Holly hatte sich seit Melissas Anruf weder per SMS noch telefonisch gemeldet, aber ich wusste, dass sie es war. Ich drückte auf den Summer, um die Tür zwei Stockwerke tiefer zu öffnen, und dachte dabei an unser Cottage im Peak District, das wir uns sicher bald anschaffen würden. Ich fuhr geistig unsere Kieseinfahrt hinauf und parkte neben dem enteneiblauen Oldtimer-Wohnmobil, das wir uns für Wochenendausflüge nach Totnes und Edinburgh gekauft hatten. Ich betrachtete das Haus aus Derbyshire-Stein, das glänzende Schwarz der Eingangstür. Die Nächte wurden bereits länger und kündigten den Winter an, und die Vorhänge waren geschlossen. Es war mein Geburtstag. Ich drehte den Schlüssel um, öffnete die Haustür und *Überraschung!*

»Ich überlege, auf Reisen zu gehen.«

Die Realität meldete sich nicht gerade sanft zurück. Es war das erste Mal, dass ich Holly seit unserem Kuss sah, und ich hatte beschlossen, ihn nicht zu erwähnen. Es würde das Ganze nur unangenehm machen, und sie würde wieder sagen, dass ich alles überanalysiere. Außerdem hatten wir auch so genug zu bereden. Was ich nicht erwartet hatte, war das hier. Aber ich hätte es erwarten müssen, denn ich hatte es schon mal erlebt. Holly war nicht gekommen, um mir ihre Liebe zu gestehen; sie war gekommen, um mir zu sagen, dass sie abreiste, dass sie aus meinem Leben verschwand, und um mir zu versprechen, dass wir in Kontakt bleiben würden, genau wie vor elf Jahren.

Wie hatte ich mich wieder so meinen Illusionen hingeben können? In der Schule konnte Holly bei jeder Taste auf einem wissenschaftlichen Taschenrechner erklären, was sie bedeutete: nCr, ALGB, tan. Die Lehrer sagten, in Mathe sei sie ein Naturtalent, und sie bemerkte nicht nur einmal, dass ihre Vorliebe für Mathematik und meine Vorliebe für Englisch symptomatisch für den Unterschied zwischen uns seien. Sie mochte harte Fakten, ich mochte es, verschiedene Interpretationsansätze auszuprobieren. Sie konnte sich ein Kunstwerk ansehen und es als das genießen, was es war, ich bemühte mich immer herauszufinden, was es bedeutete. Sie lebte das Leben, während ich darüber nachgrübelte.

Man hätte meinen können, dass ich beim ersten Mal meine Lektion gelernt hatte. Aber nein: Holly schreibt eine nette SMS – Alex sieht sich im Kreißsaal ihre Hand halten. Hollys Fuß rutscht über das Sofa – Alex denkt darüber nach, welche Schritte unternommen werden müssen, um ein gemeinsames Konto zu eröffnen. Holly gibt ihm betrunken einen Kuss – Alex stellt sich vor, er wäre Menelaos, der Helena von Paris zurückfordert. Holly trennt sich von Richard ...

Ich musste anfangen, mich mit Fakten zu befassen, nicht Fiktion. Und ein Fakt war klar: Holly war nicht in mich verliebt. Sonst würde sie sich nicht immer wieder aus dem Staub machen.

Ich betrachtete sie, wie sie mir gegenüber am anderen Ende des Sofas saß, genau wie ein paar Abende zuvor, nur diesmal aufrecht, mit scheuen Füßen, die zueinandergedreht waren. Ihr Haar war mit einem Pferdeschwanz gebändigt, und an ihrem Rock klebte ein Grashalm. Wo der wohl herkam? Sie starrte einen Moment auf den Fußboden und dann zu mir, mit geröteten Wangen und erwartungsvollen Augen, als wollte sie, dass ich reagierte und ihr sagte, es sei okay, sie solle ihren Traum verwirklichen.

Ich war nur noch froh, dass ich meinen Gefühle nicht freien Lauf gelassen hatte und dass Holly nie erfahren würde, was ich mir vorgestellt hatte, als ich ihr die Wohnungstür öffnete.

Ich lauschte ihren Schritten, als sie die Treppenstufen zur Haustür hinunterstieg, die auf die Hauptstraße führt. Ich versuchte, aus dem Rhythmus ihrer Schritte auf ihren Gemütszustand zu schließen, aber vergeblich; es hätten die Schritte von jedem sein können. Sie blieb einen Augenblick stehen. Ein Sinneswandel? Sekunden verstrichen, ich konnte meinen eigenen Herzschlag hören. Doch ihr Weg hinunter setzte sich fort, so wenig aufschlussreich wie zuvor, bis die Haustür mit einem Cartoon-Klacken zuschlug, das mich bis ins Mark erschütterte. Ich blickte zum Fenster, hielt mich aber zurück, hinzugehen und runter auf die Straße zu schauen, weil ich wusste, dass es zu viel für mich wäre, ihr zuzusehen, wie sie das zweite Mal aus meinem Leben verschwand.

Ich erwache vom Geräusch der gepfuschten Rohrleitungen in der Wohnung unter mir, die immer brüllen wie Chewbacca, nachdem jemand die Klospülung betätigt hat. Der Mond schaut hinter einem Schornstein auf der anderen Seite der Hauptstraße hervor, ich schaue auf mein Handy. Es ist 2.17 Uhr.

Mein Nacken ist steif vom Schlafen auf dem Sofa, und ich fühle mich unwohl. Nach der Hitze des Tages ist es stickig in der Wohnung. Die Luft steht, und Hollys Duft ist immer noch da. Sonne, Schokolade, Wiese. Urlaubsdüfte. Ich erinnere mich an ihr Haar an meiner Wange, das eine Spur feucht war, so als hätte sie am Vormittag im Meer gebadet.

Ich greife nach meinem Handy, um unsere Nachrichten aus den letzten Monaten noch einmal zu lesen, und scrolle mit dem Daumen zurück.

Vorherige Nachrichten laden.

Das Treffen mit Kev im Pub. Unser Abend im Park. Graffiti.

Vorherige Nachrichten laden.

Harold füttern. Das Pub-Quiz. Sag nichts über Richard.

Tränen beginnen mir über die Wangen zu laufen, aber ich kann nicht aufhören. Bald gibt es keine vorherigen Nachrichten mehr, die geladen werden könnten, und mir wird klar, dass die vergangenen Monate nur ein Zwischenspiel waren. Holly und ich, unsere Geschichte ging vor elf Jahren zu Ende, und all dies war nur ein schlechtes Remake eines alten Films, von dem man lieber hätte die Finger lassen sollen.

Es ist kurz vor 8.30 Uhr, als ich am Bahnhof in Deptford ankomme und mein Handy in meiner Tasche zu brummen beginnt. Sofort regt sich in mir die Hoffnung, wenn auch nur flüchtig.

»Hallo Dad«, antworte ich, bemüht, mir die Enttäuschung nicht an meiner Stimme anmerken zu lassen.

»Du hast wohl jemand anders erwartet, was?«

Ich reibe mir mit schmerzverzerrtem Gesicht über den steifen Nacken und ziehe in Betracht, ihm zu sagen, dass gerade kein guter Zeitpunkt ist, aber aus irgendeinem Grund spüre ich heute Morgen so viel Wärme für Dad wie schon lange nicht mehr. Es ist, als ob der gestrige Abend mir gezeigt hätte, auf wen ich mich wirklich verlassen kann. Andererseits ist es vielleicht auch seine Schuld, dass ich in diesem Schlamassel stecke. Seine und Mums, weil sie mir überhöhte Erwartungen an die Liebe vermittelt haben. Sie waren Terry und Julie, wie das Paar in dem Lied von den Kinks; mit neunzehn verheiratet, ein Jahr später Eltern. Alles in der richtigen Reihenfolge. Bis dass der Tod sie scheidet.

»Ist es nicht ein bisschen früh für dich?«

»Ich muss um 10.30 Uhr zum Bingo.«

Der Halal-Fleischer fährt seine Markise aus. Ich beachte ihn nicht, als ich vorbeigehe. Ich habe es an meinem dritten Tag in London aufgegeben, den Ladenbesitzern zuzulächeln.

»Bingo?«

»Mach dich nicht drüber lustig, Junge – Probieren geht über Studieren. Ich wüsste keinen anderen Ort auf der Welt mit einer besseren Frauenquote.«

»Du spielst Bingo, um Frauen abzuschleppen?«

»Es würde dir ganz bestimmt gefallen«, sagt er. »Die Männertoiletten sind tadellos. Niemand benutzt sie.«

Ich lächle vor mich hin, über Dad und sein Bingo und darüber, dass er mich aufgemuntert hat, als ich es nicht für möglich gehalten hätte.

»Wie auch immer, ich rufe an, weil ich dir sagen wollte, dass Kevs bessere Hälfte zu seinem Dreißigsten eine Überraschungsparty organisiert. Freitag in einer Woche. Ich dachte, vielleicht lerne ich dann mal deine Melissa kennen?«

Melissa – die hatte ich in den letzten zwölf Stunden fast vergessen.

»Ich glaube eher nicht, dass es dazu kommen wird.«

»Sag nicht, dass ihr euch getrennt habt?«

Im afrokaribischen Lebensmittelladen herrscht schon reger Handel. Ich war in meiner zweiten Woche einmal drin. Aber dann stellte sich die Banane, die ich mir zum Frühstück gekauft hatte, als Kochbanane heraus.

»Nicht direkt, aber ...«

»Tja, das wundert mich nicht.«

»Was soll das denn heißen?«

»Ist dir bewusst, dass du mir nie wirklich von deiner Freundin erzählt hast, Alex? Du hast sie kein einziges Mal erwähnt, in was weiß ich wie vielen Monaten. Ich wusste es nur, weil Kev mir von dir erzählt, wenn er mit Diane vorbeikommt.«

»Es hat sich halt nicht ergeben.«

Jetzt sehe ich Schüler. Hauptsächlich vertraute Gesichter. Dies sind die Menschen, derentwegen ich nach London zu gezogen bin, aber Schulen wie die Whitford High gibt es im ganzen Land. Der Grund, weshalb ich London wählte, war ...

»Holly Gordon hingegen, von der redest du die ganze Zeit. Holly dies, Holly jenes. Wann rauft ihr euch endlich mal zusammen?«

Etwas Unsichtbares drückt mir in den Bauch und macht mich sprachlos. Mir steigen wieder Tränen in die Augen.

»Hör zu, ich muss aufhören. Ich hab dich lieb, Dad.«

Es folgt eine Pause, doch mein Verstand ist zu vernebelt, um sie zu deuten.

Dann sagt Dad: »Ich dich auch, Junge. Bis nächstes Wochenende.«

VIERUNDDREISSIGSTES KAPITEL HOLLY

Dies ist die monumentalste To-do-Liste, die ich JEMALS geschrieben habe.

Sie hat so viele Gliederungspunkte, Unterpunkte und noch mehr Unterpunkte. Zuerst sind da all die Reiseziele, die ich auf meiner Route abhaken will. Ich will so viele wie möglich schaffen, aber ich will die nächsten Monate auch nicht nur in Flugzeugen und Zügen verbringen.

Dann kommen die To-dos für jedes einzelne Reiseziel. Ich habe beschlossen, dass mein Abenteuer sechs Monate dauern soll, also muss ich aufpassen, dass ich für jeden Ort genügend Zeit einplane, um nicht die besten Sachen zu verpassen, aber auch nirgends zu lange zu bleiben.

Und dann sind da noch die ganzen Dinge, die ich erledigen muss, damit alles klappt. Einkaufen, packen, buchen, überprüfen.

Es ist ein Kunstwerk in A3 – anders kann man es nicht nennen.

Ich habe es auf dem Fußboden vor mir ausgebreitet und streiche gerade die zwei Impfungen und das Bikini-Waxing durch, das ich heute Morgen schon erledigt habe, da spaziert Harold auf das Blatt, lässt sich darauf nieder und funkelt mich mit kaum verhohlenem Groll an.

Sie weiß, dass etwas im Busch ist. Sie hat schon die ganze Woche rebelliert, indem sie in ausnahmslos jede Kiste stieg, in die ich meinen Hausrat einzupacken versuchte, indem sie auf den sauberen, frisch gebügelten Klamotten schlief, die ich zum Packen bereitgelegt hatte, und indem sie in meinen nagelneuen Rucksack pinkelte.

»Hau doch ab, Katze«, stöhne ich und schiebe sie sanft von meinem Reiseplan.

Das würde dir so passen, was?, sagt sie mit zusammengekniffenen Augen. *Dann würdest du dich weniger schuldig fühlen, weil du schon die zweite Besitzerin bist, die mich verlässt.*

Ich gebe nach, werfe den Stift hin und kraule sie mit beiden Händen hinter den Ohren.

»Mum und Dad nehmen dich mit nach York, während ich weg bin, also stell dich nicht so an.« Tränen schießen mir in die Augen, und ich wische sie mir mit einer Hand ab, während ich Harold mit der anderen unter dem Kinn streichle. Sie wird es gut haben. Es wird ihr gefallen bei meinen Eltern – ich war neulich da und hab mir ihr neues Zuhause angeschaut, es ist viel größer als meine Wohnung und hat einen Garten, und es gibt sogar schon eine Katzenklappe von den vorherigen Besitzern, also kann sie ein und aus gehen, wie es ihr passt. Harold wird dort glücklich sein.

Ich bin hingefahren, um meinen Eltern persönlich zu sagen, dass ich verreise.

Dad war ein bisschen verwirrt. Er ist ein Gewohnheitstier und kann nicht nachvollziehen, was daran so toll sein soll, sechs Monate an fremden Orten zu verbringen. Aber er wünschte mir viel Spaß und ermahnte mich, auf mich aufzupassen, bevor er sich wieder seiner Zeitung zuwandte. Mum reagierte überraschend positiv. Sie stellte mir viele Fragen, wo ich hinfahren wolle und was ich dort machen wolle, und oohte und aahte bei meinen Antworten. Sie erklärte sich bereit, Harold aufzunehmen, unter der Bedingung, dass ich ihr versprach, niemals per Anhalter zu fahren und sie auf dem Laufenden zu halten, was bei den Leuten von *Neighbours* passiert, wenn ich in Australien bin.

Meine ganzen Möbel sind in einem Lager, und es ist nun nichts mehr übrig außer den Kartons mit dem Zeug, das meine Eltern mit zu sich nach Hause nehmen sollen, wenn sie Harold abholen. Meine Wohnung sieht größer und irgendwie trostlos aus ohne meine Sachen. So muss sie ausgesehen haben, als Max und ich damals einzogen, aber ich kann mich nicht erinnern – es scheint so lange her zu sein. Seitdem ist so viel passiert, auch wenn für mich so wenig dabei herausgekommen ist.

Ein Klopfen an der Tür unterbricht diesen deprimierenden Gedanken, und ich beeile mich aufzumachen.

»Jem!«, rufe ich überrascht, aber überglücklich, sie zu sehen. »Komm rein.«

»Nein danke«, widerspricht sie. »Ich bin nur gekommen, um dir das hier zu geben. Es ist von allen bei Hexagon.«

Sie kramt etwa drei Minuten in ihrer Tasche herum, bevor sie einen zerknickten Umschlag zum Vorschein bringt, auf den »Holly« gekritzelt ist.

»Wenn das überhaupt dein richtiger Name ist«, sagt sie und verschränkt die Arme, während ich eine Karte herausziehe.

»Wenn du nicht vorhattest reinzukommen, hättest du sie mir auch mit der Post schicken können«, bemerke ich und versuche, nicht zu lachen.

»Ich wollte mich vergewissern, dass du tatsächlich hier wohnst. Ich war mir nicht ganz sicher, wie weit dein Doppelleben geht. Außerdem hab ich es zu lang aufgeschoben, als dass sie dich vor deiner Abreise noch erreicht hätte.«

»Es tut mir leid, Jem«, sage ich und lege eine Hand auf ihren Arm. »Ich hab's dir ja schon in der E-Mail geschrieben: Ich wollte es dir wirklich sagen, ganz ehrlich. Aber Richard wollte das nicht, und er hat mich die ganze Zeit glauben lassen, dass die Geheimnistuerei nicht mehr lange dauern würde.«

»Aber ich sage dir alles!«, jammert sie, während sie sich an mir vorbei in die Wohnung drängt. »Ich verstehe nicht, wie du mich einfach da sitzen und belanglosen Scheiß über mein verkorkstes Liebesleben labern lassen konntest, ohne zu erwähnen, dass du deinen Boss vögelst.«

Ich schließe die Tür, setze ich mich im Schneidersitz auf den Boden, wo vorher mein Sofa stand, und klopfe auf den Platz neben mir.

»Danke, ich stehe gern«, sagt sie und dreht demonstrativ den Kopf weg.

»Bitte, Jem – es war die Hölle für mich, es dir nicht zu sagen«, beteure ich. »Aber ich war in einer schrecklichen Lage. Ich verstehe selbst nicht, wie ich mich von ihm überzeugen lassen konnte, dass es besser wäre, es so lange geheim zu halten. Jetzt komme ich mir dumm vor. Ich habe dich verloren, und ich habe Alex verloren, und ihr beide könnt mich kaum so hassen, wie ich mich selbst hasse.«

Dann breche ich in Tränen aus.

»Och, komm her«, sagt Jem, während alle Gekränktheit aus ihrem Gesicht verschwindet. Sie setzt sich neben mich und legt mir einen Arm um die Schultern, und meine Tränen steigern sich zu heftigen, erschütternden Schluchzern.

»Bitte hör auf zu weinen«, bettelt sie kurz darauf.

»Es tut mir so leid«, sage ich noch einmal. »Ich wollte es dir wirklich sagen.«

»Ja, ja, schon gut – meinetwegen. Aber du musst aufhören zu weinen. Im Ernst, Hols, du bist echt hässlich, wenn du weinst. Ich glaube, ich hab dich bisher noch nie richtig weinen sehen. Also, versteh mich nicht falsch – du bist ein hübsches Mädchen und alles, aber jetzt gerade ist dein Gesicht ganz geschwollen und fleckig, und da hängt ein dicker Klumpen Rotz.«

Sie reicht mir ein Taschentuch aus ihrer Handtasche, und ich will mich gerade hineinschnäuzen, als ich merke, dass es voll mit blauen Tintenklecksen sowie einigen unidentifizierbaren gelben Flecken ist, also tupfe ich mir nur leicht die Nase damit ab, bevor ich es diskret neben meinem Bein auf den Boden fallen lasse.

»Was ist denn jetzt mit Alex?«, fragt sie.

»Na ja, ich war bei ihm, nachdem …«

»Sorry«, unterbricht sie mich, während sie mit dem Hintern auf dem Holzfußboden herumrutscht. »Ich hoffe, es macht dir nichts aus, aber ich drehe mich hier hin, während du es mir sagst, damit ich dein Gesicht nicht sehen muss.«

»Hey.« Ich gebe ihr einen Klaps auf den Arm, obwohl ich insgeheim froh bin, dass sie in eine andere Richtung schaut, weil es dann leichter wird, es zu sagen.

»Also, mir ist klar geworden, dass ich Alex liebe und …«

»Ich wusste es!« Sie dreht sich wieder zurück zu mir. »Es war so offensichtlich. Deshalb hat mich diese Enthüllung mit Richard auch so umgehauen, weil ich wusste, Alex und du, ihr seid total ineinander verliebt.«

»Aber genau das ist das Problem, Jem. Er ist es nicht. Ich dachte kurz, dass er meine Gefühle vielleicht erwidert, also bin ich zu ihm gegangen an dem Tag, als ich mit Richard Schluss gemacht habe, aber ich hab mich getäuscht. Er will mit Melissa zusammen sein, und es hat ihn einen Dreck interessiert, als ich ihm gesagt habe, dass ich wegfahre, und ich habe seither gar nichts mehr von ihm gehört.«

Neue Tränen kommen nach. Jemma verzieht das Gesicht.

»Unglaublich.« Sie seufzt und klingt aufrichtig enttäuscht. »Ich war mir sicher, dass er auf dich steht. Du müsstest sehen, wie er dich anschaut, wenn du nicht hinguckst. Und ich weiß echt nicht, was er an Melissa findet – die Zicke ist in letzter Zeit nur noch schlimmer geworden. Gestern hat sie mich vor allen anderen angeschrien, weil ich vergessen hatte, den Konferenzraum für sie zu buchen. Aber weißt du was, Holly? Scheiß doch auf Alex! Und scheiß vor allem auch auf Richard. Also, ich meine, schick sie zum Teufel. Deine Reise klingt traumhaft, du wirst mit sexy Latinos Tango tanzen und hemmungslos mit heißen australischen Surfern flirten und sie alle beide vergessen.«

»Ich fahre nicht weg, um einen Mann zu finden.« Ich wische mir mit dem Handrücken die Tränen von den Wangen. »Ich fahre weg, um …«

»Holly, wenn du mir jetzt sagst, du fährst weg, um *dich selbst zu finden,* hau ich dir eine rein und kotze dich anschließend voll.«

»Das wollte ich nicht sagen«, ich lache. »Aber ein bisschen ist schon was dran. Ich will mich einfach wieder für etwas begeistern und neue Erfahrungen sammeln und etwas nur für mich tun und nicht für sonst irgendjemanden.«

»Die Typen werden dich aber trotzdem flachlegen wollen.« Sie grinst. »Solange du nicht vor ihnen anfängst zu heulen.«

»Darüber hab ich mir ehrlich gesagt keine Gedanken gemacht.«

Wir sitzen ein, zwei Augenblicke in entspannter Stille da, dann blicke ich Jemma von der Seite an. »Ich bin froh, dass zwischen uns wieder alles okay ist, Jem. Als du meine E-Mail nicht beantwortet hast, hatte ich schon Angst, du würdest nie wieder mit mir reden.«

»Tja, wenn man bedenkt, dass ich jetzt schon fünfundvierzig Minuten hier bin und du mir immer noch keinen Tee gemacht hast, ist das immer noch eine realistische Möglichkeit.«

Ich stehe auf, koche uns einen schwachen Tee – ich habe nur einen einzigen Teebeutel und ein paar Tropfen Milch übrig – und kehre dann in den Wohnbereich zurück, wo Jemma mit nachdenklichem Blick dasitzt.

»Ich muss es wirklich auch machen«, sagt sie geistesabwesend.

»Was denn?«

»Etwas. Irgendwas. Mich einfach nicht mehr damit abfinden, dass ich jeden Tag damit verbringe, Martin Coopers Kram zu erledigen.«

»Ach, das machst du also?« Ich grinse. »Tatsächlich?«

»Okay, Klugscheißerin. Na schön – ich will mich nicht mehr damit abfinden, dass ich jeden Tag damit verbringe, zu merken, dass ich vergessen habe, Martin Coopers Kram zu erledigen.«

»Komm doch einfach mit mir mit!«

»Nee, ich kann mich nicht im Bikini sehen lassen, bis ich nicht zwölf Kilo abgenommen habe, und dann ist da noch …« Sie bricht abrupt ab, als hätte sie schon zu viel gesagt, und nippt an ihrem Tee.

»Und dann ist da noch was?« Als sie nicht antwortet, schubse ich sie leicht, aber sie trinkt weiter ihren Tee, also schubse ich sie fester. »Jemma – sag schon. Ist es ein Mann?«

»Na ja, ›Mann‹ ist etwas zu viel gesagt.« Sie senkt schüchtern den Blick, aber ihre Mundwinkel zucken. »Danny.«

»Oh Gott, ich hatte ganz vergessen, dass du mit ihm geknutscht hast. Also seid ihr jetzt zusammen?«

Ich setze mich auf den Boden und sehe sie an. Dies ist die beste Ablenkung seit langem, und mir wird klar, wie sehr ich Jemma und die Updates aus ihrem Liebesleben vermissen werde, wenn ich weg bin.

»Na ja, kommt drauf an, was du mit ›zusammen‹ meinst. Wir haben noch nicht darüber geredet – also weiß ich nicht, ob wir ein Paar sind oder so. Aber letzte Woche haben wir uns nach dem Quiz wieder geküsst, nachdem alle anderen weg waren, und gestern Abend hat er dann gefragt, ob ich nach der Arbeit mit ihm was trinken will, und sobald er wieder an den Tisch zurückkam, nachdem er die erste Runde bezahlt hatte, hat er mich geküsst. Wir hatten unsere Drinks noch nicht mal angerührt. Ich kann mich gar nicht erinnern, wann ich zum letzten Mal nüchtern jemanden geküsst habe. Das muss doch was heißen, oder?«

»Ja, würde ich schon sagen«, bestätige ich.

»Weißt du, es ist komisch, Holly«, sagt sie langsam, »aber er ist seit Ewigkeiten der Erste, bei dem ich bei einem Date einfach ich selbst war. Ich meine, welchen Sinn hätte es denn, wenn ich vor Danny so tun würde, als wäre ich cool? Er kennt mich. Und ich hab mich mit einem Typen noch nie so wohl gefühlt.«

»Jemma, du bis SEHR cool, wenn du du selbst bist. Deswegen mag dich Danny – er kennt dich, wie du wirklich bist.«

»Na ja, wie auch immer. Ich werd dich vermissen, Holly«, sagt sie und sieht plötzlich ernst aus. Ich ziehe sie an mich, um sie zu umarmen, und wenige Augenblicke später höre ich sie an meiner Schulter schniefen, als würde sie gleich weinen.

»Nein, nicht.« Ich schniefe ebenfalls. »Sonst fang ich auch wieder an.«

»Okay, ich werde definitiv von hier verschwinden, bevor es so weit kommt.« Sie springt auf, trinkt ihren Tee aus und gibt mir dann die Tasse zurück. »Der hat übrigens echt widerlich geschmeckt.«

»Nichts zu danken.«

»Schick mir Postkarten«, ruft sie von der Tür, während ich ihr nachwinke.

Ich schaue mir ihre Karte nun richtig an und lächle über die Abschiedsbotschaften meiner früheren Kollegen. Jeder hat etwas geschrieben außer Richard und Melissa. Richard verstehe ich, aber was ist Melissas Problem? Ich stelle die Karte aufs Kaminsims neben drei andere Abschiedskarten von Leah, Susie und meinen Eltern.

Nichts von Alex. So froh ich auch bin, dass Jemma vorbeigekommen ist, und obwohl ich jetzt mit einem tausendmal besseren Gefühl wegfahre, weil ich weiß, dass wir immer noch Freundinnen sind, muss ich mir eingestehen, dass ich, als ich sie an der Tür sah, für einen Sekundenbruchteil bedauerte, dass es nicht Alex war.

Von allen romantischen Gefühlen mal abgesehen, habe ich mich nie so sehr wie ich selbst gefühlt, wie seit er wieder in mein Leben getreten ist. Ich hatte gar nicht gemerkt, dass ich nicht ich selbst war – ich habe nicht versucht, jemand anders zu sein, wie Jemma bei ihren Dates. Aber es war, als hätte ich vergessen, wer ich früher war. Meine Zeit in Mothston ist mir in so schlechter Erinnerung geblieben wegen dem, was am Ende passierte, dass ich lange nicht mehr wusste, dass meine Teenie-Jahre eigentlich meine glücklichsten waren.

Vielleicht ist das der Grund, weshalb das Universum Alex wieder in mein Leben geschleudert hat – nicht, damit er da bleibt, sondern damit er mich daran erinnert, wer ich war und wer ich immer noch sein will. Es spielt keine Rolle, wenn er nicht anruft. Es spielt keine Rolle, wenn unser Kontakt wieder abbricht. Es ist traurig, aber, mal ehrlich, ich bin es gewohnt, von den Männern in meinem Leben enttäuscht zu werden. Vielleicht ist es an der Zeit, dass ich anfange, weniger zu erwarten.

Ich greife nach meinem Handy, schaue ein letztes Mal aufs Display und lasse los. Ich warte nicht mehr auf ein Klingeln. Die gesamte Anspannung verflüchtigt sich aus meinem Körper.

Und genau dann klingelt es und erschreckt mich fast zu Tode, sodass ich es in die Luft werfe und wieder auffange.

»Hallo?«, keuche ich dem unbekannten Anrufer entgegen.

»Holly, ich bin's.«

Es ist eine männliche Stimme, aber ich brauche nur Millisekunden, um zu registrieren, dass es nicht die ist, auf die ich gehofft hatte.

»Oh. Hallo Richard.«

Ich hätte es an der unterdrückten Nummer merken können – seit ich aus seinem Büro gestürmt bin, habe ich seine Anrufe ignoriert. Der letzte kam vor drei Tagen, und ich dachte, er hätte aufgegeben.

»Wie geht's?«, frage ich aus Verlegenheit nach ein paar Sekunden Stille. Es wäre leichter, wenn ich wütend auf ihn wäre. Dann würde ich ihm einfach sagen, er könne mich mal, und auflegen. Aber ich bin nicht wütend. Ich komme mir einfach nur richtig, richtig blöd vor. In der vergangenen Woche bin ich unsere Beziehung im Kopf unzählige Male durchgegangen, und ich kann nicht fassen, dass ich ihm erlaubt habe, mich so lange hinzuhalten. Er hätte sich nie zu mir bekannt, das hätte mir klar sein müssen.

»Nicht so toll. Ich vermisse dich, Holly.«

»Rich«, seufze ich.

»Nein, lass mich ausreden. Ich muss zugeben, dass ich zuerst sauer auf dich war, weil du so aus meinem Büro gestürmt bist. Aber ich hab darüber nachgedacht, und, na ja, es war vielleicht nicht ganz unberechtigt. Ich gebe zu, dass ich vielleicht ein bisschen unfair war.«

»Wie großzügig von dir.« Ist es schlimm, wenn ich einfach auflege und mein Handy ausschalte?

»Es wäre mir peinlich gewesen, wenn die Leute es rausfinden ...«

»Ach, danke.«

»Du weißt, was ich meine. Weil ich dein Boss bin.«

»Dein Boss WAR.«

»Genau. Jetzt, da es sowieso alle wissen und ich nicht mehr dein Boss bin, glaube ich, dass es mit uns wirklich klappen kann. Ich liebe dich, Holly.«

Der letzte Satz lässt mich scharf einatmen. Gegen meinen Willen schlägt mein Herz schneller bei den Worten, auf die ich so lange gewartet habe.

»Es ist zu spät«, stammle ich, während ich an der Wand nach unten auf den Boden rutsche. Ich spüre, wie meine Schläfen pochen, also schließe ich die Augen und lege die Stirn auf meine Knie. »Mein Flug ist schon gebucht, und ich habe meine Wohnung aufgelöst.«

»Du meine Güte, Holly. Das ging aber schnell.«

»Ich bin eben gut organisiert. Ich würde eine prima Sekretärin abgeben.«

»Ich geb dir das Geld für dein Ticket – und du kannst bei mir einziehen.«

Wieso sagt er all das jetzt? Nachdem ich eine gefühlte Ewigkeit darauf gewartet habe, irgendein Zeichen von ihm zu bekommen, dass er es ernst meint. Wieso wartet er, bis ich hier sitze – und etwas völlig anderes will –, um mir zu sagen, dass er mich liebt und die Art von Beziehung mit mir will, die ich die ganze Zeit schon mit ihm wollte?

WILLST DU MICH VERARSCHEN, GOTT?

Vielleicht könnte ich wieder zu der Person werden, die ich vor ein paar Wochen war, die Richard liebte und das Leben wollte, das er mir jetzt verspricht. Kann ich mich in den letzten Wochen wirklich so sehr verändert haben? Zu spät zu merken, was ich will, scheint meine Spezialität zu sein, also was ist, wenn ich in Bangkok ankomme und feststelle, dass ich den größten Fehler meines Lebens gemacht habe?

»Ähm … Holly? Bist du noch da?«

»Ja, ich bin hier«, flüstere ich. »Sorry, Rich – in meinem Kopf dreht sich alles. Ich muss darüber nachdenken. Kann ich dich zurückrufen?«

»Ich könnte auch zu dir kommen«, sagt er schnell. »Wir können darüber reden und …«

»Nein«, falle ich ihm ins Wort, und meine Stimme bricht. »Ich muss allein darüber nachdenken. Ich bin einfach zu durcheinander.«

Ich lege auf und breche in Tränen aus. Ich habe noch nie an einem Tag so viel geweint. Wann ist das Leben so scheißkompliziert geworden? Wo sind die Tage hin, als ich einfach Spaß hatte und die Dinge auf mich zukommen ließ, und als es mir nicht wie das Schlimmste auf der Welt erschien, eine falsche Entscheidung zu treffen? Ich lasse meinen Tränen freien Lauf, schlinge die Arme um meine Beine und schluchze in meinen Ellbogen. Und ich weine und weine, denke an Richard, und an Alex, und an Max, und sogar an Dean. Ich weine, bis ich mich ganz ausgeweint habe, und fühle mich seltsam beruhigt, als ich fertig bin.

Ich stehe auf und lasse den Blick durch den Raum schweifen, über die Kartons mit meinen Sachen, über meinen Pass, der auf dem Rucksack liegt und zwischen dessen Seiten ein Flugticket herausschaut, über Harold, die auf dem Kaminsims entlangläuft und die Abschiedskarten eine nach der anderen auf den Fußboden fegt.

Dann schaue ich auf meine To-do-Liste – mit ihren großen Überschriften und den verschiedenfarbigen Unterkategorien und den sauber durchgestrichenen Punkten und dem Sechsmonateplan – und reiße sie in Stücke und schmeiße die Fetzen auf den Boden.

FÜNFUNDDREISSIGSTES KAPITEL ALEX

Es dauert mehrere lange Sekunden, bis die Türen zischend aufgehen, aber sobald meine Füße auf dem Bahnsteig aufkommen, durchströmt es mich. Ein Gefühl, das ein Lächeln auf meinem Gesicht erscheinen lässt. Das Gefühl, zu Hause zu sein.

»Du siehst schlecht aus«, ist Kevs Begrüßung zusammen mit einem Handschlag auf Schulterhöhe, der zu einer Umarmung wird.

Mit einer schwungvollen Armbewegung von oben nach unten fordert er mich auf, seinen Anzug zu begutachten. Er ist dunkelgrau und passt ihm gut. Dazu trägt er eine dunkelgrüne Krawatte mit einem wulstigen, aber geraden Knoten.

»Klinkenputzer für Katalogwaren«, sagt er selbstironisch. »Nicht gerade ein Traumjob, was?«

Schuldgefühle steigen in mir auf. Habe ich Kev überhaupt jemals gefragt, was sein Traumjob ist?

»Aber es ist ja nicht für immer, hm?«, sage ich, während ich die Hände in meine Ärmel einziehe und zittere. Es ist echt kalt geworden.

»Wer weiß? Ich will einfach genug Geld für eine Hausanzahlung für Diane und mich zusammensparen.«

Wir laufen durch die Stadt, vorbei an dem Discounter, wo früher Woolworths war, und vorbei am White Horse, das einen neuen Besitzer hat.

»Ich hab meine Platten bei eBay reingestellt. Sogar Pink Floyd, bis sie mich gezwungen hat, sie wieder rauszunehmen.«

»Klingt wie eine, die man sich warmhalten sollte.«

Er strahlt. »Ich freu mich, dass du sie jetzt kennenlernst.«

Wir gehen nach links in die George Street. Wenn wir der Straße bis ans Ende folgen würden, kämen wir an den Kanal, auf dem mein Dad zeitweise lebt, aber gleich werden wir rechts in eine Straße abbiegen, die ich besser kenne als jede andere.

»Freut mich, dass sich bei dir alles fügt, Mann«, sage ich. Vor dem alten Haus meiner Eltern parkt ein Vauxhall-Kombi. Ein fremder Schatten erscheint hinter neuen korallenroten Vorhängen im ehemaligen Schlafzimmer. Es fühlt sich an, als hätte ich eine Exfreundin mit einem neuen Typen Händchen halten sehen.

Kev beobachtet mich, wie ich zu meinem alten Zuhause spähe. »Erst konntest du es nicht erwarten, hier wegzukommen, und jetzt wirst du ganz rührselig, wo du jemand anders darin siehst.«

Ich zwinge mich, nicht länger hinzustarren, und wir gehen weiter durch die Straße zu Kev.

»Meine Eltern überlegen auch schon, ihr Haus zu verkaufen«, sagt er. »Sie brauchen jetzt ein bisschen Kohle, nachdem der Immobilienboom in Spanien vorbei ist, also könnte ich hochkant rausfliegen. Sieht aus, als wär das mit Diane gerade zur richtigen Zeit passiert.«

Erst als ich die dunklen, zugezogenen Vorhänge in Kevs Erdgeschoss erblicke, fällt mir wieder ein, wieso ich hier bin. Er dreht den Schlüssel in der Eingangstür, und ich muss mich sehr beherrschen, um nicht mit einem Grinsen alles zu verraten. Er tritt ein, und als er ins Wohnzimmer geht und das Licht einschaltet, kommen ihm Dutzende Freunde und Verwandte entgegen, die fast alle Masken mit Kevs Gesicht tragen.

»ÜBERRASCHUNG!«

Sein Gesichtsausdruck bleibt auch in dem Trubel unverändert, und er dreht sich zu mir.

»Wie ich sehe, wurden nur gut aussehende Leute eingeladen«, sagt er und grinst dann endlich von einem Ohr bis zum anderen, während alle lachen und jubeln.

Ich strecke ihm die Hand entgegen, und diesmal bin ich es, der aus dem Handschlag eine Umarmung macht. »Alles Gute, Kumpel.«

»Na, wie gefällt's dir in London?«, fragt Rothers.

Sowohl er als auch Meggie sehen mich mit sehnsüchtig schwärmerischen Gesichtern an. Die haben sie offensichtlich mir zuliebe aufgesetzt – sie sind viel zu glücklich, um mich zu beneiden.

»Sehr gut«, antworte ich und hoffe, dass das genügt, um sie zufriedenzustellen. Heute Abend will ich nicht an London denken.

»Läuft's gut mit deiner neuen Stelle?«

»Jep, es macht Spaß.«

»Hast du das U-Bahn-System schon durchschaut?«, meldet Meggie sich zu Wort.

»Noch nicht«, antworte ich und zwinge mich zu einem Lachen. »Aber ich arbeite daran.«

Rothers will wissen, ob alles so teuer sei, wie immer behauptet werde. Ich sage ihnen, dass es stimme.

»Was kostet denn ein Bier?«, fragt er weiter.

»Kommt drauf an. Es ist schwierig, für weniger als vier Pfund einen Drink zu kriegen.«

Sie starren einander mit offenen Mündern an, und ich nutze die Pause, um mich zu entschuldigen. Ich sage ihnen, dass ich mich umziehen müsse und wir uns später noch richtig unterhalten können.

Die Party hat noch kaum angefangen, aber im Bad stinkt es bereits. Ich suche die Regale und das Fensterbrett nach Raumspray ab, finde aber keins. Als ich mein Gesicht im Spiegel betrachte, sehe ich, dass Kev recht hatte – ich sehe schlecht aus. Meine Lippen sind trocken und farblos, und unter meinen Augen haben sich dunkle Ringe gebildet. Ich zwinge mich zu einem Lächeln, und es erzeugt Schnurrhaare aus Falten an den Seiten meines Gesichts. Sie verschwinden nicht sofort wieder. Ich frage mich, ob meine eigene Wahrnehmung verzerrt ist, oder ob andere Leute mich wirklich so sehen. Zum ersten Mal in meinem Leben fühle ich mich alt.

Ich wechsele das Hemd und rasiere mich, und als ich die Tür wieder aufschließe, lehnt da eine Frau an der Wand neben dem Treppenabsatz und wartet.

»Du musst Alex sein«, sagt sie und streckt mir die Hand entgegen, und da sie merkt, dass ich immer noch unsicher bin, stellt sie sich vor. Ich hätte es mir denken können, denn wenn je ein Mädchen Kevs Typ verkörperte, dann Diane: zierlich, blond und eine Oberweite, die ihr Top fast platzen lässt.

»Ich hab schon viel von dir gehört«, sage ich. Sie sieht wirklich nicht wie ein Mädchen aus, das Schneekugeln sammelt.

»Ach, glaub bloß nichts von dem, was der Depp so verzapft«, sagt sie und bricht in die Art ansteckendes Gegacker aus, wie man es in einer Siebzigerjahre-Komödie erwarten würde.

Sie schlüpft an mir vorbei ins Bad, und ich will mich gerade an einer Reihe Mädchen vorbeischlängeln, die auf der Treppe sitzen, als sie sich lautstark über den bestialischen Gestank beschwert, für den sie offensichtlich mich verantwortlich macht. Ich will das Missverständnis klären, werde aber von Kev abgefangen.

»Kannst du dir vorstellen, dass sie all das für mich gemacht hat?«, fragt er und schluckt ein bisschen. »Meine kleine Fledermaus.«

»Fledermaus?«

Er nickt, als wäre keine Erklärung notwendig. Erst als er aufschaut und die Fragezeichen in meinen Augen sieht, fügt er hinzu: »Das ist mein Spitzname für sie.«

Ich lasse das unkommentiert. Es würde sich nicht richtig anfühlen, sich heute Abend über ihn lustig zu machen, nicht, wenn er so glücklich ist. Und Diane hat für ihn wirklich was auf die Beine gestellt, sie hat alle seine Freunde zusammengetrommelt und das Haus mit Fotos von Kev als Kind dekoriert, zu seiner Schande und unserem Vergnügen. Jetzt gerade blickt er auf einen Schnappschuss von uns beiden mit neun oder zehn, das war, kurz bevor Holly nach Mothston zog. Wir halten Fischernetze und Marmeladengläser in den Händen.

Kev wirkt verwirrt. »Was haben wir denn da gemacht?«

»Also ... erstens hast du einen knallgrünen Trainingsanzug getragen.«

»Halt du dich besser raus, wenn es um Mode geht, ich sag' nur: Cordhose. Wofür waren denn die Netze und Gläser?«

»Wir haben versucht, Gespenster zu fangen.«

Es dauert einen Moment, bis die Erinnerung in seinem Kopf wieder Gestalt annimmt. »Haben wir welche gefangen?«

»Kein einziges.«

Ich nehme das Foto in die Hand und frage mich, wie wir von Kindern, die Gespenster fingen, zu dem wurden, was wir jetzt sind. Ich erkenne mich kaum wieder.

»Diane wirkt total nett«, sage ich und versuche, das Foto zu vergessen.

»Ist sie auch.«

Der Kev, den ich einst kannte, wäre bei einem solchen Gespräch rot angelaufen, aber das einzige Gefühl, das sich jetzt auf seinem Gesicht zeigt, ist Stolz.

»Weißt du, wann ich gemerkt habe, dass ich sie liebe?«, fragt er. Es ist eine rhetorische Frage. »Ich hab da so einen Test, und keine hat ihn je bestanden außer Diane.«

»Einen Test?«

»Ich stell mir vor, wie der Frau die Haare ausfallen. Ich stell sie mir mit Glatze vor und frage mich: Wenn das passiert, würde ich dann immer noch mit ihr zusammen sein wollen? Und weißt du was, Al? Das würde ich. Ich würde immer noch mit Diane zusammen sein wollen. Und wenn irgendjemand ihren glänzenden, kahlen Kopf anstarrt, würde ich ihm die Fresse einschlagen.«

So habe ich Kev noch nie reden hören, und ich antworte mit einem warmen Lächeln, während wir die Party auf uns wirken lassen. Sie fühlt sich nicht so viel anders an als die Partys, die früher immer stiegen, sobald jemand sturmfrei hatte. Rothers und Meggie kleben immer noch am Sofa, sind nach all der Zeit immer noch in ihrer eigenen kleinen Welt. Selbst die Gerüche sind gleich. Der Duft von Parfüm, wenn alle ankommen, weicht dem Geruch von Pasteten und Fleisch, sobald die Häppchen serviert werden. Ich vermute, dass demnächst der Mief von verschüttetem Bier vorherrschen wird, und am Ende des Abends müssen wir uns vielleicht die Nasen zuhalten wegen des Gestanks von Erbrochenem auf Teppichboden.

Der Gedanke versetzt mich in eine andere Nacht zurück. Die Nacht, als ich Holly und Ellie um zwei Uhr morgens nach Hause fuhr. Ellie hatte sich übergeben, und Holly war in Dean Jones verknallt. Ich versuche, die Erinnerung aus meinem Kopf zu verscheuchen. Ich habe die ganze Woche mit aller Kraft versucht, nicht an Holly zu denken, und ich will Kev mit meiner trübsinnigen Stimmung nicht den Abend verderben.

»Mein Dad meinte, er ist gegen halb zehn da«, sage ich, um mich selbst abzulenken. »Wenn sein Treffen vorbei ist.«

Kev schüttelt grinsend den Kopf. »Unfassbar, dass er jetzt seinen eigenen Hausboot-Club gegründet hat.«

»Er hat schon drei Leute bekehrt. Sie treffen sich im Lion.«

Wir lachen, während wir aus einem Raum in den anderen schlendern und die Atmosphäre in uns aufnehmen, und ich merke, dass doch nicht alles genauso ist, wie als wir Teenager waren. Wenn jemand damals ein Tablett mit Shots herumgereicht hätte, wäre er als Held gefeiert worden, doch hier wird es unter Stöhnen abgegrast. Und als ein Lied von den Spice Girls kommt, jubeln alle. Ich kenne nur eine Person, die damals gejubelt hätte. Auch die Röcke sind länger und die Handtaschen größer und praktischer, und niemand versucht, irgendjemanden abzuschleppen, soweit ich das mitbekomme.

Alle fragen mich nach London, und jedes Mal wird es schwieriger zu lügen, dass alles perfekt sei. Vielleicht merkt Kev, dass etwas mit mir nicht stimmt, und besteht deshalb darauf, mit mir rauszugehen. Er sagt, er wolle mir den Fischteich zeigen, den er endlich gebaut hat, nachdem er es jahrelang angekündigt hatte.

Wir ducken uns unter seiner Wäscheleine durch und gehen zu dem sechzig Zentimeter hohen Backsteinbecken.

»So, jetzt haben wir über mein Liebesleben gesprochen«, sagt er, während er auf die Polyethylen-Auskleidung deutet, die angeblich weniger leicht undicht wird als eine Kombination aus Backsteinen und Versiegelungsmittel. »Was ist mit deinem?«

Ich zittere in der Kälte. »Wie viele Fische hast du da drin?«

»Vier. Zwei Koi und zwei Goldfische. Wie geht's Melissa?«

»Ich dachte, Koi fressen Goldfische?«

»Sie fressen nur Babygoldfische, aber Torvill und Dean können auf sich aufpassen.«

»Torvill und Dean?«

»Sie tanzen, Alex, genau wie diese Eiskunstläufer. Das muss man gesehen haben, wie sie zusammen durchs Wasser gleiten. Das ist echt was Besonderes.«

Ich sehe ihn voller Zuneigung an. Vielleicht war ich bisher zu hart mit ihm. Ich schätze, er ist wie ein Paar Schuhe, die sich ausgelatscht haben, weil ich sie jeden Tag getragen habe. Ich musste sie eine Weile weglegen, um zu merken, dass sie eigentlich ziemlich bequem sind. Oder vielleicht ist es Dianes Einfluss. Wie auch immer, sein Leben ist vorangeschritten, seit ich aus Mothston weggezogen bin, während meins eher rückwärtsgelaufen ist.

»Hör auf, mich so anzuschauen, und beantworte endlich meine Frage.«

»Ich hab schon über eine Woche nicht mehr mit Melissa gesprochen.« Ich spüre einen Regentropfen auf der Stirn. »Lass uns reingehen.«

Kev bewegt sich nicht. »Wieso sprecht ihr nicht mehr miteinander?«

Ich zögere. Kev wartet. »Sie glaubt, dass ich Gefühle für Holly habe.«

»Und stimmt das?«

»Wieso sehe ich die Fische nicht?«

»Sie verstecken sich. Sie stehen nicht auf die Spice Girls. Jetzt beantworte meine Frage.«

Wir setzen uns auf den Rand des Beckens, und da ich Kev nicht länger abwimmeln kann, sprudelt alles aus mir heraus. Er sagt eine Ewigkeit nichts, stützt nur das Kinn auf seine Faust.

»Hast du sie nicht, na ja, gebeten, nicht zu gehen?«

Als ich ihm keine Antwort gebe, streckt Kev in theatralischer Verzweiflung die Arme in die Luft. »Du bist echt ein Vollidiot, weißt du das?«

»Du hast keine Ahnung, wie es ist, Kev.«

»Ich weiß, dass Holly was von dir will.«

Ich stehe auf und kratze mich frustriert im Nacken. »Du weißt, dass sie was von mir will?«

»Sie hat es mir gesagt.«

Darüber kann ich nur lachen. »Und wann genau soll sie dir das gesagt haben?«

»Im Pub, als ich bei dir in London war. Sie hat mir gesagt, dass sie auf Melissa eifersüchtig ist.«

Ich drehe mich von ihm weg.

»Du redest nur Scheiße, Mann.«

»Ich hab's mit eigenen Augen gesehen, Alex. Ich hab es in ihrem Gesicht gesehen. Ich sag's dir, Holly hat Gefühle für dich.«

»Wieso ist sie dann zu mir gekommen, um mir zu sagen, dass sie auf Reisen geht?«

»Hast du mal die Möglichkeit in Betracht gezogen, dass sie vielleicht wollte, dass du ihr einen Grund gibst, nicht zu fahren?«

Ich schaue in die Tiefen des Fischteichs.

»Wieso sind da so viele Pflanzen drin?«

»Sie bilden ein Schattendach auf dem Wasser und sorgen dafür, dass die Algen nicht außer Kontrolle geraten. Und sie nehmen Giftstoffe auf, damit Torvill und Dean und Reggie und Ronnie nicht ersticken.«

Kev sieht mir, ohne zu blinzeln, weiter in die Augen.

»Als ob ich ihr einen Korb geben würde.«

Kev antwortet mit einem Achselzucken. *Bitte, wenn du meinst,* soll es heißen.

»Sie weiß, wie es aussieht«, widerspreche ich. »Sie weiß, dass ich sie liebe. Das ist mehr als offensichtlich.«

Kev sagt immer noch nichts, sondern richtet seine Aufmerksamkeit nach hinten zum Küchenfenster, durch das man Diane sieht, die eine überschäumende Bierdose in der Hand hält. Das Bier muss überall hingespritzt haben, denn alle in der Küche lachen und schreien.

»Es ist genau wie vor dem Studium. Holly kommt zu mir, um mir zu sagen, dass wir uns eine Ewigkeit nicht wiedersehen werden, haut ab und vergisst dann völlig, dass meine Wenigkeit existiert.«

Kevs Gesicht dreht sich ruckartig zu meinem. »Die Dinge sind nicht immer, wie sie scheinen, Kumpel.«

»Was soll das denn heißen?«

Er blickt in den Teich, deutet mit dem Zeigefinger auf etwas, und sein Arm folgt der Bewegung, von was auch immer ich da sehen soll. Ich bemerke nichts als eine leichte Kräuselung der Wasseroberfläche.

»Es ist wie mit ›New York, New York‹. Manchmal kommt es im Radio, und ich lächle, aber bevor Sinatra einsetzt, merke ich, dass es gar nicht ›New York, New York‹ ist, sondern die Titelmelodie von dieser Sitcom, *Steptoe and Son.*«

Ich lege die Hände auf meine Augen, ziehe erschöpft die Finger über mein Gesicht nach unten und spanne meine Haut, sodass ich aussehen muss wie ein trauriger Clown.

»Ich meine nur, sie ist dich besuchen gekommen, bevor sie zur Uni ging, und ihr habt über was auch immer geredet, aber ich bin nicht sicher, ob deine Erinnerung an den Tag mit Hollys übereinstimmen würde.«

Langsam nervt es mich, und ich habe Mühe, meinen Ärger zu verbergen. Was zur Hölle weiß er darüber, was damals passiert ist? In dem Raum war niemand außer Holly und mir.

»Ich glaube, du hältst jetzt besser die Klappe, Kev. Du redest von Dingen, von denen du nichts verstehst.«

»Nein, Kumpel, du hörst jetzt zur Abwechslung mal zu, denn ich weiß mehr, als du denkst, und ich hab nie was gesagt, weil ich es Holly versprochen hatte, aber da eindeutig keiner von euch beiden je ehrlich zum anderen sein wird, denke ich, es ist an der Zeit ...«

SECHSUNDDREISSIGSTES KAPITEL HOLLY

September 1999

Ich sitze zitternd auf dem Beifahrersitz, während Kev mit den Fingern aufs Lenkrad trommelt. Irgendwann klappe ich die Sonnenblende herunter, um in den Spiegel zu schauen. Die Tränen haben dunkle Spuren im Puder auf meinen Wangen hinterlassen, und ich habe hässliche schwarze Mascaraflecken um die Augen. Wilde, schweißnasse Haarsträhnen kleben mir auf der Stirn, und ich merke, dass die rechte Seite meines Kragens höher steht als die linke. Ich ziehe an den unteren Säumen meiner Bluse. Die linke Seite ist länger. Ich habe die Knöpfe falsch wieder zugemacht.

Ich hole ein Haargummi aus meiner Handtasche, fasse mein Haar oben auf meinem Kopf unordentlich zusammen und ziehe es fest.

Kev blickt zu mir, greift dann über mich und öffnet das Handschuhfach, um eine Schachtel Taschentücher herauszuholen, die er mir sanft in den Schoß wirft.

»Also«, sagt er, nachdem ich mir das Gesicht abgewischt habe, »erzählst du mir jetzt, was los ist?«

Vor ein paar Stunden war ich noch viel betrunkener und viel glücklicher.

»Ich liebe diesen Song«, quiekte Ellie, als die Bässe von »A Little Bit of Luck« aus dem Haus in den Garten drangen. Sie nahm mich an den Händen und zog mich singend hoch, wobei sie meinen Plastikbecher mit Turbo Shandy ins Gras kippte.

Mehrere andere schlossen sich uns an und tanzten mit, und

nachdem ich drei Minuten lang zugesehen hatte, wie die Jungs ihre besten Moves vorführten, fiel ich vor Lachen wieder auf den Boden.

»Ach, geh nicht an die Uni«, bettelte Ellie zum hundertsten Mal, während sie sich neben mich setzte. »Ich werd dich vermissen.«

»Ich werd dich auch vermissen«, sagte ich und lächelte ihr betrunken zu. Ihre Mum und ihr Stiefvater waren bei Freunden in Sheffield zu Besuch, also hatte Ellie angeboten, eine Party zum Sommerende zu machen, bevor alle entweder anfingen zu arbeiten oder zur Uni gingen. »Aber du kannst mich in London besuchen. Und ich werde ganz oft nach Mothston zurückkommen, um dich und Dean und alle anderen zu sehen.«

»Und hast du mit Dean dann eine Fernbeziehung, oder was?«, fragte sie.

»Keine Ahnung.« Es stimmte – ich wusste es nicht. Wer konnte schon ahnen, was wir beide fühlen würden, wenn wir einmal getrennt wären? Aber es bringt nichts, sich darüber den Kopf zu zerbrechen, dachte ich mir. Es kommt, wie es kommt. »Wir schauen einfach, was passiert.«

»Aber überlegst du immer noch, es mit ihm zu machen, bevor du wegfährst?«

»Ja«, ich kicherte schüchtern.

»Wird auch Zeit – du bist ja echt schon *ewig* Jungfrau.«

Ellie hat mit vier Jungen geschlafen, seit sie vor einem Jahr ihre Jungfräulichkeit verloren hat. Keiner davon war ihr Freund.

»Wenn man vom Teufel spricht ... *Dean!* Komm her!«

Dean war in den Garten gekommen und schlenderte auf Ellies Kommando zu uns herüber.

»Na, dann lass ich euch zwei Turteltäubchen mal allein«, sagte sie und sprang auf. »Ach, und verzieht euch ruhig ins Gästezimmer, wenn ihr ein bisschen Privatsphäre braucht.«

Sie zwinkerte mega indiskret, womit sie mich zum Erröten und Dean zum Lachen brachte, und lief ins Haus.

»Holly?« In Kevs Gesicht mischen sich Sorge und Ungeduld, und ich merke, dass ich schon eine Ewigkeit hier sitze und einfach nur aus dem Fenster starre. Also lehne ich den Kopf an die Scheibe und fange an zu reden.

Im Schlafzimmer haben wir uns eine Ewigkeit geküsst. Sein Atem roch nach Zigaretten und Bier, und ich ekelte mich. Ich wartete die ganze Zeit auf ein Gefühl – irgendeine Art Verlangen, das mich dazu bringen würde, mehr zu wollen, als ihn nur zu küssen. Aber es kam nicht. Ich war nervös und müde. Und dann wurde es mir schlagartig klar. Ich wollte das hier nicht.

»Dean?«

»Gott, bist du schön«, murmelte er an meinem Hals.

»Meinst du, wir können auch einfach nur kuscheln oder so?«

»Klar«, hauchte er, zog mich dichter an sich und hielt mich fest. Dann begannen seine Hände über meinen Körper zu wandern.

»Dean, warte.«

»Holly, vertrau mir«, flüsterte er mir ins Ohr. »Wenn du aufhören willst, sag einfach Stopp.«

Er legte seinen Mund auf meinen. Ich bekam keine Luft mehr.

»Dean, ich ...«

»Entspann dich einfach«, sagte er, während er anfing, ungeschickt meine schwarze Seidenbluse aufzuknöpfen. Ich legte meine Hand auf seine, um ihn aufzuhalten, aber er schob meinen Arm über meinen Kopf, hielt ihn dort fest und machte mit der anderen Hand weiter, wobei er so heftig am letzten Knopf zerrte, dass der absprang und auf dem Fußboden landete.

»Ups«, er lachte atemlos. Dann begann er, abwechselnd meine Brüste zu kneten. Ich versuchte, es zu genießen – es hatte mir ganz gut gefallen, wenn seine Hände manchmal unter meinen BH gerutscht waren, wenn wir uns sonst geküsst hatten –, aber das hier war anders. Es fühlte sich komisch an. Es führte dazu, dass mein Magen sich zusammenzog und eine Welle von Übelkeit in mir aufstieg, die nichts damit zu tun hatte, wie viel ich getrunken hatte.

»Dean«, flüsterte ich wieder. Ich konnte Stimmen auf dem Treppenabsatz draußen vor dem Zimmer hören. Einer der Jungs erklärte die Regeln für ein Trinkspiel. Ich wollte nicht, dass irgendjemand mitbekam, was wir machten. »Ich glaube, ich kann wirklich nicht …«

»Pssst«, hauchte er, während er den Kopf in meine Brust drückte. »Du bist so sexy, Holly.« Seine Hand war jetzt unter meinem Jeansrock und auf meinem Höschen, und er zog es hinunter bis zur Hälfte meiner Schenkel. »Es wird dir gefallen, wenn du dich entspannst.«

Seine Hand rutschte wieder nach oben, und seine Finger betasteten mich. Ich versuchte, mich zu entspannen. Ich fühlte mich schuldig. Ich hatte Dean glauben lassen, ich wäre bereit. Ich war mit ihm ins Schlafzimmer gekommen und hatte ihm erlaubt, mich zu küssen und zu berühren. Aber seine Berührungen waren ungeschickt und gaben mir überhaupt kein gutes Gefühl.

»Dean, vielleicht sollten wir aufhören – es fühlt sich nicht richtig an«, zischte ich, während ein Mädchen auf dem Treppenabsatz jammerte: »Ich kapier's *immer* noch nicht«, woraufhin vier oder fünf Leute lachten und der Junge anfing, die Regeln erneut zu erklären.

»Psst«, wiederholte Dean. »Sei nicht kindisch, Holly.«

Hatte er recht? War ich kindisch? Vielleicht musste es sich beim ersten Mal so anfühlen.

Aber als ich ihn seinen Reißverschluss öffnen hörte, wurde mein Körper starr vor Angst.

»Dean, ich will das nicht.« Ich drückte die Handflächen gegen seine Brust und stieß ihn sanft weg. »Können wir bitte aufhören?«

Was dann folgte, nahm ich nur undeutlich wahr. Eine kurze Erleichterung, als seine Hand sich zurückzog, ein Sprechchor, der vor der Tür »Schluck, schluck, schluck« skandierte, der Ärger, der meiner Angst wich, ein stechender Schmerz. Ich ließ meinen Körper taub werden und gab den Versuch auf, Dean wegzustoßen.

Ich erzähle Kev nicht alles. Nur eine Zusammenfassung. Und als ich fertig bin, drehe ich mich zu ihm und sehe ihn zum ersten Mal an. Seine Augen sind so groß wie Untertassen, und er macht den Mund auf, als wollte er etwas sagen, aber es kommen keine Worte. Ich weiß nicht, wieso ich es ihm erzählt habe. Kev und ich standen uns nie besonders nahe, und ich habe ihm vorher nie irgendwas anvertraut. Aber ich musste es jemandem erzählen, und von dem Augenblick an, als ich in sein Auto stieg, hatte ich das Gefühl, wenn Alex Kev vertraute, dann konnte ich das auch.

Kev dreht sich von mir weg und starrt nun geradeaus durch die Windschutzscheibe. Er umklammert sein Lenkrad, als würde er fahren, obwohl der Motor aus ist.

»Shit, Holly. Du meinst, er …«

»Nein, nein. Ich meine – keine Ahnung.« Ich seufze und reibe mir über die Schläfen.

»Soll ich die Polizei rufen?«

»Gott, nein. Ich wüsste gar nicht, was ich sagen soll und wie ich es richtig erklären soll.«

»Soll ich reingehen und ihn verprügeln, bis er nicht mehr laufen kann?«

Zum ersten Mal lächle ich ansatzweise. »Nein danke.«

»Bist du *sicher,* dass ich ihm nicht die Fresse polieren soll?«

Ich nicke. Dann lege ich das Gesicht in meine Hände und schluchze. Kev lässt mich weinen und streckt den Arm aus, um mir von seinem Sitz aus schüchtern die Schulter zu tätscheln, kommt aber nicht näher.

»Oh Kev, ich bin so bescheuert. Wieso war ich überhaupt hier? Ich bin Dean scheißegal. Ich bin denen allen scheißegal.«

»Wenn du jetzt erwartest, dass ich dir widerspreche und behaupte, dass deine Freunde nicht alle ein Haufen Vollidioten sind«, sagt Kev nach einer Pause, »dann vergiss es.«

»Tue ich nicht.« Ich seufze. »Und sie sind auch nicht meine Freunde. Nicht mehr.«

»Hey, wer auch immer da drinnen kotzt, ich hoffe, es landet alles im Klo«, rief Ellie und schlug kräftig gegen die Tür.

Ich wischte mir den Mund ab und stand auf, um die Tür aufzumachen, schloss sie aber sofort wieder ab, sobald Ellie hereingekommen war.

»Ach, du bist's. Heilige Scheiße, Hols – du siehst schlimm aus.«

Ich wollte gerade antworten, als mich eine neue Welle der Übelkeit überkam. Ich beugte mich wieder heftig würgend übers Klo, bis nichts mehr in mir übrig war und ich nur noch Galle in die Schüssel spuckte.

»Passt gar nicht zu dir, dass du kotzt«, lachte Ellie und hielt mir das Haar nach hinten. »Das ist ja eigentlich eher mein Ding.«

Als ich sicher war, dass es nichts mehr gab, was noch hochkommen könnte, klappte ich den Klodeckel runter, setzte mich drauf und stützte den Kopf in die Hände.

Ellie öffnete ein Make-up-Täschchen und fing an, sich am Spiegel über dem Waschbecken Bräunungspuder aufzutragen.

»Aaaalso«, sie grinste. »Hast du's jetzt endlich mit Dean gemacht, oder was?«

Ich schaute zu ihr hoch und versuchte, irgendwelche Worte zu finden. Normalerweise hätte ich sie darauf hingewiesen, dass sie viel zu viel Puder auftrug und gerade vor meinen Augen die ethnische Zugehörigkeit wechselte, aber in dem Moment schien mir das ein bisschen irrelevant.

»Mehr oder weniger«, flüsterte ich.

»Mehr oder weniger?«, sie lachte gackernd, während sie den Puder wieder in das Täschchen warf und einen Lippenstift herausnahm. »Entweder, ihr habt's gemacht, oder ihr habt's nicht gemacht. Urgh, du hast aber nicht auf ihn gekotzt, oder?«

Ich schüttelte den Kopf.

»Hat er ihn ganz reingesteckt?«

»Ja, hat er. Das hab ich nicht gemeint mit ›mehr oder weniger‹.« Ich holte tief Luft. »Ich *wollte* es nicht.«

»Oh doch, du wolltest es, ich hab euch zusammen ins Zimmer gehen sehen.«

»Ich weiß, aber ich hab ihm gesagt, dass ich nicht bereit bin. Ellie, ich ... ich hab nein gesagt. Ich hab ihm gesagt, er soll aufhören.«

Ich sah sie im Spiegel an, um ihre Reaktion zu beobachten. Ihre Hand erstarrte für den Bruchteil einer Sekunde an ihrem Mund, aber dann fuhr sie sich weiter mit ihrem blassrosa Lippenstift über die Lippen.

»Hast du gehört? Er ...«

»Ich verstehe nicht ganz, was dein Problem ist«, sagte sie, während sie sich zu mir umdrehte und den Deckel wieder auf den Lippenstift steckte.

»Wie meinst du das?«

»Also, du hast mit deinem Freund geschlafen. Na und? Beim ersten Mal tut es ein bisschen weh. Aber danach wird es besser. Glaub mir, ich hab's schon viermal gemacht.«

»Aber ich wollte es nicht.«

»Was soll das heißen? Willst du jetzt behaupten, er hätte dich vergewaltigt?«

»Ich weiß nicht.«

»Holly, Dean Jones ist *heiß.* Er könnte hier jede haben. Er hat es nicht nötig, jemanden zu vergewaltigen. Wenn du bereust, dass du's mit ihm gemacht hast, dann finde dich damit ab. Irgendwann musstest du ja entjungfert werden.«

»Ellie!«

»Was denn? Ich weiß nicht, was du von mir hören willst.« Sie klang genervt. »Du bist einfach nur hacke.«

Sie machte auf dem Absatz kehrt, um zu gehen.

»Oh, und pass auf, dass du nicht auf den Teppich kotzt, ja?«, sagte sie im Hinausgehen. »Meine Mum bringt mich um.«

»Alex ist mein einziger echter Freund, weißt du«, sage ich zu Kev.

»Tja, der Kerl würde alles für dich tun.«

»Ich weiß. Und deshalb muss ich mit ihm reden. Ich muss ihm sagen, was ich fühle.«

»Was meinst du damit?«

Ich verließ das Bad und torkelte nach unten, ignorierte alle und ging aus dem Haus hinaus, ohne mich von irgendjemandem zu verabschieden.

Ich musste nach Hause. Mein automatisches Notfallprogramm sorgte dafür, dass ich Alex' Nummer in das Handy eintippte, das Dad vor einer Woche für Mum gekauft und das Mum mir gegeben hatte, wobei sie eingeschnappt erklärte, dass sie ja sowieso nie irgendwo hingehe. Der Gedanke, Alex zu sehen, war wie ein unerwarteter Lichtblick in einem riesigen Sumpf von Scheiße.

Ich wünschte mir so sehr, er wäre da, dass es schon wehtat. Auf einmal sah ich alles ganz klar:

Er passt auf mich auf. Bringt mich zum Lachen. Kümmert sich darum, dass ich in Sicherheit bin und glücklich bin. Das liebe ich an ihm.

Ich liebe Alex.

Ich liebe ihn so sehr, dass ich davon Bauchschmerzen kriege.

Wieso sag ich es ihm nicht einfach, anstatt mit diesen Losern abzuhängen? Vor dem Rest der Schule tun sie so, als wären wir eine große Clique und die besten Freunde, aber sie ziehen alle heimlich übereinander her und spannen sich gegenseitig die Typen aus.

Alex ist der Einzige, dem ich vertraue, und der Einzige, der mir etwas bedeutet, und ich muss ihn jetzt sehen.

Ich rief an. Keine Antwort. Komm schon, Al, geh ran, betete ich still. Ich ließ es ewig klingeln, dann versuchte ich es noch mal.

Immer noch keine Antwort.

Vor Verzweiflung stiegen mir Tränen in die Augen. Er war noch nie nicht rangegangen. Er hatte mir einmal gesagt, dass er das Telefon direkt neben sein Ohr legte, wenn er wusste, dass ich ausging, damit er es im Schlaf definitiv hören würde.

Kev! Ich dachte mir, er müsse mit ihm unterwegs sein, und Kev hatte Gott sei Dank kürzlich auch ein Handy bekommen. Ich blätterte durch die gespeicherten Nummern und drückte auf »anrufen«.

»Hallo?«, nuschelte er schläfrig.

»Hi, hier ist Holly.«

»Holly?« Seine Überraschung darüber, dass ich ihn anrief, war deutlich zu hören. »Was ist los?«

»Ist Alex bei dir?«

»Aha«, sagte er fast froh. »Nope, leider nicht.«

»Oh Shit.« Meine Stimme brach. »Ich brauch ihn jetzt unbedingt, Kev.«

»Was ist los? Bist du besoffen?«

»Nein, das ist es nicht«, schluchzte ich ins Telefon. »Es ist was passiert, und ich ... ich brauch jetzt einfach unbedingt Alex.«

»Gott, Holly. Wo bist du?«

»Ich bin gerade von Ellie weggegangen – ich bin an der Ecke bei ihrer Straße. Aber ich kann nicht wieder rein und ... Ich brauche einfach Alex.«

»Okay, bleib, wo du bist, ich komm dich abholen. Ich weiß, wo Ellie wohnt – ich kann in weniger als zehn Minuten da sein.«

»Ich muss ihm sagen, was ich fühle«, wiederhole ich.

»Du bist besoffen.« Kev schüttelt den Kopf. »Und du bist durcheinander nach dem, was heute Nacht passiert ist.«

»Bin ich nicht – ich hab jeden Tropfen, den ich getrunken habe, wieder ausgekotzt, und mein Kopf war noch nie klarer. Es gibt niemanden, mit dem ich lieber Zeit verbringe als mit Alex, oder auf den ich mich so freue wie auf ihn, oder mit dem ich lieber rede. Und ich empfinde schon ewig so.«

»Wieso bist du dann mit Dean zusammen?«

Der Klang seines Namens lässt mich zusammenzucken.

Die Wahrheit ist, dass er mir das Gefühl gab, etwas Besonderes zu sein. Es ist, wie Ellie sagt: Er könnte jede haben, und er hat mich gewählt. Ich war geschmeichelt.

»Ich fand ihn cool«, flüstere ich heiser, zucke die Achseln und schäme mich.

Kev schüttelt den Kopf und schaut zum Fenster hinaus.

»Bitte sag Alex nichts davon«, flehe ich. »Ich muss es ihm auf meine Weise sagen. Und Kev? Bitte versprich mir, dass du Alex nie von diesem Gespräch erzählst.«

»Wieso lässt du nicht mich es ihm sagen?«, fragt er, während er sich wieder zurück zu mir dreht. »Dann ist es für alle weniger peinlich. Wenn er dich dann anrufen und dir sagen will, dass er deine Gefühle erwidert, kann er das machen, aber wenn nicht …«

Kev beendet seinen Satz nicht, aber seine ungesagten Worte hängen in der Luft. Weiß er, dass Alex kein Interesse hat? Ist das der Grund, weshalb er will, dass ich mich nicht blamiere?

»Danke, Kev«, sage ich entschlossener, als ich mich fühle. »Aber ich glaube wirklich, dass ich es ihm selbst sagen muss.«

»Wie du meinst«, antwortet er mürrisch und startet den Motor. »Aber versuch nicht noch mal, ihn heute Nacht anzurufen, denn wenn er deine Gefühle wirklich erwidert, brichst du dem armen Schwein bloß das Herz, wenn du dann morgen aufwachst und dir einfällt, dass du doch nur mit ihm befreundet sein willst.«

»Okay«, sage ich, während ich mich auf dem Sitz zurücklehne und erschöpft die Augenlider zufallen lasse. »Ich versprech's dir. Aber ich werd meine Meinung nicht ändern.«

»Das werden wir sehen.« Er presst zweifelnd die Lippen aufeinander. »Also, dann bring ich dich jetzt nach Hause.«

Als ich am Morgen danach aufwache, fühle ich mich anders.

Allerdings nicht die Art von anders, die ich erwartet hatte. Nicht die glücklich-mit-federnden-Schritten-die-Welt-mit-anderen-Augensehende Art von anders.

Aber ich weiß, was ich zu tun habe.

SIEBENUNDDREISSIGSTES KAPITEL ALEX

September 2010

Ich warte am Bahnhof in Mothston auf meinen Zug. Das Café hat noch nicht geöffnet, und die Rollläden am Ticket-Kiosk sind unten. Etwa zehn Minuten lang bin ich ganz allein mit dem, was Kev mir letzte Nacht erzählt hat.

Zuerst war ich wütend. Wie konnte er so etwas all die Jahre vor mir geheim halten? Doch später, als ich auf seinem Sofa vergeblich versuchte, Schlaf zu finden, wurde mir klar, dass er sich einfach nur Holly gegenüber korrekt verhalten hat. Der wahre Vollidiot war ich, weil ich nicht für sie da gewesen war, als sie mich am meisten brauchte. Ich und Dean Jones, dieser Arsch. Rasende Wut steigt in mir auf beim Gedanken daran, was er getan hat. Kein Wunder, dass sie nie nach Mothston zurückgekommen ist; kein Wunder, dass die erwachsene Holly, die ich kennenlernte, nicht so sorglos war wie die, die ich aus der Schule kannte.

Nachdem ich etwa zehn Minuten allein gewartet habe, vollführt eine übergewichtige Taube eine ungraziöse Landung auf dem Beton, und eine Erinnerung, die schon verblasst war, wird in meinem Kopf wieder lebendig: wie ich vor ein paar Monaten genau hier am Bahnhof auf mein erstes und einziges Date mit Fiona, der Vegetarierin, wartete.

Als mir wieder einfällt, was ich damals entdeckte, gehe ich am Gleis entlang in den Eingangsbereich. Ich weiß nicht warum, aber es interessiert mich. Sobald ich drin bin, schaue ich hoch zu dem Glasdach und dem Fäkaluniversum, das ich vor neun Monaten zum ersten Mal bemerkte, aber es ist nicht mehr da. Das Dach wurde gereinigt. Ich stehe da, blicke durch das Glas in den klaren Morgenhimmel und dann denke ich an den Tag, als Holly mich besuchte, bevor sie zur Uni ging, und daran, wie ich unsere Chance verspielte, ein Paar zu werden.

In York steige ich in einen Zug nach King's Cross um und suche mir einen Platz, wo ich allein bin. Die Müdigkeit holt mich ein, als der Zug anfängt, durchs Land zu rollen, und nach einem Halt in Doncaster gehe ich auf die Toilette und spritze mir Wasser ins Gesicht, bevor ich meine triefende Haut im Spiegel betrachte. Wie anders wäre mein Leben verlaufen, wenn ich damals gewusst hätte, was Holly fühlte? Wenn ich Kevs Rat nicht befolgt hätte, »mich rar zu machen«, und das Telefon nicht ignoriert hätte, als es in jener Nacht klingelte? Wären Holly und ich dann wie Rothers und Meggie, immer noch ekelerregend glücklich? Gäbe es dann schon eine Reihe kleiner Alexe und Hollys?

Aber das spielt jetzt keine Rolle. All das liegt in der Vergangenheit, und heute geht es um meine Zukunft. Unsere Zukunft.

Erst wird sie sich natürlich wundern. Aber mein Gesichtsausdruck wird ihr sagen, warum ich da bin. Und wenn nicht, dann sage ich es ihr direkt: *Holly Gordon, ich liebe dich.* Wir werden einander in die Arme fallen, direkt auf ihrer Türschwelle, und dann werden wir reingehen und reden, und ich werde mich für alles entschuldigen: dafür, dass ich versucht habe, sie auf Jane eifersüchtig zu machen, als sie kam, um mir ihre Gefühle zu gestehen, dafür, dass ich ihr nicht zugehört habe, als ich ihr hätte zuhören müssen, und dafür, dass ich vor einer Woche genau die gleichen Fehler noch mal gemacht habe. Ich lege mir im Kopf eine Rede zurecht, feile daran herum, streiche sie und fange immer wieder von vorne an, während die verschwommenen Grün- und Brauntöne der Landschaft an meinem Fenster vorbeiziehen.

Ich bin nicht sicher, wie viel Zeit vergangen ist, als eine Hand auf meiner Schulter mich aufschrecken lässt. Ich öffne die Augen und merke, dass ich eingeschlafen war.

Der Zug steht, und der einzige Mensch, der sich außer mir noch in meinem Wagen befindet, ist ein spindeldürrer Mann in einer blauen Uniform. Ich schaue auf sein Namensschild und sehe, dass er Michael heißt und der Zugchef ist.

»Endstation«, sagt Michael, wobei er den Kopf schief legt und zum Fenster hinaus auf den Bahnsteig schaut.

Ich entschuldige mich und hole meine Tasche. Während ich durch King's Cross gehe, reibe ich mir den Schlaf aus den Augen. Obwohl es immer noch relativ früh ist, sind hier in London an einem Samstagmorgen schon so viele Leute unterwegs, und niemand von ihnen weiß, wer ich bin oder was ich gleich tun werde. Als ich in der Northern Line Platz nehme, sehnt ein Teil von mir sich danach, dass jemand mit mir Blickkontakt aufnehmen und ein Gespräch anfangen würde, damit ich alles loswerden kann. Aber natürlich macht das niemand. Dies ist nicht Mothston. Hier unten läuft es anders.

Für das letzte Stück nach Blackheath muss ich noch einmal umsteigen. Dort angekommen, gehe ich die Hauptstraße entlang. Es ist eine nette Gegend – ein kleines Dorf innerhalb von London mit einem riesigen Park in der Mitte, dank dem es sich nicht so eng anfühlt wie in den meisten anderen Stadtteilen. Ich kann verstehen, warum Holly gern hier wohnt.

Als ich auf dem Bürgersteig einen Eimer mit Sonnenblumen im Angebot sehe, folge ich meinem Instinkt und reiche dem Mann im Laden einen Zehner, bevor ich weitergehe. Ich habe Herzklopfen. Ich hole tief Luft und vergegenwärtige mir noch einmal, was Kev gestern Abend gesagt hat. Holly liebt mich. Schon immer. Es macht mich kein bisschen weniger nervös.

Die Tage, die alles verändern, gehen meistens an einem vorbei. Man merkt erst im Nachhinein, dass sie alles verändert haben. Wie jener Tag, als Dad im Lion verkündete, dass er sich ein Boot kaufen wolle, oder als Holly zu mir kam, bevor sie an die Uni ging. Aber jetzt gerade, während ich diesen Tag erlebe, weiß ich, dass er mein Leben für immer verändern wird.

Ich warte, bis ein Taxi vorbeifährt, und überquere die Straße, dann biege ich ab in die Montpellier Row. Hollys Straße. Zu meiner Rechten steht ein Hotel, an dessen Schild ein paar Buchstaben fehlen. Das Clarend n Ho el. In gewisser Weise ist es das. Ich bin gekommen, um meine fehlenden Buchstaben zu finden.

Meine Hände zittern, als ich den Bürgersteig verlasse und den kleinen Weg betrete, der zu Hollys Wohnung führt. Ich halte eine Sekunde inne, hole noch einmal tief Luft und lege den Finger auf die Türklingel. Jetzt gibt es kein Zurück mehr.

Die Wärme der Vormittagssonne auf meinem Rücken erinnert mich daran, dass der Winter noch ein, zwei Monate entfernt ist. Obwohl es wärmer ist als gestern, klappern mir die Zähne, und aus meinem Kopf sind jegliche zusammenhängenden Gedanken verschwunden. Plötzlich kann ich mich an all die Sätze nicht mehr erinnern, die ich mir auf der Reise zurechtgelegt habe, und obwohl mein Herz klopft und meine Hände zittern und meine Zähne klappern und mein Körper von Schweiß überströmt ist, spielt es keine Rolle. Ich weiß, dass alles gut wird.

Ich höre Schritte und eine Hand auf der Tür. Ich nehme die Sonnenblumen und halte sie vor mich hin, um sie zu überreichen, falls mir keine Worte einfallen. Ich glaube nicht, dass ich jemals in meinem Leben so aufgeregt war, obwohl es doch Holly ist. Die liebe, freundliche, schöne, freigeistige …

Die Tür geht auf. Es ist nicht Holly.

Vor mir steht ein Mann in Pullunder und Hemd. Er wirkt ebenso verwirrt wie ich. Wir starren einander ein paar Sekunden an.

»Alex …«

»Mr Gordon …«

Ich merke, dass Mr Gordon mir, schon seit er die Tür geöffnet hat, die Hand entgegenstreckt, damit ich sie schüttle. Ich begrüße ihn mit einem leblosen Handschlag und spähe an ihm vorbei nach einer Spur von Holly.

»Schön, dich zu sehen, Alex, aber wenn du wegen Holly hier bist, dann fürchte ich, du hast sie gerade verpasst.« Mrs Gordon kommt auch an die Tür, ihre Wimperntusche ist verschmiert. Mr Gordon legt ihr tröstend einen Arm um die Schultern. »Sie ist vor ein paar Minuten in einem Taxi weggefahren«, sagt er. »Wir fahren auch gleich, sobald wir Harold in ihre Box verfrachtet haben.«

Mein Hirn hat Mühe, die Situation zu verarbeiten, und mir fällt nichts anderes ein als: »Wohin bringen Sie Harold?«

Mrs Gordon entfährt ein heftiger Schluchzer, und sie drückt das Gesicht an die Schulter ihres Mannes.

»Hat Holly dir nicht gesagt, dass sie verreist?«, fragt Mr Gordon.

An Stelle der Aufregung und Nervosität, die ich gespürt habe, seit ich letzte Nacht erfuhr, dass Holly mich liebte, fühle ich plötzlich blanke Panik. Ich war überhaupt nicht auf die Idee gekommen, dass sie so bald aufbrechen könnte.

»Welcher Flughafen?«, frage ich, während ich von der Türschwelle zurückweiche.

Ich weiß nicht sicher, ob ich Mr Gordon für seine Hilfe gedankt habe. Ich bin wieder in der Montpellier Row und halte Ausschau nach einem Taxi, das mich nach Heathrow bringt, und als nach ein paar Minuten eins anhält und ich mich auf die Rückbank setze, schicke ich ein stilles Danke in den Himmel.

»Welcher Terminal, Chef?«

Der Fahrer dreht die Laustärke des Radios herunter, bis es nur noch leise vor sich hin dudelt, startet das Taxameter und fängt an, im ersten Gang zu beschleunigen. Nach ein paar Sekunden schaut er in den Rückspiegel in Erwartung einer Antwort. Ich muss grinsen. Die Situation, die Tatsache, dass mein Leben sich in eine romantische Komödie verwandelt, ist einfach zu absurd.

»Das finde ich unterwegs noch raus.«

Mir wird bewusst, was das bedeutet: Ich werde Holly anrufen müssen, um sie zu fragen, von welchem Terminal sie abfliegt, und obwohl das mehr komisch als romantisch ist, ist es okay. Ich kann ihr sagen, dass ich zum Flughafen komme und dass ich ihr alles erkläre, wenn ich dort bin.

Ich greife nach meinem Handy, wobei meine Hand immer noch zittert, und zwinge mich, es zu tun. Ich wähle mit dem Daumen ihren Namen, und die Stille in der Leitung, während die Satelliten und Funkmasten ihre Arbeit verrichten, scheint einen Monat zu dauern. Der Fahrer wechselt den Gang, und der Motor läuft nun leiser. Mein Herz pocht. Endlich wird der Anruf durchgestellt.

Dieser Anschluss ist zurzeit nicht erreichbar, bitte rufen Sie später wieder an.

Ich beende den Anruf und beschließe, es noch mal zu versuchen, wenn wir näher am Flughafen sind. Es bleibt noch jede Menge Zeit.

Die Augen des Fahrers wandern zwischen dem Spiegel und der Straße hin und her.

»Fährst du in Urlaub?«, fragt er, und ich bin dankbar für die Ablenkung von der Aufregung und Nervosität, die zurückgekehrt sind.

»Eigentlich treffe ich mich nur mit jemandem«, antworte ich, während ich das Handy wieder in die Tasche stecke.

»Mit deiner Ollen, was?«

Ich lächle bei dem Gedanken. »Noch nicht, aber ich bin optimistisch.«

Wir fahren auf eine Brücke über die schiefergrauen Fluten der Themse. Rechts sieht man den Palace of Westminster. Am Ende der Brücke biegen wir links ab nach South Kensington.

»Und«, fragt der Fahrer weiter, »ist das Mädchen die Mühe wert?«

Ich denke wieder an die vergangenen fünf Monate, daran, wie unsere Hände sich im Pub berührt haben, wie Holly im Park gesungen hat, wie ihr Fuß über das Sofa gerutscht ist. Aber ich bekomme keine Gelegenheit zu antworten.

»Meine Exfrau war's nicht«, sagt er, bevor er mit der Zunge nach einem Essensrest zwischen seinen Schneidezähnen stochert. »Einmal hab ich ein Männer-Aftershave an ihr gerochen, und weißt du, was sie gesagt hat? Sie hat gesagt, sie wäre nur im Drogeriemarkt gewesen.«

Ich versuche, einen Anschein freundlichen Interesses aufrechtzuerhalten, während ich mich daran erinnere, wie es sich angefühlt hat, Holly endlich zu küssen. Ich rufe sie noch mal an.

»Kannst du dir das vorstellen? Sie hat versucht, mir weiszumachen, dass sie ein neues Aftershave für mich gesucht hat. Es wäre das erste Mal in zwanzig Jahren gewesen.«

Dieser Anschluss ist zurzeit nicht erreichbar, bitte rufen Sie später wieder an.

»Wie gesagt, oft ist man ohne Frauen besser dran.« Der Fahrer beschleunigt, als wir auf einen Zubringer und dann auf die Autobahn kommen, aber wir haben kaum Geschwindigkeit aufgenommen, da müssen wir wegen des Verkehrs schon wieder fast ganz abbremsen. »Weißt du, was der größte Unterschied ist zwischen Männern und Frauen?« Das Taxi steht jetzt, sodass der Fahrer mich im Spiegel gespannt ansehen kann, während er auf eine Antwort wartet.

»Wieso bewegen wir uns nicht?«

»Gefaltete Handtücher.« Die Augen des Fahrers richten sich im Spiegel auf meine. »Frauen bestehen darauf, dass immer alle Handtücher im Haus gefaltet sind, und Männern geht das am Arsch vorbei.«

Ich stelle mir vor, wie es wäre, wenn ich mit Holly zusammenwohnen würde. Wahrscheinlich wäre ich dann derjenige, der sich über die ungefalteten Handtücher beschwert.

Ich hole mein Handy wieder aus meiner Tasche und tippe eine SMS an Holly.

»Ist hier immer so viel Verkehr?«

»Wundert mich, dass sie das in den Scheidungsunterlagen nicht erwähnt hat – Stress durch ungefaltete Handtücher.«

Ich zwinge mich, mich zurückzulehnen. »Hat es wohl irgendeinen Unfall gegeben? Warum sollten wir uns sonst an einem Samstagvormittag um diese Uhrzeit nicht bewegen?«

Er gluckst amüsiert. »Du kommst nicht von hier, was?«

Ich blicke in den Himmel, wo eine dunkle Gewitterwolke sich aufbläht wie ein Raufbold auf einem Spielplatz. Fünfzehn Minuten verstreichen, und immer noch keine Antwort von Holly.

»Wie weit ist es bis zum nächsten Bahnhof?«, frage ich, weil ich fürchte, dass sie bald eincheckt.

»Das müsste Southall sein.« Der Fahrer rümpft die Nase und deutet auf eine Reihe Eichen, die die Fahrbahn säumen. »Gute zwei Kilometer Luftlinie. Aber du bist ein Mensch, kein Vogel, also musst du bis zur nächsten Ausfahrt laufen und dann umkehren. Ich schätze mal, du bräuchtest so fünfundvierzig Minuten.«

Fünfundvierzig Minuten bis zum Bahnhof, etwas weniger, wenn ich renne, plus weitere fünfzehn im Zug – und auch nur, wenn er sofort kommt. Aber ich weiß nicht mal, zu welchem Terminal ich muss.

Warum antwortet sie nicht? Selbst wenn sie etwas anderes will als ich, würde sie doch antworten und mir sagen, dass ich nicht kommen soll? Ich entscheide mich dafür, im Taxi auszuharren, und bete, dass Holly ebenfalls im Stau steht.

Ich schließe die Augen, lege das Gesicht in meine Hände und nehme mir vor, erst dann aufzuschauen, wenn ich spüre, dass das Auto sich wieder in Bewegung setzt. Ich bin nicht sicher, wie viel Zeit vergangen ist, als ich höre, dass im Radio Verkehrsmeldungen kommen.

»Machen Sie das bitte lauter«, sage ich und öffne die Augen.

Der Fahrer dreht das Radio lauter. Irgendwas mit einem Lastwagen, der seine Ladung verloren hat. Verstreutes Tiefkühlgemüse auf der gesamten Fahrbahn. Die Polizei hofft, die Autobahn in etwa einer Stunde wieder freigeben zu können. Ich unterdrücke einen frustrierten Schrei und steige aus dem Taxi aus, um die Schlange der stehenden Autos zu betrachten, die sich erstreckt, so weit mein Auge reicht. Ich achte auf die Farben und Formen der Autos in allen drei Spuren, aber ich kann nirgends ein anderes Taxi entdecken, das Holly zum Flughafen bringen könnte.

Am Himmel zu meiner Rechten bemerke ich ein startendes Passagierflugzeug. Es verschwindet hinter einem Hochhaus und taucht eine Sekunde später, einen weißen Kondensstreifen hinter sich herziehend, wieder auf. Aus dieser Entfernung wirkt der Aufstieg schwerfällig. Ich sage mir, dass Heathrow einer der verkehrsreichsten Flughäfen der Welt ist, dass jeden Tag Hunderte von Flugzeugen von den Startbahnen abheben und dass die Chancen, Holly könnte an Bord genau dieses Flugzeugs sein, verschwindend gering sind, aber dennoch fühlt es sich so an, als würden der Pilot und seine Crew einen Teil von mir mit in die Wolken nehmen: meine Hoffnung.

Ich verspüre den Drang, etwas zu zerschlagen, meinen ganzen Frust darüber rauszulassen, dass ich wieder alles verbockt habe, und das Einzige, was ich zur Hand habe, sind die Sonnenblumen. Als ich fertig bin, sinke ich auf dem harten Standstreifen auf die Knie, und mir wird bewusst, dass alle, die hier im Stau stehen, heute Abend nach Hause gehen und ihren Männern und Frauen von dem Verrückten erzählen werden, der auf der Autobahn einen Blumenstrauß zertrampelt hat. Dann steigen mir Tränen in die Augen, denn während sie das tun, werde ich allein sein anstatt bei Holly. Ich starte einen letzten verzweifelten Versuch, sie anzurufen, aber die kalte, mechanische Stimme bestätigt nur noch einmal, was ich schon weiß: dass das Leben nicht wie eine romantische Komödie ist; dass ich zu spät komme und alles meine eigene Schuld ist; und dass dies letztendlich doch nicht der Tag ist, der alles verändern wird.

SMS von Alex an Holly

> Bin unterwegs zum flughafen. Ich liebe dich und es tut mir leid. Erklär dir alles, wenn ich da bin
> lg

SMS von Alex an Holly

> PS an welchem terminal bist du?
> lg

SMS von Alex an Holly

> Stecke im stau auf der M4. Um wie viel uhr geht dein flug?
> lg

ACHTUNDDREISSIGSTES KAPITEL HOLLY

Ich mag Kinder. Sehr. Was nicht heißt, dass ich das Kleinkind hinter mir, wenn es während des gesamten Fluges weiter gegen meinen Sitz kickt, nicht bei unserer Zwischenlandung in Abu Dhabi an Kinderhändler verkaufen werde.

Eigentlich sollte ich mich über die Ablenkung freuen. Denn solange ich mich darauf konzentriere, denke ich nicht daran, dass ich mich auf eine weite Reise begebe, allein, ohne einen konkreten Plan und auf unbestimmte Zeit.

»Meine Damen und Herren, hier spricht Ihr Kapitän. Im Namen der Crew bitte ich Sie um Ihre Aufmerksamkeit, während wir Sie mit den Sicherheitsvorkehrungen vertraut machen. Dieses Flugzeug verfügt über sechs Notausgänge …«

Meine Augen huschen sehnsüchtig zu den Notausgängen. Warum?

Ich ohrfeige mich (mental) und entspanne meinen Körper (physisch) auf meinem Sitz. Ich will das hier durchziehen.

Obwohl ich die ganze Zeit, während ich meinen Reiseplan zerfetzte, dachte: »WAS ZUR HÖLLE TUE ICH DA?«, riss ich immer weiter, bis die Schnipsel zu klein waren, um sie wieder zusammenzukleben.

Nachdem ich aufgelegt hatte, ohne Richard zu sagen, dass es ein für alle Mal aus sei zwischen uns, und ohne darauf zu bestehen, dass ich definitiv, zu hundert Prozent reisen würde, wäre ich fast gestorben vor Selbsthass.

Wie hatte ich auch nur ansatzweise in Betracht ziehen können, mein bevorstehendes Reiseabenteuer gegen ein häusliches Zusammenleben in eheähnlicher Gemeinschaft einzutauschen, nur weil der potenzielle Ehe(ähnliche)partner ein Mal mit den Fingern geschnippt hatte?

Die Erkenntnis, wie weit ich mich davon entfernt hatte, wer ich früher gewesen war, erschreckte mich. Das Leben hatte Spaß gemacht, als ich spontan und unbekümmert war, doch irgendwann entwickelte ich ein irrationales Bedürfnis, alles unter Kontrolle zu haben. Und das Allerschlimmste daran ist, dass ich, wenn ich auf die letzten paar Jahre zurückblicke, feststellen muss, dass ich mein Leben nie weniger unter Kontrolle hatte.

Obwohl ich tief in meinem Inneren immer gewusst hatte, dass mein Wunsch, von Mothston und den Leuten dort wegzukommen, mit jener schrecklichen Nacht mit Dean Jones zusammenhing, sah ich nicht ihn als den Schuldigen an. Ich war es – weil ich ihm erlaubt hatte, mich überhaupt erst in diese Situation zu bringen. Dean hätte es nicht tun sollen, und Ellie hätte mir nicht das Gefühl geben sollen, dass ich dafür verantwortlich war, aber trotzdem waren sie nie diejenigen, die ich hasste.

Ich gebe zu, dass es mir eine KLEINE Befriedigung verschafft hat, als ich von Mum hörte, dass Dean seinen Job, bei dem er Leute unangekündigt anruft, um ihnen Wintergärten anzudrehen, fast ebenso sehr hasst wie seine arbeitslose Freundin, die bei ihm wohnt. Und als Mum vor ein paar Jahren erwähnte, dass sie Ellies Tante getroffen habe, die ihr erzählte, bei Ellie sei eine chronische Darminkontinenz festgestellt worden, bereitete es mir auch ein WINZIGES bisschen Freude zu wissen, dass sie sich manchmal in der Öffentlichkeit vollscheißt.

Aber das ist nicht HASS.

Die eigentliche Schuld gab ich mir selbst.

Deswegen tut es mir auch nicht leid, dass Alex wieder in mein Leben getreten ist, obwohl es mir wehgetan hat.

Er hat die Person wieder zum Vorschein gebracht, die ich früher war. Und wenn ich so darüber nachdenke, war sie eine bessere Version von mir.

Und deshalb weiß ich, dass es gut so ist, wie ich es jetzt durchziehe. Es ist so, wie ich es immer eines Tages machen wollte. Ich wollte nie eine festgelegte Route, oder Abenteuer mit Enddaten, die ich abhaken kann, wenn sie erledigt sind. Ich fahre, wohin ich Lust habe, und bleibe, so lange es mir gefällt, und reise weiter, wenn ich bereit für etwas Neues bin. Und ich komme zurück nach Hause, wenn ich genug habe – ob das nun in einem Monat ist oder in sechs Monaten oder in fünf Jahren.

Ich werde nicht vor dem Start zum Notausgang rennen, denn in meine Angst mischt sich noch etwas anderes. Etwas, was ich, glaube ich, schon lange, lange nicht mehr richtig gespürt habe. Aufregung. Diese kribbelige Aufregung, wenn man nicht weiß, was einen erwartet. Die Aufregung, die ich als Kind spürte, wenn ich mit meinen Eltern nach Spanien fuhr und keine Ahnung hatte, wie es dort aussehen würde, und wo ich schlafen würde, und wen ich kennenlernen würde. Oder als ich das Formular mit meinen Uni-Fächern an die Studienplatzvergabestelle abschickte und wusste, dass ich mich entschieden hatte, an einem neuen Ort zu wohnen, zusammen mit Leuten, die ich nicht kannte, und Dinge zu tun, die ich noch nie getan hatte, aber ich wusste nicht wo, mit wem und was.

Für meine ersten drei Nächte habe ich ein Hostel in Bangkok gebucht, und ich habe einen vagen Plan, Weihnachten mit Jess, meiner Freundin aus der Uni, in Down Under zu verbringen, aber ansonsten … KEINEN BLASSEN SCHIMMER!

Ich lehne mich zurück, schließe die Augen und lächle leicht vor mich hin, bis ein kräftiger Tritt in die Rückseite meiner Kopfstütze meinen Kopf nach vorne katapultiert und mich seufzen lässt.

Ich drehe mich um, blicke die Mutter des Kindes mit leicht säuerlichem Gesichtsausdruck über den Rand meines Sitzes hinweg an und drehe mich dann wieder nach vorne.

Das wird der Kleinen eine Lehre sein.

»Meine Damen und Herren, wie Sie vielleicht bemerkt haben, wurde soeben das Anschnallzeichen eingeschaltet. Bitte verstauen Sie Ihr Handgepäck unter dem Sitz vor Ihnen oder in den Gepäckfächern, sofern Sie das noch nicht getan haben. Wir bitten Sie, sich auf Ihren Platz zu begeben und Ihren Sicherheitsgurt zu schließen.«

Okay, Holly. Jetzt ist der Spaß vorbei.

Ich stecke meinen Gurt in die Schnalle, schließe wieder die Augen und denke daran, was mein Taxifahrer vorhin gesagt hat.

»Das Problem mit der Welt«, hatte er leidenschaftlich deklamiert, während er mir über den Rückspiegel in die Augen sah, »ist, dass sich alle so sehr beeilen, irgendwo hinzukommen, dass sie vergessen, die Reise zu genießen.«

Zwar meinte er garantiert den Verkehr – auf dem Weg zu mir war er an einem riesigen Unfall auf der anderen Seite der Autobahn vorbeigekommen, und die Straße war anscheinend voll mit Stoßstange an Stoßstange stehenden, hupenden und schimpfenden Leuten.

Aber eigentlich ist es eine Metapher fürs Leben, oder? Wie geht noch mal dieser dämliche Spruch, den immer alle sagen? »Das Leben ist das, was passiert, während du damit beschäftigt bist, andere Pläne zu machen« – und es stimmt. So ist das nun mal mit dämlichen Sprüchen – normalerweise ist doch irgendwas dran.

Jedenfalls hatte ich Glück, dass der Taxifahrer von dem Unfall auf der Autobahn wusste – wenn er ihn nicht umfahren hätte, würde ich jetzt vielleicht immer noch auf seiner Rückbank sitzen. Stattdessen bin ich nur noch Minuten von einem großen Neustart entfernt.

»Meine Damen und Herren, wir werden in Kürze abfliegen. Bitte vergewissern Sie sich, dass alle Sonnenblenden geöffnet und die Tische vor Ihnen zum Start hochgeklappt sind. Bitte schalten Sie alle elektronischen Geräte aus, auch Laptops und Mobiltelefone.«

Längst erledigt, Käpt'n. Mein Handy ist schon aus, seit ich meine Wohnung verlassen habe. Ich habe den ganzen gestrigen Abend damit verbracht, Leuten am Telefon zu versichern, auf mich aufzupassen (Leah), zu versprechen, in einer australischen Hippiestadt namens Nimbin was zu rauchen (Susie), und zu schwören, mich mit Neuigkeiten über alle Männer, die ich treffe / toll finde / nackt sehe, zu melden (Jemma). Kein Wort von Alex. Ich hatte überlegt, ihn anzurufen, um mich zu verabschieden. Und ich hätte es fast gemacht – mein Finger schwebte schon über der Anruftaste. Aber dann kamen meine Eltern früher an als geplant, und ich musste mich mit ihnen zusammensetzen und geloben, mir eine Gürteltasche für meine Wertsachen zu kaufen (Dad) und endlich aus dem finsteren Mittelalter rauszukommen und mich bei Facebook anzumelden, damit ich Statusmeldungen schreiben und Fotos posten kann (Mum – angeblich hat sie neunzehn Freunde).

Heute brachte ich es nicht fertig, ihn anzurufen – ich muss nach vorne sehen, nicht zurück –, und ich konnte es schon gar nicht mehr ertragen, ständig auf mein Handy zu schauen, ob er angerufen hatte, nur um jedes Mal enttäuscht festzustellen, dass er das nicht hatte. Also schaltete ich das Handy aus, sobald ich ins Taxi stieg.

In dem Moment fühlte es sich bedeutsam an, aber nun kommt es mir ein bisschen dumm vor. Ob ich jetzt schnell noch mal draufschaue, bei der letzten Gelegenheit?

Ich sehe, wie die Stewardess die finalen Checks durchführt. Sie versucht, ein paar Reihen weiter vorne einen Dufflecoat in ein volles Gepäckfach zu stopfen, also hole ich meinen BlackBerry aus meiner Tasche, schalte ihn ein und warte, dass der Bildschirm lädt. Ein paar Sekunden später beginnt er zu vibrieren, und Benachrichtigungen über sechs Anrufe in Abwesenheit und drei SMS erscheinen. Das kann ja wohl nicht wahr sein!

Der erste Anruf ist von Richard. Oh Gott, ich hab vergessen, ihn zurückzurufen. Ich bin ein schrecklicher Mensch. Nein, eigentlich bin ich das nicht – mal sehen, wie ihm das Spielchen gefällt, wenn auch er mal warten muss. Ich habe monatelang geduldig auf irgendwelche Liebesbeweise von ihm gewartet, die er mir hinwarf, wann und wo immer es ihm passte – und fühlte mich dann auch noch geehrt, dass er mich auserwählt hatte. Ich kann nicht fassen, dass ich mich gestern fast wieder davon hätte einwickeln lassen. Ich war so widerlich dankbar, als er mir sagte, dass er mich liebe, und mir eine Wohnung anbot, dass ich fast vergessen hätte, dass ich seine alberne, narzisstische Liebe und seine blank polierte, charakterlose Junggesellenbude sowieso nicht will.

Und ich auch nicht, stimmte Harold mir zu, als ich das laut zu ihr sagte. Ich hatte nicht das Herz, ihr zu eröffnen, dass ich nicht ganz sicher war, ob sie überhaupt mit eingeladen wäre.

Die übrigen fünf Anrufe sind von … Alex.

Ich halte den Atem an und schalte zu meinen Nachrichten.

Alex.

Alex.

Alex.

»Hallo Leute, wir sind jetzt startklar. Ich bitte alle Mitglieder der Cabin-Crew, sich ebenfalls auf ihre Plätze zu begeben, damit wir mit dem Take-off beginnen können.«

Was will Alex denn? Nach einer Woche Funkstille beschließt er in der letzten Stunde, die ich noch im Lande bin, dass er sich unbedingt bei mir melden muss? Nachdem ich eine Woche lang gehofft hatte, er würde anrufen. Und eine Woche lang überlegt hatte, was ich dann sagen würde.

Ich öffne die erste Nachricht und atme scharf ein – während meine Verärgerung über sein Timing sich in etwas anderes verwandelt. Etwas, was ich nicht ganz beschreiben kann.

Ich öffne die zweite Nachricht. Mein Herz rast, als hätte ich gerade drei Koffeintabletten mit einer Dose Red Bull runtergespült.

»Können Sie Ihre Tasche bitte unter den Sitz vor Ihnen schieben?« Die Stewardess, die plötzlich neben mir steht, lässt mich zusammenschrecken. »Und das da müssen Sie jetzt ausschalten.«

Ich öffne die dritte Nachricht und starre auf die Worte.

»Gibt es ein Problem?«, fragt sie ungeduldig. Ihr schnippischer Tonfall bringt mich schlagartig in die Realität zurück, und ich schüttle den Kopf.

»Nein«, flüstere ich, schalte das Handy aus und stecke es mit zitternden Händen in die Sitztasche vor mir.

Sie hält inne und blickt mir ins Gesicht, aus dem mit ziemlicher Sicherheit alle Farbe gewichen ist.

»Fühlen Sie sich gut?«, fragt sie nun in einem wärmeren Ton und mit besorgtem Gesichtsausdruck.

»Ja«, murmele ich, während mein Kopf jene drei Worte von Alex verarbeitet. Die drei Worte, die ich seit dem regnerischen September vor elf Jahren von ihm hören wollte. »Mir geht's gut.« Ich zwinge mich zu einem Lächeln. »Danke.«

Sie nickt und geht dann schnell weiter durch den Gang, um ihre letzten Checks zu beenden, bevor sie eilig an ihren Platz zurückläuft und sich anschnallt.

Und mir geht es wirklich gut, das merke ich, während das Flugzeug seine holprige Fahrt über die Startbahn beginnt.

Ich fühle mich irgendwie anders, stelle ich fest, als es sanft vom Boden abhebt und zu den Wolken fliegt. Aber es geht mir gut.

NEUNUNDDREISSIGSTES KAPITEL ALEX

Oktober 2011

Ich hole das Buch aus meiner Schultasche und halte es hoch, damit die Klasse es sehen kann.

»Wer kann mir sagen, worum es in *Romeo und Julia* geht?«

Bhumi Khan zieht ihren Blazer eng über ihrer Brust zusammen und hebt dann den Arm. Drei oder vier andere folgen ihrem Beispiel.

»Hab ich nicht gesehen«, antwortet Gareth Stones, der nicht zu den drei oder vier anderen gehört. Er hängt so weit unten auf seinem Stuhl, dass sein Körper fast eine gerade Linie bildet.

Ich ignoriere ihn. »Bhumi?«

»Das ist doch eine Liebesgeschichte, oder?«, antwortet sie. »DiCaprio und Danes treiben's miteinander.«

Stacey Bamber sieht Bhumi an, als hätte sie einen fahren lassen. »Danes und DiCaprio kratzen beide ab, du Nuss. Es geht darum, dass man nicht immer kriegt, was man will.«

Stacey nickt zufrieden über ihre Antwort.

»Ihr habt beide recht«, sage ich beschwichtigend. »Es ist eine Liebesgeschichte und eine Tragödie, aber im Mittelpunkt steht die Geschichte von zwei verfeindeten Gangs. Die Montagues und die Capulets.«

Gareths Augen werden für eine Sekunde wach, aber er erinnert sich sofort wieder an sein Desinteresse. Was okay ist. Holly hatte recht: Ich muss Prioritäten setzen. Gareth wird niemals Shakespeare lesen, weder zu meinen Lebzeiten noch zu seinen. Meine Strategie ist jetzt, die Aufmerksamkeit so vieler Schüler wie möglich festzuhalten, indem ich die Inhalte des Lehrplans mit ihrem Leben verbinde. Wenn der Unterricht sie interessiert, folgt daraus, dass Gareth kein Publikum mehr für seine kindischen Scherze hat. So werde ich es nächste Woche in meinem Personalgespräch formulieren.

Ich verteile Kopien des Stücks. Gareth hat eine Frage.

»Ja, Gareth?«

»Stimmt es, dass Mr Rodgers Ms Pritchard nagelt?«

Bhumi schnappt nach Luft und hält sich dann eine Hand vor den offenen Mund. Man hört vereinzeltes Kichern, aber der Großteil der Klasse wartet gespannt auf meine Antwort.

»Gareth, ich diskutiere gern mit dir übers Nageln, wenn ich mir sicher bin, dass du irgendeine Ahnung hast, wovon du sprichst.«

Unter dem Gelächter seiner Klassenkameraden läuft Gareths Gesicht knallrot an. Ihm fällt anscheinend keine schlagfertige Antwort ein, und ich mache mir Sorgen, ob ich zu weit gegangen bin. Was, wenn er eine Beschwerde an Mr Cotton schickt? Dann wird er mich nie zum Fachleiter für Englisch ernennen.

Ich schaue auf die Uhr über der Tür. Noch fünf Minuten, bis wir alle nach Hause gehen können. Meine Gedanken richten sich langsam wieder auf den heutigen Abend, als Gareth sich aufsetzt.

»Ich schätze, dann können wir jetzt darüber diskutieren«, sagt er und kratzt sich unter dem Arm. »Ich hab nämlich Ihre Mum genagelt.«

Der Raum versinkt in einer Stille, die nur vom Rauschen des Herbstwindes in den hohen Nadelbäumen neben der Sporthalle durchbrochen wird. Ich habe noch keine Antwort formuliert, als Kenny aufsteht und langsam, aber zielstrebig auf Gareth zugeht. Ich weiß augenblicklich, dass ich eingreifen muss, aber ich fühle mich wie in einem Traum, in dem etwas Schreckliches passiert und ich mich nicht bewegen kann.

Gareth weicht zurück, wobei sein Stuhl über den Boden schabt. Die restlichen Schüler blicken zu Kenny und Gareth, dann zu mir, dann wieder zu Kenny und Gareth, als wären sie Zuschauer bei einem Tennismatch.

Ich gehe ums Pult herum. »Setz dich wieder hin, Kenny.«

Kenny lässt sich davon nicht beeindrucken. Er packt Gareth am Kragen, bevor ich einschreiten kann. Gareth ist starr vor Angst, obwohl Kenny gut fünfzehn Zentimeter kleiner ist als er. Wie sich herausstellte, war er bei der Messerstecherei zwar nur ein unschuldiger Zuschauer, aber nach einem Monat in einer Einrichtung für jugendliche Straftäter scheinen alle zu denken, dass man sich mit Kenny lieber nicht anlegen sollte.

Er zieht Gareth näher an sich heran.

»Du hältst besser dein Scheißmaul, wenn es um die Mütter anderer Leute geht«, droht er gerade, als ich ihn erreiche, um ihn an den Schultern festzuhalten.

Aber das wäre gar nicht nötig gewesen. Nachdem Kenny gesagt hat, was er sagen wollte, kehrt er an seinen Platz zurück. Der Rest der Klasse starrt Gareth an. Er zuckt die Achseln, wie um zu zeigen, dass er nicht besiegt ist, doch sein leichenblasses Gesicht spricht Bände.

»Okay, ich denke, wir machen jetzt Schluss für heute.« Ich nehme mir ein paar Sekunden Zeit, um meine Stimme unter Kontrolle zu bringen und zu überlegen, was ich als Nächstes tun soll. »Kenny, bleib bitte noch einen Moment da.«

Die Klasse steht wie in Zeitlupe auf, und statt dem üblichen Freitagnachmittagssturm ins Freie folgt ein benommenes Schlurfen, wobei die Mädchen miteinander tuscheln und die Jungen sich die Krägen ihrer Pullis vor den Mund ziehen, um ihr Kichern und Grinsen zu verbergen. Bhumi geht als Letzte und lässt Kenny und mich allein.

»Warum ist Gareth nicht hier? Warum krieg nur ich Ärger?«

Ich sitze am Pult und lege mein Gesicht für einen kurzen Moment in meine Hände. An jedem anderen Tag hätte ich vernünftig über das hier nachdenken können. Ich schaue wieder auf die Uhr und weiß, dass die nächsten paar Stunden sich wie ein ganzes Zeitalter anfühlen werden.

Ich atme erschöpft aus. »Du kriegst keinen Ärger, Kenny.«

»Wieso bin ich dann hier?«

»Weil ich sichergehen will, dass das auch so bleibt. Ich habe das Gefühl, Gareth und du, ihr wärt nicht auf den Flur gegangen und hättet euch die Hände geschüttelt. Ich will nur, dass du hier wartest, bis er weg ist. Ich habe sowieso was zu erledigen, wir müssen nicht mal reden.«

Ich tue so, als würde ich ein paar Tests korrigieren. Nach zehn Minuten Stille lasse ich Kenny gehen und folge ihm auf den nun verlassenen Flur. Er nickt mir zum Abschied zu, als wir uns trennen, und in der Geste ist nichts versteckt, keine Böswilligkeit, kein Ärger, kein Groll. Es fühlt sich an wie ein Fortschritt.

Ich komme eine Stunde zu früh an, aber ich bin zu zappelig und nervös, um mich irgendwo hinzusetzen, also stelle ich mich in die Mitte hinter die einen Meter hohe Absperrung, von wo aus ich sehen kann, wenn sie ankommt. Ich schaue an mir hinunter und bereue meine Kleiderwahl. Diese Schuhe wirken zu den Chinos wie Kanus und sehen viel zu neu aus. Sie wird einen Blick auf mich werfen und entweder über meinen Versuch lachen, hip zu sein, oder sich erschrecken, weil ich angezogen bin, als würde ich zu einem Date gehen. Ich versuche, die Schuhe an der Absperrung abzuwetzen, aber ohne Erfolg.

Da ich eine Ablenkung brauche, hole ich mein Handy aus der Tasche.

»Ich dachte, du triffst dich mit Holly?«, begrüßt mich Kev.

»Ich bin eine Stunde zu früh da.«

Kev schnaubt. »Das hätte ich von dir auch nicht anders erwartet, Weichei.«

»Die Sache ist die …« Ich zögere. »Holly weiß nicht, dass ich komme, um sie abzuholen.«

HOLLY

Ich strecke die Arme und Beine so weit aus, wie die Decke und der Sitz vor mir es erlauben, und blinzle. Ich muss eingedöst sein. Meine Armbanduhr, die immer noch auf Melbourner Zeit eingestellt ist, zeigt fast vier Uhr morgens an.

»Hie hie Uhh issin Honhon?«, gähne ich laut.

»Was?«, fragt Ryan und zieht sich die Kopfhörerstöpsel aus den Ohren.

»Wie viel Uhr ist in London?«, wiederhole ich.

»Etwa sechs Uhr abends, glaub ich.«

»Krass.«

Ich langweile mich, und es ist zu unbequem, um richtig zu schlafen, also hole ich die Einkaufstüte heraus, die ich unter den Sitz vor mir geschoben habe, und leere meine Flughafeneinkäufe auf meinen Tisch.

Ich ziehe mir den winzigen Koala-Babybody über die Hand, stecke die Finger in die zugehörigen Babyschuhe und laufe damit rüber zu Ryans Tisch.

»*G'day, mate!*«, sage ich mit Kinderstimme.

Ryan lacht, greift nach dem Body, betrachtet ihn nachdenklich und beißt sich auf die Lippe.

»Ich kann nicht fassen, dass ich in sechs Monaten Papa werde«, seufzt er schließlich. »Und dass ich nach London ziehe. Und dass ich ab jetzt warmes Bier trinken muss.«

»Damit musst du dich wohl abfinden, Dude«, sage ich, nehme ihm den Body aus der Hand und stecke ihn wieder in die Tüte. »Und das mit dem warmen Bier ist nur ein Gerücht, das ihr Aussies immer verbreitet.«

Wir sitzen ein paar Minuten schweigend da, während ich an meinem Fenster lehne und hinaus in die Wolken starre. Komischer Gedanke, in weniger als einer Stunde wieder auf britischem Boden zu sein. Die letzten etwas über zwölf Monate sind wie im Flug vergangen. Bevor ich weg war, zog sich ein Jahr immer endlos hin, aber dieses hier ist im Handumdrehen vergangen. Wenn ich an meinen Abflug aus London zurückdenke, fühlt es sich an wie in einem anderen Leben. Es ist so viel passiert. Und es sind Menschen in mein Leben getreten, bei denen ich das Gefühl habe, sie wären immer schon da gewesen.

»Bist du traurig, wieder zurück zu sein?«, fragt Ryan, der meine Gedanken liest.

Bin ich das? Ich denke an all die Abenteuer, die ich erlebt habe. Die Sehenswürdigkeiten, die ich mir angeschaut habe. Die Drinks, die ich getrunken habe, und die Sonnenstrahlen, die meine Haut aufgesogen hat. Und dann denke ich an zu Hause. Und meine Eltern. Und meine Freunde. Und Harold, die auf die Postkarte, die ich ihr schickte, mit einer pikierten Nachricht aus York antwortete, in der stand, sie sei glücklicher als je zuvor und höre nun auf den Namen Harry. Ich denke an Sommerpicknicke im Blackheath Park und Pubs mit Holzfeuern an Winterabenden.

»Nein«, sage ich wahrheitsgemäß und grinse. »Ich habe jede Minute genossen und würde um nichts in der Welt irgendwas daran ändern wollen, aber ich freue mich richtig, wieder hier zu sein.«

»Sie rechnet nicht damit, dass du da bist?«

Ich hatte nicht vorgehabt, dieses kleine Detail irgendjemandem zu erzählen, damit ich nicht noch unschlüssiger werde, ob es klug ist, was ich da tue. Ein Teil von mir hat wohl gehofft, dass Kev mir Mut machen würde.

Ich sehe mich um. Halb London scheint auf jemanden zu warten. Links von mir steht ein großer Mann mit einem Kinnbärtchen, der einen schwarzen Anzug, Lackschuhe und eine Chauffeursmütze trägt. Der Mann mit subkontinentalem Aussehen rechts von mir ist in beigefarbene Hosen und ein kurzärmeliges weißes Hemd gekleidet. Handgeschriebene Schilder informieren mich darüber, dass sie auf Kerrigan beziehungsweise Lovejoy warten, und das alles bringt mich dazu, die ganze Idee erneut infrage zu stellen. Kerrigan und Lovejoy werden zu ihren Autos begleitet und bequem nach Hause zu ihren Lieben kutschiert werden, die wahrscheinlich Coq au Vin auf dem Herd stehen haben. Und was werde ich tun? Hollys Tasche tragen und untätig dabei zusehen, wie sie herausfindet, welche U-Bahn wir nehmen müssen. Ich hab nicht mal genug Geld für ein Taxi dabei. Wir werden einen Umweg zu einem Bankautomaten machen müssen. Genau, was man sich wünscht nach einem Dreiundzwanzig-Stunden-Flug von Melbourne über Dubai.

In Hollys E-Mail stand, sie werde heute Nacht bei Leah auf dem Sofa schlafen und mich morgen besuchen kommen. Ich hätte Geduld haben sollen.

»Es wird bestimmt gutgehen«, macht Kev mir Mut, ohne mir Mut zu machen.

Mir kommt ein furchtbarer Gedanke: Was, wenn ich alles falsch verstanden habe? Es ist mehr als ein Jahr vergangen, seit sie mich aus einem Hostel in Bangkok anrief und mir erklärte, warum sie nicht auf meine Anrufe und SMS reagiert hat. Wir haben elf Jahre gewartet, sagte sie, und ich beendete den Satz im Kopf. Habe ich in ihren Ton zu viel reininterpretiert und mir Versprechen eingebildet, die sie mir nicht gegeben hatte?

Seit damals haben wir nicht mehr über uns gesprochen. Sie hat ein paar Mal angerufen, wir haben kurz geredet, immer wieder unterbrochen von einem ausgehenden Akku oder einem Abenteuer, das sie erwartete. Gelegentliche E-Mails hielten mich über ihre Reisen auf dem Laufenden: schwimmen am Bondi Beach; ein platter Reifen im Outback, weshalb sie im Mietwagen schlafen musste; private Kochkurse in Chiang Mai; der Horror einer Ping-Pong-Show, die ein Taxifahrer ihr und ein paar Mädchen aus ihrem Hostel in Bangkok empfohlen hatte. Ist es nicht durchaus möglich, dass sie all diese Abenteuer nicht nur mit Mädchen aus ihrem Hostel, sondern auch mit einem neuen Mann geteilt hat, dass mein Jahr Zölibat unsinnig war und dass sie mich deswegen morgen treffen wollte, um es mir schonend beizubringen?

»Was machst du gerade?«, frage ich, um mich abzulenken.

»Ich löse die Tapete im Gästezimmer ab – das ist mein Freitagabend.«

»Wo ist Diane?«

»Unten. Sie schaut fern. Sie kotzt wie eine Bulimiekranke.«

»Wie schön.«

»Am Anfang hab ich noch auf die Uhr geschaut und gewartet, dass es Nachmittag wird, weil ich dachte, dann geht's ihr besser, aber wie sich herausstellt, ist der Name pure Verarsche. Es müsste eigentlich Morgen-Mittag-und-die-ganze-Nacht-Übelkeit heißen. Der Arzt sagt, es kann bis zu sechzehn Wochen dauern.«

Ich weiß, dass wir in dem Alter sind, wo alle Kinder kriegen, aber ich kann mir Kev immer noch nicht als Papa vorstellen. Nicht, dass ich ihn nicht für einen absolut großartigen Dad halten würde. Torvill und Dean und Reggie und Ronnie fehlt es an nichts. Ich hatte nur einfach immer angenommen, ich wäre als Erster dran. Wenn ich ganz, ganz ehrlich bin, betrachtete ich mich tief in meinem Inneren irgendwie als ihm überlegen – als wäre er Lennie und ich George aus *Von Mäusen und Menschen.* Was absurd ist, ich weiß. Er war bei allem früher dran als ich: Zungenkuss, erstes Mal, erster Job, Hauskauf.

»Also, ich mach dann besser weiter mit der Tapete, Kumpel.«

»Ich komm euch beide bald mal besuchen.«

»Das wäre schön.«

Ich stecke mein Handy wieder in die Tasche, schaue jedem ins Gesicht, der die Ankunftshalle betritt, und stelle fest, wie ich zunehmend nervös werde, während Reisende mit Rollkoffern, Rucksäcken und Plastiktüten voller Duty-free-Sachen herauskommen und weitergehen. Das Gedränge um mich herum lichtet sich. Kerrigan und Lovejoy werden weggeführt. Ich lese zum x-ten Mal Hollys E-Mail auf meinem Handy. Sie schrieb definitiv Freitag. Mein Bauch schmerzt vor Nervosität und einem Hauch Verzweiflung. Langsam bereite ich mich auf eine Enttäuschung vor.

HOLLY

»Wenn meine Tasche nicht bald kommt, schlafe ich im Stehen ein«, stöhne ich, während meine Augenlider von der hypnotisierenden Bewegung des Gepäckbandes zufallen.

»Wenn meine Tasche nicht bald kommt, schreie ich«, kontert Ryan, und derselbe orangefarbene Koffer, der schon vier Runden gedreht hat, taucht wieder auf.

»Wenn meine Tasche nicht bald kommt, bring ich mich um.«

»Wenn meine Tasche ni…«

»DA IST MEINE«, unterbreche ich ihn, als mein Rucksack vorbeifährt. »Schnell!«

Ryan rennt ihm nach und bringt ihn mir. »Bitte schön, Kleine.«

»Danke. Das war's dann wohl«, rufe ich, während ich mir die Tasche auf den Rücken werfe. »Grüß Jess von mir, ja, Ry? Sag ihr, dass ich sie vermisse und wir uns jetzt ganz oft treffen müssen, wo wir alle wieder zurück sind. Vor allem, wenn das Baby da ist.«

Jess hat Ryan kennengelernt, während sie in Melbourne in einer Bar arbeitete, und sich schweren Herzens von ihm getrennt, als ihr abgelaufenes Visum sie zwang, nach Hause zu kommen. Als sie ihn dann einen Monat später anrief, um ihm zu sagen, dass sie schwanger sei, buchte er sofort einen Platz in meinem Flieger, um zu ihr zu kommen und bei ihr zu bleiben. Meine alte Uni-Freundin und ich stehen uns viel näher, seit ich Weihnachten bei ihr in Melbourne verbracht habe, und auch Ryan ist ein guter Freund von mir geworden.

»Danke. Ich hoffe, dein Patensohn mag seine Koalasachen. Wann wirst du ihn sehen?«

»Wahrscheinlich morgen«, antworte ich aufgeregt, während ich die verdrehten Träger an meinem Rucksack gerade ziehe. »Ich schlafe heute Nacht bei Leah und Rob, aber Leah meinte, bis ich ankomme, wird er schon im Bett sein.«

Wir grinsen einander noch ein paar Sekunden an und stoßen dann mit den Fäusten aneinander für unsere Ghettofaust, komplett mit »BOOM« und Raketengeräusch. Dann gehe ich auf die Ankunftshalle zu.

»Ist das bei mir immer noch cool, jetzt mit dreißig?«, frage ich und drehe mich noch einmal um.

»Es war sowieso nie cool, Hols. Und jetzt verschwinde endlich. Ich hasse Abschiede.«

Und dann, halb verdeckt von einer Gruppe von Studenten, ist sie da, und obwohl ich seit einer Stunde – seit einem Jahr – auf sie gewartet habe, bin ich irgendwie überrascht, und ich spüre das Verlangen, ihren Namen zu rufen, wie Rocky nach Adrian. Bis ich neben ihr einen Mann sehe.

Blond, kräftig, in einem Muskelshirt. Fast sicher Australier. Plötzlich werde ich von einer heftigen Furcht ergriffen. Doch nach ein, zwei Sekunden geht er in eine andere Richtung weiter, und Erleichterung strömt durch jede Faser meines Körpers.

Ich betrachte sie. Ihr Haar ist zu einem Knoten zusammengebunden und steht in verschiedene Richtungen ab. Ihr Gesicht ist sommersprossig und irgendwie jünger als vor zwölf Monaten, als ich sie zum letzten Mal sah. Sie trägt Jeans, die über dem Knie aufgerissen sind, Converse-Schuhe und ein senfgelbes Strand-T-Shirt, das kurz über ihrem Gürtel endet und einen Streifen ihres gebräunten Bauches erkennen lässt. Sie sieht …

… schöner aus als jede Frau, die ich je gesehen habe.

Der Mann ist jetzt weg, und es scheint, als würde Holly in meine Richtung schauen, aber sie sieht mich wohl nicht, denn sie schaut wieder weg und geht weiter. Einen Schritt, zwei Schritte, drei Schritte, und dann dreht sie sich um, mit verwirrtem Gesichtsausdruck, doch er verändert sich schnell zu etwas anderem, zu: strahlend. Sie wechselt die Richtung, geht schneller und hält ein paar Schritte vor mir an. Einige Sekunden stehen wir nur da, grinsen einander breit an und sagen nichts.

»Dann hat dein Taxi es also endlich durch den Stau geschafft?«

Sie lacht fröhlich über ihren Witz; ich breite die Arme aus, um sie zu empfangen, während mein Herz rast.

»Jep, ich warte schon die ganze Zeit.«

Ihr Rucksack macht es mir unmöglich, sie richtig zu umarmen, aber ich will sie nicht loslassen. Irgendwann löst sie sich von mir.

Beruhigt von ihrer Wärme mir gegenüber deute ich auf ihren Rucksack. »Lass mich den tragen.«

Holly verzieht abwehrend das Gesicht. Wir mustern einander von oben bis unten, und für eine Sekunde sind wir beide unschlüssig, wie es weitergehen soll, bis sie mir ihre linke Hand entgegenstreckt und sagt: »Komm schon, wir haben genug gewartet. Lass uns zur U-Bahn gehen.«

Ich nehme ihre Hand in meine, und diesmal, anders als all die anderen Male zuvor, lässt sie nicht los.

ENDE

DANKSAGUNG

LAURA UND JIMMY ... Unser Dank gilt unserer Agentin Lizzy Kremer, für ihre allgemeine Genialität und für ihr brutal ehrliches Feedback, das dabei geholfen hat, das Buch zu dem zu machen, was es ist. Zudem sind wir dem ganzen Transworld-Team extrem dankbar, besonders unserer Lektorin Harriet (mal abgesehen von dem Pilze-in-Lasagne-Streit); wir danken sowohl September als auch ihrer Vorgängerin Mads für ihre fantastischen Werbeideen und Lisa für unser wunderschönes Cover. Außerdem sind wir unseren gemeinsamen Freunden zu Dank verpflichtet, die sich unser ewiges Gerede über das Buch anhören mussten.

LAURA ... Ich bräuchte mehrere Seiten, um alle Freunde aufzulisten, die mich inspiriert, mir geholfen oder mich auf irgendeine Weise unterstützt haben, während dieses Buch entstanden ist, also nenne ich nur Gemma Fensome, Emma Baird und James Gill, die während des Schreibprozesses entweder mit mir zusammenwohnen oder -arbeiten mussten und großartige Cheerleader und stete Quellen guter Laune waren. Und unendlichen Dank an Mummy, Daddy, Susanna und David dafür, dass ich umgeben von Liebe, Ermutigung und Lachen aufwachsen durfte.

JIMMY ... Ich danke James Osborne für seine Hinweise in Sachen Schulunterricht sowie Keren David, Lee MacDougall, Grace King und Molly Kat für ihr Vorschläge und Ermutigungen. Ein Riesendank auch an Mum und Mike für ihre beständige Unterstützung all die Jahre.

WIE LAURA UND JIMMY ES HINGEKRIEGT HABEN, ZUSAMMEN EIN BUCH ZU SCHREIBEN

Es gibt viele brillante Komiker-Duos: Dick und Doof, The Two Ronnies, French and Saunders, Mitchell and Webb ... und jetzt auch Laura und Jimmy! Wir haben den beiden ein Loch in den Bauch gefragt, und das Ergebnis ist beinahe ebenso erschreckend wie erheiternd ...

Wie habt ihr euch kennengelernt?
Laura Tait: Wir haben zusammen Journalistik studiert. Kurz nach Beginn des Studiums waren wir sehr rebellisch und haben mit ein paar anderen Leuten einen Kurs in Medienrecht geschwänzt, um in den Pub zu gehen.
Jimmy Rice: Jemand schlug eine Runde Poolbillard vor, und Laura war meine Partnerin im Doppel. Dabei haben wir zum ersten Mal richtig miteinander geredet.

Was war euer erster Eindruck voneinander?
LT: Dass er ein Billard-Ass UND sehr ehrgeizig war. Ich hatte gleich das ungute Gefühl, dass er es mir nicht so schnell verzeihen würde, wenn wir meinetwegen verlieren. Gott sei Dank haben wir gewonnen.
JR: Sie trank After-Shock-Shots, während wir spielten, also habe ich ihr Interesse an einem Sieg infrage gestellt. Außerdem ist mir aufgefallen, dass sie viel lachte.

Wer ist vernünftiger?

LT: Ich.

JR: Ich.

LT: Ausgeschlossen. Warum hast du dann eine arthritische Katze aus dem Tierheim geholt, nur um ein Mädchen zu beeindrucken?

JR: Und warum hast du dann deinen Pass im Flieger nach Kroatien vergessen?

LT: Warum hast du bei einem Urlaub mit Freunden die letzte Seite aus einem Buch rausgerissen, das gerade jemand gelesen hat?

JR: Warum bist du in Portugal die ganze Woche nicht an deinen Kosmetikkram rangekommen, weil du den Code für dein Beautycase vergessen hattest?

NB *Laura und Jimmy streiten immer noch darüber.*

Wie entwickelt ihr eure Geschichten?

LT: Gute Planung ist besonders wichtig, wenn man mit jemandem zusammen schreibt, denn wir müssen beide ganz genau wissen, was in den Kapiteln des anderen passiert, damit alles zusammenpasst. Also diskutieren wir sehr viel, bevor sich dann jeder allein hinsetzt und schreibt. Wir beginnen mit der Grundidee – dem Thema und dem Plot des Buchs. Dann gehen wir weiter ins Detail: wer die Figuren sind und wie sich alles entwickelt. Erst wenn wir einen klaren, detaillierten Kapitelplan und ausführliche Biografien der Hauptfiguren haben, fangen wir tatsächlich an zu schreiben.

JR: Vieles verändert sich auch noch während des Schreibprozesses – dann ruft einer den anderen an und sagt: »Ich weiß, dass eigentlich dies passieren soll, aber wenn stattdessen jenes passiert, würde das dein letztes Kapitel durcheinanderbringen?« Und dann sagt der andere: »Ja, aber du hast recht – so ist es besser ... Ich ändere es.«

Wie sieht ein typischer Tag bei euch aus, wenn ihr schreibt?

JR: Ich bin da recht diszipliniert. Mein Wecker klingelt um acht Uhr, dann trinke ich einen Tee und schreibe bis in den späten Nachmittag, entweder an meinem Schreibtisch oder in einem Café. Wenn ich kann, nehme ich mir am Abend noch etwas Zeit, um mich mit einem Notizblock hinzusetzen und über Ideen nachzudenken.

LT: Mein Wecker klingelt um acht Uhr. Ich drücke dann erst mal auf die Schlummertaste. Irgendwann stehe ich auf und suche mir einen Platz für mich und meinen Laptop. Dann frühstücke ich. Dann merke ich, dass ich nicht arbeiten kann, solange es im Haus nicht ordentlich aussieht, also räume ich auf. Dann ist es Zeit fürs Mittagessen. Am Nachmittag muss ich meist E-Mails beantworten, und mir fällt ein, dass ich dringend was im Internet bestellen muss, zum Beispiel einen Bilderrahmen für ein Poster, das ich vor drei Jahren zu Weihnachten bekommen habe. Nach dem Abendessen mache ich mich dann richtig an die Arbeit. Wenn ich einmal drin bin, kann ich schreiben ohne Ende, und auch wenn die Sonne aufgeht, sitze ich manchmal noch da und schreibe.

Wie vereinbart ihr das Scheiben mit euren anderen Jobs?

LT: Ich schreibe und lektoriere in meinem Vollzeit-Job. Das Letzte, worauf ich Lust habe, wenn ich abends nach Hause komme, ist, meinen Laptop aufzuklappen und weiterzuschreiben. Den Großteil meiner Texte verfasse ich also an Wochenenden oder freien Tagen. Aber ich nutze die Abende, um über mein nächstes Kapitel nachzudenken und mir Ideen zu notieren oder um Jimmys letztes Kapitel zu lesen.

JR: Als ich noch Vollzeit gearbeitet habe, habe ich es ordentlich ausgenutzt, dass niemand im Büro einen Blick auf meinen Bildschirm hatte. Jetzt als Freelancer plane ich vier oder fünf Tage pro Woche für das Schreiben ein.

Wart ihr immer »nur Freunde«? Und fiel es euch schwer, die romantischen Szenen zu schreiben?

LT: Ja, das waren wir, ehrlich. Wir haben einen gemeinsamen Freundeskreis von Leuten aus der Uni, treffen uns mit allen noch und fahren auch zusammen in den Urlaub. Bevor wir anfingen, das Buch zu schreiben, haben wir nie viel Zeit nur zu zweit verbracht. Inzwischen sind wir einander viel näher gekommen, aber rein freundschaftlich. Ich fand es nicht unangenehm, die romantischen Szenen zu schreiben, aber das sind trotzdem auch die Szenen gewesen, an denen wir mit am meisten arbeiten mussten, also war es auf einer unbewussten Ebene vielleicht doch schwierig.

JR: Unsere Agentin meinte in einer E-Mail, unsere romantischen Szenen würden besser werden, wenn wir uns vorstellten, wir hätten miteinander geschlafen. Wir haben zwar beide auf die E-Mail geantwortet, aber haben einander nie wirklich darauf angesprochen.

LT: Zum Glück kann man bei einer E-Mail nicht sehen, wenn der Empfänger laut lacht.

Wie gut glaubt ihr einander zu kennen?

LT: Sehr gut. Wir sind seit elf Jahren befreundet, haben einander aber viel besser kennengelernt, seit wir zusammen schreiben. Ich glaube, man kann nur dann gemeinsam an einem Buch arbeiten, wenn man ein genaues Gespür dafür entwickelt, wie der andere denkt, was er witzig findet und wie er in einer bestimmten Situation reagieren würde.

JR: Und wie er seinen Tee trinkt.

Wer ist witziger?

LT: Jimmy bringt mich richtig zum Lachen – er ist unheimlich einfühlsam, aber trotzdem fehlt ihm dieser Filter, der die meisten Leute spüren lässt, welche Kommentare höflich oder angebracht sind, also spricht er Dinge aus, die alle anderen zwar denken, aber nicht unbedingt laut sagen würden.

JR: Lauras Kapitel sind witziger als meine. Sie ist auch im wahren Leben sehr komisch, oft unfreiwillig. Laura passieren Dinge, die niemandem sonst passieren würden. Wie zum Beispiel, dass sie den gesamten Inhalt ihrer Handtasche mitten auf einer stark befahrenen dreispurigen Straße verstreut.

Lieblingsgetränk?

LT: Mojito. Mit Crushed Ice, viel Minze.

JR: Tee. Stark, mit einem halben Stück Zucker.

Traumjob?

LT: In einem Broadway-Musical die Hauptrolle spielen. Ich kann allerdings nicht singen. Anscheinend ist das aber wichtig.

JR: Beim FC Liverpool im Sturm spielen. Ich habe tatsächlich mal bei einer Veranstaltung im Anfield-Stadion gespielt und ein Tor geschossen. Es wurde gefilmt. Ich habe den Kameramann definitiv nicht gezwungen, mein Tor zu bearbeiten und auf YouTube zu stellen.

Aktuelle Lektüre?

LT: *Funhouse* von Diane Hoh. Ich habe mir neulich die gesamte Point-Horror-Reihe bei eBay gekauft. Wenn ich mit einem der Bücher erwischt werde, behaupte ich, es wäre »für Recherchezwecke«.

JR: *Harte Zeiten* von Charles Dickens.

Lieblingsessen?

LT: Ich esse alles, aber am liebsten Fisch oder Meeresfrüchte – und ich liebe Sushi.

JR: Ich esse auch alles, außer Fisch – von dem Geruch wird mir übel.

Perfekter Abend zu Hause?
LT: Freunde, Rotwein, Brettspiele, Schallplatten, Käseplatte.
JR: Allein mit meinem Laptop am Schreibtisch zu sitzen, während mir die Wörter aus den Fingern fließen.

Seltsamste Schwärmerei für einen Star?
LT: David Bowie als Koboldkönig in *Die Reise ins Labyrinth.*
JR: Ich wusste, dass sie das sagt. Ich musste über diese Frage lange nachdenken und mich sogar mit meinem Mitbewohner beraten. Letztendlich habe ich mich für Karen Brady entschieden.